HEYNE <

Kiri Johansson

Das Haus am Ende des Fjords

Roman

WILHELM HEYNE VERLAG
MÜNCHEN

Dieses Buch ist ein Werk der Fiktion. Jede Ähnlichkeit mit lebenden oder toten Personen sowie tatsächlich existierenden Einrichtungen oder Unternehmen ist rein zufällig und in keiner Weise beabsichtigt.

Verlagsgruppe Random House FSC® N001967

2. Auflage
Originalausgabe 07/2020

Neumarkter Str. 28, 81673 München
Redaktion: Catherine Beck
Printed in Germany
Umschlaggestaltung: Nele Schütz Design unter Verwendung von
Shutterstock (Shaiith, Andrew Mayovskyy, lavidaenunpixel)
Satz: Uhl+Massopust, Aalen
Druck und Bindung: GGP Media GmbH, Pößneck
ISBN: 978-3-453-42429-6

www.heyne.de

Für Kerstin
You'll never walk alone!

1

Am Ende werde ich einen großen Traum loslassen, um einen neuen zu leben …

Der schrille Ton der Türglocke fuhr durch Isvings Konzentration wie die Splitter eines zerbrechenden Spiegels und ließ sie für einen Augenblick orientierungslos von der Lichtinsel des Küchentischs aus ins Halbdunkel blinzeln.

Wie beinahe jeden Abend, wenn sie auf ihrem Lieblingsplatz am alten Backofen darauf wartete, Brote und Brötchen herauszuholen, hatte sie an einer Geschichte über die magische Welt Islands geschrieben, und es dauerte immer einige Augenblicke, bis sie zurückfand in das, was man gemeinhin als Realität bezeichnete.

In der Saison buk sie morgens, um den Hausgästen ofenwarmes Gebäck servieren zu können. Jetzt im Winter warf sie den Ofen seltener an und erledigte das Backen vor dem Schlafengehen.

Es klingelte erneut. Diesmal klang es dringlicher, und sie fasste sich ein Herz. Sicher, auch wenn es kurz vor Mitternacht war, musste man immer auf späte Reisende gefasst sein, besonders, wenn die Straßen im Winter unwegsam und gefährlich waren wie in den letzten Tagen. Schließlich führte sie eine Pension. So kurz nach Weihnachten verirrten sich allerdings nur wenige Touristen in die Westfjorde. Die beiden einzigen Gäste waren schon vor Stunden nach oben gegangen, und die anderen acht Zimmer ihres Bed & Breakfast standen leer. Den ganzen Tag über war es nicht hell geworden, draußen prasselte seit Stunden der Regen gegen die Scheiben, und deshalb hatte sich auch niemand ins *Kaffi Vestfirðir* verirrt.

Die Dorfbewohner kamen, wenn überhaupt, an die Hintertür. Es musste ein Fremder geklingelt haben. Einheimische, die nur einen Funken Verstand besaßen, waren bei diesem Wetter nicht freiwillig unterwegs.

Auf dem Weg zum Vordereingang rieb sich Isving über die kribbelnden Arme. »Ja, bitte?«, fragte sie in die Dunkelheit hinein und hielt die Tür ganz fest, damit der Wind sie ihr nicht aus der Hand reißen konnte.

Vor ihr stand ein ziemlich großer, schwarz gekleideter Mann. »Hast du ein Zimmer frei?«

Ein Isländer, kein Tourist. Aus seiner dunklen Stimme glaubte sie, eine Spur Ungeduld herauszuhören. »Hm«, machte Isving. Hierzulande duzte man sich ebenso wie in ihrem Heimatland Dänemark, da hatte sie sich nicht umstellen müssen.

Die Kapuze seines Hoodies hatte er sich tief ins bärtige Gesicht gezogen, obendrein trug er eine Sonnenbrille.

Der Typ hat womöglich nicht alle Tassen im Schrank, dachte sie. Das Klügste wäre, ihm die Tür vor der Nase zuzuschlagen.

»Darf ich reinkommen? Es regnet«, fügte er hinzu und nahm die Brille ab, als wäre ihm bewusst geworden, wie er auf sie wirken musste.

»Okay.« Isving trat beiseite. Ob es der klare Blick seiner hellen Augen oder die Andeutung eines Lächelns gewesen waren, die sie dazu bewogen, hätte sie nicht sagen können. Doch sie konnte jede Einnahme gebrauchen, und außerdem wies man in einer solchen Nacht niemandem die Tür. Sie war, wie die meisten Menschen hier im Norden, gastfreundlich. Und das nicht nur, weil sie ein B&B betrieb, sondern weil man in der rauen Natur und auf einsamen Straßen selbst schnell in die Situation geraten konnte, Hilfe zu benötigen.

Andererseits stand sie nun mit einem fremden Mann hier, der sie im schwachen Schein der Nachtbeleuchtung aufmerksam musterte. Um Abstand zu gewinnen, trat sie rasch hinter den Tresen, der auch als Rezeption diente.

»Wie lange möchtest du bleiben?«

»Ich weiß nicht, was hat Kópavík denn zu bieten?«

Isving schluckte ein *nicht viel* herunter, das ihr schon auf der Zunge gelegen hatte, und zählte auf, wovon Gabrielle den Touristen auf diese Frage jedes Mal aufs Neue voller Begeisterung vorschwärmte: »Nicht weit von hier befindet sich der größte Wasserfall der Westfjorde. Man kann wunderbar wandern und eine der sehr beliebten Whale-Watching-Fahrten direkt von unserem Hafen aus buchen. Es gibt auch ein- oder mehrtägige Reitausflüge …« Sie verstummte und knipste eine Lampe an.

»Ah, ja.« Er hatte die Kapuze abgestreift und blinzelte.

Bei Licht betrachtet wirkte er überhaupt nicht mehr unheimlich. Vor ihr stand ein teuer gekleideter Städter, der sich aus irgendwelchen Gründen ans Ende der Welt verirrt zu haben schien. Bestimmt war er nur auf Stippvisite und nicht an der bei gutem Wetter wirklich sagenhaft schönen Landschaft interessiert, die im Sommer Touristen scharenweise anlockte. Die Leute verschätzten sich oft mit den Fahrzeiten, besonders wenn sie unerfahren waren und sich am Navi orientierten.

»Kópavík hat die einzigen heißen Quellen hier in der Gegend«, fügte sie hinzu. Die Isländer liebten es, darin zu entspannen.

»Wirklich?«

Sie spürte, wie ihr die Röte ins Gesicht stieg, und sprach schnell weiter: »Ich kann ein Zweibettzimmer für zehntausend Kronen anbieten oder eines mit Queensize-Bett. Mit Frühstück kostet es elfeinhalb.«

»Frühstück mit Queen klingt gut«, sagte er und sah sich suchend um. »Jetzt kann man wohl nichts mehr zu essen bekommen?« Mit einer beredten Geste legte er sich die Hand auf den Bauch und schnupperte. »Backst du?«

Sie hätte ihn auf den Kühlschrank hingewiesen, in dem Getränke und kleine Snacks bereitstanden, falls ein Gast in der Nacht hungrig wurde, aber darin befanden sich nur ein paar Erdnüsse.

»Wenn du mit belegten Broten zufrieden bist ...«

»Fantastisch!« Das Lächeln ließ seine Augen strahlen.

Sie bat ihn, den Anmeldebogen auszufüllen, nahm einen Zimmerschlüssel vom Haken und lief beschwingt vor ihm die Stufen in den ersten Stock hinauf.

»Der zweite Schlüssel ist für den Eingang am Parkplatz«, sagte Isving im Flüsterton, um die Französinnen nicht zu wecken. Dann öffnete sie seine Zimmertür und knipste das Licht an.

»Wow!«

Mit der Auswahl der Farben, der Dekoration, überhaupt mit der gesamten Inneneinrichtung hatte sie sich nach dem Kauf der kleinen Pension vor zwei Jahren große Mühe gegeben, und Isving freute sich jedes Mal über ein Kompliment ihrer Gäste.

Auch im Sommer, wenn sie Tische und Stühle auf die Veranda stellten, um bei gutem Wetter draußen servieren zu können, zog das blassblau und weiß gestrichene traditionelle Haus auf der Anhöhe am Ortseingang die Blicke auf sich, sodass sie über Besuchermangel nicht klagen konnten. Ihr Konzept mit dem angeschlossenen Laden, in dem sie Andenken und Kunsthandwerk aus der Region verkauften, war ebenfalls aufgegangen und brachte zusätzlich Geld in die Kasse.

»Alles in Ordnung?« Ihr nächtlicher Gast hatte die Inspektion des Zimmers beendet und sah sie aufmerksam an.

»Sicher.«

»Fein. Ich hole nur schnell meine Tasche aus dem Wagen …«

»Du findest mich in der Küche. Immer der Nase nach«, sagte sie mit einer Munterkeit, die sie nicht empfand, und lief schnell hinunter ins Erdgeschoss. Die Brote würden gleich fertig sein.

Das Kühlhaus sah ziemlich leer aus, aber mit Quark und einem frischen Salat, der in einer Geo-Farm nicht weit von hier angebaut wurde, lag sie bestimmt nicht falsch. Und von der Kürbissuppe war auch noch etwas da. Zum Schluss schob sie einen Gemüseflammkuchen in den nun leeren Ofen. Davon lagen immer einige vorbereitet im Gefrierschrank. Er hatte hungrig ausgesehen, und niemand sollte sagen können, man würde im Kaffi Vestfirðir schlecht bewirtet. Anschließend schnitt sie eins der dampfenden Brote auf, damit es schneller abkühlte.

»Ich sterbe vor Hunger.«

Wie er die Schwingtüren aufdrückte, die das Café von der Küche trennten, hatte etwas von einem modernen Kinohelden. Sein Look hätte besser in die kreative Szene Reykjavíks gepasst oder gleich in eine der großen Metropolen, einschließlich der dunklen Haare, die er am Hinterkopf in einem unordentlichen Knoten zusammengefasst trug. Beinahe so wie ihre eigenen roten Locken. Die waren mit Holzspießen festgesteckt, weil ihr das Haargummi gerissen war und sie keine Lust gehabt hatte, extra in ihre Dachstube hinaufzusteigen, um ein neues zu holen. Mit Besuch hatte sie nun wirklich nicht gerechnet, und schon gar nicht mit einem, der eine Flasche Wein aus der Tasche seines Sakkos zog.

»Magst du einen Schluck, oder ist das wie Eulen nach Athen tragen?«

»Überhaupt nicht. Also, die Sache mit den Eulen.« Isving fand, es war eine sympathische Geste, um sich für ihre nächtliche Gastfreundschaft zu revanchieren. »Hinter der Theke sind Gläser, da liegt auch ein Korkenzieher. Ich muss nur schnell den Flammkuchen rausnehmen …«

»Prima. Ich trinke nicht gern allein«, sagte er und stellte die Flasche auf den Tisch.

Aus dem Augenwinkel beobachtete sie, wie er den Wein entkorkte und mit einer Drehung aus dem Handgelenk einschenkte. Auf solche Kleinigkeiten achtete sie immer.

»Ich bin Isving.« Sie stellte den Flammkuchen auf den Tisch, strich die Schürze glatt und setzte sich.

»Herzlichen Dank für deine Gastfreundschaft«, sagte er und hob sein Weinglas.

Während des Essens erzählte er, dass er Urlaub habe und den Norden erkunden wolle. »Viele kleinere Straßen und einige Pässe sind leider geschlossen. Oben in den Bergen schneit es, und alles ist völlig vereist. Vermutlich war es eine Schnapsidee. Ich hätte im Sommer kommen sollen.«

»Du bist doch aber Isländer?« Sie wunderte sich, dass er über den Zustand der Straßen so wenig zu wissen schien.

»Da bist du nicht die Erste, die mich das fragt. Vermutlich halten mich alle Bewohner der Westfjorde für einen Trottel, aber ich bin als Kind kaum aus Reykjavík rausgekommen, jedenfalls nicht im Winter, und später war ich … viel unterwegs.«

Wie er dabei die Stirn in Falten legte, ließ sie an einen ziemlich zerknirscht blickenden Hund denken. Sie hatte sofort das Gefühl, ihn trösten zu müssen.

Er schenkte Wein nach. »Was hat dich in so eine zugige Ecke der Welt verschlagen?«

»Mehr oder weniger der Zufall. Ich wollte schon immer ein kleines Café oder ein Bed & Breakfast besitzen. Hier habe ich beides gefunden, und obendrein noch eine fantastische Landschaft.«

Sie hatte sich einen Traum erfüllt und sollte glücklich sein, warum nur wurde ihr das Herz so eng bei diesen Worten?

Träume sind Schäume, hörte sie ihre Großmutter unken,

wenn sie wahr werden, steht das Schicksal schon bereit, um dir Knüppel zwischen die Beine zu werfen.

Um die Erinnerung abzuschütteln, fragte sie, welchen Weg er von Reykjavík gekommen war.

Kurzweilig erzählte er daraufhin von seinem Kampf gegen die Tücken einsamer Landstraßen und von menschenleeren Orten, in denen die einzigen lebenden Wesen immer in Tankstellen zu sitzen schienen, um dort Hot Dogs essend in einen tonlosen Fernseher zu starren, der unter der Decke hing.

Sie musste lachen, weil es ihr manchmal auch so vorgekommen war. »So gesehen ist in Kópavík mächtig was los.«

»Auf jeden Fall isst man hier viel besser.« Er schob sich ein großes Stück Brot in den Mund und sah sie an. »Ich glaube, ich habe überhaupt noch nie so gut gegessen. Du hast mich vor dem sicheren Hungertod gerettet.«

»Natürlich. Ich bin Köchin, das ist mein Job«, erwiderte sie ebenso ernsthaft. Dann lachten sie beide gleichzeitig los.

Du hast mir definitiv den Abend gerettet, dachte sie später dankbar und griff nach den Tellern, um abzuräumen.

»Warte, ich helfe dir.«

Schnell waren alle Spuren des Mitternachtsmahls beseitigt, und damit kehrte ihre Verlegenheit zurück. Als hätten die Elfen, denen sie manchmal Milch und Brot aufs Fensterbrett legte, ihr nur einen kurzen Ausflug in die Welt selbstbewusster und glücklicher Menschen geschenkt und sie nun wieder in den Alltag voller Schüchternheit und Selbstzweifel zurückgeholt.

Ihr Gast war freundlich, sie hatten sich nett unterhalten, und es gab keinen Grund für dieses lähmende Gefühl. Isving wusste das – theoretisch. Aber gegen ihre Gefühle kam sie häufig einfach nicht an. Manchmal machte sie das regelrecht zornig. Nicht heute, heute machte es sie traurig.

»Frühstück gibt es zwischen acht und zehn.« Ihre Stimme hatte wieder den kühlen Ton angenommen, der sie vor allzu großer Nähe schützen sollte.

»Das ist – früh«, sagte der Mann und lächelte sie an, als habe er von ihrem Stimmungsumschwung nichts mitbekommen.

»Findest du?«

»Ein bisschen später ginge es doch bestimmt auch? Das Bett sieht bequem aus, und hell wird es sowieso erst mittags.«

Sie dachte an all die Dinge, die sie morgen erledigen musste, und sagte strenger als geplant: »Sag mir einfach Bescheid, wenn du so weit bist.«

»Jawoll!«, sagt er schneidig und mit einem Akzent, der vermutlich deutsch klingen sollte.

»Ich bin Dänin«, entgegnete sie sanfter und erreichte damit, dass er verlegen blinzelte.

»Was möchtest du essen? Hering, *Lýsi* …«

»Lebertran?« Er lachte. »Auf keinen Fall. Eine Scheibe von deinem köstlichen Brot und schwarzer Kaffee reichen mir vollkommen aus. Na gut, gegen Butter dazu hätte ich auch nichts einzuwenden, oder Cerealien«, fügte er hinzu.

»Das lässt sich machen. Melde dich einfach, wenn du wach bist. Gute Nacht.« Hinter ihr lag ein langer Tag, und sie unterdrückte ein Gähnen.

»Gute Nacht und … danke.« Damit verschwand er durch

die Schwingtüren, und wenig später hörte sie die Treppenstufen unter seinen Schritten knarren.

Isving sandte Gabrielle noch schnell eine Notiz, dass am Abend ein dritter Hausgast eingetroffen war, der möglicherweise später frühstücken wollte. Dann drehte sie die Lichter aus und ging auf leisen Sohlen den gleichen Weg, den er genommen hatte, an seinem Zimmer vorbei und eine schmale Stiege hinauf in ihre Mansarde unter dem Dach.

2

Als Isving am frühen Morgen die Gardinen aufzog, bemerkte sie eine Gestalt am Haus der Freundin. Im Schein der Laternen sah sie einen Mann schnell hinter dem Felsvorsprung am Hang verschwinden. Wenig später durchschnitt Scheinwerferlicht die Dunkelheit, und sie blickte dem großen Geländewagen nach, der langsam den Weg Richtung Kópavík entlangrollte. Wen mochte Gabrielle diesmal abgeschleppt haben?

Um das Seelenheil ihrer Schwägerin und Geschäftspartnerin machte sie sich keine Gedanken. Beide waren sie erwachsen und konnten tun oder lassen, was sie wollten. Aber Gabrielle lebte aus einem besonderen Grund in der hübschen Kate etwas weiter oben am Hang, während Isving ziemlich beengt unterm Dach der Pension schlief: Lili, ihre Tochter, die seit letztem Sommer die vierte Klasse der Grundschule besuchte.

Mit einem Seufzer zog sie ihr Handy hervor. Natürlich. Gegen vier war eine Nachricht hereingekommen: *Bon jour, ma chère. Könntest du bitte Lili heute in die Schule bringen? Ich übernehme die Spätschicht.*

Es gab im Winter keine Spätschicht, und außer Katla und Ursi, die manchmal aushalfen, hatten sie keine weiteren Mitarbeiterinnen. Die hätten sie sich auch nicht leisten können. Ihre Rücklagen waren durch den Umbau schon sehr zusammengeschmolzen, und es war einige Zeit vergangen, bis sich rumgesprochen hatte, dass man im Kaffi Vestfirðir hübsche Zimmer zu passablen Preisen bekam und sehr gut essen konnte. In Kópavík gab es außer ihrem B&B und einigen Privatzimmern nur einen sehr einfachen Campingplatz und das skurrile Hotel, das von zwei alten Leuten betrieben wurde, die seit Jahrzehnten nichts mehr investiert hatten.

Isving schwang die Beine aus dem Bett und schlüpfte in weiche Lammfellpantoffeln. Die Vorbesitzer hatten das Haus zwar rundherum renoviert, bevor sie aus familiären Gründen zurück nach Kanada gegangen waren, aber nicht das Dach. Was zur Folge hatte, dass die Wärme durch die Isolierung nun in der ersten Etage blieb und nicht mehr nach oben aufsteigen konnte. Im Prinzip war das gut – allerdings nicht für Isving. Bei diesen niedrigen Temperaturen glitzerten die schrägen Wände ihres Zimmers, und manchmal war morgens das Wasser im Glas auf dem Nachttisch gefroren. Ihr machte das nichts aus, denn hier oben schlief sie ja nur, und unter der Bettdecke aus Eiderdaunen war es warm und kuschelig.

Damit ihre Kleidung in der feuchten Luft nicht stockig wurde, bewahrte sie sie unten im Wäschezimmer auf. Wenn sie also, wie gestern Abend, vergaß, sich frische Sachen mit hinaufzunehmen, dann musste sie im Morgenmantel durchs Treppenhaus huschen und hoffen, nicht gesehen zu werden. Es wäre ihr zu peinlich gewesen, in diesem Aufzug einem Gast zu begegnen. Natürlich hätte sie jetzt im Winter auch in eines der Pensionszimmer einziehen können, aber es war immer möglich, dass überraschend Gäste auftauchten, wie man heute wieder gesehen hatte. Und dann sollten auch alle Zimmer bezugsbereit sein. Außerdem mochte sie ihr kleines Reich unterm Dach mit dem großen Fenster im Giebel, von dem aus sie im Sommer direkt auf den Fjord sehen konnte, wenn sie morgens die Augen öffnete.

Es war zwar noch nicht mal sechs Uhr und stockdunkel, aber schlafen konnte sie jetzt auch nicht mehr. Also schloss sie ihre Kammer ab, um zum Duschen nach unten zu gehen. Auf der Treppe hörte sie ein rhythmisches Klopfen und verharrte. Es kam aus dem Raum des späten Gasts, und sie konnte sich zuerst keinen Reim darauf machen, bis sie meinte, so etwas wie ein Lied zu hören. Das Klopfen brach ab, dann war es wieder zu hören. Der Rhythmus hatte sich minimal verändert. Sie schüttelte den Kopf. Was ging es sie an, womit sich ihre Gäste die Nacht um die Ohren schlugen?

Nachdem Isving alles fürs Frühstück vorbereitet und die Heizung im Frühstücksraum aufgedreht hatte, lief sie durch den frisch gefallenen Schnee den Weg hinauf zu Gabrielles Haus, um Lili zu wecken.

Doch das Mädchen saß schon fertig angezogen in ihrem Zimmer auf der Bettkante und las. Als Isving hereinkam, sah sie auf: »'Tschuldigung, ich wollte schon rüberkommen, aber die Geschichte war so spannend.«

»Hast du dir die Zähne geputzt?«, fragte Isving, obwohl sie wusste, dass es nicht notwendig gewesen wäre. Lili war das ganze Gegenteil ihrer Mutter und hätte etwas so Wichtiges nie vergessen.

»Klar!«, sagte die Kleine und klappte ihr Buch zu. »Bevor du weiterfragst: Der Ranzen ist gepackt. Wir schreiben heute eine Mathearbeit.« Sie wirkte kein bisschen beunruhigt, was Isving freute, weil sie selbst ein eher ambivalentes Verhältnis zu Zahlen hatte und sich regelmäßig zwingen musste, die Buchhaltung des Cafés zu erledigen, wenn Gabrielle, zu deren Aufgaben die Finanzen eigentlich gehörten, es nicht geschafft hatte.

»Dann komm«, sagte sie und streckte eine Hand aus. »Was wünschen Mademoiselle denn zum Frühstück?«

»Das weißt du doch«, entgegnet Lili, zog ihren Mantel an und folgte ihr schnell durch den eisigen Wind hinüber in die warme Restaurantküche, wo sie sich an den alten Holztisch setzte und ihr Buch aufklappte.

»Was liest du da?«

»Das schönste Buch der Welt. Die Heldin sieht aus wie du, und wenn sie singt, kann sie die bösesten Teufel verzaubern. Sie ist eine Hexe«, fügte Lili hinzu.

»Das erklärt alles«, sagte Isving schmunzelnd und stellte ihr eine Schüssel mit Müsli hin, das sie mit einem Klecks Kirschkompott garnierte. »Hexen sind meistens nette Leute.«

»Ich weiß, und sie sind sehr, sehr schön.« Das zarte Mädchen sah nur kurz auf und aß dann mit einem solchen Heißhunger weiter, dass Isving schon die Frage auf der Zunge lag, ob sie gestern überhaupt Abendbrot bekommen hatte. Aber sie verzichtete darauf, um das Kind nicht in Verlegenheit zu bringen. Ganz gleich, welche Defizite Gabrielles Erziehung in Isvings Augen haben mochte, Lili liebte ihre Mutter.

Nachdem sie aufgegessen hatte, leerte sie ihre Teetasse, wischte sich mit dem Handrücken den Mund ab und sagte: »Maman war betrunken. Warum?«

Erschrocken sah Isving auf, und in ihrem Kopf rasten zahllose mögliche Erklärungen herum, von denen ihr keine kindgerecht erschien, bis sie schließlich einen Arm um Lilis Schultern legte und sagte: »Du musst dir deine Mama wie eine Lichtelfe vorstellen. Wenn es zu lange dunkel ist, wird sie traurig.« Hier wusste sie nicht mehr weiter.

»Das verstehe ich«, sagte das Kind und nickte. »Sie ist wie eine Blume. Die brauchen auch Licht und Wasser, um zu überleben.«

Erleichtert pflichtete sie ihr bei.

»Aber wenn Maman traurig ist, warum lacht sie dann in der Nacht und quiekt so komisch? Hat sie Sex?«

Isving erstarrte. Woher wusste dieses neunjährige Mädchen solche Dinge? »Lili …«, begann sie hilflos.

»Schon gut. Ich weiß, dass Erwachsene nicht darüber reden wollen. Aber in der Schule habe wir Filme gesehen, und da haben die Leute auch so geklungen wie Maman und der Mann heute Nacht.«

»Ja«, sagte Isving und holte tief Luft. »Dann wird deine Mutter wohl Sex gehabt haben.« Sie hoffte inbrünstig, dass das Kind nicht verstand, wovon es sprach, und nahm sich vor, mit der Lehrerin zu sprechen. Und mit Gabrielle, die sich in ihren Augen absolut verantwortungslos verhielt.

Nachdem sie Lili in der Schule abgegeben hatte, befreite sie zuerst die Wege rund ums Haus vom Schnee und fuhr danach zu Kristín Stefansdóttir. Die junge Frau hielt Hühner, ein paar Schafe und züchtete Islandpferde. Ihr

Mann fuhr zur See, doch wenn er zu Hause war, organisierte er gemeinsam mit ihr Trekking-Touren für Touristen.

Wann immer Isving es einrichten konnte, fuhr sie auf den Hof der beiden, um Eier und manchmal auch Schafsfleisch zu kaufen, vor allem aber, um ihrer Leidenschaft nachzugehen. Sie ritt seit ihrem sechsten Lebensjahr und war inzwischen ebenso vernarrt in die kleinen, selbstbewussten Pferde der Insel wie die Züchterin. Wann immer es ihre Zeit und der Geldbeutel erlaubten, machte sie einen Ausritt. In der Weite der isländischen Landschaft war nichts mehr wichtig, außer der Harmonie zwischen dem Einzelnen und der Schöpfung. Hier draußen fühlte sie sich frei und glücklich.

Kristín arbeitete gemeinsam mit ihrer Praktikantin im Stall. »Ich bin gleich fertig«, rief sie.

»Kann ich helfen?« Isving hatte zu Hause in Dänemark viel Zeit im Pferdestall der Nachbarn verbracht. Doch Kristín lehnte ab, und so setzte sie sich auf einen Strohballen und genoss die beruhigenden Laute der Pferde, die voller Hingabe ihr Futter zwischen den großen Zähnen zermalmten. Ihr Lieblingspferd *Stjarni* kam angeschlendert und stieß sie mit dem Kopf an, weil sie genau wusste, dass *ihr Mensch* immer eine Leckerei in der Tasche bereithielt.

»Wenn du sie weiter so verwöhnst, platzt sie bald«, rief Kristín und schnitt einen Ballen Heu auf. »Entweder du kommst öfter zum Reiten, oder es gibt keine Leckerlis mehr für das feine Fräulein.«

»Sie meint das nicht so«, sagte sie leise, und das Pferd schüttelte den Kopf. In Wirklichkeit hatte die Kritik keinesfalls spaßig geklungen. Die Landwirtin hatte oft einen rauen Ton am Leib, und Isving fragte sich manchmal, ob es etwas mit ihrer Herkunft zu tun hatte. Island hatte bis in die Mitte des zwanzigsten Jahrhunderts noch zu Dänemark gehört, und nicht bei jedem waren Dänen hierzulande willkommen.

Bevor sie weiter darüber nachdenken konnte, tauchte Bjarne auf. Kristíns jüngerer Bruder studierte in Reykjavík. Dort teilte er sich mit seiner Zwillingsschwester ein Apartment. Er trug eine Reisetasche und schob einen aufdringlichen Jährling beiseite, um Kristín kurz zu umarmen. »Ich fahr dann mal los.«

»Fahr vorsichtig.«

»Jaja.«

»Die Pässe sind stark vereist«, sagte Isving, obwohl sie dieses Familiengeplänkel nichts anging. »Gestern ist spät ein Gast bei uns eingetrudelt, der sagt, er sei kaum noch durchgekommen.«

»Touristen.« Bjarne lachte und klimperte mit dem Autoschlüssel.

»Na ja, er ist schon Isländer, wenn auch nicht von hier«, sagte sie. »Ich meine ja nur. Pass einfach ein bisschen auf, okay?«

»Klar, mache ich doch immer.« Bjarne umarmte seine große Schwester und Isving gleich mit. Dann winkte er noch kurz und ging hinaus.

»Danke«, sagte Kristín. »Mich hätte er ausgelacht, aber wenn du so was sagst, hört er wenigstens zu.«

Die beiden Frauen verdrehten in einer neu gefundenen Allianz die Augen. Dann fragte Kristín: »Ich muss raus zu den Weiden – hast du Zeit mitzukommen?«

Das klang nach einer Einladung und nicht nach einem bezahlten Reitausflug. Sehnsüchtig blickte sie auf Stjarni, eine stürmische Fuchsstute, deren Mähne ihrer eigenen farblich sehr nahe kam. »Leider nein. Wir haben Gäste und Gabrielle … es ist spät geworden.«

Von den 231 Einwohnern, die während des gesamten Winters in Kópavík blieben, feierten am Abend des *Dreizehnten* fast alle bei Ragnars Halle am Hafen. Das *Þrettándinn*-Feuer war der traditionelle Abschluss der Weihnachtszeit im Januar, und sogar der alte Pfarrer fehlte nicht, obwohl die Wurzeln dieses Fests in der heidnischen Vergangenheit Islands lagen.

Doch weder Freigetränke noch die Tanzkapelle aus Akureyri mit ihren schmissigen Liedern und den leicht bekleideten Sängerinnen hatten darüber hinwegtäuschen können, dass nicht nur ein Jahr, sondern auch eine Ära zu Ende ging.

Óskar Ragnarsson hatte kurz vor den Feiertagen verkündet, die hiesige Fischfabrik schließen zu wollen, die sich seit drei Generationen im Besitz seiner Familie befand. Fünfzig Jahre lang hatte sein Vater Ragnar eine schützende Hand über die kleine Gemeinde im Norden Islands gehalten, doch in Zukunft würden die Einwohner auf sich selbst gestellt sein.

Ragnar, dessen Vorfahren zu Islands Gründerfamilien gehörten, hatte in den letzten Jahren viele neue Initiativen angestoßen. Touristen aus aller Welt kamen, weil sie hinausfahren und Wale beobachten wollten, oder die putzigen Papageitaucher, die nicht weit von hier an einer Felswand brüteten. Der Fischfabrikant hatte eine Stiftung eingerichtet, um zwei Ranger zu finanzieren, die sich um den

Erhalt der Natur rund um den Ort kümmerten, und die Energieversorgung war dank seiner finanzkräftigen Unterstützung auf dem neuesten Stand, was Kópavík die Auszeichnung »Öko-Gemeinde« eingebracht hatte.

Das alles schien Óskar Ragnarsson, der auf den besten Schulen und Universitäten der Welt ausgebildet worden war, wenig zu interessieren. Die Stiftung konnte er nicht antasten, aber zum Ende der Saison wäre Schluss, ließ er verlauten, und dafür könne man sich bei den verrückten Tierschützern, bei Europa und den Fangquoten bedanken. Das stimmte zwar so nicht, aber Isländer waren schließlich die Nachkommen der Wikinger und ließen sich ungern Vorschriften machen. Die EU bot vielen ein willkommenes Feindbild. Das Schicksal der Saisonkräfte oder die Einwände der Fischer interessierten Óskar nicht im Geringsten, er tat sie mit einer gelangweilten Geste ab.

Obwohl die Stimmung also denkbar schlecht war, wollte sich kaum jemand das Fest entgehen lassen, zu dem noch der alte Ragnar geladen hatte, kurz bevor er Ende November überraschend gestorben war.

»Lass mich raten. Du warst nicht beim *Þrettándinn*-Feuer, oder?« Als Isving etwas entgegnen wollte, hob Kristín die Hand. »Natürlich nicht. Der späte Gast, nicht wahr?«

Sie ging nicht über die Brücke, die ihr Kristín baute. »Ich war nur kurz da, weil Gabrielle meinte, wir müssten uns dort sehen lassen. Aber ich bin gleich wieder weg, weil es mir vorkam wie ein verfrühter Leichenschmaus – noch vor der Beerdigung. Óskar Ragnarsson ist ein egozentrischer Idiot. Wie kann er alles kaputt machen, was sein Vater aufgebaut hat? Wusstest du, dass er ein Ultimatum gestellt hat? Entweder wir stimmen für den Walfang, oder er schließt die Fabrik.«

»Ich weiß.« Interessiert musterte Kristín sie. »Dann bist du nicht dafür?«

»Ich? Nie im Leben! Die Tiere sind doch schon durch Klimawandel, Krillfang und all die Lärmverschmutzung in den Meeren furchtbar belastet. Muss man sie dann wirklich noch jagen und abschlachten, wenn sie nicht mal jemand essen will?«

Kristín sah sie nachdenklich an. »Das frage ich mich auch.« Dann lächelte sie wieder geschäftsmäßig. »Komm, ich habe deine Bestellung schon fertig gemacht. Der Käse ist diesmal ganz großartig geworden.«

Auf dem Rückweg schneite es wieder, und als sie nach einer anstrengenden Fahrt über eisglatte Straßen ihre Küche durch den Hintereingang betrat, wehte gurrendes Lachen aus dem Café herüber. So hörte es sich an, wenn Gabrielle in Fahrt war. Eine warme Männerstimme fiel ein. Der späte Gast.

Sie hatte sich so sehr beeilt und seinetwegen auf den Ausritt verzichtet, und jetzt flirtete er mit ihrer Freundin. Heftiger als notwendig warf sie die Tür hinter sich zu.

»Da bist du ja!« Gabrielles schmales Gesicht erschien über den Pendeltüren. »Wurde auch Zeit. Ich dachte schon, ich müsste Frühstück für diesen Waldschrat machen.« Sie kam herein und zog den Morgenmantel über der Brust zusammen. Ihr Atem roch nach Alkohol.

War sie wirklich halb nackt durch die Kälte herübergekommen? Wundern würde es Isving nicht. »Geh zurück ins Bett, ich kümmere mich darum«, sagte sie, doch als

Gabrielle zur Tür eilte, rief sie ihr nach: »Wir müssen über Lili reden. Heute Nachmittag.«

»Jaja!« Gabrielle winkte, ohne sich umzudrehen, und verschwand.

Isving hätte sie am liebsten geschüttelt. Wie konnte jemand so wenig Interesse für sein eigenes Kind aufbringen? Ärgerlich holte sie eine Pfanne und ein großes Messer hervor, mit dem sie die Frühlingszwiebeln aus Kristíns Hofladen schneiden wollte.

»Gut geschlafen?« Der späte Gast kam herein und sah sie aufmerksam an. Isving hatte das Gefühl, unter seinem Blick zu einer Pfütze aus Verlegenheit und Scham zusammenzuschmelzen.

»Ja«, sagte sie und schnitt energisch viel mehr Zwiebeln klein, als sie brauchen würde.

»Schön.« Seine Stimme hatte einen kühlen Ton angenommen, als hätte er einen Mantel umgelegt, an dem alles abgleiten würde.

Du bist so eine dumme Gans, schalt sie sich in Gedanken. Er war doch nur freundlich gewesen, hatte sich für ihre Gastfreundschaft bedankt und höflich mit Gabrielle gesprochen, die in ihrem leichten Gewand keinesfalls so seriös wirkte, wie man es von der Inhaberin einer ordentlichen Pension erwarten durfte. Und gestern Abend hatten sie zusammen gelacht, als würden sie sich schon lange kennen. Selten hatte sich Isving in der Gegenwart eines Mannes entspannter gefühlt.

»Ich bin gleich fertig. Setz dich doch schon mal in den Frühstücksraum«, sagte sie freundlicher, aber er drehte sich wortlos um und verließ die Küche.

3

Als sie ihm Kaffee brachte, saß er mit lang ausgestreckten Beinen im Frühstücksraum und sah hinaus zum Fjord, der im milchigen Sonnenlicht aussah wie ein Spiegel mit eisglitzerndem Rahmen. Zwischen den Fingern drehte er gedankenverloren eine Postkarte.

Isving stellte die silberfarbene Thermoskanne auf den Tisch und zeigte auf die Karte. »Alexanders Gitarrenwerkstatt. Er ist letzten Sommer hergezogen. Interessierst du dich für Instrumente?«

Er sah sie merkwürdig an, und der Hauch eines Lächelns erschien auf seinen Lippen. Es war, als amüsierte er sich über einen geheimen Scherz. »Klingt interessant.« Dabei tippte er auf sein Smartphone. Es war riesengroß und gehörte zu den teuren Geräten, die sie sich niemals hätte leisten können. »Was für ein Wetter! Die Straßen nach Süden werden frühestens übermorgen wieder frei sein. Du wirst mich wohl noch ein paar Tage länger ertragen müssen.«

»Ich …« Sie wusste nicht, was sie darauf antworten sollte. »Was möchtest du denn frühstücken?«, fragte sie stattdessen. Nur eine Scheibe Brot, wie er gestern Abend behauptet hatte, das konnte doch nicht sein Ernst sein. »Ich habe frische Eier geholt, und die Brötchen sind auch gleich fertig.«

Er sah auf und lächelte, als wüsste er, dass gutes Essen ihre Art war, Freundlichkeit zu zeigen, wenn es ihr nicht gelang, die passenden Worte zu finden. »Ich hätte Lust auf ein Omelette, wenn es nicht zu viele Umstände macht, und falls du noch etwas von dem leckeren Quark von gestern haben solltest…«, sagte er. »Brötchen klingen auch himmlisch.«

In diesem Augenblick kamen die Französinnen herein, sie wünschten einen guten Morgen und suchten sich ebenfalls einen Platz am Fenster.

Lässig zog er die Sonnenbrille herunter, die kurioserweise in seinem Haar gesteckt hatte.

Isving fragte sich, ob ihm seine Augen Probleme machten und er womöglich unter einer extremen Lichtempfindlichkeit litt. Nachdem sie die Bestellungen der beiden Frauen entgegengenommen hatte, verschwand sie wieder in ihr Küchenreich, das warm und vom Duft gebackenen Brots erfüllt war.

Normalerweise gab es eine klare Arbeitsteilung zwischen Gabrielle und ihr. Alles, was hinter den Kulissen passierte, war Isvings Aufgabe. Kundenkontakt, das Café und der Laden wurden von Gabrielle betreut. Sie sprach neben Englisch und Isländisch, ihrer Muttersprache, auch noch fließend Französisch, und weil sie in der Schweiz aufgewachsen war, ein bisschen Deutsch und Italienisch. Außerdem wirkte sie auf andere selbst dann mädchenhaft heiter, wenn ihr zum Heulen zumute war. Isving nannte es insgeheim den *Instagram-Modus*, weil Gabrielle nur von sich zeigte, was oberflächlich, glatt und schön war.

»Ich wünschte, du wärst ein klein wenig wie sie. Du

könntest echt ganz hübsch sein, wenn du dich ein bisschen lockerer machen würdest«, hatte Isvings großer Bruder oft gesagt.

Mads und Gabrielle waren glücklich gewesen, bis zu dem Tag, als er trotz der Wetterwarnungen hinausgesegelt war. Die Ostsee konnte tückisch sein. Es war dieses Unglück, das die unterschiedlichen Frauen zusammengeschmiedet und schließlich hier nach Island geführt hatte.

Nach dem Frühstück wurde das Haus ganz still. Die Französinnen hatten ausgecheckt und sich unbeeindruckt vom Wetterbericht zur Weiterfahrt entschlossen. Isving putzte die Zimmer und kümmerte sich anschließend um die Wäsche. Sie liebte den Duft frisch gebügelter Baumwolle und die trockene Wärme in der Wäschekammer, aber es wäre einfacher gewesen, wenn sie jemanden gehabt hätte, der ihr beim Zusammenlegen der großen Laken geholfen hätte.

Gegen Mittag kam Gabrielle herüber. Sie war jetzt wieder ihr gepflegtes Selbst und lächelte, als amüsiere sie sich über einen geheimen Scherz. »Ich übernehme«, sagte sie mit dem typischen französisch angehauchten Singsang in der Stimme und tat so, als hätte es die Begegnung am Morgen gar nicht gegeben. Isvings Versuch, mit ihr über Lili zu reden, wedelte sie mit einer ungeduldigen Geste weg.

»Ich weiß, sie hat mitbekommen, dass ich nicht allein war. Das war blöd, ich werde mit ihr reden«, sagte sie, schenkte sich einen Kaffee ein und ging damit hinüber in den Shop. »Weißt du, Óskar ist wirklich in Ordnung.«

»Óskar? Wie in *der meistgehasste Fischfabrikant der West-*

fjorde?«, fragte Isving entsetzt und folgte ihr. »Geht das schon lange mit euch?«

»Eine Weile.« Gabrielle sah sie herausfordernd an. »Ich habe Bedürfnisse. Wie jede gesunde Frau.« Es war ihr anzusehen, dass sie noch mehr hatte sagen wollen, aber stattdessen stellte sie die Tasse ab und begann, Postkarten zu sortieren. »Hier kommen am Tag bestenfalls drei Touristen vorbei und hinterlassen trotzdem maximales Chaos«, brummte sie wie zu sich selbst. Als sie zufrieden mit der neu geschaffenen Ordnung war, drehte sie sich zu Isving um. »Er hat Lili und mich am Wochenende eingeladen, damit sie ihn kennenlernen kann. So ganz offiziell.« Ihre Augen strahlten, und sie wirkte das erste Mal seit Wochen, wenn nicht sogar seit Monaten, entspannt.

Diesen glücklichen Moment wollte sie nicht zerstören. Gabrielle hatte lange genug getrauert, und für Lili war es gut, wenn ihre Mutter endlich ausgeglichener wurde. »Das ist nett von ihm«, sagte sie deshalb nur und verabschiedete sich. Sie musste noch mal raus zum Schneeschieben, bevor es wieder dunkel wurde, und wenn schon keine Gäste kamen, konnte sie diese Gelegenheit nutzen und die unter den Tischen und Stühlen klebenden Kaugummimumien abkratzen.

Auf das Kochen am Nachmittag freute sie sich. Es würde Lammkeule geben, anders als in Island üblich, denn Isving liebte die orientalische Küche. Der Aufwand für einen einzelnen Gast war natürlich unwirtschaftlich, aber das gehörte zu ihrem gemeinsam erarbeiteten Konzept: jeden so zu betreuen, als käme er oder sie bei ihnen zu Hause zu Besuch.

Wenn sie ganz tief in sich hineinhorchte, gab es heute einen zusätzlichen Anlass zur Vorfreude: Sie wollte vor allem den seltsamen Gast überraschen, der offenbar gern aß. Ihr Omelett hatte er mit einem geradezu lustvollen Appetit verspeist, der sie beschwingt durch den gesamten Vormittag getragen hatte. Auch am Ende der Welt konnte man gut leben! Die Insel war zwar eine einzigartige geologische Besonderheit zwischen zwei tektonischen Platten, deren beständiges Auseinanderdriften für Vulkanausbrüche, aber auch für einige Annehmlichkeiten verantwortlich war. In den Westfjorden gab es weniger geothermale Quellen als in anderen Landesteilen, doch Kópavík konnte sich rühmen, gleich zwei davon zu besitzen. Eine beheizte ihre Häuser und die öffentlichen *Heitir Pottar.* Von den drei schlichten Becken konnte man das Herz des Orts, den Hafen samt Seehundstrand, überblicken. Neu war ein Haus mit Umkleidekabinen und Dusche. Einwohner und Touristen saßen gern darin, obwohl zu dem modernen Schwimmbad am Campingplatz auch ein Hot Pot gehörte, für den allerdings Eintritt verlangt wurde. Dafür erwartete die Besucher aber auch eine architektonische Besonderheit, denn das Gebäude war so geschickt in den Felsen gebaut worden, dass es eine nahezu perfekte Einheit mit der Natur bildete. Isving ging gern dort schwimmen, wenn sie Zeit dafür fand, was selten genug vorkam.

Der einzige natürliche *Hot Pot* befand sich auf ihrem Grundstück oberhalb von Gabrielles Haus, und sie nutzte ihn regelmäßig. Er war allerdings wirklich sehr heiß. Doch es gab eine Kaltwasserpumpe, um die Temperatur wenigstens für eine Weile zu senken.

Zu dieser Jahreszeit traf man dort praktisch nie jemanden. Obwohl der Blick über den Fjord bei gutem Wetter sensationell war, mieden die Bewohner diesen Ort. Man sagte, er gehöre den Elfen, und nur Verrückte würden ihnen den Platz streitig machen. Womöglich war den Leuten aber auch einfach nur der Weg dorthin zu beschwerlich. Mit dem Auto konnte man, anders als unten am Hafen, nicht vorfahren.

Genau der richtige Platz für Isving, um in Ruhe zu entspannen. Die Elfen jedenfalls ließen sie gewähren. Sie zog ihren Lieblingsbikini an, den Gabrielle als eine *unerhört frivole Anschaffung für jemanden, der nicht gern unter Menschen geht* bezeichnet hatte. Was sie ärgerte. Trug man hübsche Wäsche – und dazu zählte auch Badekleidung – nicht in erster Linie für sich selbst? Nach einem Blick in den schmalen Spiegel vor dem Schlafzimmer verbarg sie ihr Nixengewand jedoch vorläufig unter einem molligen, schon in die Jahre gekommenen Jogginganzug.

Obwohl Gabrielle sie dafür auslachte, schminkte sich Isving seit Jahren jeden Morgen, bis die Sommersprossen, die ihr ganzes Gesicht bedeckten, nicht mehr zu sehen waren. Wären es bloß ein paar Pünktchen auf der Nase gewesen, sie hätten ihr nichts ausgemacht. Früher waren die Betroffenen ihren Sommersprossen mit Schwanenweiß und anderen Mittelchen zu Leibe gerückt, aber das brauchte sie gar nicht erst zu versuchen. Eher hätte sie damit ihr Gesicht verätzt, als dass die ungeliebten dunkelroten Punkte verschwunden wären. Ungeschminkt fühlte sie sich wie das Abbild einer Mondlandschaft, oder, wie die Mitschüler früher gesagt hatten: eine vollgekotzte Kuh.

Die Alten im Dorf hatten sie *Hexenbalg* genannt, wenn sie glaubten, Isving würde es nicht hören. Niemals wäre sie freiwillig mit offenen Haaren oder ohne Make-up unter Menschen gegangen.

Doch die deckenden Schichten taten ihrer Haut nicht gut. Schon gar nicht, wenn sie in heißem Wasser saß, das jede Pore öffnete. Deshalb schminkte sie sich nun sorgfältig ab und öffnete die fest geflochtenen Zöpfe, die ihr heute Kopfschmerzen bereiteten. Sie waren lang geworden, und eigentlich hatte Isving sie längst abschneiden wollen, aber was immer auch andere sagten: Sie mochte ihre Haare und genoss es, wenn sie ihr abends vor dem Schlafengehen sanft über die Haut strichen und sich dabei anfühlten wie federleichte Berührungen. Was hatte Gabrielle vorhin gesagt? *Eine Frau hat Bedürfnisse.*

Damit war sie nicht allein. Stjarnis weiche Pferdeschnauze auf ihrer Handfläche, wenn sie eine Leckerei entgegennahm, die Wärme unter der dichten Mähne, das alles war wunderbar und tat ihr gut, aber so ein Tier konnte kein vollständiger Ersatz für menschliche Zuwendung sein. Isving sehnte sich nach einer warmen Hand auf ihrer Schulter, nach Berührungen.

Einsam fühlte sie sich nicht. Introvertiert und scheu, ja, aber sie konnte gut mit sich allein sein, brauchte diese Zeit für sich sogar, um entspannen zu können und ihre *Batterien* nach einem anstrengenden Tag wieder aufzuladen. Anders als Gabrielle, bei der immer viel los sein musste, langweilte sie sich nie. Es gab immer irgendetwas zu tun – sie schrieb oder ging bei gutem Wetter an den Seehundstrand, um die Tiere zu beobachten oder manchmal auch nur übers Wasser zu blicken und nichts zu denken, nur zu sein, den Wind auf der Haut zu spüren, die Sonne und die kristallklare Luft zu schmecken, die einen Hauch von Meer und wilden Kräutern mit sich brachte.

Ihr Alleinsein gründete nicht darin, dass sie sich am Ende eines Fjords niedergelassen hatte. In Kópavík verliebten sich die Leute wie überall auf der Welt. Sie zeugten Kinder, heirateten und ließen sich wieder scheiden. Das ganze Programm.

Aber Isving ließ trotz einer gewissen Sehnsucht niemanden an sich heran: Zu groß war ihre Angst vor Verletzungen ihrer Seele, von denen sie schon genug erlebt hatte. Doch die Sehnsucht blieb, und zu Hause in Århus war sie einmal sogar zum Arzt gegangen und hatte über Verspannungen und Rückenschmerzen geklagt, um sich die begehrten Berührungen verschreiben zu lassen.

Der Mensch ist nie zufrieden, dachte sie. In ihrem neuen Leben ging es ihr besser, aber sie sehnte sich mehr denn je danach, jemandem zu begegnen, der ihr Zärtlichkeit schenkte, ohne dafür Geld oder Sex zu erwarten. Obwohl ihr klar war, dass sie mit ihrer schroffen Art jeden Annäherungsversuch im Keim erstickte, war es keineswegs so, dass sich niemand für sie interessierte. Doch daran war ganz sicher das unsinnige Gerede schuld, Rothaarige wären im Bett wild und leidenschaftlich. Früher oder später machte fast jeder Mann eine Bemerkung in diese Richtung, und die meisten hielten sich auch noch für kolossal originell.

Dass es mit dieser Wildheit nicht weit her sein konnte, dafür war sie selbst der lebende Beweis. Die wenigen Male, die sie mit einem Mann geschlafen hatte, konnten getrost als Enttäuschungen für beide verbucht werden.

Genug gegrübelt, dachte Isving. Sie lief die Treppe hinunter, zog sich an der Tür den dicken Steppmantel über, stieg in ihre Stiefel und machte sich auf den Weg zu ihrem Lieblingsplatz.

Jemandem dort draußen am *Álfhóll* zu begegnen, hielt sie für unwahrscheinlich, und wenn es doch passierte, dann würde es vermutlich der Polarfuchs sein, der seit letztem Sommer in der Nähe wohnte. Die Begegnung mit ihm war immer eine große Freude, denn sie mochte den hübschen kleinen Kerl, der jetzt einen wunderbaren weißen Pelz trug.

Der Himmel hing zwischen den Wolken fest und ließ Eiskristalle zu Boden rieseln. Immerhin stürmte es nicht, dafür konnte man im Winterhalbjahr schon dankbar sein.

Mit langen Schritten eilte Isving den schmalen Pfad hinauf zum Hot Pot. Bis sie genügend klares Meerwasser hineingepumpt hatte, war ihr ziemlich warm geworden. Um nicht auszukühlen, zog sie sich so schwungvoll aus, dass ihre Sachen hinter den Felsen rutschten, auf dem sie sie hatte ablegen wollen. Doch das war ihr im Augenblick ganz egal, Isving wollte nur noch rein ins entspannende Bad.

Das Gefühl von Schwerelosigkeit genießend, das sie hier oben immer befiel, setzte sie sich Kopfhörer auf und legte den Kopf zurück auf den felsigen Rand des Beckens. Mit geschlossenen Augen lauschte sie den Melodien einer isländischen Künstlerin, deren melancholische Lieder über Freiheit der Seele, Einsamkeit und geheimnisvolle Begegnungen an verwunschenen Orten sie so sehr mochte, dass sie sich einige Texte übersetzt hatte.

Während Isving selbstvergessen mitsang, beschlich sie auf einmal das Gefühl, nicht mehr allein zu sein: ein warnendes Ziehen die Wirbelsäule hinauf, das aus dem Nichts zu kommen schien. Rasch öffnete sie die Augen. Doch natürlich war es albern zu glauben, jemand vom Stillen Volk würde ihr lauschen und sich obendrein dabei sehen lassen.

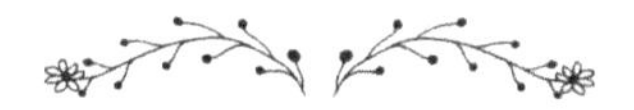

4

Kópavík sah mehr oder weniger wie alle anderen Orte aus, durch die er während der letzten Tage gekommen war.

Na gut, ganz stimmte das nicht. Die meisten waren ihm trauriger vorgekommen, und es schien, als könnte man die Langeweile hinter den Gardinen direkt spüren.

Weil es noch zu früh war, um beim Gitarrenbauer anzuklopfen, machte er unterwegs am Hafen halt und ging die wenigen Schritte bis zur Mole. Die alten Wikinger hatten sich gern an den Fjorden angesiedelt. Kópavík war auf einer lang gestreckten Sandbank errichtet worden, und nur einige wenige Häuser schmiegten sich ähnlich wie das Kaffi Vestfirðir an den Fuß der ungewöhnlich sanft ansteigenden Berge. Die Hände tief in den Taschen der warmen Jacke vergraben, beobachtete er die Fischer dabei, wie sie ihren Fang in Kunststoffboxen luden, um ihn wenige Meter weiter in der Fischfabrik verarbeiten zu lassen. Erstaunlich, dass es hier überhaupt noch eine gab. Die meisten, hatte ihm eine Frau in Grundarfjörður erzählt, waren längst geschlossen und rotteten vor sich hin.

»Hier. Was sagst du? Ist das nicht ein Prachtkerl?« Ein rotgesichtiger Mann packte einen silbern glitzernden Fisch am Schwanz und hielt ihn in die Höhe. Das Tier war sicher einen halben Meter lang und sah fett aus.

Er überlegte kurz, ob das was für die nachtaktive Köchin im Kaffi Vestfirðir sein könnte, verwarf den Gedanken aber. Wie hätte es ausgesehen, einfach einen Kabeljau – oder was immer das sein mochte –, auf den Tisch zu legen und zu erwarten, dass sie ihn zubereitete? »Danke, ich wüsste gar nicht, wie ich den kochen sollte.«

»Dann such dir eine Frau, Junge. In Island gibt's die schönsten Mädchen, aber das weißt du ja. Du bist doch von hier?«

»Stimmt genau. Aus Reykjavík.«

»Ah, da isst man wohl lieber Austern und Kaviar als anständigen Dorsch?« Der Fischer ließ den prächtigen Fang in eine Kiste fallen.

»Jeden Tag, was denkst du?« Grinsend hob er die Hand zum Gruß und ging ein Stück weiter die Mole entlang.

Das Fabrikgelände wirkte abweisend, es war von einer hohen, weiß gestrichenen Mauer umgeben, die so viele Schichten Farbe trug, dass ihre Konturen wie rundgeschliffen wirkten. Fast wie die dicken Felsen am Ufer, dort, wo die Hafenbefestigungen endeten und sich eine weite Bucht mit feinem Sandstrand erstreckte, den früher eine große Seehundkolonie als Kinderstube genutzt hatte. Ihnen und den kleinen Heulern verdankte Kópavík seinen Namen, deshalb standen sie inzwischen unter besonderem Schutz. Er blätterte in der Broschüre, die ihm diese Gabrielle vorhin in die Hand gedrückt hatte, und schlenderte schließlich weiter.

Die bunten Häuser im Ortskern um den Hafen wirkten gepflegter als anderswo, es gab Bürgersteige und sauber gestrichene Gartenzäune und sogar ein Grand Hotel an der Hafnarstræti, der Hauptstraße des Orts. Ein alter Kasten, der längst nicht so groß und edel aussah, wie der Name vermuten ließ. Das Beste an ihm sei der Tanzsaal, las er und musste beim Anblick des Fotos lachen. Offenbar war es eine glückliche Fügung gewesen, die ihn zu den beiden Frauen ins Kaffi Vestfirðir geführt hatte.

Das Grand Hotel sah aus, als hätte es seine besten Zeiten lange hinter sich, und tatsächlich wurde in der Broschüre erwähnt, dass es in der ersten Hälfte des zwanzigsten Jahrhunderts gebaut worden war, als die Hering-Mädchen aus dem ganzen Land in den Norden kamen, um sich in den Fischfabriken ihr Geld zu verdienen.

Nachdem also die touristischen Highlights des Orts inklusive der wirklich einladend wirkenden Hot Pots besichtigt waren, fuhr er gegen Mittag zu Alexander Elvarsson, der am Ende der Sandbank wohnte, wo die Straße langsam wieder hinauf in die Berge führte. Viel versprach er sich nicht von dem Ausflug, aber man wusste nie, welche Perlen sich in den entlegensten Ecken der Welt versteckten. Wenn er schon mal hier festhing, konnte er die Zeit auch sinnvoll verbringen. So verrückt wie die Französinnen war er sicher nicht, die Wettervorhersage zu ignorieren. Wenn der Wetterdienst Veðurstofan vorhersagte, dass es auf Islands Straßen ungemütlich werden würde, dann konnte man sich hundertprozentig drauf verlassen. Gabrielle hatten vergeblich versucht, die beiden zu warnen, aber erfolglos. Er hatte lieber den Mund gehalten, denn die Französinnen wirkten auf ihn, als würden sie sich verbitten, von einem Fremden belehrt zu werden.

Anschließend, dachte er, werde ich mir meine Badehose

holen und in einem dieser blaugrünen Hot Pots entspannen. Warum es so was nicht überall auf der Welt gab, würde ihm auf ewig unerklärlich bleiben.

Elvarsson hatte auf seiner Website geschrieben, er würde jeden erschießen, der ihn vor zehn Uhr morgens zu stören wagte. Komischer Vogel.

Inzwischen war es halb eins, und damit dürfte man auf der sicheren Seite sein. Das Häuschen, vor dem Thór schließlich den Wagen abstellte, wirkte auf den ersten Blick bescheiden. Doch der Eindruck täuschte – jedenfalls war die Werkstatt überaus professionell ausgestattet, ebenso wie das Drumherum.

Dass er es mit einem leidenschaftlichen Vollblutmusiker zu tun hatte, war Thór bereits nach wenigen Sätzen klar, die er mit dem aufgeräumten Mittfünfziger wechselte. Wenn die Instrumente nur halb so gut klangen, wie sie aussahen, hatte er eindeutig eine außergewöhnliche Entdeckung gemacht.

Bei starkem Kaffee im Wintergarten, von dem aus sie einen fantastischen Blick übers Wasser hatten, kamen sie ins Fachsimpeln. Das ließ seine Tarnung allerdings erschreckend schnell auffliegen.

»Ich kenne dich.«

»Kann ich mir kaum vorstellen«, widersprach er halbherzig und verfluchte den Augenblick, in dem er die Mütze vom Kopf gezogen hatte, weil ihm beim Ausprobieren der Instrumente warm geworden war.

Alexander kniff die Augen zu schmalen Schlitzen zusammen, als wollte er seinem Gedächtnis durch besseres Sehen auf die Sprünge helfen. »Sag nichts, ich hab's! Du bist Thór Bryndísarson, hab ich recht? Mann, fast hätte ich dich nicht erkannt.«

»Das war der Plan.« Er setzte die Sonnenbrille ab.

Der Mann klopfte ihm verständnisvoll auf die Schulter. »Zu viele Groupies, was? Keine Sorge, von mir erfährt es niemand. Schade eigentlich, es wäre eine gute Geschichte, die ich von dem Tag erzählen könnte, an dem Keyboarder und Mastermind der *Splendid Pirates* bei mir in den Westfjorden reingeschneit kam.«

Thór, der eigentlich Thórarinn Jón Bryndísarson oder eben kurz Thór hieß, bedankte sich. »Sehr nobel von dir, dass du darauf verzichtest. Was willst du trinken?«

Alexander lachte. »Kaffee reicht mir vollkommen. Die wilden Zeiten sind vorbei.«

»Einverstanden. Cheers.« Er hob seine Tasse und sagte nach einem Schluck: »Die Mädels wären eigentlich kein Problem, wenn sie nicht alle Smartphones mit sich herumschleppen würden. Man kann keinen Schritt machen, ohne dass dich irgendjemand abschießt oder ein Selfie will. Am Anfang findet man das super, aber irgendwann nervt es einfach nur noch.«

»Klar. Ich bin hauptberuflich Toningenieur, das Gitarrenbauen ist nur ein Hobby, aber ein lukratives«, fügte er hinzu. »Früher habe ich unter anderem in den Abbey Road Studios gearbeitet. Da bekommst du einiges mit. Glaub mir, du bist nicht der Einzige, der in lustiger Verkleidung unterm Radar fliegt, um mal seine Ruhe zu haben.« Alexander trank einen Schluck und musterte ihn erneut. »Steht dir aber gut, der neue Style, wenn ich das sagen darf.«

Das unregelmäßige Leben – in den letzten Jahren waren

sie meistens auf Tour gewesen –, Junkfood mitten in der Nacht und manchmal auch ein Glas zu viel, das alles hatte ihm nicht gutgetan. Seit dem Ende der großen Amerikatour letzten Sommer trieb er wieder regelmäßig Sport und hatte allmählich zu seiner alten Form zurückgefunden, was auch bedeutete, dass er sich neu einkleiden musste. Jeans, T-Shirt und Sneakers waren in seinem Alltag praktisch, mit bald Ende dreißig bekam er jedoch immer öfter Lust, sich auch mal classy zu kleiden. Nicht unbedingt Anzüge – aber eine Weste beispielsweise war ein Tick smarter, lockerer und sah trotzdem angezogener aus als Hemden oder T-Shirt. Ihre Musik war erwachsen geworden und seine Freunde auch. Zwei hatten inzwischen Kinder und wollten nun auch mehr Zeit mit ihren Familien verbringen. Daniel hatte zudem Probleme mit seinen Stimmbändern und schlimmer, als deshalb vielleicht irgendwann Konzerte absagen zu müssen, wäre es für ihn gewesen, überhaupt nicht mehr mit seinem besten Freund Musik machen zu können. Dan war einer der besten Sänger und Musiker, die er kannte. Also beschlossen sie, ein Jahr zu pausieren.

Er war der Einzige von ihnen, der keine Pläne für diese Zeit hatte, und das war wahrscheinlich auch gut so, denn irgendetwas stimmte nicht mehr. Wann immer er sich hinsetzte, um zu komponieren, war sein Kopf leer. Die Melodien, die er früher pausenlos in sich gehört hatte und die nur darauf gewartet hatten, aufgeschrieben zu werden, waren verschwunden.

Von wegen *Mastermind*, dachte er. Und der Plan, mitten im Winter die Westfjorde zu erkunden, war auch eine Schnapsidee gewesen. Einmal wäre er auf einer Serpentine fast von einem irre schnell durch den Nebel rasenden Lastwagen gerammt worden, und sein Auto, wiewohl durchaus geländegängig, war zwischendurch auf eisglatter Straße ein paarmal beinahe nicht mehr weitergekommen. Adrenalinkicks waren durchaus sein Ding, in einem isländischen Fjord zu erfrieren aber nicht.

Deshalb hatte er sich bald gefragt, warum er sich das überhaupt antat. Das Wetter war mies, die Landschaft seit einer Woche weiß in nebelgrau und seine Laune so niedrig wie die Temperaturen. Gestern hatte er den Entschluss gefasst, umzukehren und in den nächsten Flieger zu steigen. Eine Wildwasser-Raft-Tour auf dem Sambesi-Fluss fehlte noch in seiner Sammlung, und inzwischen fühlte er sich fit genug, die anspruchsvollsten Stromschnellen der Welt zu meistern. Er würde im späten Frühling wiederkommen, vor dem großen Touristenstrom, aber mit mehr Licht und Landschaft. Neben gefährlichen Sportarten liebte er nämlich auch das Reiten. Obwohl es seine Fans wahrscheinlich uncool gefunden hätten, ihn auf einem der kleinen Pferde seiner Heimat sitzen zu sehen. Und tatsächlich hatte er das hierzulande in den letzten Jahren auch selten getan, dabei besaß einer seiner Cousins einen Pferdehof unweit des Gletschers Langjökull, auf dem er als Kind die Sommerferien verbracht und an den herbstlichen Abtrieben noch teilgenommen hatte, als er schon an der BRIT School in London Musik studierte.

Doch die Begegnung mit Alexander hatte ihn mit der unwirtlichen Seehundbucht am Ende der Welt mehr als versöhnt. Nachdem er mehrere Instrumente ausprobiert und sich von der erstklassigen Qualität überzeugt hatte, verabschiedete er sich mit dem Versprechen, am nächsten Tag wiederzukommen. Alex wollte ihm Entwürfe für eine neue Gitarre zeigen, auf die er schon sehr gespannt war.

Eine erfreuliche Entwicklung, die seine Laune verbesserte, obwohl er vorerst festsaß und schon gefürchtet hatte, den ganzen Tag in der Pension herumhängen zu müssen. Aber das Wetter war heute gar nicht mal so schlecht, wenn man vom Regen und dem kalten Nordwind absah.

Schade, dass die Dänin, mit der er gestern einen überraschend netten Abend verbracht hatte, heute Morgen so kratzbürstig gewesen war. Was sie an Charme vermissen ließ, hatte die andere zu viel.

Sehr skurrile Frauen. Die eine lief im Morgenrock herum, als führte sie eine ganz andere Art Pension, und die andere hatte einen ziemlichen Webfehler. Ihre schüchterne Art fand er eigentlich ganz sympathisch, und sie war im Laufe des Gesprächs spürbar aufgetaut, aber nicht mal die Background-Sängerinnen seiner Band würden derartig zugespachtelt auf die Bühne gehen. Er konnte nur vermuten, dass die Frau unter einem ernsthaften Hautproblem litt, und falls nicht, würde sie sehr bald eins bekommen.

Zurück in der Pension begegnete er ihr aber nicht, sondern den Französinnen, die gerade von dem vergeblichen Versuch erzählten, Kópavík zu verlassen. Jedenfalls schloss er das aus dem wenigen, was er verstehen konnte. Seine Französischkenntnisse beschränkten sich auf *Je t'aime* und einige saftige Schimpfwörter. Gabrielle dagegen schien keine Probleme zu haben, dem Geplapper zu folgen.

»Oh, hallo.« Sie schenkte ihm ein strahlendes Lächeln. »Hier ist eigentlich geschlossen, aber einen Kaffee kann ich dir machen, und heute Abend gibt es Lamm, falls du Interesse hast…?«

»Ja gern.« Er hoffte, dass Isving kochen würde. Viel Auswahl blieb ihm allerdings sowieso nicht. Alternativen wären ein kleiner Laden am Hafen gewesen, von dem er nicht wusste, ob er überhaupt geöffnet haben würde, oder ein Ausflug zur Tankstelle am Ortseingang, wo es Hotdogs und ähnlich Unappetitliches aus der Mikrowelle gäbe. Dort hatte er sich nach einer Unterkunft erkundigt und war von dem Mechaniker der kleinen Autowerkstatt hierhergeschickt worden. In Islands abgelegenen Gegenden waren Tankstellen und die dazugehörigen Kioske häufig die Nachrichtenzentrale des Orts. Man ging einen Kaffee trinken und tauschte die neuesten Nachrichten aus, kaufte ein oder fuhr dorthin, um seine Freundin zum Essen auszuführen, den Spielautomaten zu füttern oder um für den Abend ein Video zu leihen.

Draußen war es den ganzen Tag nicht richtig hell geworden, und als er zufällig aus dem Fenster blickte, sah er am Hang hinter dem Haus Lichter glitzern. »Was ist dort oben, euer Hot Pot?« Alexander hatte ihm von den heißen Quellen erzählt, und er hatte plötzlich große Lust, die zum Bed & Breakfast gehörenden zu besuchen, und nicht die öffentlichen am Hafen. Vielleicht, so hoffte er, würde ihm die Ruhe dabei helfen, seine Musik wiederzufinden.

Er mochte sich irren, aber in Gabrielles Stimme schien ein listiger Unterton mitzuschwingen, als sie seine Vermutung bestätigte. »Aber vorsichtig, das Wasser ist sehr heiß. Du wirst es abkühlen müssen, wenn heute noch niemand oben war.« Sie erklärte ihm den Weg und wie die Pumpe für das kalte Wasser funktionierte. »Sonst«, sagte sie noch, »ist dort nichts. Außer vielleicht ein paar Elfen, aber die teilen ihren Badeplatz mit netten Männern.«

Thór nickte und dachte sich seinen Teil: Elfen, na klar!

Als er wenig später den Lichtern an einem schmalen Pfad entlang bergauf folgte, dachte er an eine Zeit zurück, in der er noch an diese Fabelwesen geglaubt und in jedem bizarren Felsgebilde Trolle gesehen hatte. Er mochte die oft ziemlich gruseligen Geschichten, die man sich in Island an langen Winterabenden erzählte, und hatte einige davon in seinen Songs verarbeitet. Aber hier draußen, wo seine Schritte merkwürdig fremd und laut klangen, weil es sonst wenig zu hören gab, konnte man schnell ins Grübeln kommen, ob das Huldufólk nicht doch existierte. Er blieb stehen und sah hinunter zum Hafen, wo ein Fischerboot tuckernd auslief. Erstaunlich, wie weit der Wind so ein Geräusch durch die Stille trug. Die Positionslichter waren das Einzige, was er sehen konnte, als es sich langsam durch den Fjord zum offenen Meer bewegte. Über ihm war die Wolkendecke aufgerissen, und Sterne glitzerten am Firmament. Wie lange war es her, dass er keine Polarlichter mehr gesehen hatte? Mit etwas Glück würden heute welche erscheinen – er hoffte es sehr.

Gerade wollte Thór weitergehen, als etwas Magisches geschah. Eine Stimme, so glockenrein und klar, wie es sie selten gab, wehte zu ihm herüber. Fasziniert lauschte Thór in den Abend. Die Melodie war ihm nicht fremd, aber auf diese Weise hatte er sie noch nie gehört. Nein, das stimmte nicht. Er hatte sie fast genauso in seinem Kopf gehört, damals bei einem der letzten Besuche auf dem Hof seines

Cousins. Kurz bevor er in London seine Band gegründet und das Studium schon mit dem Schreiben von Songs für andere Künstler finanziert hatte. Dieses Lied aber hatte er lange nicht verkaufen wollen, weil es ihn an alte Volksweisen erinnerte, an Lieder, die die Alten in langen Wintern gesungen hatten. Es irgendeinem Popsternchen zu geben wäre ihm wie Verrat vorgekommen.

Wie verzaubert folgte er der Stimme und – fand eine Elfe. Sie lag mit geschlossenen Augen im Wasser, die herrlichen Haare ausgebreitet wie ein Fächer. Von ihrem einzigartigen Gesang vollkommen verzaubert ließ er sich auf einem Felsen nieder.

Erst allmählich wurde ihm klar, dass seine Elfe Kopfhörer trug und sich offenbar allein wähnte. Im schwachen Licht der Laternen glaubte er, rotes Haar zu erkennen und ein blasses, sommersprossiges Gesicht, aber das konnte ebenso gut Einbildung sein, denn sie glich auf erstaunliche Weise der seiner Fantasie entsprungenen Muse, für die er all die Songs geschrieben hatte, bis sie im letzten Jahr über Nacht einfach aus seinem Leben verschwunden war.

Doch dann besann er sich. So bezaubernd dieser Augenblick auch sein mochte, Thór gehörte nicht hierher. Was, wenn sie die Augen öffnen und ihn dabei erwischen würde, wie er sie ungeniert anstarrte? Leise stand er auf und wäre beinahe über ein Bündel gestolpert, das neben dem Felsen lag. Wenn es noch einen Beweis gebraucht hätte, dass dort keine magische Gestalt, sondern eine ganz reale Frau träumte, dann war es der Steppmantel, den er zusammen mit anderen Kleidungsstücken rasch aufhob, zusammenfaltete und auf den Felsen zurücklegte.

5

Als Isving durch irgendetwas nicht Greifbares aufgeschreckt die Augen öffnete, war es bereits dunkel. Höchste Zeit, in die Küche zurückzukehren.

Die kalte Luft war nach dem inzwischen wieder ziemlich warmen Wasser ein Schock, der sofort all ihre Lebensgeister in Aufruhr brachte. Eilig zog sie sich an, und erst auf dem Rückweg dachte sie darüber nach, warum ihre Sachen auf dem Felsen gelegen hatten, und nicht dahinter. Ein Frösteln ganz anderer Art lief ihr über die Haut. An Elfen, die einfach mal Textilien falteten und für Ordnung sorgten, glaubte sie nicht, obwohl das im Pensionsbetrieb sehr praktisch gewesen wäre. Hatte jemand sie beim Baden beobachtet? Ein schrecklicher Gedanke, den sie schnell zu verdrängen versuchte. In Zukunft, nahm sie sich vor, würde sie auf die Kopfhörer verzichten, wenn sie allein zum Hot Pot ging.

Das Kaffi Vestfirðir hatte heute geschlossen, und im Laden war auch kein Licht mehr. Auf dem Küchentisch lag eine Nachricht von Gabrielle:

Die Franz-Mädels sind wieder da (der Pass ist gesperrt). Dreimal Lamm für die Hausgäste. Ich bin mit Lili bei Óskar.

Isving nahm die Schürze vom Haken und machte sich an die Arbeit.

Punkt sieben Uhr schlug sie die Glocke, um das Abendessen einzuläuten. Im Winter wurden die Hausgäste im gemütlichen und schnell zu beheizenden Frühstücksraum bewirtet. Doch heute machte Isving eine Ausnahme. Sie deckte den Tisch in der ohnehin warmen Küche für vier und hoffte, dass niemand etwas dagegen haben würde – so war es dann auch.

Man sprach Englisch miteinander, und die Französinnen zeigten sich als charmante Unterhalterinnen, die obendrein Isvings Kochkünste in den höchsten Tönen lobten.

Der Mann allerdings, für den sie sich besondere Mühe mit dem Essen gegeben hatte, beteiligte sich heute kaum am Gespräch, beobachtete sie aber immer wieder aus dem Augenwinkel.

Isving fühlte sich unwohl damit und war froh, ihr Make-up erneuert zu haben. Ganz kurz hatte sie vorhin gezögert, aber dann doch wie immer die hässlichen Flecken in ihrem Gesicht unter Make-up und Puder verborgen.

Es war offensichtlich, dass er ihr Lamm-Tajine mochte, denn er bat zweimal um Nachschlag. Nach Geselligkeit stand ihm jedoch augenscheinlich nicht der Sinn. Er entschuldigte sich früh, und als die Französinnen kurz darauf ebenfalls aufbrachen, fühlte sich Isving eigenartig enttäuscht, ohne sagen zu können, woran es liegen mochte. Sie überlegte, ob sie sich an ihr Manuskript setzen sollte, aber anstelle von Worten schwebten ihr heute Melodien durch den Kopf. Schließlich gab sie dem Drängen der musikalisch gestimmten Seele nach und sang leise, während sie die Küche aufräumte und das Frühstück für den nächsten Morgen vorbereitete. Immer noch summend, ging sie schließlich hinauf in ihre Kammer.

Am Ende war es doch ein schöner Tag gewesen.

Katla hatte letzten Sommer als Köchin und *Mädchen für alles* bei ihnen gearbeitet und war nicht nur zu einer großen Hilfe, sondern auch schon fast zur Freundin geworden. Pünktlich wie immer kam sie am Morgen gut gelaunt und mit einem Schwung frischer Luft in die Küche gestürmt. »*Góðan daginn!*, meine Liebe, ich habe Sonne mitgebracht.«

»Es ist doch noch dunkel«, sagte Isving schmunzelnd und zeigte aus dem Fenster in den grauen Morgen.

»Aber nachher wird sie scheinen. Ich weiß es ganz genau«, entgegnete Katla und ging in den kleinen Waschraum, wo die Mitarbeiterinnen ihre Arbeitskleidung aufbewahrten und sich umzogen.

Sie war eine patente Frau. Ihr Mann, ein Ingenieur, hatte sich vor einigen Jahren nach Reykjavík verabschiedet, weil er sich mit dem einzigen Arbeitgeber überworfen und hier keine berufliche Perspektive mehr hatte. Obendrein, sagte Katla, hätte er es immer schon zu einsam gefunden. Die beiden Kinder, ein Sohn und eine Tochter, besuchten in der Hauptstadt die Schule und wohnten nur während der Sommermonate bei ihrer Mutter. Katla war Biologin, hatte in der Fischindustrie gearbeitet und später ihre Mutter gepflegt, bis diese letzten Winter starb. Sie engagierte sich für Tierrechte und leitete den Frauenchor von Kópavík.

Es tat Isving leid, sie nicht fest anstellen zu können, denn die lebensbejahende Mittvierzigerin war ihr eine wertvolle Hilfe bei allen Arbeiten im und am Haus.

Wie üblich bereiteten sie das Frühstück für ihre Gäste gemeinsam zu, und Katla, die wusste, dass sich Isving lieber im Hintergrund hielt, übernahm den Service.

»Du hast mir ja gar nicht gesagt, wie gut dieser Mann aus Reykjavík aussieht«, sagte sie verschmitzt, als sie zurückkam. Selbstverständlich wusste sie bereits von dem neuen Gast und auch, dass er gestern stundenlang bei Alexander gewesen war. Offenbar hatten ihre Quellen aber sein Aussehen nicht für erwähnenswert gehalten.

»Findest du? Vollbart und Hipster sind nicht so meins. Wenn du mich fragst, hat er sich hierher verlaufen.«

»Aber Herzchen, es kommt doch auf die inneren Werte eines Menschen an.«

»Die werden uns verborgen bleiben. Morgen reist er ab, sofern der Pass wieder offen ist.«

»Wie schade.« Katla sah sie nachdenklich an, verwarf dann aber, was sie hatte sagen wollen.

Nach dem Putzen der Zimmer und des Cafés tranken sie gemeinsam Kaffee auf der Bank vor dem Haus. Katla hatte recht behalten, die Sonne schien, und warm eingepackt in Daunenmäntel konnte man fast vergessen, dass es nur wenige Grad über null hatte. Als das Licht aber hinter der Bergkette verschwand, wurde es bitterkalt.

»Es riecht nach Schnee.« Isving stand auf und rieb sich den linken Arm. Er war dermaßen eingeschlafen, dass sich ihre ganze Seite taub anfühlte.

»Sieh mal, das ist ja ein lustiger Hund.« Katla beugte sich vor und lockte: »Komm, mein Schöner. Komm zu mir.«

Der Hausgast bog um die Ecke. »Du solltest besser auf deinen Hund achtgeben. Vorhin ist er seelenruhig mitten auf der Straße zum Hafen spaziert.« Was von seinem Gesicht zu sehen war, wirkte vorwurfsvoll.

Katla richtete sich auf. »Das ist nicht meiner …« Ratlos sah sie Isving an, die mit den Schultern zuckte.

»Den habe ich hier noch nie gesehen.« Sie trat von einem Bein aufs andere, um die Durchblutung anzuregen.

»Du frierst. Kommt, lasst uns reingehen und überlegen, was wir mit dem Kleinen machen.«

Der Hund durfte natürlich nicht in die Küche, deshalb lief sie schnell ins Haus und öffnete von innen die Tür zum Café.

»Möchtest du Kaffee?«, fragte Katla, und es war klar, dass sie nicht Isving meinte. Im Frühstückszimmer knipste sie das Licht an und drehte die Heizung weit auf.

»Gern.« Er setzte sich.

Isving, die sich ein wenig überflüssig fühlte, ging in die Hocke. »Hast du Hunger, mein Hase?« Der Hund kam schwanzwedelnd auf sie zu, und nach kurzem Zögern ließ er sich streicheln. »Er trägt kein Halsband.«

»*Er* ist ein Mädchen. Sie läuft mir schon den ganzen Tag hinterher, deshalb dachte ich, sie gehört zum Haus. Niemand sonst scheint sie zu kennen.«

Die Hündin hatte blaue Augen und ein grau-schwarz gezeichnetes Fell mit kleinen braunen Sprenkeln auf der Schnauze und an den Vorderpfoten. Ein paar kräftige Bürstenstriche hätten ihr sicher gutgetan, aber ungepflegt wirkte sie nicht.

»Sie hört auf Pünktchen«, sagte er unvermittelt, und es

war ihm anzusehen, dass ihm der Name ein wenig peinlich war. »Ich hatte als Kind einen Australian Shepherd, der ähnlich aussah und so hieß«, fügte er erklärend hinzu.

»Na, dann komm mal mit, Pünktchen«, sagte Katla, die mit Kaffee und Topfkuchen hereingekommen war, den sie mittags gebacken hatte. »Wenn die Menschen Kuchen essen dürfen, sollst du auch nicht darben.«

»Nicht in die Küche!«, rief ihr Isving nach, aber da war es schon zu spät. Entschuldigend sah sie ihren Gast an, aber der winkte ab und biss in ein Stück Kuchen.

»Ich habe nichts gesehen. Ist das Marzipan?«

»Gabrielle bekommt bestimmt einen Schreikrampf. Sie hat Angst vor Hunden.« Seltsamerweise freute sie sich auf die Begegnung der beiden.

»Tatsächlich? Aber dieser ist freundlich. Kein Grund, sich zu fürchten.«

Aus der Küche war Topfgeklapper zu hören und Katlas Lachen. Wenig später kehrten die beiden zurück, Pünktchen leckte sich mit langer Zunge die Schnauze ab und warf sich neben seinem Stuhl auf den Holzboden, dass es krachte.

»Sie scheint dich adoptiert zu haben.«

»Sieht so aus, aber das ist nicht gut. Irgendjemandem wird sie gehören.«

Katla sah auf die Uhr. »Ich muss los, wir haben gleich Chorprobe.« Sie stand auf und machte ein Foto von Pünktchen und dem Stiefel ihres Retters, auf den sie den Kopf gelegt hatte. »Ich werde mich umhören, ob sie vermisst wird, und bitte Emil, ein Rundschreiben zu verschicken.«

»Emil ist in der Gemeinde unter anderem für Wirtschaft und Tourismus zuständig«, sagte Isving, als sie fort war. »Wenn er den Besitzer nicht ausfindig machen kann, gibt es keinen. Das wird allerdings ein paar Tage dauern, schätze ich.«

Er hatte ihre unausgesprochene Frage verstanden und hob abwehrend die Hände. »Ich muss morgen zurückfahren. Einen Hund könnte ich sowieso nicht halten. Leider«, fügte er hinzu und kraulte Pünktchen hinter den Ohren, die sich vertrauensvoll in seine Berührung lehnte und dabei die Augen so weit schloss, dass sie zu schmalen Schlitzen wurden.

Isving zögerte, bevor sie ihre Frage stellte, aber sie musste es wissen und fasste sich ein Herz: »Gabrielle sagt, du hättest gestern nach dem Hot Pot am Álfhóll gefragt. Hast du den Weg dorthin gefunden?«

»Nein, ich … ich würde nachher gern hingehen. Falls es nicht zu gefährlich ist.«

Sie lachte erleichtert. »Wegen der Elfen, meinst du? Ich habe noch keine dort gesehen. Aber ich komme ja auch aus Dänemark, vielleicht zeigen sie sich mir nicht.«

Er wirkte, als wollte er etwas dazu sagen, stand dann aber auf und griff nach seiner Jacke. »Dann werde ich es jetzt mal mit ihnen aufnehmen. Danke für den Kuchen, er ist köstlich. Kochst du heute Abend auch wieder?« Ein hoffnungsvolles Glimmen erschien in seinen Augen, die einmal nicht von der Sonnenbrille verdeckt waren.

Isving freute sich und versprach, etwas Leckeres zuzubereiten, obwohl sie sich nicht besonders gut fühlte. Die Arbeit hatte sie mehr angestrengt als sonst, und das unangenehme Kribbeln unter ihrer Haut machte sie zunehmend nervös. Nachdenklich sah sie ihm nach, als er gefolgt von Pünktchen zur Treppe ging, die hinauf zu den Zimmern führte. Wenn er gestern nicht am Álfhóll gewesen war, wer hatte dann ihre Sachen auf den Stein gelegt?

6

Bald darauf waren Isving und Pünktchen zu einem Team geworden. Die Hündin besaß nun ein Körbchen unter dem Tisch im wohnlichen Teil der Küche und verzog sich lautlos dorthin, sobald Gabrielle auftauchte.

Ihr Finder war beim ersten Tauwetter sang- und klanglos verschwunden. Ob er sie beim Hot Pot gesehen hatte, wusste Isving immer noch nicht. Falls er es aber doch gewesen sein sollte, hatte er sie vermutlich nicht erkannt, oder es war ihm peinlich zuzugeben, dass er sich nicht bemerkbar gemacht hatte. Sie konnte nur hoffen, dass sie nicht wieder laut gesungen hatte, wie es gelegentlich passierte, wenn sie Kopfhörer trug und ein besonderes Lied hörte.

Katla erzählte ihr, er habe sich – und das rechnete Isving ihm hoch an – wenige Tage nach seiner Abreise erkundigt, ob die Hundebesitzer aufgetaucht wären. Aber das waren sie nicht.

Dank Emils Ermittlungen kam heraus, dass es sich dabei um ein Paar aus Hafnarfjörður handelte. Sie hatten im Nachbarort ein Ferienhaus gemietet, und der Vermieter war sich sicher, dass der Hund bei ihnen gewesen war. Auf Nachfrage stritten sie jedoch ab, ein Tier dabeigehabt zu haben – ihr Hund sei vor Kurzem gestorben.

Der Mann glaubte ihnen nicht. Schwarzweiße Haare auf Sofa und Teppich, sagte er Emil, stammten gewiss nicht vom Menschen.

Die drei Frauen vom Bed & Breakfast waren empört. Sogar Gabrielle verwünschte die Leute und stimmte schließlich zähneknirschend zu, als Isving vorschlug, Pünktchen zu behalten. Katla hätte sie zwar auch zu sich genommen, doch bei ihr lebte bereits eine ausgesprochen territorial veranlagte Katze.

In den folgenden Wochen gab es zwar immer genug zu tun, aber viel nahmen sie nicht ein. Aus dem Ort hatten sie nichts zu erwarten. Von sich aus kam niemand her, um einen Kaffee zu trinken und dabei den neuesten Tratsch auszutauschen, wie es in solch kleinen Gemeinden üblich war. Familienfeste feierten die Leute hier auch lieber im angestaubten Grand Hotel als im Kaffi Vestfirðir. Mit den meisten Bewohnern hatten sie keinen persönlichen Kontakt, sie waren auch nach den zwei Jahren, die sie bald hier in Kópavík lebten, immer noch ziemlich isoliert.

Vielleicht wäre es leichter gewesen, hätte sich Isving überwinden können, in Katlas Chor mitzumachen. Gemeinsames Singen hätte sicherlich dazu beigetragen, die anderen Frauen im Ort näher kennenzulernen. Sie besaß eine schöne Stimme, das hatte man ihr mehr als einmal gesagt, und früher hatte sie sogar Gesang studieren wollen. Doch was sollte das bringen, wenn man nicht auftreten konnte? Auf einer Bühne vor Zuschauern zu stehen, war das Letzte, was sie wollte.

Und so schmolzen ihre Ersparnisse dahin – anders als das Eis auf den Straßen. Jeder hier in den Westfjorden erwartete den Frühling inzwischen sehnsüchtig, besonders aber Isving, die das in diesem Jahr außerordentlich unangenehme Wetter insgeheim für ihre gesundheitlichen Probleme verantwortlich machte. Dauernd hatte sie kalte Füße und war oft so müde, dass sie sich nach dem Frühstücksdienst wieder hinlegte.

Als sie Mitte Februar auf einmal alles doppelt sah, war ihr klar, dass etwas ganz und gar nicht mit ihr stimmte. Zwei Tage konnte sie das *kleine Problem* vor Gabrielle verbergen, doch dann verlor sie mitten im Laden das Gleichgewicht und fiel beinahe um. Die Freundin fuhr sie sofort ins Krankenhaus nach Ísafjörður, während Katla zu Hause im Bed & Breakfast wirbelte, das ausgerechnet in dieser Woche ausgebucht war.

In der Klinik stellte man schnell fest, dass es neurologische Probleme gab, und empfahl ihr eine umfassende Untersuchung bei Spezialisten in Reykjavík. Isving wollte zuerst nicht sofort fliegen, sie hatte ja so gut wie kein Gepäck dabei, aber weil der Wetterbericht für den Norden Schneefall vorhersagte und sie nun schon einmal da war, ließ sie sich schließlich überreden, die Mittagsmaschine zu nehmen. Der behandelnde Arzt rief in der Klinik an und vereinbarte einen Termin für sie. Zum Abschied lächelte er ihr aufmunternd zu: »Die Kollegin Jóhánna Jakobsdóttir, bei der ich Sie angemeldet habe, hat einen ausgezeichneten Ruf. Sie wird ganz schnell herausfinden, was Ihnen fehlt. Unsere Untersuchungsergebnisse habe ich bereits weitergeleitet.«

Während des Flugs ging es Isving bereits besser, und sie bekam ein schlechtes Gewissen, weil Gabrielle so besorgt gewesen war und nun all die Arbeit mit Katla erledigen musste.

Wahrscheinlich ist das alles total übertrieben, dachte sie und sah hinunter auf die bunten Häuser am Ufer der *Rauchbucht*, nach der die Gründer Reykjavík einst benannt hatten. Es blieb ihr eben noch Zeit, sich im Drogeriemarkt Wäsche und ein Nachthemd zu kaufen, da musste sie auch schon in der Klinik sein.

Nach einem kurzen Aufnahmegespräch saß sie nun ungeschminkt auf ihrem Krankenbett, sah die Zimmergenossin und deren große Besucherschar doppelt und wartete darauf, dass ihr Nervenwasser entnommen würde. Es folgten zahllose Tests, ein MRT und weitere Untersuchungen, bis sie todmüde ins Bett fiel und sofort einschlief.

Nach einem kärglichen Frühstück, zu dem man ihr einen starken Kaffee verweigerte, schlief sie wieder ein und erwachte erst zur Visite. Der Professor am Fußende ihres Betts ließ sich die Krankenakte reichen, nickte und wandte sich zu seinem studentischen Tross um: »Hier haben wir einen typischen Fall von Multipler Sklerose«, verkündete er mit einem Pathos, als handelte es sich um eine frohe Botschaft.

Für Isving klang es nach Todesurteil. Sie hörte nichts mehr von dem, was er sonst noch sagte.

Mittags gab es ein Kochfischgericht mit Kartoffeln, das nach Mehl schmeckte und nach nichts anderem. Eine Beleidigung für meine Geschmacksknospen, dachte sie und schloss die Augen, als ihre Zimmergenossin Besuch bekam.

Die Frauen erzählten den neuesten Bürotratsch und lachten über ihren Chef. Am Fenster flogen Möwen vorbei, denen die sanft schwebenden Schneeflocken nichts auszumachen schienen. Isving stellte sich vor, wie sie auf ihrer Hand schmelzen würden. Wie unbeständig das Leben doch war. Es ging einfach weiter, als wüsste es nicht, dass sie eine tödliche Diagnose bekommen hatte. Sie lauschte auf ihren Atem und zwang sich, Ruhe zu bewahren, starrte auf ihr Handy, ohne zu begreifen, was sie da über MS las. Alles war vorbei. Der Traum vom Haus am Ende des Fjords: ausgeträumt. Die Zukunft: zu Ende. Warum sie? Hatte ihr das Schicksal nicht schon übel genug mitgespielt?

Am späten Nachmittag kam eine junge Ärztin, die sich als Jóhánna Jakobsdóttir vorstellte und dafür entschuldigte, dass sie am Vortag keine Zeit gehabt hätte. Die Frau reagierte entsetzt, als Isving ihr von den morgendlichen Enthüllungen erzählte.

»Das tut mir furchtbar leid. Es gibt keine *typischen Verläufe* bei MS. Wir nennen es *die Krankheit mit den vielen Gesichtern*. So was mag erst mal beunruhigend klingen, aber es birgt auch Chancen.« Sie griff nach ihrer Hand. »Isving, Sie erleben momentan einen akuten Schub, und die Untersuchungen haben ergeben, dass dies nicht der erste war. Hatten Sie Anfang des Jahres irgendwelche Probleme?«

Isving nickte. »Es fing vor etwa drei Jahren an. Damals ist mein Bruder gestorben«, sagte sie und erzählte von dem tauben Gefühl in Armen und Beinen, das sie zum Jahresbeginn erstmals beunruhigt hatte.

»Wahrscheinlich gibt es keine Verbindung, aber Stress kann durchaus einen Schub auslösen«, sagte Dr. Jakobsdóttir. »Wir möchten Sie in dieser akuten Phase fünf Tage stationär mit Kortison behandeln. Danach können Sie wieder nach Hause.«

»So lange! Darauf bin ich nicht eingerichtet, muss das denn wirklich sein?«

»Ich fürchte schon. Es ist wichtig, dass Sie unter Beobachtung sind. Aber machen Sie sich keine Sorgen, ich bitte jemanden vom Sozialdienst, vorbeizuschauen. Wenn Ihnen etwas fehlen sollte, wird man es besorgen.«

Johánna Jakobsdóttir lächelte ihr aufmunternd zu. »Wichtig ist, dass Sie in Zukunft bei Beschwerden immer sofort zum Arzt gehen. Wohnen Sie in der Region?«

Isving hatte gar nicht mehr richtig zugehört. Fünf Tage Krankenhaus! »Ich habe ein B&B in den Westfjorden, das geht doch nicht im Rollstuhl!«

»Über Rollstühle müssen Sie sich nun wirklich keine Gedanken machen, und das isländische Gesundheitssystem ist mindestens so gut wie das dänische. Wir werden Sie jetzt erst einmal behandeln, damit es Ihnen schnell wieder besser geht, und dann sehen wir weiter.«

Das Kortison schlug tatsächlich an, die Ärztin hatte recht behalten. Isving schlief schlecht und wurde von einer inneren Unruhe geplagt, aber die Symptome der MS verschwanden. Man hatte ihr empfohlen, die Klinikpsychologin aufzusuchen, und das Gespräch mit der mütterlichen Frau hatte ihr gutgetan.

Am letzten Tag im Krankenhaus rief die Pferdezüchterin Kristín an. Ihr Bruder Bjarne Stefansson wollte am Wochenende mit dem Auto in die Westfjorde fahren und bot an, sie mitzunehmen. Isving sagte dankbar zu. Bis dahin bliebe ihr etwas Zeit, sich von der anstrengenden Behandlung zu erholen. Bei ihrer täglichen Arbeit im Café würde sie sich nicht so schonen können, wie die Ärzte es empfohlen hatten.

Nach der Entlassung nahm sie sich ein Hotelzimmer direkt an der Haupteinkaufsstraße Laugavegur. Der Preis sprengte beinahe ihr Budget, doch das komfortable Zimmer und der freundliche Service machten es allemal wett. Diesen Luxus hatte sie sich verdient, fand Isving, denn sie war immer noch wackelig auf den Beinen. Wenn sie nun schon länger in der Stadt blieb, wollte sie einige Besorgungen machen, zum Friseur und zur Kosmetikerin gehen. Ihre Haut war gestresst und zeigte Rötungen.

Als Isving nach einer telefonischen Voranmeldung den Salon betrat, den Katla ihr für beides empfohlen hatte, blieb sie überrascht in der Tür stehen. Die junge Frau, die sie mit einem Lächeln begrüßte, sah beinahe noch schlimmer aus als sie selbst: Ihr Gesicht, die Hände und Arme waren voller Sommersprossen, und obendrein hatte sie dünnes hellrotes Haar, das allerdings gut geschnitten war und irgendwie chic aussah.

»Oh! Eine Schwester«, rief die Kosmetikerin begeistert. »Ich bin Anna und werde dich heute betreuen.«

Im Verlauf der Behandlung schwärmte Anna von Isvings zarter Haut. Für die Rötungen empfahl sie eine Spezialcreme. »Welches Make-up benutzt du?«, fragte sie, und als Isving gestand, ihre *Flecken* täglich mit Camouflage abzudecken, reagierte Anna, anders als erwartet, verständnisvoll. »Haben sie dich in der Schule auch so gequält?«, fragte sie und tupfte dabei eine kühlende Lotion auf Isvings Stirn. »Bei mir war es ganz schrecklich. Noch dazu habe ich so furchtbar dünne Haare. Aber dann bekam ich eine Lehrerin, die uns anfangs alle mit ihrem Temperament eingeschüchtert hat. Ihr Haar war feuerrot, und ihre Sommersprossen haben im Dunkeln geleuchtet, ich schwöre es!« Anna lachte. »Seither ist alles anders«, sagte sie und verrieb eine wohlduftende Lotion großzügig in Isving Dekolleté. »Diese Frau hat mir Mut gemacht und gezeigt, dass man alles schaffen kann, was man will. Ganz gleich, ob man wie alle anderen aussieht oder nicht. Wie viele Rothaarige mag es wohl geben auf der Welt?«

»Nicht allzu viele«, sagte Isving, weil sie das Gefühl hatte, dem Redestrom etwas entgegensetzen zu müssen.

»Eben! Und was selten ist, das ist kostbar.«

So hatte sie es noch nie gesehen. Aber es fiel ihr schwer, sich die Weltsicht dieser lebhaften jungen Frau zu eigen zu machen. Dennoch nahm sie die Zeitschrift gern mit, die ihr Anna mit den Worten *MC1R ist unser besonderes Gen* in die Hand drückte. Das Heft war voller rothaariger Models, und die meisten sahen trotz ihres *Makels* toll aus.

Doch Isving war kein Model, dafür war sie viel zu klein und sicherlich auch nicht dünn genug. Wobei sie mit ihrer Figur eigentlich noch nie Probleme gehabt hatte. Die fand sie ganz in Ordnung, obwohl der Busen nach ihrem Geschmack etwas größer hätte sein können. Andererseits wäre das beim Reiten eher hinderlich gewesen. Kristín jedenfalls klagte darüber, dass ihre Brüste wie Gummibälle hüpften und nach einer Weile sogar schmerzten, wenn sie keinen Sport-BH trug.

Am Abend spazierte sie über die Laugavegur, aß indisches Curry und ging schließlich in eine der angesagten Bars der Stadt, obwohl sie sich merkwürdig nackt fühlte mit dem leichten Make-up, das Anna ihr am Nachmittag aufgelegt hatte. Aber hier kannte sie ja niemand, und es sprach sie auch niemand an. Im Grunde war die ganze kosmetische Behandlung überflüssig gewesen, denn auch ihre Haare waren kaum kürzer. Allerdings, das musste sie zugeben, hatte der Schnitt ihnen gutgetan und die Spülung ebenfalls. Sie dufteten und fühlten sich fantastisch an.

Woran es lag, dass Isving die Gesellschaft der Frauen, die sich an ihren Tisch gesetzt hatten, als angenehm empfand, konnte sie nicht sagen, aber die beiden strahlten eine freundliche Heiterkeit aus, und schon bald kamen sie ins Gespräch. Eine war Köchin und stammte aus Holland, die andere Isländerin, und sie liebte Pferde mindestens so sehr wie Isving. Gesprächsthemen gab es also reichlich. Als die zwei weiterziehen wollten, luden sie Isving ein, mitzukommen. Am Hafen sollten heute die Splendid Pirates inkognito auftreten. Die Band war ihr natürlich nicht unbekannt, und so ein Konzert war ein fantastischer Geheimtipp, deshalb schloss sie sich gern an.

Der Club lag wie ihr eigenes Café auch ein bisschen am Ende der Welt. Das Hafengebiet wirkte keinesfalls einladend, und doch schien es eines der beliebtesten *Hot Spots* von Reykjavík zu sein, das *Kaffi Berlin* jedenfalls war proppenvoll.

Ein bärtiger Mann tauchte auf, mit dem die Frauen offenbar gut bekannt waren. Er stellte sich als Clubmanager vor und flirtete so unverbindlich mit ihr, als würde er sich selbst nicht besonders ernst nehmen, was Isving verwirrte. Im ersten Augenblick hatten sein Look und das selbstbewusste Auftreten sie an ihren bärtigen Gast erinnert, dem sie einen wunderbaren Hund zu verdanken hatte, doch der war ein paar Jahre älter gewesen.

»Lass mal gut sein, Áki.« Die Holländerin schien zu spüren, dass Isving sich überfordert fühlte. Er schenkte ihr noch ein Lächeln und zog sich zurück. Eigentlich hatte sie ihn ganz nett gefunden.

Die Splendid Pirates sah sie an diesem Abend allerdings doch nicht mehr. Die stickige Luft im Club bekam ihr nicht, und sie verabschiedete sich von den beiden Frauen mit dem Versprechen, sich beim nächsten Hauptstadtbesuch bei ihnen zu melden.

7

Von der niederschmetternden Diagnose erzählte sie Gabrielle nichts. Die psychologische Beraterin der Klinik hatte gesagt, bis zum nächsten Schub könne es Jahre dauern – aber auch nur Wochen. Doch darüber, dass sie von nun an jederzeit mit Symptomen rechnen musste, wollte Isving nicht nachdenken. Schließlich war noch nie zuvor etwas Schlimmes passiert, obwohl die Krankheit ihr zerstörerisches Werk schon vor einigen Jahren begonnen hatte. Die Untersuchungen hatten Spuren vorheriger Schübe aufgedeckt. Spuren kleiner Entzündungsherde, die sich wie das Tagebuch einer Krankengeschichte in ihr Gehirn gebrannt hatten. Zwar konnte sie sich vage an Phasen von Unwohlsein erinnern, die zu den geschätzten Zeiträumen passten, aber richtig schlecht war es ihr nicht gegangen.

Zurück in Kópavík behauptete Isving, sich einen Wirbel eingeklemmt zu haben – die Symptome hatte sie im Internet recherchiert – und nach der Woche in Reykjavík praktisch so gut wie neu zu sein. Ihre Müdigkeit erklärte sie mit dem Wetter.

Gabrielle nahm die Erklärung hin, ohne nachzufragen. Vielleicht wollte sie ihr einfach glauben, oder es beschäftigten sie andere Dinge.

Beim gemeinsamen Frühstücksdienst sagte Katla: »Óskar

wäre schon längst wieder weg, wenn deine Freundin ihm nicht den Kopf verdreht hätte. Aber ich kenne ihn, ewig wird er nicht bleiben.«

Gabrielles Affäre mit dem Fischfabrikanten war zu mehr als einer Liebelei geworden, gleichzeitig wurde sein Stand in der Gemeinde immer schwieriger. Gabrielles damit leider auch. Einige Leute verhielten sich inzwischen regelrecht feindselig, und das bekam Isving ebenfalls zu spüren.

Dänen wurden ohnehin oft misstrauisch beäugt. Die Loslösung Islands von Dänemark mochte Jahrzehnte her sein, aber das Verhältnis der beiden Länder war immer noch von Rivalität und zuweilen auch Misstrauen geprägt. Im alltäglichen Miteinander spielte ihre Herkunft zwar keine große Rolle, aber wenn es Schwierigkeiten gab, holten die Menschen eben gern alte Vorurteile hervor.

Katla riet Isving, die sich bisher aus dem Streit um die Fischfabrik herausgehalten hatte, sich klar zu äußern: »Die alten Holzköpfe, die immer noch glauben, Wale zu töten wäre unser gutes Recht – das sind die gleichen, die dich wegen deiner Herkunft schräg ansehen«, sagte sie.

Isving folgte ihrem Rat und stimmte bei der nächsten Versammlung ganz offen gegen die Pläne des Fabrikanten. Sie war der gleichen Meinung wie Ursi, deren Mann Whale-Watching-Touren anbot. Die Frau hatte Óskar wütend angeschrien: »Kein Tourist kommt mehr nach Kópavík, um Wale zu beobachten, wenn du die Tiere gleich neben dem Hafen aufschlitzt.«

Gabrielle dagegen schlug sich auf seine Seite. »Der Standort ist einfach nicht mehr rentabel«, sagte sie später zu Hause und wiederholte damit seine Argumente. Allenfalls für das Zerlegen von Walen würde sich die Anlage noch eignen, hatte Ragnarsson gesagt. Doch das wollten viele Bewohner auf keinen Fall. Man habe schließlich einen Ruf zu verlieren. Es gab jedoch auch Leute, die im Walfang einen Teil ihrer kulturellen Identität sahen und die herrschaftlichen Tiere als krillfressende Monster bezeichneten, die ihnen den Fischfang erschwerten. Und so zog sich ein tiefer Riss durch die Gemeinde, als bekannt wurde, dass die Verhandlungen ergebnislos verlaufen waren und die Fischfabrik nach den Sommerferien schließen würde.

Ende März wurde es lebhafter in Kópavík, und die Bewohner hatten keine Zeit mehr zu streiten, denn die Touristen kamen zurück. Die Spitzensaison für Kabeljau und Rotbarsch brach an, Jökull nahm die Whale-Watching-Touren wieder auf, und Ursi kam nun öfter ins Kaffi Vestfirðir, um auszuhelfen.

Tagestouristen schlenderten am Hafen entlang, besuchten Gabrielles Shop oder machten eine Pause in ihrem Café. Es kamen nun regelmäßig Buchungsanfragen, und am Hafen richtete der Besitzer der *Hafenbar* in einem Fischerschuppen gleich nebenan ein Seehundmuseum ein, um ein Zeichen zu setzen, dass es weitergehen würde, ganz gleich, wie der Streit um die Fischfabrik ausginge.

Am siebzehnten April erlebten die Westfjorde einen massiven Kälteeinbruch; nichts Besonderes um diese Jahreszeit. Isving kehrte über die eisglatte Straße von Kristín Stefansdóttirs Pferdehof zurück. Sie war todmüde, und es fiel ihr schwer, den Wagen in der Spur zu halten.

Sicher zu Hause angekommen, ignorierte sie das merkwürdige Gefühl in ihrem rechten Bein, so gut es ging, doch dann knickte es mitten auf der Treppe einfach weg und Isving stürzte sieben Stufen hinunter.

Ein Rettungshubschrauber brachte sie ins nächste Krankenhaus, wo man nach Einsicht der Krankenakte und einem weiteren MRT einen neuen Schub diagnostizierte und ihr Kortison-Infusionen verabreichte. Sie hatte Glück gehabt und nur schmerzhafte Prellungen davongetragen, gebrochen war nichts. Vielleicht, weil sie als Reiterin das Fallen mehr als einmal in ihrem Leben unfreiwillig geübt und sich instinktiv richtig verhalten hatte.

Während der Behandlung hatte sie Zeit, über ihre Situation nachzudenken. Isving erkannte, dass sie Gabrielle nicht länger im Unklaren lassen durfte.

Voller Furcht kehrte sie zwei Wochen später nach Kópavík zurück. Der Empfang war kühl. Gestresst von der Arbeit im Laden und in der Pension hatte Gabrielle obendrein Probleme mit ihrer Tochter. Lili hatte sich einen heftigen grippalen Infekt eingefangen und bestand darauf, dass Pünktchen ihr Gesellschaft leistete. Gabrielle verbot ihr, den Hund ins Kinderzimmer zu lassen, woraufhin Lili jegliches Essen verweigerte, heimlich unterstützt von Katla, die sie mit Kuchen und Limonade versorgte.

»Wir müssen reden«, sagte Isving am Abend, obwohl sie sich einem so wichtigen Gespräch überhaupt nicht gewachsen fühlte.

»Allerdings«, war alles, was Gabrielle entgegnete, und die nächsten Stunden verbrachte Isving mit bangem Herzen am *Álfhóll*, wo Pünktchen an ihrer Seite Wache hielt.

Es war schon spät, als sie sich zu dritt zusammensetzten. Isving hatte Katla gebeten zu bleiben, denn wie es weitergehen würde, hing auch von ihr ab. Nachdem sie für diesen besonderen, wenn auch unschönen Anlass drei Gläser mit dem letzten Weißwein gefüllt hatte, der im Haus war, setzte sie sich vorsichtig. Noch immer tat ihr vom Sturz jeder Knochen weh. Immerhin schien das unzuverlässige Bein wieder zu funktionieren.

Die ganze Zeit hatte sie sich den Kopf zermartert, wie sie diese Nachricht schonend überbringen sollte. Am Ende platzte sie einfach damit heraus: »Ich habe Multiple Sklerose.«

Katla, die neben ihr auf der Bank saß, umarmte sie.

Gabrielle fragte fassungslos: »Wie lange weißt du das schon?«

Auf Isvings Antwort reagierte sie mit Unverständnis. »Wie konntest du mir das verheimlichen? Wir hätten rechtzeitig etwas unternehmen müssen, die Saison hat begonnen, und wir sind bis Juli ausgebucht.«

»Ich habe einfach nicht geglaubt, dass es so schnell wieder zurückkommen würde.«

»Und was heißt das jetzt? Landest du demnächst im Rollstuhl, oder was?«

Isving hatte in den letzten Monaten das Internet durchforstet und war einer MS-Onlinegruppe beigetreten. Aber wie die Ärztin anfangs gesagt hatte, gab es so viele Formen der Erkrankung, dass jeder sein eigenes Schicksal tragen musste und weder Verlauf noch Medikation miteinander verglichen werden konnte. Nur eines war sicher: Multiple Sklerose war eine unheilbare Nervenerkrankung, und es würde im Laufe ihres Lebens nicht leichter werden, damit zu leben. Damit leben aber konnte man, und das sagte sie ihrer ehemaligen Schwägerin auch. Sie verstand deren Ärger bis zu einem gewissen Punkt, aber sie hatte nicht damit gerechnet, dass Gabrielles Reaktion so verletzend sein würde.

Katla streichelte ihren Arm. »Ich helfe euch. Wir schaffen das schon, und wenn die Ferien beginnen, finden wir auch junge Leute, die uns im Laden unterstützen. Alle wollen und müssen Geld verdienen.«

Dankbar lächelte Isving sie an. Doch gerade Geld war das Problem. Die gesamte Kalkulation ihres Geschäfts basierte darauf, dass Gabrielle und sie den Sommer hindurch voll einsatzfähig waren und genug verdienten, um durch den Winter zu kommen. Im letzten Jahr hatte das noch nicht geklappt, aber dieses Jahr musste es funktionieren, sonst wäre das Projekt gescheitert. Hinzu kam, dass Isving wegen der hohen Behandlungskosten inzwischen so gut wie kein Geld mehr auf der Bank hatte. Etwas, das sie mit Katla nicht besprechen wollte. Womöglich wäre sie abgesprungen, aus Furcht, dass ihr Gehalt nicht sicher war. Doch das war es vorerst, denn Gabrielle hatte etwas mehr Startkapital besessen und deshalb noch ein Polster für Notfälle.

»Ich bin zu kaputt, um heute noch viel dazu zu sagen.« Gabrielle lehnte sich zurück. »Vielen Dank für dein Angebot, Katla.« Sie rang sich ein Lächeln ab. »Ich habe in den letzten Wochen gesehen, wie hart du arbeitest, und weiß, dass du uns nicht hängen lassen wirst.« An Isving gewandt fuhr sie fort: »Kannst du denn überhaupt schon wieder arbeiten?«

Im Krankenhaus hatte man ihr gesagt, sie solle sich nach Möglichkeit schonen, bis die Schmerzen abgeklungen waren, und in Zukunft jeden Stress vermeiden. Mit mehr Zuversicht, als sie verspürte, nickte sie. »Natürlich.«

»Na gut. Dann übernimmst du erst mal die Rezeption und den Laden, das ist körperlich nicht so anstrengend wie Küche und Service.« Sie stand auf. »Ich werde mit dem Zimmermädchen sprechen, ob sie in Zukunft früher kommen und morgens das Café putzen kann. Es bleibt uns ja nichts anderes übrig, als das Beste zu hoffen, wenn wir die Buchungen nicht stornieren wollen.« Sie stand auf und griff nach ihrer Jacke. »Ich kann Óskar nicht länger warten lassen, es ist ohnehin schon sehr nett von ihm, dass er auf mein krankes Kind aufpasst. Gute Nacht.« Mit diesen Worten rauschte sie hinaus.

»Ich werde auch besser gehen.« Katla stand auf. »Kopf hoch, Isving. Wir schaffen das schon.« Sie machte eine Geste, als wollte sie ihre Oberarmmuskeln spielen lassen. »Frauenpower versetzt Berge.«

»Aber klar.« Isving rang sich ein Lächeln ab. Als die Tür hinter Katla zugefallen war, legte sie den Kopf auf die verschränkten Arme und ließ ihren Tränen freien Lauf, bis ein stachliger Hundebart sie an der Wange kitzelte.

»Ach, Pünktchen«, sagte sie und richtete sich wieder auf, »du bist die Beste. Was machen wir denn nun bloß?«

8

Der Mai war für ihn in mehrfacher Hinsicht unangenehm. Thór Bryndísarson hatte seine zu Jahresanfang unterbrochene Fahrt in die Westfjorde wegen des selbst für isländische Verhältnisse überaus schlechten Wetters in diesem Frühjahr einige Male verschoben. Stattdessen war er durch die Welt gereist; immer auf der Suche nach dem ultimativen Kick, der sich jedoch nicht so recht einstellen wollte. Derweil war in sein Londoner Apartment eingebrochen worden, und die Täter hatten, wohl aus Wut darüber, keine gewinnbringenden Kostbarkeiten vorzufinden, alles verwüstet: die Wände mit Obszönitäten besprüht, den Bechstein-Flügel zertrümmert und das Schlafzimmer nebst Kleiderschrank total auseinandergenommen. Mitbekommen hatte das alles niemand, denn von den Nachbarn verbrachten – ebenso wie er selbst – die wenigsten mehr als einige Wochen im Jahr in der Stadt. Eingedenk des anstehenden Brexits beauftragte Thór eine Immobilienfirma mit dem Verkauf der Wohnung. Den verbliebenen Besitz, viel war es nicht, stellte er bei seiner Schwester unter und flog nach Las Palmas, um dort beim Surfen auf neue Ideen zu kommen. Das Wetter war gut, die Wellen fantastisch, aber es half nicht: Ihm fiel einfach nichts ein.

Schließlich kehrte er Anfang Juni nach Island zurück,

um endlich seine neue Gitarre in Kópavík abzuholen und ein paar Tage zu wandern. Die heimatliche Landschaft würde ihn, so hoffte er, noch am ehesten zu neuen Songs inspirieren.

Als er in Kópavík ankam, erkannte er den Ort kaum wieder. Auf dem Campingplatz am Fjord standen zahllose Wohnmobile und bunte Zelte, im Hafen dümpelten schicke Yachten neben den Fischerbooten, und farbenfroh gekleidete Touristen spazierten am Ufer entlang.

Im Kaffi Vestfirðir fand er gerade noch einen Tisch, den er sich mit zwei Australiern teilte, die vom guten Essen schwärmten und von der grandiosen Landschaft. Was an sich schon bemerkenswert war, wenn man bedachte, auf welch außergewöhnlichem Kontinent die beiden lebten.

Es dauerte lange, bis es ihm gelang, die Aufmerksamkeit der jungen Kellnerin zu erringen, um das empfohlene Tagesgericht zu bestellen. Es schmeckte gut, der Kaffee aber kam spät und war kalt. Als er nach einem freien Zimmer fragte, reagierte das Mädchen beinahe panisch, versprach jedoch immerhin, nachzufragen.

Eine Stunde später, inzwischen war sie mindestens dreißigmal an ihm vorbeigelaufen, sagte sie: »Eins ist noch frei, bis Freitag. Aber die Chefin ist nicht da.«

»Das muss sie ja auch nicht sein, wenn du mir das Zimmer vermietest.« Thór war zwar genervt, ließ es sich aber nicht anmerken, denn die Kleine tat ihm ein bisschen leid. Sicher hatte sie sich ihren Ferienjob weniger aufreibend vorgestellt.

»Ich mach das jetzt einfach«, sagte sie mehr zu sich

selbst und lief zur Theke zurück, die auch als Rezeption diente, wie er von seinem letzten Aufenthalt wusste.

»Zimmer sieben.« Sie legte den Schlüssel auf den Tisch, ohne überhaupt auf die Idee zu kommen, ihn ein Anmeldeformular ausfüllen zu lassen. »Ja, ja, ich komme!«, rief sie einem winkenden Gast zu und sagte schon fast im Weggehen zu Thór: »Da hinten durch die Tür. Erste Etage. Kann ich das Essen aufs Zimmer schreiben?« Als er nickte, eilte sie davon.

Thór holte die Reisetasche aus dem Wagen und ging in sein Zimmer mit Blick auf die Bucht. Welch ein angenehmer Zufall, dass es das gleiche war, in dem er auch Anfang des Jahres gewohnt hatte. Unser schönstes, hatte ihm die Dänin im Januar erklärt, und was die Atmosphäre heiterer Gelassenheit betraf, die ihn beim Betreten sofort wieder umfing, stimmte das vermutlich. Nachdem er sich umgezogen hatte, fuhr er zu Alexander.

Die Gitarre war großartig geworden, und Thór verbrachte den Nachmittag damit, das Instrument ausgiebig zu testen.

»Fantastisch!«, sagte er, als sie beim Bier in Alexanders neuem Wintergarten saßen, der noch unmöbliert war, abgesehen von zwei wackligen Gartenstühlen, auf denen sie nun hockten. Doch das machte gar nichts. Die Nachmittagssonne erwärmte den lichten Raum, und einen Steinwurf entfernt strahlte das Meer in türkisfarbener Pracht. Man hätte glauben können, in der Karibik zu sein, hätten die Bergkuppen auf der anderen Seite des Fjords keine weißen Hauben aus Eis und Schnee getragen.

»Wohnst du wieder bei den Mädchen vom Kaffi Vestfirðir?«

So hätte er es nicht ausgedrückt, aber Thór nickte. »Ich habe das letzte Zimmer bekommen. Wie es aussieht, sind die beiden ein wenig überfordert.«

»Da ist nur noch eine. Die andere ist letzte Woche abgehauen. Mit diesem widerlichen Walschlächter Óskar Ragnarsson. Aber das war sowieso eine arrogante Bitch. Ohne unsere Katla hätte das andere Mäuschen den Laden gleich dichtmachen können. Echt jetzt, ich verstehe ja nicht viel davon, aber direkt vor der Saison in den Sack zu hauen, das ist schon ziemlich mies.« Er leerte sein Bier und stand auf. »Auch noch eins?«

Thór schüttelte den Kopf und versenkte die Hände in den Hosentaschen. *Das Mäuschen* musste die dänische Köchin sein. Bei diesem Gedanken verspürte er eine unerklärliche Erleichterung. Ihr gemeinsames Abendessen in der Küche hatte er nicht vergessen und sich seither manchmal gefragt, was sie wohl unter der grauenhaften Schminke verbergen wollte. Obwohl es ihn ja nichts anging, denn im Grunde tat sie das Gleiche wie er selbst, nur dass sich eine Frau eben keinen Bart wachsen lassen konnte, und auf eine Sonnenbrille sollte man als Gastgeberin oder Köchin auch eher verzichten.

Schweigend saßen die beiden Männer in vollendeter Harmonie nebeneinander, als Alexander plötzlich sagte: »Kópavík wäre ein idealer Rückzugsort für Musiker wie dich.«

»Wie meinst du das?«

»Mach die Augen auf. Natur, so weit man sehen kann. Leute, die sich um ihre eigenen Angelegenheiten kümmern, wie überall in den Westfjorden, und eine Ruhe, die das absolute Gegenteil des Bandlebens ist.« Er lachte, was mehr wie ein Bellen klang. »Jedenfalls die meiste Zeit. Im Sommer wimmelt es von Touristen, und seit letztem Jahr werden wir auch noch von Kreuzfahrern heimgesucht.«

Irritiert sah Thór ihn an. »Kreuzfahrer?«

»Na, diese großen Party-Pötte. Hunderte Vergnügungssüchtige, die plötzlich über einen herfallen.«

»Der blanke Horror!«, sagte Thór und erschauderte bei dem Gedanken an seine erste und bis zum Lebensende gewiss auch einzige Reise mit über fünftausend anderen Passagieren auf so einem Schiff, zu der ihr ehemaliges Label die Band überredet hatte, als sie noch nicht besonders erfolgreich gewesen waren.

»Genau. Die meisten bleiben zum Glück an Bord. Aber die, die kommen, richten maximalen Schaden an, und dafür geben sie nicht mal Geld aus. Warum auch? Auf dem Dampfer haben sie eine Fress-Flatrate.«

»Es klingt, als gäbe es hier Streit deswegen.«

»Das kann man wohl sagen.«

Thór schmunzelte. »Und warum genau sollten dann Musiker nach Kópavík kommen?«

»Man darf doch mal träumen.« Alexander grinste und fuhr sich mit der Hand durchs schüttere Haar. »Immer nur Gitarren bauen ist auf Dauer auch langweilig. Ich will ein richtiges Studio einrichten. Glaub mir, die Leute werden kommen.«

»Klar«, sagte Thór nicht nur aus Höflichkeit. Alexander besaß einen exzellenten Ruf in der Musikwelt, und seine Idee war gar nicht so abwegig.

Abends aß er eine Kleinigkeit in einem Restaurant, das sich bescheiden Hafenbar nannte. Das Essen war einwandfrei, und die Lage zwischen Hafen und den drei Hot Pots bescherte dem Wirt reichlich Gäste.

Als er zum Bed & Breakfast zurückkehrte, war das Café schon geschlossen. Er nutzte den Nebeneingang für Pensionsgäste, lief die Treppe hinauf und machte es sich mit seinem Tablet auf dem Bett gemütlich. Das WLAN-Passwort war noch dasselbe. Für Thór, der die meisten Nächte in den letzten Jahren in Hotelzimmern verbracht hatte, bedeutete das beinahe schon, nach Hause zu kommen. Die Mails waren schnell beantwortet. Zufrieden lehnte er sich zurück, um einen ziemlich spannenden Politthriller weiterzulesen, schlief dann aber doch bald ein.

Als er erwachte, war es draußen fast dunkel. Thór hatte einen trockenen Hals. Wahrscheinlich habe ich geschnarcht, dachte er belustigt und füllte sich ein Glas mit Quellwasser, das hier eiskalt aus dem Hahn sprudelte. Er sah aus dem Fenster rüber zum Hafen, wo vereinzelte Lichter glitzerten. Nun war er hellwach und wusste, dass sich daran auch erst mal nichts ändern würde. Vielleicht konnte ein Bier helfen? Eine Minibar gab es nicht, doch die Pensionszimmer waren mit Wasserkochern ausgestattet, damit man sich jederzeit Kaffee oder Tee aufbrühen konnte, und unten im Flur stand neben dem Zugang zur Küche ein gläserner Kühlschrank, aus dem sich jeder Hausgast bedienen durfte. Die Gäste schrieben einfach auf, was sie herausnahmen, und zahlten am Ende des Aufenthalts. Das System schien zu funktionieren, offenbar waren Reisende hier im Norden ehrliche Leute – vielleicht half aber auch die Überwachungskamera, die nicht nur den Nebeneingang im Fokus hatte.

Barfuß ging er vorsichtig die glatte Holztreppe hinunter und wollte gerade die Kühlschranktür öffnen, als eine Melodie erklang. Für einen kurzen Augenblick glomm in ihm die Hoffnung auf, seine Muse wäre zurückgekehrt. Doch die saß für gewöhnlich in seinem Kopf, und diese Stimme kam eindeutig aus der Küche. Thór konnte nicht widerstehen und öffnete die angelehnte Küchentür einen Spalt: Sie stand im hellen Lichtkegel einer einzelnen Lampe und hatte ihm den Rücken zugekehrt. Dunkelrote Wellen flossen ihr glänzend über den Rücken. Mit einer ungeduldigen Bewegung schob sie sich eine Haarsträhne hinters Ohr. Die mehlige Hand hinterließ Spuren auf dem dunklen Pullover, der Rhythmus war für einen winzigen Augenblick gestört, ihr Gesang brach ab. Sie wischte sich die Hände an der Schürze ab, bündelte die Haare mit einem Griff über die Schulter und drehte sie geschickt zu einem Knoten, den sie mit einem Kochlöffel feststeckte.

Thór verbiss sich ein Lachen und beobachtete fasziniert, wie das Holz nun bei jeder Bewegung wippte, als sie ihre Arbeit und auch das Singen wieder aufnahm. Erstaunlich war, dass sie es trotz ihrer eindeutig vorrangigen Beschäftigung mit dem Teig verstand, einen Rhythmus zu kreieren, der so manch einen Perkussionisten blass aussehen lassen würde. Ihr gesamter Körper schien dem Song Substanz und Ausstrahlung zu verleihen.

Sobald sie einen Laib fertig geknetet hatte, warf sie ihn in einen der bereitstehenden Flechtkörbchen und widmete sich dem nächsten mit neuer Leidenschaft. Schließlich rollte sie das Regal, in dem die Körbe aufgereiht standen, in eine Kammer, kehrte mit einer anderen Fuhre zurück und machte sich am Ofen zu schaffen, wo sie offenbar die Temperatur prüfte, bevor sie ihn mit einem nassen Lappen auszuwischen begann.

Dabei sang sie das gleiche Lied wie die *Elfe* damals am Álfhóll. Sein Lied – oder auch nicht. Auf jeden Fall ein Lied dieses Landes, *eine Melodie von Feuer und Eis.*

Inspiriert und froh zugleich zog er sich zurück, eilte die Stufen hinauf in sein Zimmer und setzte sich mit dem Tablet auf die Bettkante, wo er in kurzer Zeit einen neuen Song kreierte. Es war noch viel daran zu tun, aber zufrieden, wenigstens den Wiedereinstieg geschafft zu haben, ließ er sich schließlich ins Bett fallen und schlief traumlos, bis ihn Türenschlagen und Fußgetrappel weckten.

9

Schlaftrunken blinzelnd versuchte Isving, die Zahlen auf dem Handydisplay zu erkennen. So spät! Sie musste sich sputen, wenn das Brot fürs Frühstückbuffet rechtzeitig in den Ofen geschoben werden sollte. Also putzte sie sich nur rasch die Zähne und lief durch die klare Nacht rüber in ihre Küche. Dort empfing sie eine warme Stille.

Seit Gabrielles Abreise wohnte sie nicht mehr im Dachzimmer, sondern war in das kleine Haus zwischen der Pension und ihrem geliebten Rückzugsort am Álfhóll gezogen. Außer der gemütlichen Wohnküche mit Bücherregal und einer bequemen Récamiere, die zum Lesen einlud – wenn denn Zeit dafür gewesen wäre –, gab es noch zwei Schlafzimmer. Eines winzig klein, höchstens acht Quadratmeter und gerade ausreichend für ihre Nichte Lili, die sie jetzt schon rasend vermisste. Das andere war geräumig genug für ein breites Bett, das sie mit vielen Kissen und pastellfarbener Leinenwäsche zu einer Trauminsel gemacht hatte. Der Schrank wirkte mit Isvings wenigen Kleidern und den obligatorischen Winterklamotten noch ziemlich übersichtlich. Auf der weiß gestrichenen Kommode stand ein Lackkästchen, in dem sie ihre liebsten Kleinigkeiten und Erinnerungsstücke wie den altmodischen Ring der Großmutter aufbewahrte, und eine

Muschel von dem Strand, an dem sie als Kind gespielt hatte, mit ähnlichen Preziosen. Das Fenster öffnete sich zum Fjord, und rundherum hatte sie die Wand gestern Nacht in einem pudrigen Blaugrau gestrichen. Die Farbe war noch von den Renovierungsarbeiten der Gästezimmer übrig geblieben und gehörte zu ihren liebsten Farbtönen. Zusammen mit einem honigfarbenen Parkett und dem dicken weißen Teppich, in dessen hohem Flor sie so gern die Zehen grub, entstand dieses Gefühl von heimeligem Wohnen, das sie zu Hause in Dänemark *hygge* nannten. Sie hatte Gabrielle immer ein bisschen um dieses zauberhafte Haus beneidet, und wenn es einen Grund gab, auch mit einem lachenden Auge auf ihre geradezu grotesk schnelle Flucht zu sehen, dann war es das Privileg, nun hier wohnen zu dürfen. Vorerst jedenfalls. Was die Zukunft bringen würde, darüber wollte Isving an diesem Morgen nicht nachdenken.

Während sie den Teig knetete, gingen ihr aber dennoch Katlas Worte durch den Kopf: »Gabrielle hat dich im Stich gelassen.« Sie war da in ihrer Bewertung ganz unmissverständlich gewesen, und Isving wollte ihr auch nicht widersprechen – und doch war es komplexer.

Isving versuchte, den Verrat zu verdrängen. Sie kämpfte darum, Zurückweisung und Schmerz nicht an sich herankommen zu lassen. Nie wieder.

Probleme gab es ohnedies genug zu bewältigen: Zweimal pro Woche musste sie bis nach Ísafjörður fahren, wo ihre Physiotherapeutin praktizierte. Die Behandlung tat ihr gut, aber die Therapeutin wollte, dass sich Isving nach jeder Behandlung schonte. Eine Auszeit – und wäre es nur ein halber Tag – konnte sie sich aber nicht erlauben, denn schon die wenigen Stunden fern der Arbeit waren im Grunde ein unbezahlbarer Luxus.

Eine Pension wie diese zu führen, in einer großartigen Landschaft, mitten im Saga-Land, das war schon lange ihr Traum gewesen, und den hatte sie sich in den vergangenen Monaten mit Zähigkeit und Fleiß erfüllt. Ein Traum, den sie mit Gabrielle in einer Zeit der Trauer und Orientierungslosigkeit geteilt hatte.

Am Ende waren zwei Frauen zu Freundinnen geworden, die unterschiedlicher nicht hätten sein können: Wo Isving Ruhe brauchte, um zu leben, brauchte Gabrielle Leben, um zur Ruhe zu kommen. Und doch hatte es lange danach ausgesehen, als wäre genau dies das Geheimnis ihres gemeinsamen Erfolgs.

Genug davon! Mit Schwung schob sie die Brote in den Ofen und holte den Teig hervor, um Brötchen zu formen.

Wenn es ihr gut ging, sang sie gern. Und wenn es ihr nicht gut ging, sang sie auch – dann allerdings in Moll. Die Melodie aber, die sich in ihrer Seele festgesetzt hatte, war in Dur und gehörte zu ihren Lieblingsliedern. Obwohl sie nicht einmal mehr wusste, woher sie das Lied kannte. Bestimmt irgendein Pop-Hit der vergangenen Jahre, den sie nun zu ihrem eigenen gemacht hatte, mit eigenem Text. Die Haarklemmen hatten sich schon wieder gelöst, deshalb bändigte sie ihren widerspenstigen Schopf kurzerhand mit einem alten Kochlöffel, bevor sie weiterarbeitete.

Katla, die täglich half, kam wie immer pünktlich durch die Tür, und Isving übergab ihr den Kochlöffel wie einen Staffelstab. Nach einer kurzen Besprechung eilte sie durch den Regen hinüber zu ihrem Haus, um Pünktchen zu füttern und selbst unter die Dusche zu springen.

Im Spiegel sah ihr ein schmales Gesicht entgegen, das hübsch gewesen wäre ohne diese verflixten Sommersprossen, die aussahen wie ein braun getupfter Schärengarten in milchweißer See. Sie waren überall: Vom Nasenrücken ergossen sie sich über die Wangen, bedeckten ihre Stirn und die Augenlider, sogar die Lippen hatten ein paar Punkte abbekommen. Nur das Kinn war ein wenig heller. Auf dem Körper sah es nicht anders aus. Warum bloß behaupteten die Leute, den Pippi-Langstrumpf-Look zu lieben, und begegneten ihr dennoch so häufig mit Spott oder starrten sie an, als wäre sie ein Alien?

»Hexendreck, geht nicht weg!«, hatten Kinder hinter ihr hergerufen, und noch viel Schlimmeres. Später, als sie die Insel verlassen hatte, auf der sie aufgewachsen war, fielen die Reaktionen weniger heftig aus. Dennoch passierte es auch in Århus oder anderswo, dass Leute kicherten und tuschelten oder Männer ihr im Vorübergehen Anzügliches zuflüsterten. Damit zumindest hatte es ein Ende gehabt, als sie die Camouflage für sich entdeckt hatte.

Doch nach dem ersten Krankenhausaufenthalt in Reykjavík hatte Isving über vieles nachgedacht und war zu der Einsicht gelangt, dass es mit dem Verstecken vor der Welt ein Ende haben musste. Trotz der aufmunternden Worte ihrer Ärztin fragte sie sich, wie viel Zeit ihr noch bleiben würde, einigermaßen gesund durchs Leben zu gehen. Wollte sie die nächsten Jahre wirklich damit verbringen, sich unter einer dicken Schutzschicht vor dem Leben zu verbergen? Das Böseste, was ihr jemals begegnet war, trug sie in ihren Genen. Der eigene Körper arbeitete gegen sie, aber sie sollten Freunde werden, um die kommenden Herausforderungen gemeinsam zu bestehen, hatte die Psychologin gesagt. Dafür, das dämmerte ihr allmählich, musste sie sich annehmen, wie sie war.

»Wenn es nur so einfach wäre!« Sie streckte ihrem Spiegelbild die Zunge raus.

Die glücklichsten Stunden ihres Lebens hatte sie immer draußen mit den Pferden verbracht, am Strand, wo ihr der Wind das Haar zerzauste und sie die flüchtigen Augenblicke genoss, wenn Sonnenstrahlen das blasse Gesicht erwärmten. Die Freiheit, in der Natur ganz sie selbst zu sein, führte natürlich meistens zu noch mehr Sommersprossen, aber in solchen Momenten pfiff sie drauf.

»Wann bist du eigentlich so mutlos geworden?« Das Spiegelbild blickte ratlos zurück.

»Seltenes ist besonders kostbar«, hatte Anna, die Friseurin und Kosmetikerin in Reykjavík, gesagt. Kostbares aber erregte Aufmerksamkeit, und die wollte sie nicht. Jedenfalls nicht wegen ihres Aussehens. Viel lieber hätte sie Anerkennung für ihre Leistungen bekommen. Dafür, dass sie sich ihren Traum vom eigenen Café, von einer gemütlichen Pension erfüllt hatte, und dass sie jetzt darum kämpfte, trotz ihrer Krankheit und der Enttäuschung, die Gabrielles Weggehen bedeutete, diesen Traum weiterzuleben. Aber es wollte sich ja nicht einmal bei ihr selbst Freude einstellen.

Gabrielle war nicht die richtige Partnerin gewesen – zu unterschiedlich war ihre Motivation, etwas Neues anzufangen. Vielleicht hätten sie in Dänemark mehr Glück gehabt, aber dort hatte sie zu viel an ihren toten Bruder Mads erinnert, und Gabrielle war sowieso nur seinetwegen nach Dänemark gezogen, wo sie, die schon so viele Sprachen beherrschte, noch eine weitere erlernen musste.

Also hatten sie beschlossen, das Land zu verlassen und irgendetwas Neues zu beginnen. Die Anzeige des Immobilienmaklers war versehentlich in einer anderen Rubrik aufgetaucht, und doch waren sie beide sofort begeistert von der Idee gewesen, nach Island zu gehen. Gabrielles Mutter stammte von hier, und Isving liebte die alten Sagas, in denen Trolle und Elfen die Hauptrolle spielten.

Doch sie hatten vieles an der Aufgabe unterschätzt. Die Schwierigkeiten, Zugang zu einer dörflichen Gemeinschaft zu finden, gehörten dazu, und für Gabrielle auch die winterliche Dunkelheit. Isving hatte sich ebenfalls gefreut, als die Tage länger wurden, aber sie hatte sich im Winter beschäftigen können, ohne dass ihr die Decke auf den Kopf gefallen wäre. Ganz anders Gabrielle, der mit dem schwindenden Licht auch die Lebensenergie abhandengekommen zu sein schien. Isving hatte schon länger geahnt, dass Gabrielle hier nicht glücklich werden konnte und nur blieb, um der Tochter einen erneuten Ortswechsel zu ersparen. Denn anders als ihre Mutter hatte sich Lili in Kópavík wohlgefühlt, Freundschaften geschlossen und war regelrecht aufgeblüht.

Natürlich war sie enttäuscht, als die ehemalige Schwägerin ihr gesagt hatte, dass sie gehen würde, aber sie nahm es ihr trotz allem nicht übel. Es war die Trauer gewesen, die sie verbunden hatte. Isving sah das jetzt ganz klar. Nun hatte Gabrielle einen anderen Mann gefunden und diese

Chance auf ein neues Glück ergriffen. Wer wollte ihr das verwehren? Obendrein hatte sie ja recht: Im Grunde war es illusorisch, so einen Betrieb erfolgreich führen zu wollen, wenn eine von ihnen jederzeit ausfallen konnte. Immerhin hatte sie nicht darauf bestanden, ausgezahlt zu werden, und Isving damit die Chance gegeben, über ihre Zukunft nachzudenken und sich erst nach der Saison zu entscheiden, wie es für sie weitergehen sollte. Mit einer guten Bilanz würde es darüber hinaus einfacher werden, die Pension mit Gewinn zu verkaufen. Aber Gabrielle, das hatte sie unter Tränen gesagt, fühlte sich nicht in der Lage, weiter in Kópavík zu leben, wo alle sie hassten, weil sie Óskar Ragnarsson liebte. Zudem wohnte der Fischfabrikant die meiste Zeit des Jahres im Süden, dort besaß er weitere Fabriken und ein schönes Haus.

Isving wusch sich das Gesicht und tupfte sorgfältig die Lotion auf, die ihr die Kosmetikerin Anna in Reykjavík empfohlen hatte. Danach griff sie automatisch nach dem Topf mit der Camouflage – und zog ihre Hand zurück. Die Psychologin der Reykjavíker Klinik, mit der sie ja eigentlich nur wegen der MS in Kontakt war, hatte ihr geraten, offensiv mit der Krankheit umzugehen. Es sei zwar nicht einfach, weil man Multiple Sklerose nicht sähe, wie beispielsweise ein gebrochenes Bein, aber wenn sie die Erkrankung in ihrem näheren Umfeld verschweigen würde, setzte sie sich unter eine Art Dauerstress, der ihr auf Dauer nicht guttäte.

Isving betrachtete sich erneut im Spiegel. Sich pausenlos vor den Menschen und dem Leben zu verstecken, war im Grunde ebenfalls eine Art von Dauerstress, und obendrein konnte man beim besten Willen nicht behaupten, dass ihr Make-up besonders gelungen war.

Neulich hatten Gäste als Dankeschön für den gelungenen Aufenthalt Fotos von der Pension gemailt, und Isving war entsetzt gewesen. Das maskenhafte Gesicht unter dem dunklen Tuch, mit dem sie ihre Haare meistens abdeckte, sah alt aus und unendlich traurig. So war sie nicht! Zeit, eine Entscheidung zu treffen.

Mit klopfendem Herzen kehrte sie in die Pension zurück und nahm ihre Arbeit auf. Katla kannte sie ohnehin ohne Make-up und lächelte ihr aufmunternd zu, als verstünde sie, wie bang ihr zumute war. Von den Gästen kam überhaupt keine Reaktion. Allmählich entspannte sie sich, und weil sie sich gut fühlte, ging ihr die Arbeit leicht von der Hand.

Nachdem der Frühstücksservice bewältigt war, setzte sie sich mit Katla auf die Bank vorm Haus, um bei einem frisch gebrühten Kaffee einen Augenblick in der Sonne zu verschnaufen, bevor sie den Laden öffnen und die anstehenden Reservierungen durchgehen würde. Isving lehnte sich zurück und schloss die Augen.

»Du hast mir gar nicht gesagt, dass der schöne Mann wieder da ist«, sagte Katla.

»Welcher Mann?« Blinzelnd sah sie ins Gegenlicht und wünschte, die Sonnenbrille eingesteckt zu haben.

»Na, Pünktchens Mann.« Katla beugte sich vor, um den Hund hinter dem Ohr zu kraulen.

»Das kann nicht sein. Wir haben doch gar kein Zimmer frei. Das letzte habe ich vorhin an ein Paar aus Deutschland vergeben. Sie kommen heute Nachmittag und bleiben eine Nacht.«

»Du lieber Himmel. Dann haben wir ein Problem. Er hat mir erzählt, Fjóla hätte es ihm gestern vermietet.« Katla nahm einen kräftigen Schluck aus ihrer Kaffeetasse. »Es tut mir leid, meine Nichte ist wirklich ein Schaf. Warum hat sie denn nichts gesagt?«

»Was machen wir nun? Ich kann den Leuten doch nicht absagen.«

»Was ist mit deinem alten Zimmer unterm Dach?«

»Darin kann man niemanden wohnen lassen. Es ist viel zu klein und hat kein eigenes Bad, nur ein Waschbecken.«

»Dafür ist es sehr gemütlich. Du solltest mal sehen, was manche Leute hier im Ort an die Touristen vermieten.« Katla leerte ihre Tasse und stand auf. »Weißt du was? Ich frage ihn, ob er für eine Nacht umziehen würde.«

»Er muss natürlich nichts bezahlen«, sagte Isving.

»Klar. Und wenn er nicht unters Dach will, muss er eben in Lilis Zimmer übernachten.«

Isving folgte ihr zurück in die Küche. »Bei mir im Haus? Auf gar keinen Fall!«

»Wir finden eine Lösung«, sagte Katla und zwinkerte ihr schelmisch zu. *»Þetta reddast* – wird schon schiefgehen.«

Es wurde ein ruhiger Tag. Die Gäste nutzten das schöne Wetter für Ausflüge in die Umgebung, und im Café war auch nicht allzu viel zu tun. Isving verkaufte einen handgenähten Seehund aus Plüsch und zwei Postkarten, machte die Abrechnungen vom Vortag fertig und schrieb zusammen mit Katla den Essens-Plan für die kommende Woche.

Nach Gabrielles Abreise hatten sie sich zusammengesetzt, um zu überlegen, wo sie Abstriche machen konnten, damit ihnen die Arbeit nicht über den Kopf wuchs. Das Ergebnis war eine Büroecke im Laden, die es Isving erlaubte, Administratives zu erledigen, wenn keine Kunden zu bedienen waren. Außerdem öffneten sie das Café erst um vierzehn Uhr und boten neben selbst gebackenem Kuchen *Pylsur*, die in Island sehr beliebten Hotdogs, oder eine Tagessuppe mit geröstetem Brot an. Isving hatte auch das Abendessen streichen wollen, aber Katla fand, die Einnahmen sollte man sich nicht entgehen lassen. Deshalb lag beim Frühstück eine Liste aus, in die sich ihre Hausgäste eintragen konnten, wenn sie in der Pension essen wollten. Man konnte zwischen zwei Gerichten wählen oder die Brotzeit nehmen, die auch nachmittags serviert wurde.

Ihr Plan funktionierte erstaunlich gut, und sie wechselten sich mit dem Kochen ab. An Tagen, an denen Katla kochte, half ihre Freundin Ursi im Service aus.

Mittags kam Katla mit einer Tasse Suppe an den Schreibtisch und verkündete, *der schöne Mann* habe sich einverstanden erklärt, für eine Nacht ins Dachzimmer umzuziehen. Isving war erleichtert, nahm sich aber vor, ein ernstes Wort mit Fjóla zu reden. Katlas Nichte war alles andere als eine aufmerksame Mitarbeiterin. Dauernd sah sie aufs Handy, die einfache Buchungs-App war ihr *zu krass kompliziert,* und ihre Art zu arbeiten konnte man getrost als unstrukturiert bezeichnen.

Isving musste sich allerdings eingestehen, dass ihr die Geduld fehlte, um Fjóla mehr als das Wichtigste beizubringen. Und Katla war auf diesem Auge wenn nicht blind, so doch zumindest fehlsichtig. Sie wollte ihre Nichte unterstützen und tat das mit der Vehemenz einer liebenden Glucke.

Erschöpft rieb sie sich am späten Nachmittag die Augen und band ihre Küchenschürze um. Diese merkwürdige Müdigkeit überfiel sie manchmal einfach so, ohne besonderen Grund. Jetzt wäre eine Entspannungspause im Hot Pot am Álfhóll schön gewesen, aber es hatten sich zwölf Personen für das Menü eingetragen. Isving drehte den Wasserhahn auf und ließ eisiges Wasser über ihre Handgelenke fließen, bis die Fingerspitzen sich schon fast blau verfärbten. Für den Augenblick half die Kälte.

Die Vorspeise war einfach zuzubereiten. Sie verfeinerte die deftige Tagessuppe mit Gemüsebrühe, frischen Kräutern und einem Koriander-Schaumhäubchen. Bald brutzelte das Zitronenhuhn im Ofen, und ihr Mangoparfait wartete in der Kühlung darauf, serviert zu werden.

Die Gäste waren zufrieden, berichtete Ursi, die heute den Service übernommen hatte, und als Isving kurz vor Mitternacht ins Bett fiel, schlief sie sofort ein.

Das Kaffi Vestfirðir war womöglich auch deshalb unter den Reisenden so beliebt, weil Isving darauf bestand, nur frische Zutaten zu verwenden und von der Brühe bis zum Pudding alles selbst zuzubereiten. Die meisten Rezensionen in den unterschiedlichsten Reiseportalen waren voll des Lobs für ihre Küche.

»Wenn du morgens vom Duft frischen Brotes geweckt wirst, ein Traum!«, hatte kürzlich jemand geschrieben. »Man könnte fast glauben, die Betreiberinnen des B&B beschäftigen des Nachts Elfen mit besonderen magischen Fähigkeiten in ihrer Küche.«

Sie hatte lachen müssen, weil der deutsche Tourist offenbar nicht wusste, dass die isländischen Elfen nicht gerade als hilfsbereit bekannt waren, und hässlich sollten sie obendrein sein, erzählte man sich. Gefreut hatte sie sich dennoch und dachte daran, wenn sie sich frühmorgens aus dem Bett quälte.

Pünktchen dagegen wusste nichts von Online-Bewertungen und empfand frühes Aufstehen eindeutig als Zumutung. Müde trottete sie neben ihr her, und vermutlich hatte sie bereits das Körbchen unter dem Küchentisch vor Augen, in dem sie die nächsten Stunden schlummernd verbringen würde, bis der Hunger und andere Bedürfnisse befriedigt werden wollten.

Die Stunden, bevor der Tag an Fahrt aufnahm, waren Isving die liebsten. Die Arme tief im Teig vergraben, spürte sie eine Verbindung zur Natur, zum Leben. Sie schloss die Augen und versenkte sich in ihre Arbeit.

»Góðan morgun.«

Sie wusste sofort, wem die Stimme gehörte.

»Guten Morgen«, sagte sie und drehte sich um. Katla hatte recht damit, ihn als *schönen Mann* zu bezeichnen, obwohl ihr Vollbärte, selbst so gepflegt, nicht sonderlich gefielen. Ebenso wenig wie sein Starren. Hier war es wieder: das Gefühl, ein Alien zu sein. Isving hielt sich am Arbeitstisch fest, um jetzt nichts Falsches zu sagen. »Kann ich dir helfen?«

»Mir ist langweilig«, sagte er.

Damit hatte sie nicht gerechnet. Das *Mir nicht* lag ihr zwar auf der Zunge, aber sie schluckte es hinunter und entgegnete stattdessen: »Frühstück kann ich dir um diese Uhrzeit noch nicht anbieten, aber Kaffee habe ich gerade gekocht.«

»Fantastisch.« Ohne dass sie ihn dazu eingeladen hätte, setzte er sich an den Küchentisch. Pünktchen begleitete jede seiner Bewegungen schwanzwedelnd und stieg sogar auf die Sitzbank, um ihm nahe zu sein.

Dieser erstaunliche Freudentaumel des Hunds, der sich Fremden gegenüber eher zurückhaltend verhielt, ließen sie nicht unberührt. »Danke, dass du heute Nacht im Dachzimmer geschlafen hast. Ist es so schlimm?«, fügte sie hinzu.

»Überhaupt nicht«, sagte er und fügte lächelnd hinzu: »Nachts kann ich am besten arbeiten.«

»Ich auch«, sagte sie und verpasste die Gelegenheit, ihn zu fragen, was er denn arbeitete. Irgendetwas Cooles, vermutete sie. Es hätte zu dem lässigen Selbstbewusstsein erfolgreicher Menschen gepasst, das er ausstrahlte.

Der Teig musste gehen, alles andere war vorbereitet, und sie hätte sich um diese Zeit sowieso hingesetzt, um zu schreiben. Stattdessen klappte sie ihr Laptop zu und schob ihm einen Becher mit dampfendem Kaffee rüber. »Entschuldige die Unannehmlichkeiten«, sagte sie, und er nickte.

»Macht nichts, das Serviermädchen trifft keine Schuld, sie war«, hier zögerte er, »ein bisschen überfordert, fürchte ich.«

Isving rieb sich mit beiden Händen übers Gesicht, was noch vor wenigen Tagen eine Katastrophe gewesen wäre, weil dickes Make-up so eine Behandlung nicht entschuldigt hätte. »Es ist schwierig, gutes Personal zu finden. Fjóla ist die Nichte meiner Mitarbeiterin und jobbt hier, um sich Geld für die Ausbildung in Reykjavík zu verdienen.« Unwillkürlich musste sie lachen. »Eine Karriere in der Gastronomie würde ich ihr nicht empfehlen.«

»Das ist auch nicht jedermanns Sache. Ich habe während meines Studiums in einem Pub in London gearbeitet. Man musste ziemlich organisiert sein, um nicht den Überblick zu verlieren.«

»Du hast in London studiert? Was denn?«

Er sah sie einen Augenblick wortlos an. »Musik«, sagte er dann, als hätte er eine Entscheidung getroffen. »Warst du das, die gestern früh hier in der Küche gesungen hat?«

»Ich fürchte, ja. Obwohl man sich wahrscheinlich keinen Gefallen tut, morgens seine Stimme zu strapazieren.«

»Nach Strapazen hat es absolut nicht geklungen. Hast du eine Gesangsausbildung?«

Sie schüttelte den Kopf. Davon, dass sie früher einmal darüber nachgedacht hatte, erzählte sie ihm nichts. Wie hätte sie ihre Angst, vor Publikum aufzutreten, auch erklären sollen, ohne zu viel von sich preiszugeben? »Ich singe einfach gern«, sagte Isving, weil er sie immer noch fragend ansah.

Er ging nicht weiter darauf ein. »Was führt jemanden wie dich bis ans Ende der Welt, um eine Pension zu eröffnen?«

»Das ist eine längere Geschichte. Es war schon einige Jahre mein Traum, und dass ich hier gelandet bin, ist reiner Zufall.« Aber eigentlich stimmte das nicht. »Vielleicht Fügung. Ich mag die Landschaft, die Pferde und die alten Sagas.« Mit einer Geste zu ihrem Laptop fuhr sie fort: »Ich finde sie inspirierend.«

»Dann bist du Schriftstellerin?«

»Um Himmels willen, bestenfalls Autorin. Ich habe ein paar Geschichten in Anthologien veröffentlicht.«

»Klingt spannend. Reichlich Literatur über unsere Sagas gibt es inzwischen, aber auf dem Land erzählen sich die Familien immer noch alte Storys, die überall etwas anders klingen.«

Sie unterhielten sich über Troll- und Elfengeschichten, die auch Isving aus ihrer Kindheit kannte, bis sie ihn fragte: »Hast du eigentlich deine Tour durch die Westfjorde im Januar noch fortgesetzt?«

»Nein. Das Wetter war zu schlecht. Mein Wagen ist zwar ganz brauchbar, aber um heil über die Straßen zu kommen, hätte ich mindestens andere Reifen aufziehen müssen, und außerdem habe ich ganz gern ein bisschen Farbe im Leben.«

»Da hattest du wirklich Pech. Nicht mal die Polarlichter haben sich gezeigt.« Sie schmunzelte. »Aber für Isländer ist dieses Phänomen sicher nicht halb so faszinierend wie für alle anderen.«

»Ehrlich gesagt habe ich ewig keine mehr gesehen …« Er verstummte. Die Küchenuhr tickte, und der alte Ofen knackte. Es war bald Zeit, die Brote hineinzuschieben.

»Und jetzt bist du zurückgekommen, um die Rundreise fortzusetzen?«, fragte sie in die Stille hinein.

»Ich denke, ich werde ein paar Tage hierbleiben und Kópavík als Basiscamp nutzen.« Er leerte seine Kaffeetasse und stand auf. »Ich will dich nicht länger aufhalten, sonst kriege ich noch Ärger mit den anderen Gästen, weil es kein frisches Brot zum Frühstück gibt.«

Sie tat es ihm gleich. »Um zwei kannst du wieder in

dein Zimmer zurück. Bleibt es dabei, dass du es bis Freitag nimmst?«

»Eigentlich würde ich sogar gern etwas länger bleiben, wenn sich das Wetter hält. Aber Katla sagte mir, dass alles ausgebucht ist.« Hoffnungsvoll sah er sie an.

»Nächste Woche Montag wird eins frei.« Isving überlegte kurz. »Wenn es dir nichts ausmacht, könntest du Samstag und Sonntag noch mal im Dachzimmer wohnen.«

»Ich überleg es mir und gebe dir später Bescheid.« Im Weggehen drehte er sich noch einmal um. »War nett, mit dir zu plaudern, danke für den Kaffee.«

»Jederzeit.« Isving lächelte und spürte, wie sich ihre Wangen röteten. Aber da hörte sie schon seine Schritte auf der Treppe.

10

Normalerweise hätte er sich das nicht bieten lassen. Aber diese Katla hatte wirklich geknickt gewirkt und sich pausenlos für den Fehler ihrer Nichte entschuldigt. Für eine Nacht ins spartanische Dachzimmer zu ziehen, war ja im Grunde auch kein Problem.

Oben angekommen, war er überrascht. Zwar gab es kein Bad, nur ein kleines Handwaschbecken, aber ansonsten wirkte das Zimmer auf besondere Weise persönlich, sehr feminin und außerordentlich einladend, mit dem Blick auf den Fjord erst recht. Er würde sich bestimmt keinen Zacken aus der Krone brechen, hier eine Nacht zu verbringen. Im Vergleich zu den Schlafplätzen, die er am Anfang seiner Karriere kennengelernt hatte, war diese Dachstube ohnehin ein Schmuckkästchen.

Gestern war es ihm zum ersten Mal seit langer Zeit gelungen, ein paar Ideen für neue Songs zu notieren, und diese Nacht rotierte sein Gehirn, allerdings ohne bemerkenswerte Ergebnisse hervorzubringen.

Am frühen Morgen, es musste etwa fünf gewesen sein, war er hinuntergegangen, um die Toilette zu benutzen und sich frisches Wasser aus dem Gäste-Kühlschrank im Erdgeschoss zu holen. Dabei wurde er von Pünktchen überrascht, die ihn stürmisch begrüßte. In der Küche brannte bereits Licht. Neugierig, ob die Muse dort wieder handwerken würde, ging er hinein. Und tatsächlich, sie hatte zwar nicht gesungen, ihm aber Kaffee angeboten.

Anfang des Jahres war sie ihm ein bisschen gestört vorgekommen, mit all dem Make-up im Gesicht. Aber nett war sie damals schon gewesen, wenn auch sehr schüchtern. Heute Morgen hätte er sie beinahe nicht wiedererkannt. Die roten Haare hatte sie zwar zu zwei Zöpfen geflochten, aber nun war er sich sicher, dass sie die *Elfe* vom Álfhóll war.

Immer an musikalischen Entdeckungen interessiert, nahm er sich vor, sie besser kennenzulernen. Doch ihm war auch klar, dass es klüger sein würde, vorsichtig vorzugehen. Menschen wie Isving verhielten sich wie Austern. Sobald Gefahr zu drohen schien, machten sie einfach zu.

Als er später zum Frühstück ging, lief ihm Pünktchen über den Weg, und er dachte, dass dieser Hund womöglich der Schlüssel zu dem vielseitig begabten Rotschopf sein könnte.

Zufrieden widmete er sich einem köstlichen Omelett und sah dabei einige Flyer durch, die im Café auslagen. Es wurde erstaunlich viel geboten in diesem kleinen Ort. Die Prospekte eines Wandertouranbieters und eines Pferdehofs nahm er mit. Sie mochte also Pferde. Das traf sich gut.

11

Heute fuhr sie nicht nur zum Einkaufen nach Vingólf. Seit ihrem Sturz hatte sie nicht mehr auf einem Pferd gesessen und freute sich auf den Ausflug, für den sie sich einer Touristengruppe anschließen würde. Lieber wäre sie allein geritten, aber was, wenn sie irgendwo dort draußen in der weiten Landschaft einen neuen Schub bekäme? Im Moment fühlte sie sich zwar gut, das Kribbeln war in letzter Zeit nicht mehr zu spüren gewesen, aber die beiden Krankenhausaufenthalte hatten sie verunsichert.

Kristín Stefansdóttir, der sie sich anvertraut hatte, erzählte ihr von einer entfernten Cousine, die ebenfalls an MS litt und ein aktives Leben führte. »Du kannst es ja nicht ändern, und umso wichtiger ist es, dass du die guten Tage genießt«, hatte sie gesagt und ihr den Vorschlag gemacht, sich immer mal den Reitergruppen anzuschließen, die unter erfahrener Leitung regelmäßig einen oder mehrere Tage dauernde Ausflüge machten oder auch nur zwei, drei Stunden unterwegs waren.

Einen ganzen Tag konnte sie im Kaffi Vestfirðir nicht fehlen, aber ein Nachmittag war schon mal drin, und heute schien sogar die Sonne.

Leise summend fuhr sie mit dem Striegel über Stjarnis dichtes Fell. Die Fuchsstute hatte ihren Namen dem sternförmigen weißen Abzeichen auf ihrer Stirn zu verdanken. Sie war eine großartige Tölterin, aber nicht einfach zu reiten, weil sie als junges Pferd angefahren worden war und immer noch beim kleinsten Geräusch oder, wie letzten Sommer, vor einem flatternden Tuch erschrak. Isving hatte herausgefunden, dass Singen oder Summen sie beruhigte.

Allmählich trafen die anderen Reiter ein, und während Kristín, die heute die Gruppe begleiten würde, ihre übliche Einweisung gab, führte Isving Stjarni zu dem eingezäunten Reitplatz, um das Pferd warm zu machen, bevor es losging, und noch ein paar Dressurübungen zu reiten, was bei den Ausflügen naturgemäß zu kurz kam.

Bald darauf hörte sie einen scharfen Pfiff, und Kristín winkte. Die Gruppe war so weit, es ging los. Sie trieb Stjarni mit leichtem Schenkeldruck an, bis sie in einen weichen Tölt fiel. Als sie Kristín erreichte, drehte diese sich zu den anderen Reitern um und sagte: »Isving kennt ihr Pferd schon seit über einem Jahr, und die beiden sind ein gutes Team. Aber keine Sorge, wir werden später alle noch in den Genuss dieser einzigartigen Gangart unserer isländischen Pferde kommen.«

Seite an Seite verließen sie den Hof, aber als der Weg später schmaler wurde, ließ sich Isving zurückfallen.

Einer der Reiter schloss daraufhin zu ihr auf. »Hallo, so sieht man sich wieder.«

»Du? Welch eine schöne Überraschung.«

Bald waren sie in ein Gespräch über Islandpferde vertieft, von denen er eine Menge zu verstehen schien. Das hätte sie niemals gedacht, aber es erfüllte sie mit einer irritierenden Wärme, dass er diese Leidenschaft mit ihr teilte.

Erstes Grün zeigte sich, und es schien, als könnte man den Sommer bereits riechen. Manchmal meinte sie, seinen Blick auf sich zu spüren, und ab und zu sah sie selbst zu ihm hinüber und freute sich, wie ruhig und konzentriert er sein Pferd über Geröll oder anderen schwierigen Boden führte. Das Highlight ihres Ausflugs war eine Flussdurchquerung, nach der sie auf freilaufende Pferde stießen, die ihnen eine Weile folgten.

Drei Stunden später waren sie zurück, und Isving musste sich sputen, weil ausgerechnet heute fast alle Gäste zu Abend essen wollten und sie Katla beim Kochen helfen musste. Schnell rieb sie ihr Pferd trocken, packte die Eier von Kristíns Bio-Hof ein, winkte ihrem Pensionsgast noch einmal zu und lief zum Auto.

Nachdem der Abenddienst beendet war, sank sie erschöpft auf der Küchenbank zusammen. Das frühe Aufstehen, die Arbeit und der wunderschöne, aber anstrengende Reitausflug hatten sie an ihre Grenzen gebracht.

Katla setzte sich zu ihr. »Ich räume auf, du solltest dich in den Hot Pot setzen und dann ins Bett gehen.«

»Wahrscheinlich hast du recht. Morgen werde ich einen saftigen Muskelkater haben.«

»Der wird übermorgen noch fieser sein.« Katla lachte. »Komm, schwirr schon ab. Wir sehen uns morgen.«

Isving umarmte sie und lief mit Pünktchen, die sich eng an ihrer Seite hielt, nach Hause, um sich für ein schnelles Eintauchen in den Hot Pot umzuziehen. Keine Viertelstunde später ließ sie sich mit einem Seufzer ins Wasser gleiten und schloss die Augen. »Falls sich jemand anschleichen sollte, bellst du, einverstanden?«

Pünktchen ließ sich mit einem Grunzen auf die Decke fallen, die sie ausgebreitet hatte, weil der Boden noch kalt war.

»Okay, ich weiß, dass es dir hier nicht gefällt, aber warnen könntest du mich trotzdem. Womöglich schleicht sich ein Elf an.«

Sie lachte über ihren eigenen Scherz und darüber, wer ihr bei diesem Gedanken sofort einfiel. Der Mann war zwar sicher kein Elf, aber sie wurde den Verdacht nicht los, dass er irgendetwas Wichtiges vor ihr verbarg. Als sie weiter den Tag Revue passieren ließ und es genoss, wie die Wärme ihre Muskeln allmählich entspannte, riss sie ein leises Knurren aus den Gedanken.

»Pünktchen?« Erschrocken sah sie sich um. Spätabends im Bikini ganz allein in einem Hot Pot zu sitzen, schien ihr plötzlich keine so gute Idee zu sein.

Und dann tauchte der Mann, an den sie die ganze Zeit gedacht hatte, aus dem Zwielicht auf. Richtig dunkel wurde es nicht mehr. Die wenigen Wolken am Himmel leuchteten in den gewagtesten Rot- und Blautönen und tauchten die Landschaft in ein nahezu anderweltliches Licht.

»Entschuldige, ich wollte dich nicht erschrecken.« Verlegen blickte er auf sie herab, und als würde ihm plötzlich bewusst, wie sich das für Isving anfühlen musste, ging er rasch in die Hocke und kraulte Pünktchen hinter den Ohren. »Ich dachte, um diese Uhrzeit wäre niemand hier«, sagte er entschuldigend. »Das Reiten war verdammt ungewohnt, und dann gleich drei Stunden. Ich fürchte, morgen werde ich einen Megamuskelkater haben.« Sehnsüchtig sah er ins warme Wasser.

»Es ist ausreichend Platz für eine halbe Fußballmannschaft«, sagte Isving und kam sich dabei ein bisschen verwegen vor. Sie machte eine einladende Geste. »Bitte.«

Er lächelte erleichtert, drehte sich um und zog sich schnell aus.

Sie hätte schon blind sein müssen, um seinen sportlichen Körper nicht zu bemerken. Als er schließlich ihr gegenüber bis zu den Schultern im Wasser versank, suchte sie verlegen nach einem Gesprächsthema. Gerade hatte sie sich einen Kommentar zum nachmittäglichen Ausritt zurechtgelegt, als er sagte: »Ich wusste gar nicht, dass hier noch eine Fischfabrik in Betrieb ist. Die meisten sind längst aufgegeben worden.«

Erleichtert, etwas dazu sagen zu können, nickte Isving. »Das habe ich auch gehört. Ich glaube, Ragnar Baldursson war es wichtig, die Arbeitsplätze zu erhalten. Er hatte ein Ferienhaus weiter oben am Fjord und hat viel für die Gemeinde getan. Das Schwimmbad neben dem Camping-Platz zum Beispiel. Es wurde sogar nach ihm benannt.«

»*War* wichtig? Hat er es sich anders überlegt?«

»Ragnar ist im Winter gestorben.«

Es war so schade, dass sein Sohn sich gegen alles gestellt hatte, wofür Kópavík inzwischen stand. Wie konnte er verlangen, dass sie seine Pläne vom Walfang unterstützten, wo man sich erst vor Kurzem darauf geeinigt hatte, dass sanfter Tourismus der richtige Weg für den kleinen Ort war? Sie erzählte von dem Streit mit Óskar Ragnarsson.

»Das ist ein heikles Thema bei uns«, bestätigte er. »Besonders ältere Isländer empfinden den Walfang häufig noch als einen Teil ihrer nationalen Identität. Gerade in Zeiten, in denen die Touristenströme allmählich zum

Problem werden, besinnen sich viele plötzlich wieder auf eine vermeintlich bessere Vergangenheit. Dabei ist es dem Land nie besser gegangen als heute.«

»Solche Leute gibt es in Dänemark leider auch«, sagte sie. »Aber Óskar Ragnarsson will keine Traditionen erhalten, er will das Fleisch gewinnbringend nach Asien verkaufen. Ehrlich gesagt glaube ich, der Kerl ist nicht besser als ein verantwortungsloser Großwildjäger. Es macht ihm Spaß, so ein prächtiges Tier zu töten«, fügte Isving hinzu und schlug dabei mit beiden Händen auf die Wasseroberfläche, dass es spritzte. Pünktchen sprang auf und bellte.

Er lachte und wischte sich die Wassertropfen aus dem Gesicht. »Entschuldige. Das ist natürlich nicht komisch. Aber du erinnerst mich sehr an jemanden, der sich bei diesem Thema genauso aufregen kann.«

Isving, der ihr leidenschaftlicher Ausbruch peinlich war, wies den Hund an, zurück auf seine Decke zu gehen, und ließ sich tief ins Wasser gleiten. Sie beobachtete, wie *der schöne Mann* den Kopf in den Nacken legte und versonnen in den Himmel blickte. Wie er wohl ohne den Bart aussehen würde?

»Island ist mit Abstand das großartigste Land der Welt«, sagte er auf einmal in die Stille hinein und klang dabei, als hätte er die Erkenntnis in diesem Augenblick gewonnen.

Sie blickte ebenfalls hoch zu den rosa- und orangefarbenen Wolkenstreifen und war versucht, ihm beizupflichten. Die wilde Landschaft, das Lichterspiel am Himmel und diese einzigartig klare Luft waren auch für sie von besonderer Bedeutung. In Island hatte sie ein Zuhause gefunden, das sie nicht ohne Weiteres aufzugeben bereit war.

Doch das sagte sie ihm nicht, es war viel zu privat. »Wie viele Länder kennst du denn, so im Vergleich?«

»Och, eine ganze Menge, möchte ich behaupten.« Und er erzählte ihr vom Tafelberg in Südafrika, den gigantischen Wellen vor Maui und einem Ausflug in die Chilenischen Anden. Was ihn dorthin geführt hatte, sagte er nicht, und Isving vergaß, ihn danach zu fragen. Seine warme Stimme ließ eine Saite in ihr erklingen, die sie lange nicht mehr wahrgenommen hatte.

Schließlich stieg die Temperatur im Pool so weit an, dass man frisches Wasser hätte nachfüllen müssen.

»Ich will dann mal ...«, sagte sie, und er folgte ihr.

Isving trocknete sich ab und bückte sich nach dem Korb, in dem sie die Kleidung aufbewahrte, als ihr das Badetuch aus der Hand rutschte. Er hob es auf und legte ihr den flauschigen Frottee-Stoff um die Schultern. Sie konnte die Wärme spüren, die er ausstrahlte.

»Darf ich?«, fragte er mit warmer Stimme und rieb ihr mit sanften Bewegungen über den Rücken, ohne eine Antwort abzuwarten.

Isving traute ihrer Stimme nicht. Anstelle einer Antwort lehnte sie sich in seine Berührungen. Gerade noch gelang es ihr, ein lustvolles Seufzen zu unterdrücken, da war es auch schon wieder vorbei.

»Danke«, sagte sie ein wenig zittrig und zog schnell ihr Hauskleid aus Fleece an. Die Luft war zu kalt, um lange leicht bekleidet herumzustehen, deshalb zog sich Isving auch noch den flauschigen Bademantel über, obwohl sie nun sicher wie eine Tonne aussah.

Vor ihrem Haus, das auf halber Höhe zwischen dem Hot Pot und dem B&B lag, blieben sie stehen.

»Wohnst du hier?«, fragte er.

»Ja. Es ist winzig, aber für mich perfekt«, sagte sie und nickte ihm zu. »Komm«, ermunterte sie Pünktchen und folgte ihr ins Haus. »Gute Nacht!«

»Góða nótt«, hörte sie ihn antworten, schloss die Tür und lehnte sich mit klopfendem Herzen von innen dagegen. Bildete sie sich das nur ein, oder hatte er wirklich einen Augenblick lang ausgesehen, als hätte er erwartet, dass sie ihn hereinbitten würde? Nein, das war purer Unsinn. Aber irgendetwas passierte gerade zwischen ihnen, und er schien es auch bemerkt zu haben.

Am folgenden Nachmittag kam er in den Shop geschlendert und sah sich den Lavaschmuck an, den sie für eine Designerin aus Akureyri in Kommission genommen hatten, während Isving geduldig zwei Frauen beriet, die sich partout nicht entscheiden konnten, ob sie einen Pullover oder lieber eine Jacke mit dem typischen isländischen Muster kaufen sollten.

»Sieh mal, Margot, gar keine Nähte. Das ist doch maschinell gestrickt.«

Isving antwortete, dass dies ein Markenzeichen hiesiger Pullover sei. »Sie werden von Frauen aus der Umgebung hergestellt. Man strickt von unten nach oben auf einer Rundnadel. Sehen Sie hier: Da werden die fertigen Ärmel aufgenommen, und dann beginnt das Muster.«

»Aha. Sagen Sie, das wird wirklich alles hier im Land und nicht in China gestrickt? Es sieht so perfekt aus«, sagte die eine und drehte den Pullover auf links.

Geduldig erklärte sie: »Ich kenne die Produzentinnen. Sie machen das ein Leben lang, und wir kaufen nur Ware, die sorgfältig gefertigt wurde.«

»Sehr schön. Wir überlegen es uns noch einmal.« Damit rauschten sie hinaus, und Isving seufzte, bevor sie die Jacken und Pullis wieder zusammenfaltete.

»Du lieber Himmel, was für Nervensägen«, sagte er und reichte ihr einen Pullover. »Sind die alle so?«

»Viele. Wahrscheinlich liegt es an mir. Verkaufen gehört nicht zu meinen Stärken.«

»Ich fand dich richtig gut und total geduldig. Was denken die sich eigentlich?«

»Nichts«, sagte sie, und beide lachten.

»Vermutlich hast du recht«, sagte er und fuhr dann leise fort: »Wegen gestern Abend ...«

»Alles gut. Der Hot Pot ist ja auch für unsere Gäste. Abends kommt allerdings selten jemand hoch. Die meisten Leute bevorzugen die Hot Pots am Hafen.«

»Wegen der Trolle und Elfen?«, fragte er belustigt.

»Kann sein. Wahrscheinlich aber, weil da im Sommer viel los ist. An den Wochenenden spielen manchmal Bands, und es herrscht eine Superstimmung. Besonders beim *Kópavík Festival.* Da kommen die Leute aus ganz Island hierher, das Camping Areal platzt aus allen Nähten. Ich habe die Veranstaltung vergangenes Jahr zum ersten Mal erlebt und war wirklich beeindruckt, welch großartige Bands es in Island gibt.«

Sie plapperte. Auf den kurzen Augenblick intimer Nähe wollte sie nicht eingehen, denn noch hatte sie keine Entscheidung getroffen, was der für sie bedeutete. Wahrscheinlich nichts, denn sicher reiste er bald wieder ab, und dieses Mal würde er bestimmt nicht so schnell zurückkehren.

»Das klingt spannend«, sagte er. »Wegen dem Wochenende … Das Mansardenzimmer werde ich nicht brauchen. Ich plane ab morgen eine Wanderung und komme erst Sonntagabend zurück. Kann ich mein Gepäck so lange irgendwo unterstellen?«

»Natürlich. Und du bist sicher, dass du das Zimmer nicht brauchst?«

»Ja, warum?«

»Am Wochenende findet das Hafenfest statt, und ich habe Anfragen …« Sie sah auf ihre Fingernägel. »Das Geld wäre uns willkommen.«

»Kein Problem«, sagte er, lächelte ihr zu und verabschiedete sich.

Er ist nur höflich, dachte sie und blickte ihm wehmütig hinterher.

12

Während des Fischerfests blieb das Café geschlossen. Am Hafen gab es genügend Abwechslung, und obendrein traten Fjóla und Ursi mit dem Chor auf, was auch Katla als Chorleiterin in Atem hielt.

Beschwingt von der Aussicht auf einen freien Tag machte sich Isving dran, das ehemalige Zimmer ihrer Nichte neu zu streichen. Das kleine Mädchen war ganz verrückt auf Pink und Glitzer. Isving teilte diesen Geschmack entschieden nicht und war froh, dass Gabrielle es abgelehnt hatte, die geweißten Möbel mit Lilis Lieblingsfarbe zu verschönern. Das ersparte ihr heute viel Arbeit.

Behutsam tauchte sie den Pinsel in den Farbtopf und begann, rund um die weißen Fensterrahmen zu streichen. Zuerst hatte sie überlegt, in dem kleinen Raum einen begehbaren Kleiderschrank einzurichten, um in ihrem Schlafzimmer mehr Platz zu haben. Aber das war eigentlich geräumig genug. Außerdem wusste sie nicht, wohin mit dem Bett. Es war groß genug für einen Erwachsenen und zu schön, um es wegzugeben.

Drei Stunden später sah sie sich zufrieden um. Weiße Gardinen und ein Rollo gegen die Mitternachtssonne, ein sonnengelb gemustertes Kissen auf dem alten Sessel, Haken für etwas Garderobe – das alles sah licht und luftig aus und wurde durch den honigfarben glänzenden Dielenboden zu einem hyggeligen Refugium. Es war vermutlich an diesem Wochenende das einzige freie Zimmer in ganz Kópavík. Welch ein Luxus, dachte sie, ein Haus für sich allein zu haben, auch wenn es noch so klein sein mochte.

Den restlichen Tag nutzte Isving zur Entspannung. Solche Phasen seien wichtig, hatte ihr die Ärztin erklärt. Meistens fänden sich zwar keine eindeutig auslösenden Faktoren für einen Schub, doch seelische und körperliche Belastungen könnten ihn begünstigen. Infektionen beispielsweise, Überanstrengung im Job oder auch Stress. Sie war froh, dass sie sich endlich dazu durchgerungen hatte, zu ihrem Äußeren zu stehen, und bisher hatte sie die Entscheidung, Camouflage und das schwere Make-up entsorgt zu haben, noch keine Sekunde bereut. Im Gegenteil, sie fühlte sich wie von einer großen Last befreit, und ihre Haut dankte es ihr. Die Rötungen waren vollkommen verschwunden.

Ein Klopfen ließ sie erschrocken zusammenfahren. Pünktchen sprang auf und raste wütend bellend zur Tür. Für einen kurzen Augenblick orientierungslos, folgte sie dem Hund in der Erwartung, einen Gast vor der Tür zu finden, der sich ausgesperrt oder sonst ein Problem hatte, das nicht bis morgen warten konnte. Überrascht sah sie stattdessen den *schönen Mann* draußen im Regen stehen, der heute aber auf den zweiten Blick ziemlich wild und sogar ein bisschen unheimlich aussah.

»Komm rein«, sagte sie, ignorierte das nervöse Flattern in ihrer Brust, das sie vor Gefahren warnte, und trat beiseite, um ihn einzulassen. »Du brauchst ein Handtuch.« Sie blickte auf die schnell größer werdende Pfütze um seine Stiefel. »Oder besser zwei.«

Als sie zurückkam, hatte er Jacke und Schuhe ausgezogen und nahm ihr dankend eines der Handtücher ab, um sich die Haare zu trocken. Pünktchen sprang begeistert um ihn herum.

»Was ist passiert?«

»Ein Unfall«, sagte er und fügte hinzu: »Ich bin okay.«

»Oh, gut.« Ihr lagen viele Fragen auf der Zunge, was genau während seines Wanderausflugs geschehen war, doch das musste warten. Seine Jeans und die Jacke waren schlammig, er sah ziemlich mitgenommen aus. »Ich habe deinen Koffer hier untergestellt«, sagte sie. Das war ihr gestern sicherer erschienen, und jetzt war es ein Glück. »Wenn du dich umziehen willst …«

Als er mit erleichterter Miene zustimmte, zeigte Isving ihm das kleine Zimmer und ihr Bad, froh, dass sie es am Morgen geputzt hatte. Bei all der Arbeit im B&B kam der eigene Haushalt meistens zu kurz. »Falls du etwas brauchst, ich bin in der Küche. Komm, Pünktchen.«

Leise zog sie die Tür hinter sich zu, um ihm etwas Privatsphäre zu geben. Das Haus wirkte plötzlich winzig. Er schien es mit seiner Präsenz vollkommen auszufüllen.

»Schön hast du es hier.« Da war er wieder. Lässig stand er in der Tür und lächelte. »Danke für die Soforthilfe.«

Das Glas Rhabarbersaft nahm er erfreut entgegen, aber als sie anbot, etwas zu essen aus der Pensionsküche zu holen, lehnte er ab. »Mach dir bitte keine Umstände.

Wir haben unseren Proviant auf der Rückfahrt brüderlich geteilt.«

Und dann erzählte er von der Tour. Sie seien zu fünft gewesen. Drei Freunde aus Schweden, er selbst und ein Guide.

»Heute wollten wir einer alten Handelsroute nach über die Klofningsheiði nach Flateyri gehen. Keine schwierige Strecke, aber man muss einen Basaltrücken zwischen den Fjorden überqueren, und da muss einer der Männer fehlgetreten sein, jedenfalls hat er das Gleichgewicht verloren und ist einen Hang hinuntergerollt. Dabei hat er sich das Bein gebrochen. Es hat ewig gedauert, bis der Hubschrauber kam, um ihn ins Krankenhaus zu bringen. Wir sind dann nach Flateyri abgestiegen, und verständlicherweise wollten seine beiden Freunde das Wochenendprogramm nicht mehr weiter absolvieren. Eine andere Gruppe habe ich nicht gefunden, und nun bin ich wieder hier.«

»Ja«, sagte Isving, die es ein bisschen irritierte, wie sehr sie sich über seine Rückkehr freute. Allerdings gab es ein Problem. »Nur habe ich erst am Montag mit dir gerechnet, und ganz Kópavík ist wegen des Hafenfests ausgebucht.«

»Schläft da auch jemand?« Er zeigte in Richtung des frisch gestrichenen Zimmers. »Oder ist das zu unverschämt?« In gespielter Verzweiflung legte er die Stirn in Falten. »Ich kann auch im Auto übernachten.«

Das wollte sie natürlich auch nicht. Wer hätte diesem Blick widerstehen können? Isving lachte, um ihre Verlegenheit zu überspielen. »Ich lasse doch niemanden vor meiner Haustür erfrieren. Ich wette, du hast nicht einmal einen Schlafsack dabei.«

Den hatte er zwar schon, wie er zugab, aber das strahlende Lächeln, mit dem er sich für ihre Gastfreundschaft bedankte, ließ ihr die Knie weich werden.

»Ich bezahle natürlich dafür.«

»Das kommt nicht infrage. Dieses Zimmerchen hat nicht mal acht Quadratmeter, kein eigenes Bad und riecht ziemlich nach Farbe.«

»Das ist mir aufgefallen, hast du den Raum erst kürzlich renovieren lassen?«

»Heute. Ich habe ihn gestrichen und glaube, darüber kannst du froh sein.« Sie grinste. »Das war das Kinderzimmer meiner Nichte. Lili ist ein großer Fan von Pink und sehr viel Glitzer.«

»Oha. Gut, dass du ihren Geschmack nicht teilst. Das neue Design gefällt mir deutlich besser als ein Prinzessinnen-Zimmer. Aber mal im Ernst, wie kann ich mich erkenntlich zeigen?«

Sie sah ihn mit schräg gelegtem Kopf an. »Wenn du so fragst, du könntest dich nützlich machen und Kaminholz hacken.«

Er lachte und hob sein Glas. »Deal! Wann soll ich anfangen?«

»Für heute habe ich genügend Scheite. Morgen ist Sonntag, da sind solche Arbeiten nicht gern gesehen. Aber Montag wäre gut.«

Über den Rand seines Glases sah er sie an, und für einen kurzen Augenblick dachte Isving, er hätte etwas auf dem Herzen. Doch dann zog er sein Handy hervor und zeigte ihr Fotos, die er während des Ausflugs gemacht hatte.

»Es ist wunderbar da draußen«, sagte sie schließlich mit

einem Seufzen. »Manchmal bedauere ich es schon, dass mir so wenig Zeit bleibt, die Natur zu genießen. Wandern ist nicht so meins, aber von einem mehrtägigen Reitausflug träume ich schon lange. Leider geht das nicht.«

»Weil du die Pension jetzt allein führen musst?«

»Katla ist eine tolle Hilfe, aber ja, deshalb und weil …« Nein, sie würde ihm nicht von ihrer MS erzählen. Sie kannten sich ja kaum, was sollte sie einen Fremden mit ihren Sorgen belasten. »Es geht eben nicht.« Sie war sicher, dass ihm ihr Zögern nicht entgangen war, aber er fragte nicht nach, und dafür war sie ihm dankbar.

Sein Handy klingelte, er entschuldigte sich und nahm den Anruf entgegen. »Hæ, Alex. Ja, mal sehen …« Viel mehr sagte er nicht, bevor es wieder in die Tasche steckte. »Alexander, du kennst ihn auch, oder?«

»Der Gitarrenbauer? Wir sind uns ein, zweimal begegnet. Ein netter Typ.«

»Er will wissen, ob wir zum Hafenfest gehen.«

»Wir?«, fragte sie erstaunt.

»Na ja, nicht wörtlich. Aber ich dachte, du hättest vielleicht Lust mitzukommen. Auf einen Drink?«

Eigentlich hatte sich Isving einen ruhigen Abend machen und erst morgen Nachmittag zu Katlas Auftritt gehen wollen. Sie hatte nicht mal gefragt, wie der Chor hieß, weil sie befürchtete, erneut von ihr angesprochen zu werden, ob sie nicht doch mitmachen wolle. Lust hatte sie ja schon, mit anderen zu singen, aber vor Publikum auftreten konnte sie auf keinen Fall. Ein Blick aus dem Fenster auf den Fjord zeigte ihr, dass der Regen aufgehört hatte. Die Küchenuhr schlug neun, der Abend war noch jung, und das Fest würde sowieso die ganze Nacht hindurch bis zum morgigen Fischerfrühstück andauern.

»Warum eigentlich nicht?«, sagte sie und freute sich über sein Lächeln, das die sturmgrauen Augen zum Strahlen brachte.

13

Wenn sie sich bloß nicht schminkt, dachte Thór und schämte sich sofort für den Gedanken. Isving gefiel ihm, so wie sie war. Sie gehörte zu dem Typ Rothaariger, bei denen die Natur kräftig in den Farbtopf gegriffen hatte. Ihre Haare leuchteten kupferfarben, die Sommersprossen waren nicht dezent auf den Nasenrücken getupft, sondern so großzügig über die schneeweiße Haut verteilt, dass er sich fragte, wie lange es wohl dauern würde, sie alle zu zählen. Das lenkte seine Gedanken in eine gefährliche Richtung, denn seit dem gemeinsamen Bad im Hot Pot wusste er von Kurven, die sie normalerweise unter bequemer Kleidung verbarg. Thór räusperte sich und vergrub die Hände in den Hosentaschen. Isving war sicher keine Schönheit im klassischen Sinne, aber verdammt sexy.

Er war während seiner Karriere vielen hübschen Groupies und Models begegnet und hatte gelernt, hinter die Fassade zu blicken. In den letzten Jahren waren sie ihm zunehmend jünger vorgekommen, was natürlich daran lag, dass er und die Jungs eben älter geworden waren.

Isvings Alter konnte er schlecht schätzen, und es war ihm eigentlich auch egal. Sie war eine erwachsene Frau, die etwas auf die Beine gestellt hatte und nun versuchte, den Laden trotz Widrigkeiten am Laufen zu halten. Soweit er es beurteilen konnte, machte sie ihre Sache gut.

»Ich bin so weit.«

»Schön«, sagte er etwas unbeholfen. Wie sie jetzt vor ihm stand, mit einem unsicheren Blick, für den es überhaupt keinen Grund gab. Das locker in einem Knoten zuzusammengefasste Haar umrahmte ihr fein geschnittenes Gesicht. Heute war ihm zum ersten Mal aufgefallen, dass sie türkisfarbene Augen hatte. Es war wirklich kein Wunder, dass er sie dort oben am Álfhóll für ein anderweltliches Geschöpf gehalten hatte.

Die Erinnerung an jenen Abend ließ ihn unvermittelt lächeln. Es war gut, noch einmal zurück nach Kópavík gekommen zu sein. Denn viel wichtiger als ihr einnehmendes Aussehen war, dass er sich in ihrer Gesellschaft entspannt und ausgeglichen fühlte. Etwas, das er lange nicht mehr so intensiv empfunden hatte.

»Wollen wir zu Fuß gehen?«, unterbrach ihre Stimme seine Gedanken. »Ich könnte ein bisschen Bewegung gebrauchen.«

»Sicher.« Rasch zog er die Stiefel und seine Jacke an, es waren höchstens acht Grad heute Abend.

Der Fußweg zum Hafen dauerte nicht viel länger als zehn Minuten. Die Wolkendecke war aufgerissen, und dort hinten, wo sich der Fjord zum Meer öffnete, stand die Sonne über dem weiten Horizont und tauchte die Berge in ein so unwirkliches Licht, dass sie stehen blieben, um sich die Pracht in Ruhe anzusehen, bevor sie eintauchten in die Menge feiernder Menschen.

Er war Isving in diesem Augenblick dankbar, dass sie ihn

der schweigenden Betrachtung überließ. So viele Länder hatte er auf seinen Tourneen gesehen, unzählige Sonnenuntergänge erlebt, war nicht selten bis zu ihrem Aufgang wach geblieben. Dabei musste ihm irgendwann das Wissen um die Schönheit Islands abhandengekommen sein. Oder vielleicht war sie ihm auch niemals so bewusst gewesen wie in diesen Tagen, weil er das Land früh verlassen hatte und nur selten zurückgekehrt war.

Schließlich wandte er sich Isving zu und sah in ihrem Gesicht das gleiche andächtige Staunen, das auch er empfand.

»Man muss es ganz tief in seinem Herzen verankern«, sagte sie kaum hörbar. »Dort, wo es niemand stehlen kann.«

Am liebsten hätte er sie umarmt und geküsst. Aber das ging natürlich nicht. Das Vertrauen, das sie ihm mit ihrer Gastfreundschaft schenkte, das spürte er, war zu zerbrechlich, um es mit einem unbedachten Schritt aufs Spiel zu setzen.

»Wollen wir?«, fragte er und machte eine Geste zum Hafen.

Den restlichen Weg legten sie schweigend zurück, bis sie sich inmitten fröhlicher Menschen wiederfanden. Einige ganz Mutige sprangen vom Boot der Walbeobachter ins Wasser und schwammen auf etwas schwer Erkennbares zu, das neben einer Boje im Wasser dümpelte. Weiter draußen beobachteten Leute das Treiben von einem Motorboot aus.

»Das legendäre Kópavíker Seehund-Fangen«, sagte Isving. »Komm, lass uns sehen, wer ihn dieses Jahr erwischt.«

Im selben Augenblick tauchte das Tier unter, um gleich darauf den Kopf an einer anderen Stelle aus dem Wasser zu strecken. Die Zuschauer lachten und feuerten die Schwimmer an.

Er fragte sich, ob wirklich jemand glaubte, das Wettschwimmen mit einem Seehund gewinnen zu können, als kurz ein Taucher neben dem Tier zu erkennen war, der gleich darauf mit im Wasser verschwand.

»Der ist nicht echt«, sagte er lachend, als beide wenig später weiter vorn wieder auftauchten. Es ging noch eine Weile so, doch dann erbarmte sich der Taucher und gestattete einem der Schwimmer, sich so weit zu nähern, dass er das flüchtige Tier an dem Ring greifen konnte, den es um den Hals trug. Boote fuhren raus, um die Teilnehmer einzusammeln, und jetzt sah man auch, dass sie Neoprenanzüge trugen, was im eiskalten Wasser sicher eine kluge Entscheidung war.

Nach diesem Spektakel wechselte die Band auf der Bühne, und er schlug vor, zu einem der Stände rüberzugehen, die längs der Fischfabrik aufgereiht waren. Der Duft von Gebratenem und Geräuchertem lag in der Luft. Isving bestellte sich Sushi, während er sich, des raffiniert zubereiteten Fischs nach der Asientournee etwas überdrüssig geworden, für gebratenes Dorschfilet entschied. Sie setzten sich an einen der langen Tische, gelegentlich grüßte jemand in ihre Richtung, und einige neugierige Blicke streiften sie.

»Seit Gabrielle weg ist, sind die Leute irgendwie anders«, sagte Isving. »Ich weiß nicht, ob sie Mitleid haben, was absolut nicht nötig ist«, fügte sie trotzig hinzu. »Als wir herkamen, dachte ich, es läge daran, dass man sich in so kleinen Orten Fremden gegenüber generell etwas zurückhält. Aber irgendwann hatte ich das Gefühl, die Leute mögen uns einfach nicht.« Sie steckte sich ein Lachs-Nigiri in den Mund und seufzte entzückt. »Die Honig-Senf-Sauce ist ein Gedicht. Willst du mal probieren?«

Wenn es nur halb so gut schmeckte, wie man bei ihrer Begeisterung annehmen konnte, würde ich einen ganzen Teller davon essen, dachte Thór und beobachtete, wie sie den nächsten Happen geschickt mit dem Stäbchen aufnahm.

»Sehr lecker«, sagte er gleich darauf. »Der Dorsch ist aber auch nicht schlecht, möchtest du …?«

Sie nickte und sperrte den Mund auf, als er ein Stückchen Fisch auf seine Gabel gespießt hatte. »Mhm!«, sagte sie, und er musste sich vom Anblick ihrer Lippen losreißen, die weich aussahen, glänzend vom Essen und ziemlich küssenswert.

Hæ Þórr!

Jemand schlug ihm auf die Schulter, und er verschluckte sich fast. »Alexander.«

»Willst du mir nicht deine Begleitung vorstellen?«

»Isving, das ist Alexander Elvarsson.« An Alexander gewandt sagte er weniger herzlich: »Isving kennst du sicher, sie führt das Kaffi Vestfirðir.«

»Ja, natürlich. Hallo Isving, ich hätte dich fast nicht erkannt.«

Thór warf ihm einen warnenden Blick zu und zeigte zur Bühne, auf der ein neues Set aufgebaut wurde, während im Vordergrund der Gewinner des Wettschwimmens mit einem großen Plüsch-Seehund und einer Flasche Brennivín ausgezeichnet wurde, die er strahlend entgegennahm.

»Du hast doch sicher zu tun? Wir sehen uns später.«

»Klar, natürlich. Ich kümmere mich heute um den Sound der Bands«, sagte Alexander an Isving gerichtet und verschwand in der Menge.

Die sah ihm nach, blinzelte und steckte sich eine California-Roll in den Mund.

Wusste sie eigentlich wie erotisch sie dabei wirkte? Sie aß genussvoll, leckte sich einmal über die Lippen und legte die Stäbchen aus der Hand. »Wie hat er dich eben genannt?«

Er hatte sich als Jón, das war sein zweiter Name, vorgestellt und wusste nun nicht, was er antworten sollte. Ihr die ganze Wahrheit zu sagen, wäre das Richtige. Das hätte er vorhin schon tun sollen. Aber da hatte er nicht die passenden Worte gefunden, um zu erklären, dass er ein ziemlich bekannter Musiker war, der quasi mit Bart und Brille verkleidet inkognito durchs Land reiste. Angeberisch war es ihm vorgekommen, als wollte er sich vor ihr wichtigtun. Nun war die Situation aber noch unangenehmer. Es lief gerade so gut. Sie flirteten miteinander auf eine entspannte und freundliche Weise, die alle Möglichkeiten offenließ. Genauso, wie er es sich vorgenommen hatte. Doch wenn er ihr nun erklärte, wer er wirklich war, konnte es gut sein, dass sie sich getäuscht fühlte und ihn aus dem Haus warf. Das jedoch wollte er plötzlich auf keinen Fall riskieren.

Sie sah ihn immer noch erwartungsvoll an.

Er war ihr eine Erklärung schuldig und öffnete schon den Mund, um die Wahrheit zu sagen, als Rettung in Gestalt von Katla nahte, die von zwei jungen Leuten begleitet wurde. Am liebsten wäre er der Frau um den Hals gefallen. So stand er lediglich auf, um sie zu begrüßen, was ihr augenscheinlich gefiel, denn sie strahlte sie beide an.

»Wie schön, dass ihr gekommen seid.« Stolz stellte sie ihre Kinder vor: »Das sind meine Tochter Freyja und mein Sohn Bjarki. Sie verbringen einen Teil des Sommers in Kópavík bei ihrer alten Mutter.«

Der Sohn, er mochte vielleicht gerade achtzehn sein, verdrehte hinter ihrem Rücken die Augen, als hätte er diesen Spruch heute schon ein paarmal gehört, die etwas jüngere Tochter dagegen starrte ihn mit halb offenem Mund an.

»Wollt ihr euch zu uns setzen?«, fragte Isving, aber Katla schüttelte den Kopf. »Ich muss mich um die Kostüme der Chormädels kümmern.«

»Dafür brauchst du uns doch nicht.« Freyja erwachte aus ihrer Erstarrung.

»Nachher könnt ihr euch die Gruppe ansehen, aber jetzt kommt ihr mit und helft mir.« Damit trieb Katla ihre Kinder resolut vor sich her.

»Aber Mama …«, hörte man Freyja quengeln.

»Komm jetzt!« Ihr Bruder verpasste ihr mit dem Ellbogen einen leichten Stoß in die Taille. »Ich habe keine Lust, wegen dir die Band zu verpassen. Dafür bin ich überhaupt nur mit dir den ganzen Weg hierher in die Einöde gefahren«, fügte er wenig charmant hinzu. Nachdem das Mädchen ihnen einen letzten sehnsüchtigen Blick zugeworfen hatte, ergab er sich dem familiären Druck.

»Teenies!« Isving lachte, und er atmete erleichtert auf.

Morgen, dachte Thór. Morgen werde ich es ihr sagen.

Die Band, wegen der ihn Alexander vorhin angerufen hatte, war in der Tat interessant. Man merkte den jungen Musikern zwar an, dass sie noch nicht über viel Bühnenerfahrung verfügten, aber nachdem sie sich warmgespielt hatten, wurden sie richtig gut. Das Publikum war begeistert und Isving nicht die Einzige, die zu den Liedern tanzte.

Als er sich erkundigte, ob sie noch etwas trinken wolle, lehnte sie jedoch ab. »Ich muss morgen früh aufstehen, wie du ja weißt«, sagte sie mit einem Zwinkern. »Und Pünktchen möchte ich auch nicht so lange allein lassen.«

Das Angebot, sie zurückzubegleiten, lehnte sie ab.

»Kópavík ist nicht Chicago, den Schlüssel lege ich dir unter die Fußmatte.«

Er fand die Vorstellung, sie in einem praktisch unverschlossenen, einsamen Haus schlafend zu wissen, nicht angenehm. Jeder Einbrecher würde zuerst genau an dieser Stelle nachsehen, bevor er sich die Mühe machte, ein Fenster aufzuhebeln. Doch andererseits war Island eines der sichersten Länder der Welt. Der Einbruch in seine Londoner Wohnung hatte ihn wahrscheinlich einfach nur übervorsichtig gemacht.

Nachdenklich sah er ihr noch so lange hinterher, bis sie hinter den Felsen verschwunden war. Danach holte er sich ein Bier und genoss das Konzert in dem wohligen Bewusstsein, einfach nur Besucher zu sein.

Später entschuldigte sich Alexander für den Versprecher und lud ihn ein, gemeinsam an der Bar noch etwas zu trinken. Zuerst zögerte er, aber die jungen Musiker interessierten ihn. Da sie in ihrem Bus schlafen und morgen früh zurück nach Reykjavík fahren würden, war dies die einzige Gelegenheit, mit ihnen zu reden. Aber die vier waren zu sehr auf Adrenalin, um viel mitzubekommen, und hatten offenbar beschlossen, die Nacht trinkend und wenn möglich mit einer neuen Bekanntschaft zu verbringen.

Damit erinnerten sie ihn sehr an die Anfänge seiner Band, als auch er selten etwas ausgelassen hatte, das Party und gute Unterhaltung versprach. Er wechselte einige Worte mit dem Sänger und ließ es damit bewenden.

Bald darauf verabschiedete er sich und ging zurück zu dem kleinen Haus mit dem fantastischen Blick über die Seehundbucht und den Fjord. Die ausgelassen feiernden Menschen und der Himmel in all seinen Farben machten es leicht zu vergessen, wie einsam und menschenfeindlich diese Gegend sein konnte.

14

Auf dem Rückweg war Isving tief in Gedanken und hatte kaum einen Blick für den grandiosen Ausblick. Sie war spät dran, ihr Wecker würde um halb fünf klingeln.

Pünktchen freute sich über ihre Rückkehr, als wäre sie wochenlang fort gewesen, und beschwerte sich auch nicht über die schnelle Runde zur Nacht, einmal zur Pension, nach dem Rechten sehen und wieder zurück. Zu Hause setzte sie sich sofort erwartungsvoll vor den Kühlschrank, um ihr *Betthupferl* in Empfang zu nehmen.

Als Isving die abgedeckte Dose mit dem Hundefutter herausnahm, wurde ihr klar, dass sie auf einen Übernachtungsgast überhaupt nicht eingerichtet war. Außer etwas Butter und Käse lagen nur zwei Flaschen Wasser und ein paar Radieschen darin. Sie frühstückte meistens in der Pensionsküche und aß auch sonst selten zu Hause.

Immerhin, ein Glas und eine Flasche Wasser konnte sie ihm ans Bett stellen. Danach schrieb sie *Frühstück gibt es in der Pension* auf einen Zettel und setzte nachträglich ein *Guten Morgen, es war schön! – Isving* darüber.

Endlich im Bett, konnte Isving aber doch nicht sofort einschlafen. Was war das mit der Namensverwechslung gewesen, und warum hatte Freyja ihn derartig angeschmachtet?

Sie drehte sich auf die Seite und strich Pünktchen über den Kopf, die zufrieden brummte, sich in ihrem neuen Plüschkörbchen auf den Rücken drehte und die Pfoten in die Luft streckte.

»Gute Nacht, mein Häschen. Wir werden der Sache nachgehen.«

Eine zweite Zahnbürste neben ihrer vorzufinden, brachte Isving am nächsten Morgen ein wenig aus dem Tritt. Was hatte sie sich eigentlich dabei gedacht, diesen Mann in ihr Haus einzuladen?

Sicherheitshalber drehte sie leise den Schlüssel im Schloss um, bevor sie sich auszog und unter die Dusche stieg. Später lief sie schnell über den kalten Flur in ihr Schlafzimmer zurück, um sich anzuziehen.

Pünktchens Leine hing in der Küche, und als sie danach griff, fiel ihr Blick auf den Zettel von gestern Abend. *Das fand ich auch – sehr schön!* war mit schwungvoller Schrift unter ihre Nachricht geschrieben. Keine Unterschrift.

Obwohl ihr das frühe Aufstehen oft nicht leichtfiel, genoss sie diese blaue Stunde, in der sich im Haus noch nichts regte. Wobei der Begriff nicht ganz stimmte, denn die Sonne war längst stark genug, um die vom Wind zerrissenen Wolkenfetzen heute Morgen in ein blasses Engelrosa zu färben.

Gerade hatte sie das Brot aus dem Ofen geholt, als Katla durch die Tür kam. »Guten Morgen, meine Liebe«, sagte sie zur Begrüßung und brachte einen Schwall kalter Luft mit herein. »Gibt es schon Kaffee?«

»Lass mich nachsehen«, entgegnete Isving lachend. Es

war ein lieb gewonnenes Ritual geworden, den gemeinsamen Arbeitstag mit einem Kaffee zu beginnen. Sie schenkte ihr eine große bauchige Tasse voll, mit drei Löffeln Zucker und einem Schuss Milch, und setzte sich mit ihrer eigenen Tasse an den gedeckten Küchentisch. Sonntags begann der Service eine Stunde später, und das gab ihnen Zeit genug für ein gemeinsames Frühstück.

Die Köchin, die ihr inzwischen zur Freundin geworden war, kam umgezogen in ihre Arbeitskleidung herein, setzte sich und griff nach dem warmen Brot, von dem sie zwei dicke Scheiben herunterschnitt.

»Der *schöne Mann* ist ein Star!«

»Ich war doch nur mit ihm beim Hafenfest…«

»Nicht *dein* Star.« Sie griff nach dem Honigglas. »Ein echter Star. Er spielt in einer berühmten Band«, sagte Freyja. »*Splendid Parrots* heißen die, behauptet mein Kind, und wären ständig in den Charts, und er wäre unglaublich *süß*. Fast so süß wie der Sänger.« Katla biss in ihr Brot und seufzte. »So lecker! Was ist?«

Isving hatte vor Lachen einen Hustenanfall bekommen. »Splendid Pirates. Piraten, nicht Papageien.«

»Stimmt, das hat sie gesagt. Klingt aber auch nicht viel vertrauenserweckender, finde ich. Du kennst die Band?«

»Vom Namen her, die sind wirklich bekannt, und bestimmt würdest du einige ihrer Songs erkennen, wenn du sie hörst.«

»Alles schön und gut, aber warum schreibt er sich hier als Jón ein, wenn er Thór Bryndísarson heißt? Das Kind sagt, er trüge sonst keinen Bart. Den findet sie ziemlich schrecklich. Darüber bin ehrlich gesagt sehr froh.«

»Könnte gut sein, dass er nicht erkannt werden will. Wenn jemand wirklich so berühmt ist, möchte er bestimmt nicht auf Schritt und Tritt von liebestollen Fans angesprochen werden. Und deine Tochter hat ihn so was von angehimmelt, da kann ich mir schon vorstellen, dass ihm ganz mulmig geworden ist.«

»Ja, deshalb habe ich die beiden auch weggeschleppt. Und weil sie euch nicht stören sollten.« Katla zwinkerte ihr zu. »Läuft da was?«

»Mit – mit Thór Bryndísarson? Auf keinen Fall!« Unwillkürlich zuckte ihre Hand zur Hosentasche, in der sauber gefaltet der Zettel mit ihren nächtlichen Nachrichten steckte, und sie fühlte ein schmerzliches Bedauern. Mit einem Weltstar würde sie sich nicht einlassen. Das passte einfach nicht: Die sommersprossige Pensionswirtin vom Fjord und ein Millionär.

»Ich dachte nur, weil er bei dir im Haus wohnt.« Katla sah sie wissend über den Rand ihrer Kaffeetasse hinweg an.

»Woher …? Ach, ich muss gar nicht fragen, die Elfen werden es dir geflüstert haben.«

»Genau. Und?«

»Nein. Seine Wandertour wurde wegen eines verunglückten Teilnehmers abgebrochen. Hätte ich ihn im Auto übernachten lassen sollen?«

»Erzähl mir nicht, er schläft im pinkfarbenen Kinderzimmer.«

»Nein, aber die Vorstellung ist lustig. Was würde deine Tochter dazu sagen?«

»Das möchtest du nicht wissen. Aber nun mal ganz von vorn: Wenn er nicht in Lilis Kinderzimmer schläft, dann …«

»O nein, nicht, was du denkst! Ich habe es gestrichen. Kein Glitzer, kein Pink mehr. Weißt du, was witzig ist?«, fragte Isving, um Katla endlich von diesem unmöglichen Thema abzubringen. »Als ich das erste Mal in Reykjavík im Krankenhaus war, da haben mich am Tag vor der Rückreise zwei Frauen in einen Club mitgeschleppt, wo die Splendid Pirates ein geheimes Konzert gegeben haben – sie sind wohl mit dem Besitzer befreundet. Auch einer mit Bart«, fügte sie hinzu.

»Und da hast du ihn nicht erkannt?«

»Nein, weil ich gegangen bin, bevor sie überhaupt angefangen haben zu spielen.«

»Das Schicksal geht manchmal schon seltsame Wege«, sagte Katla und trank einen großen Schluck Kaffee.

»Wie meinst du das?«

»Wenn du ihn damals erkannt hättest, wäre er doch bestimmt nicht wieder zurück nach Kópavík gekommen, wo er glaubt, unerkannt arbeiten zu können. Ich habe ihn beobachtet, er sitzt bei jeder Gelegenheit an seinem Tablet. Besonders zufrieden wirkt er aber nicht, wenn du mich fragst.«

»Du meinst, er sucht hier Ruhe, um neue Lieder zu schreiben?« Nachdenklich biss Isving in ihr Brot. »Weißt du was? Wir sagen ihm nicht, dass wir sein Geheimnis kennen. Du musst nur deine Tochter überzeugen, auch den Mund zu halten.«

»Schwierig.« Katla klopfte sich mit dem Zeigefinger auf die Lippen. Das tat sie immer, wenn sie nachdachte. »Ich hab's! Olaf will mit den Kindern dieses Jahr nach Spanien fahren. Bjarki nölt schon die ganze Zeit rum, dass er keine Lust hat hierzubleiben, und ich glaube, Freyja würde auch ganz gern mal verreisen, zumal in diesem Jahr ihre beste Freundin mit ihren Eltern in Europa unterwegs ist und nicht nach Kópavík kommt. Ich rede mit ihr. Wenn sie etwas verrät, darf sie nicht mitfahren.«

»Und dein Ex, wird er auch aufpassen, dass sie keine Freundin einweiht? Nicht dass wir hier ein Wallfahrtsort mit durchgedrehten Teenagern werden.«

»Mein Ex unterstützt mich in solchen Sachen, und er wird froh sein, dass ich seine Pläne nicht durchkreuze.«

»Dann sagen wir also nichts.«

Katla machte eine Geste, als verschlösse sie ihre Lippen mit einem Reißverschluss, und stand auf.

Gemeinsam waren die Vorbereitungen schnell erledigt und das Frühstücksbuffet, das sie jetzt im Sommer für die Gäste bereithielten, aufgefüllt. Kaum waren sie fertig, kam schon der erste Frühaufsteher hereingeschlendert, andere folgten. Der Tag nahm Fahrt auf.

Während Katla heute ausnahmsweise allein aufräumte, begann Isving gegen zehn damit, die Zimmer zu putzen. Um ein Uhr war sie fertig. Buchstäblich.

Sie hätte mit Pünktchen eine große Runde gehen müssen, fühlte sich aber so schwach, dass sie sich am liebsten zu ihr unter den Küchentisch gelegt hätte. Das ging natürlich nicht, und außerdem musste sie den heimischen Kühlschrank füllen. Also packte sie zwei große Taschen mit allem, was ihr sinnvoll erschien, und schloss den Lager- und Kühlraum ab.

»Komm, meine Kleine. Ich ruhe mich nur ein wenig aus, und dann machen wir einen Spaziergang, versprochen.«

Es war nicht weit bis zum Haus, aber von einer bleiernen Müdigkeit befallen, quälte sie sich Schritt für Schritt gegen den auffrischenden Wind. In solchen Augenblicken fragte sie sich, warum sie nicht nach Italien gegangen war oder wenigstens auf eine Ostseeinsel, von denen es ganz zauberhafte gab, mit viel Sonne und angenehmen Temperaturen. Aber daran war ja nun nichts mehr zu ändern. Ihr blieben zwei Stunden, um sich auszuruhen, bevor sie zum Hafen musste, wo später Katlas Chorkonzert stattfand.

Zum Abendessen hatte sich dankenswerterweise niemand angemeldet, weil das Fischerfest traditionell mit einem Büffet endete, das von der Fischfabrik gesponsert und bei schlechtem Wetter in der großen Halle aufgebaut wurde. Óskar hatte es nicht verboten – vermutlich, weil er gar nichts davon wusste –, also hatte der Verwalter, der am Ende des Sommers wie alle anderen auch seinen Job verlieren würde, es erlaubt. Doch der Wetterbericht sah gut aus, der Nachmittag sollte trocken und mit fünfzehn Grad sogar ziemlich warm werden.

Ihr Hund war vorausgelaufen und wartete vor der Haustür. Als Isving aufschloss, bellte Pünktchen fordernd. Die Tür öffnete sich, und Thór schien die Situation mit einem Blick zu erfassen. Er nahm ihr die Taschen aus den Händen, ging hinein und stellte alles auf den Tisch, als wöge es nichts.

»Du siehst blass aus. Soll ich dir einen Tee machen?«

»Ja, bitte«, sagte sie dankbar, zog die Schuhe aus, setzte sich auf die Récamiere und wickelte sich in ihre weiche Fleecedecke ein.

15

Als Isving aufwachte, fiel ihr erster Blick auf Thór, der am Küchentisch über sein Tablet gebeugt saß. Hinter ihm zeigte die Uhr zehn vor drei. Noch eine knappe Stunde bis zum Auftritt des Chors.

Er sah auf. »Hallo, geht es dir besser?«

»Das müssen die Nachwirkungen der Grippe gewesen sein«, sagte sie und streckte sich. »Das hat gutgetan, ich bin wieder fit.« Sie fühlte sich verpflichtet, ihm eine Erklärung zu liefern, obwohl er nicht danach gefragt hatte.

»So eine Grippe kann krass sein.« Er legte das Tablet beiseite, stand auf und griff nach der Leine. »Ich war mir nicht sicher, deshalb bin lieber hiergeblieben, aber ich glaube, Pünktchen möchte sehr gern spazieren gehen, und ich brauche auch mal frische Luft.« Wie zur Erklärung wies er auf das Tablet.

Der Hund spitzte die Ohren, und Thór lachte. »Du hast mich verstanden. Wollen wir beide eine Runde drehen? Wenn das okay für dich ist«, fügte er an Isving gewandt hinzu.

»Das wäre super. Um vier singt Katlas Chor, und ich habe hoch und heilig versprochen, es nicht zu verpassen.« Sie schlug die Decke beiseite. »So kann ich da aber nicht hingehen, ich bin heute fürs Zimmermädchen eingesprungen. Man vergisst schnell, wie anstrengend diese Arbeit sein kann.«

Nachdem Thór mit Pünktchen losgezogen war, duschte sie ausgiebig und wusch sich die Haare. Um zwanzig vor vier waren die beiden zurück und brachten einen Schwall frischer Luft und guter Laune mit ins Haus. Thór bat um ein Handtuch, um Pünktchens Fell trocken zu rubbeln, und als das erledigt war, fragte er: »Hast du etwas dagegen, wenn ich dich begleite?«

Hatte sie nicht, allerdings fand sie seinen Vorschlag, mit dem Auto zu fahren, etwas überfürsorglich. »Es ist doch nicht weit.«

»Aber es ist gleich vier, und mit dem Auto kommst du noch rechtzeitig. Katla ist das, glaube ich, wichtig.«

Wenn jemand wusste, wie wichtig es sein konnte, seine Freunde während eines Auftritts im Publikum zu wissen, dann sicher ein so erfahrener Musiker wie Thór. Also willigte sie ein.

»Prima. Ich setze dich nahe der Bühne ab, dann kannst du ihr noch mal die Daumen drücken, während ich einen Parkplatz suche.«

Sie gingen zu seinem Wagen, der einer der größten auf dem Parkplatz des Kaffi Vestfirðirs war. Wenige Minuten später musste sie das überaus komfortable Gefährt wieder verlassen.

»Bis gleich!«, sagte er und fuhr davon.

»Oh, man lässt sich jetzt fahren?« Katla kam herbeigelaufen, sie wirkte aufgekratzt. »Schön, dass du da bist«, sagte sie und umarmte Isving. »Du siehst blass aus, alles okay?« Das war eine ihrer besonders liebenswerten Eigenschaften: Sie dachte nie nur an sich, sondern hatte auch immer das Wohl anderer im Blick.

»Ich war vorhin auf einmal wahnsinnig müde und hätte im Stehen einschlafen können.« Isving zuckte mit den Schultern. »Die *Fatigue* gehört wohl dazu, sagen die Ärzte jedenfalls. Aber jetzt ist alles gut.« Wie fürsorglich Thór gewesen war, verschwieg sie lieber. Katla schien sowieso schon der Meinung zu sein, es bahne sich etwas zwischen ihnen an. »Lass uns nicht über mich reden. Bist du aufgeregt?«

»Und wie! Wir fangen ein paar Minuten später an, deshalb musste ich noch mal frische Luft schnappen. In dem Backstage-Zelt ist sie zum Schneiden. Alle sind total nervös, ich muss auch gleich wieder rein.«

»Natürlich, du bist doch ihre Chefin!« Sie umarmte Katla und deutete an, ihr dreimal über die Schulter zu spucken. »Toi, toi, toi, meine Liebe. Du weißt doch: *þetta reddast* – Alles wird gut gehen.«

Zur Feier des Tages gönnte sie sich ein Porter Bier vom Einstök-Stand, ging zur Bühne und nahm einen Schluck. Das dunkle Gebräu schmeckte nach Kaffee und Schokolade, es war ihr Lieblingsbier und würde hoffentlich ihre Nerven beruhigen, denn Katlas Nervosität war auf sie übergesprungen, und inzwischen fühlte sie sich fast so aufgeregt, wie es die zwanzig Frauen sein mussten, die dort vorn ihren Platz auf der Bühne suchten.

Nicht alle kamen aus Kópavík, aber alle hatten Freunde und Familie im Publikum. Die Stimmung war erwartungsvoll und fröhlich, wie auf jedem der Feste, die Isving bisher in Kópavík mitgefeiert hatte. Kinder liefen lachend zwischen den Erwachsenen herum, spielten Fangen oder quengelten, um ein Eis oder Zuckerwatte zu bekommen, nach der es auf dem ganzen Platz verführerisch duftete.

Endlich ging es los: Katla gab ein Zeichen, und die Musik setzte ein. Zuerst noch zögerlich und hier und da nicht ganz sauber im Ton, aber bald schon selbstbewusst und kraftvoll sang der Frauenchor ein bekanntes isländisches Lied, das alle kannten und zu lieben schienen.

Ein paarmal hatte sich Isving vergebens nach Thór umgesehen, dann war er plötzlich an ihrer Seite. Sie spürte seine Konzentration, wie er der Musik lauschte, die doch so gar nicht seine sein dürfte, nach allem, was sie über die Splendid Pirates wusste.

Als er sich zu ihr herunterbeugte, um etwas zu sagen, fing sie den Blick von Katlas Tochter Freyja auf, deren Augen zuerst ganz groß wurden, die dann aber verschwörerisch zwinkerte und ihr mit der Limoflasche zuprostete. Isving erwiderte den Gruß lächelnd und war sich nun sicher, dass das Mädchen nichts verraten würde. Ihre Mutter hatte offenbar den richtigen Ton getroffen und sie überzeugt, Thórs Privatsphäre zu respektieren.

Beim dritten Lied sang sie den Refrain mit. Das hatte nichts mit dem Bier zu tun, viele Leute taten das. Die traditionellen Melodien waren auf eine Weise arrangiert, die frisch klang und deren Charme sie nicht widerstehen konnte.

Wie immer, wenn Isving sang, fühlte sie sich leicht und ein wenig übermütig, deshalb dachte sie sich auch nichts dabei, sich an Thór anzulehnen, der dicht hinter ihr stand. Als er irgendwann einen Arm um sie legte, fühlte sich das vollkommen richtig an.

Nachdem das letzte Lied verklungen war und sie wie alle anderen auch begeistert applaudierten und pfiffen, um noch eine Zugabe zu bekommen, lösten sie sich voneinander, doch der Augenblick vollkommener Harmonie hatte sich tief in ihre Seele eingebrannt. Wäre er doch bloß einfach nur *der schöne Mann* geblieben, der in den Westfjorden Urlaub machte – sie hätte sich ernsthaft in ihn verlieben können.

Katla und die anderen Frauen kamen aufgeregt schnatternd von der Bühne und feierten den gelungenen Auftritt mit ihren Verwandten und Freunden. Es wurde nun Popmusik vom Band gespielt, und die besondere Stimmung war verflogen. Isving sehnte sich auf einmal nach einer ruhigen halben Stunde im *Hot Pot,* einem warmen Essen und Schlaf.

»Möchtest du noch bleiben?«, fragte Thór in diesem Augenblick.

Sie schüttelte den Kopf. Die vielen Menschen um sie herum machten Isving schwindelig, und er schien das zu ahnen. Seine Hand lag nur ganz leicht auf ihrem Rücken, und doch gab sie ihr Halt. »Warte«, sagte er und winkte Katla zu, die sich aus einer Gruppe löste und zu ihnen kam, »ich hole nur schnell das Auto.«

»Es war toll!« Isving lächelte die Freundin an und umarmte sie, doch die ließ sich nicht täuschen.

»Dir geht es nicht gut. Ist das ein neuer Schub?«, fragte sie leise.

»Ich habe keine Ahnung. Eher nicht, würde ich sagen.« Sie sah in den Himmel. »Das Wetter schlägt um, dann ist es mit der Müdigkeit immer besonders lästig.«

»Soll ich dich rasch nach Hause fahren?«

»Tho... Jón holt schon das Auto.« Daran hatte sie gar nicht gedacht, sie durfte seinen Namen ja nicht kennen. Das war ihr im Augenblick ein bisschen viel. Aber da hielt er schon den Wagen an, stieg aus und öffnete die Beifahrertür für sie. Ganz selbstverständlich, als wäre Isving eine Dame und nicht, als sorgte er sich um eine Kranke. Der Wagen rollte lautlos zur Straße, vom Lärm am Hafen war nichts mehr zu hören. Unwillkürlich seufzte sie erleichtert.

»Bist du okay?«

»Alles gut«, sagte sie schnell. »Manchmal wird mir der Trubel mit all den Menschen einfach zu viel. Ich muss dann nur raus, und es geht mir gleich besser.«

»Hast du dir dann nicht den falschen Job ausgesucht?«, fragte er und fuhr fort, ohne ihre Antwort abzuwarten: »Entschuldige. Das ist natürlich deine Sache, es geht mich nichts an.«

»Doch. Die Frage ist vollkommen berechtigt. Wir hatten einen Deal, Gabrielle und ich: Sie war die Frontfrau, ich habe backstage gearbeitet. So habe ich es schon immer gehalten. Mein Gehirn scheint ein Problem damit zu haben, Eindrücke von außen zu filtern, und ich fühle mich in solchen Situationen schnell überfordert.« Kaum waren die Worte ausgesprochen, hätte sie sie am liebsten wieder zurückgenommen. Wie kam sie bloß dazu, Thór ihren angeschlagenen Seelenzustand zu offenbaren?

»Ich kann nicht sagen, dass es mir genauso geht. Aber Ruhephasen sind mir inzwischen wichtiger geworden.« Er lachte kurz auf und fügte hinzu: »Schätze, das liegt am Alter.«

»Ach wirklich? Ich wette, unter deinem Bart versteckt sich jemand, der keinen Tag älter als dreißig Jahre ist.«

Nun klang Thór amüsiert. »Vielen Dank fürs Kompliment.«

Er stellte den Motor aus, und als er herumgekommen war, um ihr die Tür zu öffnen, war sie schon hinausgesprungen. Vielleicht sollte sie das in Zukunft noch mal überdenken. Es war schön, wenn sich ein Mann solcher Umgangsformen besann.

»Ich hätte Lust auf Pasta«, sagte er und schloss die Haustür hinter sich.

»Gute Idee. Ich könnte eine Tomatensoße machen, frisches Basilikum steht im Fenster. Oder Pilze braten und …«

»Damit habe ich nicht gemeint, dass du kochen sollst.« Thór half ihr aus dem Steppmantel und hängt ihn auf. »Das tust du doch sowieso schon jeden Tag.«

Verblüfft sah sie ihn an, und das musste so ungläubig ausgefallen sein, dass er den Kopf schüttelte.

»Du hast frei. Ich bin sicher nicht der beste Koch der Welt, aber Spaghetti kriege ich gerade noch so *al dente,* und eine Soße kann ja auch nicht so schwierig sein.« Er zwinkerte ihr zu.

»Natürlich«, sagte sie und tauschte die Stiefel gegen ihre warmen Filzhausschuhe. Vom Sofa aus beobachtete sie, wie sich Thór auf Socken durch ihre Küche bewegte, Schubladen öffnete, einen Topf mit Wasser aufsetzte und Gemüse schnitt. Zuerst hatte sie noch geglaubt, eingreifen zu müssen, aber es sah ganz danach aus, als wüsste er, was er da tat.

Für Männer, die ein Handwerk beherrschten, hatte sie eine Schwäche. Vorausgesetzt, dass Verstand, Charme und ja, auch ein ähnlicher Humor nicht fehlten. Thór besaß das alles – und obendrein bewegte er sich auf eine schwer zu beschreibende Weise höchst erotisch.

Als Schreibende wollte sie die eigene Sprachlosigkeit selbstverständlich nicht auf sich sitzen lassen und beobachtete ihn genauer: Wie er sich über die Arbeitsplatte beugte, um Petersilie abzuschneiden, das zarte Grün wusch und trocknete, um es dann mit sicheren Schnitten – und ihrem größten Küchenmesser – zu zerkleinern, strahlte er die Ruhe eines Menschen aus, der ganz mit dem Augenblick im Reinen zu sein schien. Das war natürlich weit hergeholt, dachte sie, aber der außergewöhnliche Reiz lag für Isving in der selbstbewussten Sicherheit, die jede seiner Bewegungen begleitete. Dieser Mann fühlte sich offensichtlich wohl in seiner Haut.

Der amüsierte Blick, den er ihr zuwarf, bewies, dass er sich ihrer Aufmerksamkeit bewusst war und sie genoss. Lächelnd lehnte sie sich zurück und dachte über eine Romanfigur nach, die ihm erstaunlich ähnelte und die ihr beim Schreiben ständig entglitt, als hätte sie ihre eigene Vorstellung davon, wie die Geschichte erzählt werden sollte.

Anfangs war Isving von alten Sagas zu Kurzgeschichten inspiriert worden, von denen einige in Anthologien erschienen waren. Geld verdiente man damit keins, es gab ein Belegexemplar, und viele Autorinnen und Autoren hatten sicher auch die Hoffnung, eines Tages entdeckt zu werden. Ihr war das nicht so wichtig, sie wollte einfach nur Geschichten erzählen – das hatte sie immer gewollt. Doch vor einigen Jahren war ihr eine Idee gekommen, die sich nicht auf wenigen Seiten hätte abbilden lassen, und seither schrieb sie Romane. Unveröffentlicht, weil keiner davon wusste – und weil sich auch niemand dafür interessieren würde. Das jedenfalls war ihre Überzeugung, und deshalb hatte sie bisher auch noch nichts unternommen, um eine Agentur oder einen Verlag für sich zu gewinnen. An ihrem neuesten Roman schrieb sie, so oft sich Gelegenheit dazu bot. Er hatte durchaus autobiografische Züge, und so spielte er in den Westfjorden mit einer Protagonistin, die sich gegen viele Widerstände einen Lebenstraum erfüllte. Ihre Heldin war gerade dabei, sich zu verlieben, und Isving schickte sie mit dem Objekt ihres Begehrens auf eine einsame Wanderung. Es dauerte nicht lange, bis sie tief in die Gedankenwelt ihrer Figuren eingetaucht war und alles um sich herum vergaß.

»Es ist serviert!«

»Oh!«, war erst mal alles, was ihr einfiel, als sie so unerwartet aus einer knisternden Szene am Rande eines mächtigen Wasserfalls direkt in ihre warme Küche plumpste. Der gedeckte Tisch, Thór hatte von irgendwoher ihre Kerzenleuchter hervorgekramt, der appetitliche Duft – ihr Magen meldete sich sofort vernehmlich. Schnell legte sie eine Hand auf den Bauch.

»Sieht so aus, als wäre ich gerade noch rechtzeitig fertig geworden, um dich vor dem Hungertod zu bewahren«, sagte Thór, füllte einen Teller und stellte ihn vor ihr ab.

16

Isving konnte sich nicht erinnern, wann das letzte Mal jemand für sie gekocht hatte. Ihr Bruder wahrscheinlich. Aber Mads hatte privat höchstens mal ein Essen zubereitet, wenn er wissen wollte, was sie von seiner neuesten Kreation hielt. Für die alltäglichen Arbeiten im Restaurant und auch zu Hause war sie verantwortlich gewesen.

Die Geschwister waren bei ihrer Großmutter aufgewachsen, einer Zauberin in der Küche, von der Isving die Begeisterung für frische Produkte und gutes Essen übernommen hatte. Mads war der Talentiertere gewesen und hatte einen Beruf daraus gemacht. Zuletzt war er kurz davor gewesen, sich einen Stern zu erkochen.

Es zerriss ihr immer noch das Herz, wenn sie an ihren heiteren, dem Leben zugewandten Bruder dachte, an sein Lachen, die Art, wie er die blonden Haare aus dem Gesicht strich, zuversichtlich und ohne Furcht. Dieses Bild zu bewahren war nicht einfach, denn ein anderes hatte sich in ihre Seele gebrannt, an dem Tag nach seinem Verschwinden, als sie ihn identifizieren musste, weil Gabrielle sich nicht dazu imstande fühlte. Als wäre es Isving leichter gefallen!

Sorgfältig verschloss sie die Erinnerung an einem dunklen Ort in ihrer Seele und wandte sich dem Jetzt zu, wie es ihr Mads immer geraten hatte, wenn sie traurig gewesen war. »Sieh nach vorn. Vergiss, was geschehen ist, die Vergangenheit kannst du nicht ändern«, war sein Lieblingsspruch gewesen.

Isving widersprach ihm nicht. Das hätte auch nichts genützt, denn er hatte nicht viel auf ihre Meinung gegeben. Sie aber fand, wer die Vergangenheit vergaß, lief Gefahr, dieselben Fehler wieder zu machen. Und das wollte sie auf keinen Fall.

Nach dem guten Essen war sie gestern früh ins Bett gegangen, denn es standen einige An- und Abreisen an. Thór hatte noch lange in der Küche gesessen. Obwohl sie ihn nicht hörte, spürte Isving seine Anwesenheit im Haus – und es gefiel ihr. Sie hatte die richtige Entscheidung getroffen. Das Dachzimmer würde morgen zwar frei werden, doch darin gab es weder Tisch noch ein Bad, und so hatte sie ihm, beflügelt von der Stimmung des Abends, vorgeschlagen, dazubleiben.

»Ich bin so selten zu Hause – du kannst in Ruhe arbeiten«, sagte sie mit einer Geste zu seinem Tablet, das auf dem Küchentisch lag.

»Wirklich? Ich mag es hier, und das Zimmer reicht mir vollkommen.« Er zwinkerte ihr zu. »Obwohl, unter uns gesagt, gestern ein bisschen Glitzer aus den Gardinen gerieselt ist.«

Isving musste lachen. Sie hatte die Vorhänge nach dem Streichen erst mal wieder aufgehängt, ohne sie zu waschen, und Lili liebte buntes Glitzerzeug und hatte gern damit herumgeworfen. »Das war bestimmt Elfenstaub«, sagte sie und bemühte sich um einen zerknirschten Gesichtsausdruck.

»Wirklich?« Er zeigte eine nachdenkliche Miene. »Aber ich möchte dafür bezahlen.«

»Für die Elfenmagie? Ich fürchte, das geht nicht.«

»Du weißt, was ich meine: Miete.«

»Warum?«

»Weil du davon lebst, Zimmer zu vermieten?«

Ein Argument, das sie nicht entkräften konnte. Sogar die Dachkammer ließ sich in der Saison vermieten. Entweder an Familien, deren Kinder keine Lust hatten, bei ihren Eltern zu schlafen, oder an Alleinreisende mit kleinem Budget, die nur ein Dach über dem Kopf und ein sauberes Bett suchten. Am Ende eines Abends, der nicht harmonischer hätte verlaufen können, hatte sie schließlich zugestimmt, ihm die Übernachtungen in Rechnung zu stellen. So war es vielleicht auch besser. Mit einem zahlenden Kunden fing eine seriöse Gastgeberin nichts an.

Heute war Einkaufstag. Isving versuchte, so viel wie möglich bei Betrieben der Region zu besorgen, auch wenn es mehr Zeit kostete, als einfach alles beim Großhändler zu bestellen.

Ihre erste Station war wie immer ein von geothermalen Quellen betriebener Gemüseanbaubetrieb, der auch lieferte, aber sie hatte Freude daran, durch die Gewächshäuser zu streifen und dabei besondere Gemüse zu entdecken, die der Betreiber nur speziellen Kundinnen anbot. Anschließend fuhr sie mit einem vollgepackten Kofferraum zum Vingólf-Hof.

Wann immer das Wetter mitspielte und es nicht so kalt war, dass die Gemüse hätten erfrieren können, verband Isving Pflicht mit Leidenschaft und sattelte die Fuchsstute Stjarni, um wenigstens ein oder zwei Stunden auszureiten. Als Isving sich bei Katla beklagte, wie langweilig sie die Reitgruppen oft fand, hatte Emil vorgeschlagen, zusätzlich zum Handy ein PLB mitzunehmen. Mit diesen Geräten konnte man selbst in unwegsamem Gelände und sogar auf dem Meer einen Notruf über Satellit absetzen und dadurch schnell von den Rettungskräften gefunden werden.

Pünktchen begleitete sie auf den Touren und war nach anfänglichen Schwierigkeiten zu einer zuverlässigen Gefährtin geworden. Die ersten Ausritte waren anstrengend gewesen, denn die Hütehündin konnte nicht verstehen, warum sie die Pferde nicht zusammentreiben durfte. Mit Geduld und ein paar Tipps von Kristín hatte sie aber schnell gelernt, dass es von Vorteil war, auf Isving zu achten und ihr zu folgen, denn die war die Herrin der Leckerlis. Einen guten Grundgehorsam hatte sie schon von dem vorherigen Besitzer gelernt, was die Erziehung leichter machte. Umso unverständlicher, dass die liebenswürdige Hündin einfach in den Bergen ausgesetzt worden war. Auch Stjarni gewöhnte sich an den wuseligen Hund, und inzwischen waren sie ein eingespieltes Trio.

Bevor es aber zum Einkaufen und Reiten ging, buk sie wie immer frühmorgens Brot und Brötchen, von denen sie ein Dutzend mit nach Vingólf nehmen würde. Dort schätzte man ihre Backkunst inzwischen ebenfalls.

Nach Katlas Ankunft ging Isving zurück in ihr Haus, wo Thór bereits mit einer Kaffeetasse in der Hand am Tisch saß und arbeitete. Er trug heute ein kurzärmeliges T-Shirt, und das gab ihr während des gemeinsamen Frühstücks die Gelegenheit, die Tattoos auf seinen Armen genauer zu betrachten. Aufgefallen waren sie ihr natürlich schon am Álfhóll, aber da hatte sie die Kontaktlinsen nicht getragen und keine Details erkennen können. Die kräftigen Farben standen in einem merkwürdigen Gegensatz zum Weiß des T-Shirts, das etwas Unschuldiges hatte, während so ein Tattoo, vor allem in dieser Größe, doch recht verwegen wirkte. Isving wäre nie auf die Idee gekommen, sich tätowieren zu lassen. Muster hatte sie wahrlich ausreichend auf ihrer Haut, und auf den Schmerz, der unweigerlich damit verbunden sein musste, konnte sie gut verzichten. Ganz zu schweigen davon, wie so ein Bild aussehen würde, wenn die Haut schlaff und runzelig geworden war. Aber das war Geschmacksache, und sie würde einen Menschen nicht verurteilen, bloß weil er sich gern bunte Farben unter die Haut stechen ließ. Die Motive aus der nordischen Mythologie, die er trug, waren darüber hinaus sehr künstlerisch gestaltet und beeindruckend in ihrer Brillanz und Präzision.

»Hallo, Bäckerin. Du duftest köstlich.« Thór sah auf, und ihre Blicke trafen sich.

17

Wie sie vorhin seine Arme angesehen hatte! Ganz offensichtlich hielt sie, ähnlich wie seine ältere Schwester, nicht viel von Tattoos. Nun, das ließ sich nicht ändern. Im Gegenteil, er war sehr zufrieden mit dem Reykjavíker Künstler, der erst im letzten Herbst die Arbeit an einem Vegvísir direkt über der Innenseite seines linken Handgelenks vollendet hatte. Es zu tragen, sollte davor bewahren, vom Weg abzukommen. Als Symbol für die neun Welten war es schon sehr mächtig, und wenn sich wie bei ihm in der Mitte der Sigille ein Kreis befand, so stand der für Midgard oder auch für das Ich. Über dem Puls und in einer direkten Verbindung zum Herzen. Die alten Überlieferungen, davon war er überzeugt, kamen nicht von ungefähr. Womöglich hatte es ihn ja im Januar durch diesen verfluchten Schneesturm ausgerechnet vor Isvings Haustür geführt. Die Götter allein wussten, wie oft er sich zuvor im Leben schon verrannt hatte. Thór war eigentlich immer unterwegs, blieb nie lange an einem Ort, und ausgerechnet hier, in einer lichten Wohnküche in den Westfjorden, fühlte er sich zum ersten Mal, als wäre er angekommen. Es war verrückt, aber zu gut, um es zu hinterfragen. Genießen, solange etwas gut lief, und dann weiter. Das war schon immer seine Devise gewesen.

Thór schenkte sich Kaffee nach und spielte noch einmal den neuen Song, zu dem ihn Isving gestern inspiriert hatte. Es war ihm seltsam anrührend vorgekommen, wie sie in der Musik aufgegangen war. Wahrscheinlich hatte sie es gar nicht bemerkt, als er den Arm um sie gelegt hatte. Er musste lachen. So wenig Eindruck hatte er also auf sie gemacht. Aber das stimmte nicht – zwischen ihnen knisterte es, und sie wusste das auch, aber sie würde sicher nicht diejenige sein, die den ersten Schritt machte, und er musste behutsam vorgehen, um diesen scheuen Eisvogel nicht zu verschrecken. Nicht hier im Haus, das war ihr Refugium, aber vielleicht morgen, während des Ausflugs, den sie planten, falls das Wetter mitspielte.

Er hätte heute nach Látrabjarg fahren wollen, wo an der höchsten Steilküste Europas viele Papageitaucher oder Lundi, wie sie auch genannt wurden, nisteten. Isving, die letzten Sommer dort gewesen war, hatte ihm vorhin beim Frühstück erzählt, wie enttäuscht viele Touristen reagierten, weil sie oft stundenlang am Rand der Klippen auf dem Bauch lagen, um eine Nahaufnahme der putzigen Vögel zu machen. Ein Guide habe erzählt, dass die beste Zeit entweder morgens um fünf oder abends gegen zehn wäre, weil dann die Tiere vom Fischfang zurückkehrten und eine Art Schichtwechsel im Bewachen der Brut stattfand. Die Gegend war aber auch bei Polarfüchsen beliebt, die sich gern ein Jungtier aus den Bruthöhlen schnappten.

»Die gute Nachricht ist«, hatte sie gesagt, »es gibt noch andere Brutgebiete, eines davon ist gar nicht weit entfernt. Es ist nicht so groß und prächtig, und man muss etwa eine halbe Stunde gehen, um an die Küste zu gelangen, aber mit etwas Glück sieht man dort auch tagsüber genügend Papageitaucher, um schöne Fotos zu machen.«

Er hatte ihren Vorschlag sofort angenommen, denn unbeabsichtigt spielte sie ihm damit in die Hände.

18

Bevor sie gegen Mittag aufbrachen, fragte Isving noch mal: »Bist du sicher, dass es dir nichts ausmacht, Pünktchen mitzunehmen?«

»Warum sollte es?«

»Weil sie ganz gewaltig in drei unterschiedlichen Farben haart, was dem gepflegten Zustand deines neuen Autos sicher nicht zuträglich ist.«

»Immerhin ist eine der Farben Schwarz, das passt dann ja schon mal bestens zur Innenausstattung«, sagte er und kraulte die Hündin hinter den Ohren. »Wo bliebe denn der Spaß, wenn man das schönste Pünktchen der Welt an so einem Tag zu Hause lassen müsste?«

Trotzdem bestand Isving darauf, eine schmutz- und wasserabweisende Hundedecke über den Rücksitz zu spannen, bevor sie das Auto mit einem Picknickkorb, Regenjacken und Wanderstiefeln beluden.

Als sie die Bucht hinter sich gelassen hatten, sagte Thór: »Alexander hat mir erzählt, dieser Fischfabrikant… wie hieß er noch gleich?«

»Óskar Ragnarsson.«

»Genau der… er hätte nun doch eine Genehmigung aus dem Fischereiministerium bekommen, Wale in der Fabrik von Kópavík zu zerlegen.«

»Wenn er eine Fanggenehmigung hat, kann er die armen Tiere schlachten, wo er will.« Isving seufzte. »Er mag unbeliebt sein, aber er war der größte Arbeitgeber in der Gegend, und viele Leute halten Walfang für ihr gutes Recht. Die Anbieter von Whale-Watching-Touren, wie Ursis Mann, kommen von außerhalb. Der Tourismus ist ein Saisongeschäft, während die Fischfabrik das ganze Jahr über mehr oder weniger gut zu tun hat.«

»Ich hatte Alex so verstanden, dass man in Kópavík auf ökologischen Tourismus setzt.«

»Das stimmt, aber es gibt auch Leute, die nicht an dieses Konzept glauben. Vorwiegend solche, die schnelle Erfolge sehen wollen.«

»Wenn die Presse von Ragnarssons Plänen Wind bekommt, kann es großen Schaden anrichten.«

»Das fürchte ich auch. Aber was kann man tun?« Sie sah ihn an und ahnte, was er sagen wollte. »Nein. Wenn du glaubst, ich rede mit Gabrielle, dann muss ich dich enttäuschen. Sie weiß genau, welche Geschäfte ihr Freund macht, und scheint nichts dagegen zu haben. Wir müssen übrigens da vorn an der Kirche abbiegen«, sagte Isving.

Das Kirchlein war, wie alle isländischen Gotteshäuser, von schmucklos protestantischer Trotzigkeit, als wollten sie ein Zeichen in die Landschaft setzen, dass Gottes Wort hier herrschte und dafür keine Pracht brauchte. Der ungleich gewaltigere Zauber der Natur und seiner sagenhaften Geschöpfe präsentierte sich dagegen wie von selbst. Man musste nicht religiös sein, um an David und Goliath zu denken, wenn sich so eine kleine Kirche selbstbewusst vor gebirgiger Kulisse erhob.

Ihr Weg führte nun durch grüne Wiesen, rechterhand zog sich ein Bergrücken hin, und als sie über eine holprige Piste fuhren, sprachen sie nicht mehr über Wale.

Sie hatte gehofft, dass Óskar seine Pläne aufgeben würde, weil er kaum Rückhalt dafür gefunden hatte. Wie es aussah, war auch Thór nicht begeistert von den Machenschaften der Walfänger-Lobby. Dabei konnte man Óskar nicht einmal als den gewissermaßen größten Hecht im Karpfenteich bezeichnen. Ein anderer Unternehmer hatte sich auf den Fang von Finnwalen spezialisiert, die er überwiegend als Nahrungsergänzungsmittel und zu *medizinischen Zwecken* exportierte, weil in Island immer weniger Menschen Walfleisch aßen. Leider meinte eine wachsende Zahl unkritischer Island-Touristen, Hamburger oder Carpaccio aus Walfleisch probieren zu müssen. Ein unappetitliches Thema, über das sie im Augenblick nicht länger nachdenken wollte. Eines war klar: Bei ihr im Kaffi Vestfirðir würde es diese vermeintliche Spezialität nicht geben. Ebenso wenig wie Schafskopf übrigens, was allerdings einfach daran lag, dass sich niemand fand, der dieses Gericht zuzubereiten verstand.

Eine Viertelstunde später erreichten sie einen verlassenen Hof, an dem der Weg endete. Von ihrem Sicherheitsgurt befreit, sprang Pünktchen aus dem Wagen und schüttelte sich, bevor sie schnüffelnd nach einer geeigneten Stelle suchte, um ihr Geschäft zu verrichten, und hinter einem Haufen Schrott verschwand, der früher einmal ein Traktor gewesen war. Außer dem typischen Vogelgezwitscher und dem Wind in ihren Ohren hörten sie nichts. Schneeammern jagten einander, und Regenpfeifer flatterten auf, als Pünktchen ihnen zu nahe kam. Isving fand es schade, dass sie nicht einmal wusste, welche Vogelart es war, deren Gesang einen überall im Land begleitete, und sie nahm sich vor, Emil danach zu fragen, oder Kristín.

»Das Land gehörte einem Cousin von Kristín«, sagte sie zu Thór. »Aber nachdem die Gemeinde den Winterdienst auf der Strecke eingestellt hat, ist es für die Familie hier draußen zu schwierig geworden. Sie waren sowieso schon täglich mehrere Stunden unterwegs, um die Kinder in die Schule zu bringen und wieder abzuholen. Ohne Schneepflug ging gar nichts mehr.«

»Im Winter muss es sehr einsam hier sein, aber jetzt ist es traumhaft schön.« Er wies auf die Hügelkette, zu deren Fuß sich Pferde bewegten. »Sieh mal, und da hinten sind auch Schafe.«

Der Anblick von Islandpferden und Schafen in ihrer natürlichen Umgebung ließ ihr Herz jedes Mal aufs Neue höher schlagen. Wild und frei, wie sie in der Ferne grasten, wie die Fohlen übermütig herumsprangen und sich Rennen lieferten, während die Schafe wie Watteböllchen die Wiesen sprenkelten.

»Wie schade, dass man sie nicht heranlocken und einfangen darf. So müssen wir wohl oder übel zu Fuß gehen.« Isving sah zum Himmel hinauf. Dort oben rasten die Wolken über helles Blau, es war windig, aber nach Regen sah es nicht aus.

Sie zogen ihre Wanderschuhe an, Isving pfiff nach Pünktchen, die mit propellerartigem Schwanzwedeln angesaust kam, und zu dritt machten sie sich auf den Weg zur Küste.

»Traust du ihr nicht?«, fragte Thór und zeigte auf die Leine in ihrer Hand.

»Wenn ich mit Pferden unterwegs bin, läuft sie brav mit, aber jetzt ist sie unausgelastet, weil wir so langsam sind. Da leine ich sie nachher an den Klippen lieber an, sonst fängt sie uns noch einen Vogel oder legt sich gar mit einem Polarfuchs an.«

»Wir können auch rennen«, sagte Thór und lief los, was Pünktchen sofort zu einem Wettlauf animierte, den sie natürlich um Längen gewann. Lachend blieb er an einem mit Gras überwachsenen Hügel stehen, um auf Isving zu warten.

Bald waren die Schreie der Seevögel nicht mehr zu überhören, sie blieb mit Pünktchen zurück, während Thór mit der Kamera in der Hand bis an die Kante der Klippen ging, das letzte Stück vorsichtig, um nicht in eine der Bruthöhlen zu treten. Zum Schluss legte er sich sogar auf den Bauch und robbte vor bis zur Kante.

Die Sommersonne war trotz des böigen Winds warm genug, und Isving nahm ihre Mütze ab. Sie setzte sich auf einen Felsen und blickte übers Meer. Bis zum Horizont schimmerte es blaugrün mit einem silbernen Finish, wo Wolken dichter waren als hier über dem Festland. Es war so schön, dass sie ein paar Fotos mit dem Handy machte, bevor sie gemeinsam mit Pünktchen, die neben ihr saß, das seltsame Treiben des Mannes beobachtete, der auf der Suche nach dem perfekten Motiv mal hierhin, mal dorthin ging oder robbte. Zwischenzeitlich verschwand er sogar in einer Senke. Die unterschiedlichsten Vögel trugen ihr Sommerkonzert nach einer für sie vollkommen unverständlichen Partitur vor. Sie schloss die Augen, hörte ihnen zu und genoss diesen außergewöhnlichen Mittsommertag, den Wind auf der Haut und in ihren Ohren, den Geschmack von Salzwasser in der Luft, die ihre Lunge bei jedem Atemzug zu reinigen schien.

»Es ist fantastisch!«

Sie blinzelte gegen das Licht, beschattete ihre Augen mit einer Hand und sah zu Thór auf. Solange sie ihn kannte, hatte ihn stets ein Hauch von Wehmut umgeben. Ob im Gespräch oder wenn er arbeitete, und dieser Umstand wurde ihr erst in diesem Augenblick bewusst, als er so strahlend vor ihr stand, dass sein Glück sie ebenfalls überflutete und Isving sich fühlte, als hätte ein Lichtstrahl sie mitten ins Herz getroffen.

»Willst du mal sehen?« Er ging in die Hocke und hielt ihr die Kamera hin.

Natürlich wollte sie. Voller Staunen betrachtete sie die Bilder. Neben den Papageitauchern waren da auch Eissturmvögel und viele andere mit atemberaubenden Flugmanövern, die sie nicht identifizieren konnte. Zum Schluss war ihm sogar noch das Porträt eines Polarfuchses gelungen. Das Tier sah genau in die Kamera – zwei Jäger auf der Pirsch. Und dann sie selbst: an den Fels gelehnt und vielleicht von einem glücklichen Leben träumend, das Haar vom Wind zerzaust und ebenso gepunktet wie der Hund neben ihr. Isving hatte nicht bemerkt, dass Thór sie fotografiert hatte, und betrachtete das Bild, als gehörte es einer Fremden. So sah er sie also? Zerbrechlich, nicht von dieser Welt und – das musste sie sich trotz aller Selbstkritik eingestehen – auf eine gewisse Weise einzigartig. Jedenfalls verriet ihr das der gespannte Gesichtsausdruck, mit dem er auf ihre Reaktion wartete.

Ihre Meinung war ihm wichtig. Der Gedanke löste ein warmes Glücksgefühl in ihr aus. »Die Bilder sind toll, alle. Du bist ein großartiger Fotograf.«

»Ich habe die schönsten Motive«, sagte er, und sie konnte die Erleichterung in seiner Stimme hören. »Weißt du eigentlich, dass du auf der Schwelle zur Anderwelt sitzt?«

»Ich habe die Elfen gefragt«, sagte Isving und lächelte. »Das Land haben sie sich zurückgeholt, aber ich glaube, sie haben nichts dagegen, gelegentlich besucht zu werden.«

Als sie das Gehöft wieder erreicht hatten, waren die Wolken über dem Meer dichter geworden, aber hier landeinwärts schien noch die Sonne, und so breiteten sie im Windschatten des Autos eine Picknickdecke aus. Thór brachte den Korb, den Isving vormittags gepackt hatte, und Pünktchen, die ihren Durst am Bach hinter dem halb verfallenen Haus gelöscht hatte, sah aufmerksam dabei zu, wie sie eine Schüssel nach der anderen herausholte, während er Teller, Besteck und Gläser verteilte, als würde er eine Festtafel decken. Zum Schluss holte er noch einige Kissen und eine kuschelige Decke für Isving.

»Wo hast du die denn her?«

»Katla hat sie mir gegeben, sie meinte wohl, wir sollten es bequem haben.«

»Typisch!« Isving konnte sich denken, was ihre Freundin im Sinn gehabt hatte. Sie war vollkommen aus dem Häuschen gewesen, als sie von dem geplanten Ausflug erfuhr, und wollte sogar wetten, dass er Isving heute küssen würde. Schließlich hatten sie um ein Blaubeermuffin gewettet, die Katla so meisterlich zu backen verstand.

»Fertig! Jetzt schnell ein Foto, und das Buffet kann eröffnet werden«, sagte Thór, machte eine Aufnahme mit dem Handy und ließ sich neben sie fallen. »Du ahnst nicht, wie hungrig ich bin.« Sein Magen verriet ihn mit einem lang anhaltenden Knurren, und er lachte. »Okay, jetzt weiß es jeder im Umkreis von drei Meilen.«

»Du Armer, aber sei getrost, es werden nicht viele Menschen sein, denen sich dieses Geheimnis offenbart hat.« Sie nahm den Deckel von einer der Schalen und reichte sie ihm. »Sandwiches eignen sich bestens zur Notversorgung.«

»Wie gut, dass ich dich habe!«

Wahrscheinlich bildete sie sich nur ein, einen tieferen Sinn herauszuhören. Isving nahm sich selbst ein Gurkensandwich und versuchte, den Augenblick entspannt zu genießen.

Der Rotwein, den Thór mitgebracht hatte und während des Essens schwungvoll in die bunten Pappbecher goss, hatte sie leichtsinnig gemacht. Nach dem Essen erkundeten sie das verfallene Haus, aber es gab nicht viel zu sehen außer Spinnweben und einem alten Sofa, in dessen Polsterung sich offensichtlich Tiere eingerichtet hatten. Ein scharfer Geruch lag in der Luft, und sie brachen die Besichtigung ab.

Als sie herauskamen, hatte sich der Himmel eingetrübt, und es nieselte. Da passierte es: Isving trat in ein Loch, stolperte und griff Halt suchend nach seinem Arm.

Thór fing sie auf. Wortlos standen sie sich gegenüber. Plötzlich war er viel größer, als Isving bisher gedacht hatte. Sie musste zu ihm hochschauen. Die Welt drehte sich weiter, doch sie beide waren gefangen im Augenblick. Im Film hätte man gewusst, was nun kommen würde. Im wahren Leben aber war alles denkbar, einschließlich: nichts passiert. Nach einem Augenblick, der zur Ewigkeit zu werden drohte, zog er sie jedoch an sich. Sie würde also keinen Blaubeermuffin bekommen, aber das war es wert.

Es war schön. Es war stachelig. Ein kleines bisschen, als würde Pünktchen sie küssen, was sie manchmal tat, wenn sie Isving morgens aus dem Bett holen wollte.

Doch dann vergaß Isving das Kratzen seines Barts, der eigentlich viel weicher war, als sie gedacht hatte, und öffnete sich ihm: ein zärtlicher Kuss, ein Herantasten und Ausprobieren, wie weit sie gehen durften, ein sehnsüchtiger »Lass es nie aufhören«-Kuss, der erste seit langer Zeit für Isving. Der schönste, beste, verwirrendste Kuss überhaupt. Bis der Himmel alle Schleusen öffnete und einen eisigen Regenschauer auf sie hinunterprasseln ließ.

Hand in Hand liefen sie zurück zum Auto. Nur hinein, Pünktchen zuerst, die sich auf dem Rücksitz schüttelte. Danach sie beide – und Türen zu. Thór zog Isving an sich und machte da weiter, wo der Regen sie unterbrochen hatte.

»Das habe ich schon den ganzen Tag tun wollen«, sagte er zwischen zwei Küssen.

Seine Hände unter ihrem Pullover fühlten sich warm und liebevoll an, aber es war natürlich furchtbar unbequem, wie zwei Teenager im Auto zu knutschen, zwischen ihnen eine ultrabreite Mittelkonsole, mit beschlagenen Scheiben und dem hechelnden Hund im Fond.

Als ihr Gesicht brannte, schob sie ihn schließlich sanft von sich. »Das ist mein erster Bart-Kuss«, sagte Isving entschuldigend.

»Meiner auch.«

Sie lachte. »Wie? Sag bloß, du hast auch noch nie einen Bärtigen geküsst?«

»Ich schwöre!« Er hob zwei Finger. »Ich hatte aber beim Küssen auch noch nie einen Bart. Es ist … anders.«

Dann wurde er plötzlich ernst und griff nach ihrer Hand. »Isving, ich muss dir etwas sagen.«

»Ja?« Aufmunternd sah sie ihn an.

»Ich war nicht ganz ehrlich …« Er stockte. »Wie soll ich es sagen?« Ratlos blickte er sie an.

Sie fasste sich ein Herz. Wie schwierig konnte die Wahrheit schon sein? »Du heißt nicht Jón. Du bist Thór Bryndísarson, und man kann dich googeln«, half sie ihm auf die Sprünge.

»Ja. Seit wann …?«

»Freyja. Katlas Tochter hat dich erkannt. Sie ist ein großer Fan der Splendid Pirates. Obwohl sie euren Sänger viel süßer findet«, fügte sie hinzu.

»Das sagen alle, es bricht mir das Herz.« Seine Mundwinkel zuckten, doch dann wurde er wieder ernst: »Es tut mir leid.«

»Das muss es nicht. Ich habe ja gesehen, wie verrückt Freyja anfangs reagiert hat, und kann mir gut vorstellen, dass man auch mal unbeobachtet sein möchte. Das ist doch der Grund?«, fragte sie, auf einmal unsicher geworden, und schob rasch nach: »Sie hat übrigens versprochen, nichts zu verraten. Der Deal war ganz eindeutig: Schweigen oder keine Urlaubsreise auf die Balearen.«

»Oh, dafür würde ich auch jedes Geheimnis für mich behalten.« Er lächelte. »Nach der letzten Tour im vergangenen Sommer haben wir uns alle ausgebrannt gefühlt. Wir machen den Zirkus seit über zehn Jahren mit. Einerseits ist dieses Leben natürlich fantastisch und jeder Tag ein Geschenk, aber zwei von uns haben inzwischen Familie. Sie möchten ihre Kinder aufwachsen sehen und nicht von ihnen wie Fremde behandelt werden, wenn sie nach acht Monaten durch die Haustür kommen. Deshalb haben wir beschlossen, eine Auszeit zu nehmen. Ein Jahr lang macht jeder, was er will, und danach spielen wir eine neue Platte ein.«

»Aber im Frühjahr habt ihr ein Konzert in Reykjavik gegeben.«

»Du weißt davon?«, fragte er erstaunt.

»Hätte ich an dem Abend gewusst, dass du auftrittst, wäre ich vorher bestimmt nicht nach Hause gegangen.« Sie erzählte ihm von ihrer Begegnung mit den beiden Frauen und deren Einladung in einen Club am Hafen.

»Ja, das war schon lange verabredet. Bei solchen Gigs kann man normalerweise prima neue Songs ausprobieren«, sagte er und verstummte. Das Leuchten in seinen Augen war erloschen, und er entzog ihr seine Hand.

Isving schmerzte der Verlust von Wärme, doch sie ahnte was ihn bedrückte. Sie hatte ja gesehen, wie hart er arbeitete, und mehr als einmal seinen Frust, seine Verzweiflung spüren können. Kreativität war nicht auf Knopfdruck abrufbar, und es gab Zeiten, da zog sie sich zurück wie eine beleidigte Diva. Sie selbst kannte das natürlich nur im Kleinen, beim Schreiben, das für sie nicht mehr als ein Hobby bedeutete. Als internationaler Künstler nicht mehr liefern zu können, stellte sie sich mehr als beunruhigend vor.

»Mir ist es egal, womit du dein Geld verdienst. Mich interessiert nur der Mensch, der du bist. Und in den habe ich mich …«, sie zögerte und fuhr dann schnell fort, um den Satz zu beenden, »ich mag Jón, sehr. Und wenn der nun Thór heißt, dann hat sich an meinen Gefühlen nichts geändert. Weshalb auch? Du bist immer noch derselbe Mann wie heute Morgen, oder nicht?«

»Nicht ganz«, sagte er und legte seine Hände um ihr Gesicht. »Heute Morgen hatte ich nur eine Ahnung, wie gut das hier sein würde.« Er gab ihr einen schnellen Kuss. »Jetzt weiß ich es.«

19

Thór folgte Isving mit dem Picknickkorb am Arm durch den Kücheneingang und schloss die Tür hinter sich. Am unbeleuchteten Tisch saß das Serviermädchen und heulte. Ursi, die mit einem Tablett voll schmutzigen Geschirrs hereinkam, sagte *den Göttern sei Dank!*, stellte ihre Last ab und lief wieder hinaus. Durch die Schwingtüren hörte man laute Stimmen, Streit lag in der Luft.

»Was ist denn hier los?« Er stellte den Korb ab.

»Das habe ich ganz vergessen! Der Ortsrat trifft sich heute bei uns, weil das *Grand Hotel* umgebaut wird. Ich gucke mal, warum die so rumschreien.«

Willkommen in der Realität, dachte er, und weil er keine Lust auf regionalpolitischen Zwist hatte, setzte er sich zu dem Serviermädchen, das ihn mit tränenblanken Augen anstarrte, als hätte sie eine Erscheinung. Du lieber Himmel, vermutlich hatte die Kleine ebenfalls herausgefunden, wer er war. Am liebsten wäre er abgehauen, aber da musste er nun durch. Wenn aus ihm und Isving etwas werden sollte, würde seine Tarnung ohnehin irgendwann auffliegen. Besser, er machte sich die potenziellen Verräterinnen zu Komplizinnen.

»*Hæ!* Was ist los?«

»Tante Katla hat mich rausgeworfen.«

Ihr Weinen hatte also nichts mit dem Streit da draußen zu tun. »Ich dachte, dir macht der Job keinen Spaß?«

»Stimmt.« Sie wischte sich über die Augen und nahm die Serviette an, die er ihr reichte. »Eigentlich nicht. Also schon. Keine Ahnung.« Nachdem sie sich die Nase geputzt hatte, begann sie noch einmal: »Zuerst dachte ich, das wäre ein Job für Doofe. Einfach eben, kann jeder. Aber das stimmt nicht. Es ist anstrengend und kompliziert.«

»Verrätst du mir deinen Namen?«

»Fjóla, wieso?«

»Hallo Fjóla. Ich bin Thór.« Er lächelte sie an. »Ich verstehe, was du meinst.« Er machte eine Geste, die das Café und Pension einschloss.

»Ja?« Misstrauisch sah sie ihn an.

»Dir hat niemand gesagt, wie man kellnert, stimmt's?«

»Nur wie die Kasse geht«, sagte sie und sah ihn erwartungsvoll an. Thór wünschte sich ganz weit weg, aber nun hatte er das angefangen und würde auch weitermachen. »Siehst du. Kellnerin ist ein Beruf, und den muss man lernen. Wie …«, ihm fiel auf die Schnelle nichts ein. »Wie Fischer beispielsweise. Wenn man nicht weiß, wo die guten Fanggründe sind und wie man ein Boot fährt, kann man auch kein Fischer sein. Die meisten lernen es von ihren Eltern, aber du wurdest da einfach so reingeworfen und sollst plötzlich alles können.«

»Genau! Ich weiß, dass ich freundlich sein soll, und wie man Kaffee kocht, weiß ich auch. Aber dann fangen die Leute an, Fragen zu stellen. Ob der Kuchen vegan ist, ob Nüsse drin sind und woher der Kaffee kommt. Oder sie bestellen alle zusammen und wollen dann jeder für sich bezahlen. Da muss man ja durcheinanderkommen. Oder nicht?«

»Auf jeden Fall«, sagte er und verkniff sich ein Schmunzeln. »Obendrein läuft das alles auf Englisch, schätze ich.«

»Ja, aber das ist kein so großes Problem. Deshalb mache ich den Job ja, um besser Englisch zu lernen, und fürs Geld natürlich. Ich will im Herbst nach Reykjavík ziehen.«

»Dort ist es teuer, ich verstehe. Was hältst du davon, wenn ich dir morgen mal ein paar Tipps gebe? Ganz unauffällig. Ich setze mich ins Café, sehe mir an, wie es läuft, und dann überlegen wir gemeinsam, was du besser machen kannst?«

Sie strahlte ihn an, doch dann verschwand das Lächeln. »Tante Katla hat mich aber rausgeworfen.«

»Ich rede mit ihr, okay?« Er stand auf. »Und jetzt hilfst du Ursi, alles aufzuräumen, einverstanden? Wann beginnt dein Dienst morgen?«

»Das Café macht um zwei auf.«

»Abgemacht«, sagte Thór und reichte ihr die Hand. Worauf hatte er sich da nur eingelassen?

Der Hauch eines Grinsens erhellte ihr Gesicht. »Nice. Du siehst übrigens dem Keyboarder der Splendid Pirates total ähnlich, weißt du das? Bis auf den Bart, und du bist viel netter«, sagte sie und lief vor ins Café.

Sie hatte recht. Er war netter, und mehr als zehn Kilo leichter war er auch. Nur schade, dass er musikalisch deutlich weniger inspiriert war als das *Mastermind* seiner Band, wie ihn Alexander genannt hatte.

Allein mit Pünktchen in der Küche bleiben wollte er auch nicht. Sie hatte sich in ihrem Korb unter dem Tisch zusammengerollt und blickte ihn nun hoffnungsvoll an. Es war vermutlich Abendbrotzeit für den Hund. Also pfiff er nach ihr, und gemeinsam gingen sie hinauf zu Isvings Häuschen.

Als er seinen Schlüssel im Schloss umdrehte, kam es ihm gut und richtig vor. Thór war vielleicht noch nicht endgültig angekommen, aber er hatte schon einen Fuß in der Tür zu einem Zuhause, von dem er bis vor Kurzem nicht einmal gewusst hatte, dass er es sich wünschte.

Er fütterte Pünktchen, machte sich selbst etwas zu essen und setzte sich an den Computer, um Mails zu checken. Daniel hatte gute Nachrichten: Seine Stimme war nach der Operation so gut wie vollständig wiederhergestellt, und was jetzt noch fehlte, würde durch behutsames Training zurückkehren. Wie es bei ihm aussähe, fragte der Freund, und schrieb weiter, dass er schon sehr gespannt auf die neuen Songs sei.

Thór seufzte. Es wurde Zeit, die Wahrheit zu sagen. So wie es im Augenblick aussah, würde es im Herbst keine neue Platte geben, weil alles, was ihm bisher an Liedern für die Pirates eingefallen war, fürchterlicher Schrott war. Genau das schrieb er Daniel und erzählte von Kópavík und der bisher unerfüllten Hoffnung, die Landschaft würde ihm seine Kreativität zurückgeben.

Kaum hatte er die Mail abgeschickt, klingelte sein Handy. Daniel rief an.

»Ich weiß das schon lange«, war nicht das, was er von seinem besten Freund hören wollte. Aber in gewisser Weise war er erleichtert, sich nicht erklären zu müssen.

Er erzählte von Alexanders Traum, ein Tonstudio einzurichten, in dem Bands in Ruhe arbeiten konnten, und von Isvings Pension, in der er zu wohnen vorgab, weil ihm klar war, wie Daniel darauf reagieren würde, wenn er wüsste, dass er sich verliebt hatte. Früher war Thór immer in mindestens ein Mädchen verliebt gewesen, und sein Freund hatte ihm manches Mal vorgeworfen, nicht fähig zu sein, außerhalb der Musik echte Gefühle zu empfinden. Doch das war lange vorbei, und was sich zwischen Isving und ihm anbahnte, mit viel Glück anbahnen könnte, war etwas ganz anderes. Etwas, das er so noch nie erlebt hatte.

Doch dann sagte Daniel: »Die Sache mit dem Studio finde ich interessant. Du weißt, ich hatte so was auch mal hier in den Highlands vor, aber mit einem Tontechniker wie diesem Alexander vor Ort, wäre es natürlich viel besser.«

»Du kennst ihn?«

Daniel lachte. »Nein, aber ich habe ihn nebenher gegoogelt. Er hat mit Massive Attack und Oasis gearbeitet, aber auch mit Eminem.«

»Wow«, sagte Thór, denn es gefiel ihm, dass Alexander nicht versucht hatte, ihn mit diesen großen Namen zu beeindrucken.

»Hör mal, ich habe hier noch eine Weile zu tun, aber dann komme ich in dieses Nest am Ende der Welt, und wir sehen mal, was wir auf die Beine stellen, okay?«

»Wenn du meinst …«

»Natürlich meine ich das. Egal, was unser lieber Managerkumpel und das Label sagen, eine neue Platte ist fertig, wenn sie fertig ist, und nicht dann, wenn das Marketing frisches Futter braucht. Okay?«

»Okay«, sagte Thór und war froh, einen solchen Freund zu haben.

»Und noch was: Such dir ein nettes Mädchen, das entspannt ungemein.«

»Das musst du gerade sagen.« Thór lachte. Daniel war bereits verheiratet gewesen, als sie zusammen in London studiert hatten. Seine Frau, eine außerordentliche Perkussionistin, arbeitete als Studiomusikerin und zog die gemeinsamen Kinder auf. Es hatte stürmische Zeiten gegeben, doch die Ehe der beiden hatte alles überlebt. »Grüße an Susan und die Kids«, sagte Thór und legte auf.

»Hallo, seid ihr geflüchtet?« Isving streifte sich die Schuhe von den Füßen, zog dicke Socken über und kam herein.

»Allerdings. Was war denn los?«

»Óskars Flotte hat einen Blauwal gefangen, und den lässt er gerade in einer seiner Fabriken im Süden zerlegen. Es gibt Fotos. Das Tier war trächtig, und das Kleine …« Ihre Stimme brach, und sie sank auf einen Stuhl, die Hände vors Gesicht geschlagen. »Wie kann man so was nur tun?«

Das fragte er sich auch. Denn Blauwale zu töten war seines Wissens weltweit geächtet. »Komm, wein doch nicht.« Er schloss Isving in die Arme.

Tränen, hatte er gelernt, wurden oft genug als Druckmittel eingesetzt, aber hier weinte jemand um ein Geschöpf, das nicht hätte sterben dürfen, und so etwas ließ ihn nicht kalt. Während er ihr tröstend über den Rücken strich, zermarterte sich Thór den Kopf, was er tun konnte, um diesem Elend und damit Isvings Seelenleid – zumindest, was das betraf – ein Ende zu bereiten.

Nachdem sich Isving früh ins Bett verabschiedet hatte, fuhr Thór runter zu den öffentlichen Hot Pots, wo er mit Alexander verabredet war. Der saß bereits bis zum Hals im heißen Wasser.

»*Hæ*, mein Freund. Schön, dass du Zeit hast.«

Er stellte ihm Emil vor, einen Mittvierziger, dessen roter Bart so lang war, dass er bei jeder Bewegung auf den kleinen Wellen tanzte.

Das war also Katlas Freund. Der Mann war hier am Fjord so was wie das *Mädchen für alles.* Er hatte eine Ausbildung zum Ersthelfer, fuhr Abschleppwagen und Schneepflug, trainierte die Mädchenfußballmannschaft und reparierte an der Tankstelle Trecker und Autos.

Die drei Männer saßen eine ganze Weile schweigend da und hingen ihren eigenen Gedanken nach, während sie das Abendlicht über dem Meer betrachteten.

Anders als im Hot Pot oberhalb des Kaffi Vestfirðir, der in den Felsen vielleicht sogar natürlich entstanden war, saß man hier unten am Hafen in blau gestrichenen quadratischen Becken, die nicht besonders frisch wirkten, was auch am Kelp lag. Eine Alge, die bei dreißig Grad erst so richtig aufblühte und als grünes Glibberzeug am Beckenrand klebte. Angeblich machte das Zeug schön. Thór mochte im Augenblick lieber nicht darüber nachdenken.

Die Straßenbeleuchtung sprang flackernd an, obwohl es bestimmt nicht dunkler werden würde als im Augenblick, und malte orangefarbene Kreise auf den Asphalt der schnurgeraden Durchgangsstraße und auf die Wege hinauf landeinwärts, wo die neuen Häuser standen. Aus dem Wasser im Fjord sah man manchmal die dunklen Köpfe der

Seehunde auftauchen, die sich nicht vom Kutter stören ließen, der langsam in den kleinen Hafen von Kópavík einlief.

»Das ist Jökull mit seinen Whale-Watchern«, sagte Alex, und Emil gab einen zustimmenden Laut von sich.

Offenbar war dieses Treffen geplant, und Thór fragte sich, warum es Alex so wichtig gewesen war, ihn heute Abend dabeizuhaben.

Als Jökull zu ihnen ins Wasser stieg, war es schwierig, nicht auf seine Tätowierungen zu starren. Man sah wenig naturbelassene Haut. Das zentrale Motiv auf seinem breiten Rücken war ein umranktes Vegvísir, das allerdings noch auf Vollendung wartete. Dasselbe magische Symbol, das Thórs linkes Handgelenk schmückte. Im Vergleich mit Jökull kam er sich allerdings geradezu nackt vor.

Dafür, dachte er, bin ich von uns vieren deutlich am besten in Form. Weil das nicht immer so gewesen war, freute er sich besonders darüber.

Obwohl Politik sicher nicht das passende Thema war, wenn man in heißem Wasser entspannen wollte, fragte er: »Was ist da los mit diesem Fischfabrikanten?«

Zornig erzählte ihm Jökull mit wenigen Worten, was Thór bereits von Isving wusste: »Sein Kumpel im Ministerium hat ihm die Fanggenehmigung besorgt, und da hat sich der Scheißkerl gleich einen Blauwal geschnappt. Die sind geschützt, aber er behauptet, das Tier ist ein Hybrid.«

Thór fragte nach und erfuhr, dass er recht gehabt hatte mit seiner Vermutung: Blauwale zu töten war weltweit verboten. Aber die Tiere paarten sich gelegentlich erfolgreich mit Finnwalen, obwohl sich ihr Stammbaum schon vor acht Millionen Jahren getrennt hatte. Ein ausgewachsener Blauwal wog bis zu hundertfünfundsiebzig Tonnen und brachte es auf eine Länge von dreißig Metern, erklärte Jökull. Damit sprengte so ein Tier die Dimensionen der Fischfabrik von Kópavík. »Aber kleinere kann er hierher bringen. Ich schätze, Óskar will den Schlachtplatz jedes Mal wechseln, damit die Tierschützer ihm nicht so schnell auf die Schliche kommen.«

»Isländer haben immer Wale gefangen«, sagte Jökull. »Aber wenn er hierherkommt, ist das schlecht fürs Geschäft.«

»Und Ursi wird dir die Hölle heißmachen, falls du nichts dagegen unternimmst.« Emil lachte.

»Das sowieso«, gab Jökull zu.

Jökulls Frau, erfuhr Thór, war die Vorsitzende einer Organisation, die sich für Tierschutz in den Westfjorden einsetzte.

Thór räusperte sich. »Wenn ich euch richtig verstanden habe, kommen die Touristen wegen der Seehunde und zum Whale-Watching, und weil sie in der Gegend eine nahezu unberührte Natur erleben können. Die Bewohner von Kópavík haben Geschmack am Tourismus bekommen, weil man damit mehr Geld verdient als dabei, weiter Fische auszunehmen.«

»Genau. Die meisten Fabriken hier oben haben zugemacht, als der Hering verschwunden ist. Heute wird der Fang gleich draußen auf den Trawlern verarbeitet«, sagte Jökull, und Emil fügte hinzu: »Wenn Ragnar, Gott sei seiner Seele gnädig, nicht so viel für Kópavík getan hätte, würden wahrscheinlich nur noch die Alten hier leben. Aber auch so gehen unsere Kinder in die Stadt, um dort zu arbeiten. Das ist in Ordnung, nur sollen sie wiederkommen, wenn sie sich die Welt angesehen haben. Dafür brauchen wir Jobs.«

»Das verstehe ich alles, aber wenn ihr Erfolg haben wollt, dann müsst ihr euch überlegen, was wirklich wichtig ist. Ansonsten werdet ihr eine Bauchlandung machen.«

»Wie meinst du das?« Jökull runzelte die Stirn.

»Ganz einfach. Hier ist euer Zuhause. Wer seine Umgebung nur aus kommerziellen Gründen erhalten will, zieht weiter, falls der Versuch misslingt. Wer aber hier leben möchte, weil er das Land liebt, der kämpft bis zum letzten Atemzug, um es für sich, seine Kinder und seine Mitgeschöpfe zu erhalten.«

Jökull sah Alex an. »Ist dein Kumpel von Greenpeace oder Politiker? Reden kann er jedenfalls.«

»Das musst du ihn schon selbst fragen.«

Emil und Jökull sahen ihn fragend an, und in diesem Augenblick begriff Thór, dass er auch über sich selbst gesprochen hatte. Er war privilegiert und konnte sich aussuchen, wo er leben wollte. Als seine Wohnung ausgeraubt wurde, hatte er einem London den Rücken gekehrt, das sich in den kommenden Jahren vielleicht in eine Richtung entwickeln würde, die ihm nicht gefiel. Im Grunde hatte es ihm dort schon längst nicht mehr so gut gefallen wie damals während des Studiums. Er hatte das Sabbatjahr als eine Chance begriffen, um herauszufinden, wohin er gehörte, und in den letzten Tagen das Gefühl gehabt, Kópavík könnte dabei eine nicht unbedeutende Rolle spielen.

Wenn er das Vertrauen dieser Männer gewinnen wollte, musste er ihnen die Wahrheit sagen, auch weil sie vielleicht Nachbarn werden würden. »Ich mache Musik. Was Geldgier anrichten kann, habe ich in den letzten Jahren immer wieder erlebt. Ein Freund von mir hat ein Schloss in England geerbt. Er steckt jede Króna, die er verdient, in den Erhalt des alten Kastens, und ehrlich gesagt schien mir das immer ein Fass ohne Boden zu sein. Als ich ihn gefragt habe, warum er lieber in einem zugigen Rittersaal sitzt als in einem gut geheizten Apartment in der Stadt, sagte er: ›Ich habe keine Wahl. Seit Generationen versuchen meine Vorfahren, Schloss und Land so intakt wie möglich für ihre Nachkommen zu erhalten. Nicht jedem ist das gleichermaßen gut gelungen, aber ich werde nicht derjenige sein, der sein Erbe für immer ruiniert.‹«

Alexander nickte. »So denken bei uns nicht mehr viele. Aber manche schon, und die haben dann zwar oft genug Löcher in den Strümpfen und geflickte Jacken an, aber sie würde ihr letztes Hemd geben, wenn sie damit retten könnten, was ihnen für die Nachkommen anvertraut wurde.«

»Eben«, sagte Thór, erleichtert darüber, dass Alex auf seiner Seite war. »Wir bewahren die Erde für unsere Kinder auf. Sie ist schon reichlich ramponiert, aber hier in den Westfjorden kann man aus den Fehlern lernen, die anderswo gemacht wurden.«

Er sah jedem der Männer in die Augen, bevor er sagte: »Am Ende sind wir alle Isländer und haben eine Verantwortung für das schönste Land der Welt.«

»So ist es!«, sagte Emil und schlug ihm auf die Schulter.

Jökull kniff die Augen zusammen und taxierte ihn. »Ja,

Mann. Genauso ist es. Und jetzt weiß ich auch, wer du bist, Thór Bryndísarson. Ich bin mit deinem Cousin zur Schule gegangen. Er betreibt die Pferdefarm bei Hjaltadalur, stimmt's?«

Als Thór nickte, sagte Jökull: »Dein Geheimnis ist bei uns sicher, *Jón.*« Er lachte. »Wir werden das durchziehen, weil wir verdammt stolz auf unser Land sind und nicht wollen, dass es jemand kaputt macht. Óskar hat sich gegen uns gestellt, aber er weiß nicht, was das bedeutet!«

»Jawoll!«, rief Emil und klatschte mit beiden Händen auf die Wasseroberfläche.

Alexander nickte, und Jökull tauchte im Becken unter, um nach einer erstaunlich langen Zeit wie ein Walross an die Oberfläche zurückzukehren. Dicke Tropfen rannen ihm übers Gesicht, die er mit seinen großen Händen wegwischte. »Zuerst einmal müssen wir herausfinden, was er vorhat. Wer wäre da ein besserer Informant als dein Schwager Halldór«, sagte er und sah Emil durchdringend an.

»Ex-Schwager«, korrigierte der ihn umgehend. »Halldór ist Manager der Fabrik. Im Herbst ist er seinen Job los. Kann sein, dass er uns hilft. Kann auch nicht sein, wenn Óskar Ragnarsson ihm was Neues im Süden anbietet.«

Am Ende des Abends schlossen sie einen Pakt: In Kópavík würde niemand Wale schlachten.

Thór versprach, seinen Anwalt um Rat zu bitten. Alexander strahlte wie poliertes Silber, und die beiden anderen Männer lehnten sich zufrieden zurück. Das Problem wurde angegangen – ein guter Grund, sich jetzt endlich zu entspannen.

Anschließend drehte Thór noch eine kleine Runde mit Pünktchen. Notwendig wäre es wahrscheinlich nicht gewesen, denn Isving kümmerte sich fürsorglich um die Hündin, aber es gefiel ihm, Verantwortung zu übernehmen, und Pünktchen gefiel es ebenfalls.

Wieder zu Hause, trottete sie in Isvings Zimmer, aus dem gleich darauf ein Schrei zu hören war und anschließend Gekicher. »Igitt, du bist ja ganz nass!«

Daran hätte er denken müssen. Wegen des Regens hatte er Pünktchen zwar die Pfoten abgetrocknet, war aber nur kurz mit dem Handtuch über ihr Fell gegangen.

Das hatte man davon, den Hund in seinem Bett schlafen zu lassen. Thór musste grinsen. Er erinnerte sich an Kindertage, in denen er *sein Pünktchen* selbstverständlich im Bett hatte schlafen lassen, obwohl es streng verboten gewesen war.

Mit einer Tasse Tee in der Hand legte er sich auf die Récamiere, die anstelle eines Sofas in einer Ecke der Wohnküche stand, und dachte über den Tag nach. Irgendetwas Seltsames war heute mit ihm geschehen. Gleich zwei Mal hatte er sich in Dinge eingemischt, die ihn im Grunde nichts angingen. Fjóla tat ihm leid, weil sie in ihrer Ahnungslosigkeit, was den Job betraf, so offenkundig allein gelassen wurde. Katla arbeitete schwer und kochte gut, aber sie war nicht vom Fach, und Isving war offensichtlich überfordert von ihrer neuen Rolle als alleinige Chefin. Dem Mädchen Tipps zu geben und ihr ein paar Kniffe beizubringen, traute er sich tatsächlich zu. Er war ein guter Beobachter und hatte am Anfang seiner Karriere viel gekellnert, um die Wohnung zahlen zu können, die er sich mit Daniel geteilt hatte, der zwar ein Baron, aber damals meist noch abgebrannter gewesen war als er selbst.

Warum er sich vorhin gewissermaßen in die Lokalpolitik eingemischt hatte, war ihm allerdings vollkommen rätselhaft. Ob Isvings Tränen etwas damit zu tun hatten, oder ihre Küsse? Sicher war, dass er diesen Ort wirklich mochte. Wie die Leute miteinander feierten, wie sie beispielsweise den Frauenchor unterstützt hatten oder sich gegen den fiesen Fischfabrikanten stellen wollten, gefiel ihm mindestens ebenso gut wie die weite Landschaft, in der diese Menschen so selbstverständlich lebten, als wüssten sie nicht, welch ein Luxus genügend Lebensraum und saubere Luft waren.

Natürlich war er für Freunde da, wenn sie ihn brauchten. Aber diese Leute kannte er ja kaum. Womöglich, dachte er, sah die Frau, die er heute Nachmittag geküsst hatte, nicht nur aus wie eine Zauberin, von denen es einst in den Westfjorden viele gegeben haben sollte. So wie allein der Gedanke an Isving seinen Puls beschleunigte, lag die Vermutung nahe, dass sie sich auf eine ganz besondere Magie verstand: das Herzenfangen.

In einem anhaltenden Zustand von Verliebtheit mochte Thór versehentlich das eine oder andere Herz vielleicht nicht gebrochen, aber doch beschädigt haben. Seines war dabei in all den Jahren vollkommen sicher gewesen, denn er wusste, wann es Zeit war zu gehen, bevor eine Affäre zu intensiv wurde. Das, so ahnte er in dieser Nacht, könnte sich in Zukunft ändern.

20

Einen schlafenden Rockmusiker fand sie auch nicht alle Tage schon vor dem Frühstück auf ihrem Sofa. Isving klebte ein Post-it auf den Tisch und lockte Pünktchen mit Handzeichen aus dem Haus, um Thór nicht zu wecken. Wahrscheinlich hatte er die ganze Nacht gearbeitet. Wenn sie ihm doch bloß helfen könnte. Aber dafür müsste er sich ihr erst einmal anvertrauen. Sie war sich ziemlich sicher, dass es etwas mit seiner Musik zu tun hatte, und seine Reaktion beim Ausflug hatte sie darin bestätigt. Was auch immer er komponierte oder schrieb, er schien nicht zufrieden damit zu sein.

Nach der morgendlichen Routine blieb ihr heute keine Zeit, für ein gemeinsames Frühstück zum Haus hochzugehen, das hatte sie ihm auf dem Zettel notiert. Sie machte sich daran, den Tag zu organisieren, und winkte ihm nur kurz zu, als er kurz vor zehn im Frühstücksraum auftauchte.

Viel lieber hätte sie ihn zu sich gewinkt, um geküsst zu werden. Bart oder nicht, der Mann konnte küssen wie kein Zweiter.

Als bekannter Musiker hat er bestimmt auch viele Gelegenheiten gehabt, sich darin zu üben, flüsterte eine hässliche Stimme in ihr. Und wenn schon, dachte Isving, nicht bereit, diesen Gedanken mehr Raum zu gewähren. Ich profitiere eindeutig von seiner Erfahrung.

Náð Arnórsdóttir, eine der beiden Strickerinnen, die für sie in Kommission arbeitete, kam mit nur einer halben Stunde Verspätung durch die Ladentür.

»Hallo Náð, magst du einen Kaffee?«, fragte sie, bot der Frau mit einer Geste einen Sitzplatz an und schob die bereitliegende Abrechnung über den Tisch.

»Sehr gern, danke.«

»Schön. Ich bin gleich wieder da.«

Isving ging rüber ins Café, das Fjóla pünktlich geöffnet hatte, wofür man bei Katlas Nichte schon dankbar sein musste.

Als sie sich nach ihr umsah, um sie zu bitten, zwei Kaffee zu bringen, entdeckte sie das Mädchen in einem intensiven Gespräch mit Thór. Was mochte er so Spannendes zu erzählen haben, dass Fjóla jedes seiner Worte wie eine Offenbarung entgegenzunehmen schien? Anekdoten aus dem Leben eines Rockmusikers? Aber das war doch sein Geheimnis.

Isving hatte sich inzwischen die Musik der Splendid Pirates angehört, Liedtexte gelesen und einiges über die Männer auf Klatschseiten im Internet gefunden. Die Band gab es schon ziemlich lange, und sie war viel bekannter, als Isving gedacht hatte. Die meisten Songs wurden Thór zugeschrieben, und er besaß durchaus einen Ruf als Herzensbrecher, der eigentlich nur noch vom Gitarristen der Band übertroffen wurde, der allerdings letzten Herbst geheiratet haben sollte. Es gab dazu widersprüchliche Meldungen. Nur in einem schienen sich alle einig zu sein: Man erwartete ein großartiges neues Album zum zehnjährigen Bandjubiläum.

Wie viele Hits konnte man in einem Jahr schreiben? Er

musste unter enormem Druck stehen. Ebenso beunruhigend war, dass man offenbar einiges darum geben würde zu erfahren, wo sich Thór und seine Kollegen derzeit aufhielten.

Sie beschloss, mit ihm über diese Dinge zu reden. Aber jetzt gab es anderes zu tun. Gerade wollte sie sich den Kaffee selbst machen, da kamen Gäste herein. Thór sagte etwas zu Fjóla, und zu Isvings größter Verwunderung ging sie dem Paar mit einem Lächeln entgegen, um es zu begrüßen. Es geschahen tatsächlich noch Wunder. Sie füllte das Sieb mit Kaffeepulver, spannte es unter dem Glasbehälter der Maschine ein und warf einen weiteren Blick in seine Richtung. Sie konnte einfach nicht anders, als ihn dauernd anzusehen, wenn er in ihrer Nähe war.

Er stand auf, kam herüber und lehnte sich an den Tresen. »Hallo«, sagte er und wirkte dabei seltsam.

Ob er bereute, sie gestern geküsst zu haben? Als sie sein schiefes Lächeln sah, galoppierte ihr Puls davon. Isving brachte keinen Ton heraus.

»Hast du einen Augenblick Zeit für mich?«

Warum sah er ununterbrochen auf ihren Mund? »Ja«, hauchte sie. »Was ist?«

»Nicht hier.« Er sah auf die Schwingtür der Küche.

»Katla …« Sie war sich nicht sicher, ob Katla schon wieder aus der Pause zurück war, um das Abendessen vorzubereiten. Bevor sie weitersprechen konnte, hatte er ihre Hand ergriffen und zog sie hinter sich her in den Gang, von dem aus die Treppe hinauf in die Zimmer führte. Dort drückte er die darunter liegende Wäschekammer auf, schob sie hinein und schloss die Tür hinter sich.

»Ich habe dich vermisst.«

»Mhm«, war alles, was sie noch sagen konnte, bevor er sie küsste, unmissverständlich. Isving hätte nichts gegen eine leidenschaftliche Begegnung zwischen frischen Bettlaken gehabt. Allerdings nicht im Stehen, wenn es sich vermeiden ließ, und nicht, wenn im Laden eine Lieferantin auf Kaffee wartete … und auf ihre Bezahlung.

Schließlich gelang es ihr, sich aus seiner Umarmung zu lösen, was hauptsächlich deshalb so schwierig war, weil sie sich sehr gern von ihm küssen ließ. Seine Hände, die bereits auf dem Weg unter ihre Bluse gewesen waren, hielt sie fest. »Nicht jetzt.«

»Warum nicht?« Störrisch sah er sie an.

»Weil ich arbeiten muss?«

»Na gut.« Er gab ihr einen Kuss auf die Nasenspitze. »Du hast recht, ich bin unmöglich, aber als ich dich da eben so stehen sah, habe ich offenbar den Verstand verloren.«

Sie lachte. »Du hast keine Ahnung, wie sexy ein Mann ohne Verstand sein kann.«

»Im Ernst?«

»Natürlich nicht. Ich mag sie brainy und …«, sie ließ ihren Zeigefinger über seinen Bauch nach unten wandern, »… gut in shape.« Das hatte sie doch jetzt nicht wirklich gesagt? Isving spürte, wie ihr die Röte in die Wangen stieg.

»Sieh mal an«, sagte er schmunzelnd. »Dann werde ich wohl lieber noch mal eine Runde mit Pünktchen joggen gehen. Wann hast du Feierabend?«

»Um acht müsste ich so weit durch sein, Katla macht den Spätdienst.«

Er beugte sich zu ihr herab und sagte leise: »Ich warte

auf dich.« Damit drehte er sich um und war fort, ehe Isving noch eine passende Antwort einfiel. Sie knöpfte sich die Bluse zu und war froh, heute Morgen ihren hübschesten BH angezogen zu haben. *Ich warte auf dich*, das klang verheißungsvoll und beunruhigend zugleich.

Eilig verließ sie die Wäschekammer und machte einen kurzen Abstecher in den Personalraum, um sicherzugehen, einigermaßen präsentabel zu sein. Schnell tupfte sie etwas Puder mit dem Pinsel auf, um die leichte Rötung zu kaschieren, die sein Bart hinterlassen hatte, und lief zurück in den Laden, wo die Strickerin bei einer Tasse Kaffee geduldig auf sie wartete.

»Dein Freund hat mir schon mal Kaffee gebracht. Ein Netter ist das aber. Er hat auch die Kisten reingetragen.« Sie zeigte auf einen Stapel Kartons mit neuen Pullovern.

»Mein … Freund?«

»Habe ich was Falsches gesagt? Das ist doch der junge Mann, bei dem du wohnst?«

»Ja-a«, sagte Isving und zog den Vokal in die Länge, weil ihr beim besten Willen nichts dazu einfiel. Schließlich verzichtete sie darauf, ihre tatsächlichen Wohnverhältnisse näher zu erläutern, nahm sich aber vor, Katla zu fragen, welche Geschichten sonst noch so über sie kursierten. »Er ist wirklich nett.« Nach einem großen Schluck aus ihrer eigenen Kaffeetasse hatte sie sich wieder im Griff und gab der Frau ein Kundenfeedback, das hatten sie so vereinbart. »Die Männer sind meistens unkompliziert. Allerdings reagieren sie empfindlich auf kratzende Wolle. Wäre es möglich, die Pullover etwas halsferner zu stricken?«

»Natürlich. Das ist kein Problem.«

»Gut. Die Frauen – sind kompliziert.«

»Das ist nichts Neues, Mädchen«, sagte Náð trocken.

Sie sahen sich an und lachten.

»Okay, du siehst ja selbst, welche Farben und Muster sich am besten verkaufen. Aber ich werde häufiger gefragt, ob es die Pullis oder Jacken nicht etwas länger geben würde. Ich finde auch, Modelle in großen Größen könnten ruhig etwas länger sein. Das sieht oft besser aus.«

»Dann komme ich aber mit der Kalkulation nicht mehr hin. Dafür brauche ich ein oder sogar zwei Wollknäuel mehr.«

Isving überlegte kurz. »Dann lass es uns doch so machen: Nächstes Mal bekomme ich drei der am meisten verkauften Pullovermodelle auch in lang. Du sagst mir, was sie mehr kosten, und ich sehe, ob wir sie dafür loswerden. Dein Geld bekommst du natürlich, einverstanden?«

Sie einigten sich, und Náð Arnórsdóttir ging beschwingt davon. Am Nachmittag reisten zwei Paare aus Frankreich an, die sich gleich fürs Abendessen eintrugen, und während Isving Katla bei den Vorbereitungen half, beantwortete sie die Fragen der Freundin nach dem Verlauf ihres freien Tags.

»Er kann also küssen«, sagte Katla und löschte den Lammbraten mit Wein ab, dass es zischte. »Wann geht es weiter?«

»Ich habe da so eine Idee …« Sie erzählte von der mittäglichen Begegnung.

Katla lachte. »Dann schlage ich Folgendes vor: Ich übernehme morgen die Frühschicht. Brot kann ich zwar nicht backen, aber das tauen wir auf. Falls nichts zwischen euch laufen sollte, schickst du mir eine Nachricht und machst einfach den üblichen Dienst.«

»Wirklich?«

»Ja, und jetzt lauf schon los. Es ist halb neun. Einen Mann wie den lässt du besser nicht zu lange warten.«

»Da ist was dran«, sagte Isving, band sich die Schürze ab und gab Katla, die ihr eine abgedeckte Schüssel in die Hand drückte, einen Schmatzer auf die Wange. »Danke! Für alles.«

Oben am Haus blieb sie kurz stehen. Die Wolken hingen heute so tief, dass man fast schon von Dunkelheit reden konnte, obwohl die Laternen am Hafen unscharf zu erkennen waren. In ihrer Küche brannte Licht und gab ihrem Zuhause etwas Anheimelndes. Jemand wartete auf sie. Isving spürte eine Vorfreude in sich aufsteigen, die sie sich den ganzen Nachmittag nicht erlaubt hatte. Was würde sie erwarten? Zärtlichkeiten, eine Liebeserklärung oder nur Sex? Sie öffnete die Haustür, und Pünktchen sprang ihr voller Begeisterung entgegen. Die Schüssel in der Hand, versuchte sie, die Liebesbekundungen ihrer Hündin abzuwehren, sah auf und erstarrte. Da stand er. Lässig in den Türrahmen gelehnt, das Gesicht im Gegenlicht verborgen, die männliche Figur nicht. Dunkel gekleidet, geheimnisvoll.

»Da bist du ja.« Er nahm ihr die Schüssel aus der Hand, damit sie ihre Schuhe ausziehen konnte, gab ihr Raum für die Begrüßung von Pünktchen.

»Da bin ich«, sagte sie und sah in die Küche. Der Tisch war gedeckt, im Kamin brannte ein Feuer. »Kann ich … ich würde mich gern frisch machen«, sagte sie und meinte duschen, Haare waschen, die Beine rasieren und was man sonst noch so tat, wenn ein Date anstand.

»Wir haben die ganze Nacht.« Es klang verheißungsvoll und gleichzeitig beängstigend. Thór hatte ganz offensichtlich einen Plan, in den sie nicht eingeweiht war. Nein, das stimmte nicht. Seit dem Kuss im Wäschezimmer hatte sie eine ziemlich genaue Vorstellung, was er im Schilde führte, nur wusste sie immer noch nicht, ob es das war, was auch sie wollte. Vordergründig schon. Da gab es keine Frage. Aber wohin sollte das führen?

Isving floh in ihr Zimmer, um einen klaren Kopf zu bekommen. Normalerweise hätte sie nach einer entspannenden Dusche bequeme Hauskleidung angezogen, sich etwas zu essen gemacht und vor dem Schlafengehen noch ein bisschen geschrieben oder gelesen. Aber was zieht man an, wenn der Mann in deiner Küche dich ansieht, als hätte er auf nichts größeren Appetit als auf dich?

Schließlich entschied sie sich für einen weichen, überlangen Pulli mit passendem Wollrock, grob gestrickte Overknees und ihren Lieblingsschal, von dem sie wusste, dass er ihre Augenfarbe zum Strahlen brachte. Angezogener, dachte sie selbstkritisch, ging eigentlich nicht. Kaum anzunehmen, dass er sie in diesem Outfit sexy finden könnte. Isving, das wurde ihr im gleichen Augenblick bewusst, als sie die Küche betrat, hatte Angst. Für eine Flucht war es zu spät.

Thór ging ihr entgegen und nahm sie einfach in den Arm. »Schön, dass du da bist«, sagte er, und sie spürte seinen Atem in ihrem Haar. »Hast du schon gegessen?«

Essen war das Letzte, an das sie in der vergangenen Viertelstunde gedacht hatte, aber ihr Magen war anderer Meinung, was er glücklicherweise nur sehr leise kundtat.

»Nein«, sagte Isving und ließ es zu, dass er sie zum Tisch begleitete. Etwas mutiger fügte sie hinzu: »Was gibt's denn?«

Er hatte einen Salat mit leckerem Dressing zubereitet, und im Ofen brodelte etwas, das sich bald darauf als Gemüseauflauf entpuppte.

Sie aßen gemeinsam, und er erzählte von seinem Gespräch mit Fjóla. »Hab Geduld mit ihr. Mit ein wenig Anleitung kriegt sie das gut hin, jedenfalls gibt sie sich wirklich Mühe.«

»Wahrscheinlich hast du recht.« Isving hätte ihn stundenlang ansehen können. Diese Hände, die auf ihrem Körper Zauberkräfte zu entwickeln schienen. Lippen, die sie auf ihren zu spüren glaubte, als sie das Tiramisu löffelte, das Katla ihr in der Schüssel mitgegeben hatte, und breite Schultern, die zum Anlehnen einluden, während die Tattoos auf seinen Armen warnten, dass sich in diesem Mann mehr verbarg, als sie ahnte.

21

Er hatte das Geschirr abgeräumt und reichte ihr nun die Hand. »Isving, du…« Sanft zog er sie auf die Füße. »Es tut mir leid, falls ich dich vorhin erschreckt haben sollte.«

Er wirkte unsicher. Isving war ganz selbstverständlich davon ausgegangen, dass ein Mann wie Thór routiniert war, wenn es darum ging, eine Frau ins Bett zu kriegen. Dass er es darauf anlegte, hatte er ihr unmissverständlich zu verstehen gegeben, und Isving hatte einen ganzen Nachmittag Zeit gehabt, darüber nachzudenken. Mit dem Ergebnis, dass sie es auch wollte. Ganz gleich, was daraus wurde, sie mochte ihn – sehr sogar, das Schmetterlingsflattern in ihrem Bauch war eindeutig.

»Hast du nicht«, sagte sie und legte ihren Schal beiseite, »nur ein bisschen überrascht. Die Wäschekammer werde ich jedenfalls nicht mehr betreten können, ohne daran zu denken, wie du mich darin geküsst hast.« Unwillkürlich berührte sie ihre Lippen mit den Fingerspitzen und sah ihn mit einem Lächeln an. »Vielleicht vergesse ich es doch. Um ehrlich zu sein, ich weiß gar nicht mehr, wie das ist, von einem Wikinger geküsst zu werden.« Damit lehnte sie sich ihm entgegen.

Er zog sie näher und raunte ihr ins Ohr: »Ich könnte deine Erinnerung auffrischen.« Seine Haare kitzelten sie am Hals, Thór roch gut. Nach dem Rasierwasser, das in ihrem Bad stand und an dem sie schon ein paarmal geschnuppert hatte, nach den Gewürzen, die er zum Kochen verwendet hatte, und seinem für sie unverwechselbaren eigenen Duft von Leder und wilder Heide. Isving drehte den Kopf zur Seite, damit sein Mund der imaginären Linie weiter folgen konnte, die ihn vom Ohr den Hals hinab zu ihrem Dekolleté führte. Sie spürte, wie sich die feinen Härchen auf ihrer Haut aufstellten, und hielt ganz still, während er ihr mit dem Zeigefinger über den Brustansatz fuhr. Als er sie endlich richtig küsste, schmiegte sie sich dicht an ihn. Sie hatte ganz vergessen, wie es war, von einem Mann auf diese intime Weise berührt und gehalten zu werden, wie es sich anfühlte, wenn ihre Brüste sich erwartungsvoll spannten.

Und dann hob er sie einfach hoch, als wöge sie nichts, trug sie ins Schlafzimmer und schloss die Tür mit dem Fuß. »Pünktchen«, sagte er lächelnd.

Isving kniete auf ihrem Bett und zog sich den Pullover über den Kopf. Sie wusste, was Thór sah, denn sie hatte sich ewig in ihrer Unterwäsche vor dem Spiegel gedreht, bevor sie sich für diesen sündhaft teuren BH entschieden hatte, in der Gewissheit, dass nur sie ihn jemals zu sehen bekommen würde. Als sie die Arme hinter den Rücken schob, um ihren Rock zu öffnen, spannte sich ihr Körper, was ihm ein Stöhnen entlockte. Im Nu war er bei ihr auf dem Bett, und Isving dachte, dass es schnell gehen würde, was einerseits schade war, aber andererseits genau das, wonach ihr Körper sich jetzt sehnte.

Aber er hatte offenbar andere Pläne und machte dort

weiter, wo er in der Küche mit dem Küssen aufgehört hatte. Ihr BH öffnete sich irgendwann von selbst, sie zog an seinem T-Shirt und dann ungeduldig am Gürtel. Dann stand er einen Augenblick nackt vor dem Bett, bevor er sich zu ihr legte.

»Ich werde jede Sommersprosse küssen«, sagte Thór, und als sie sich nach einer Weile für seine Zärtlichkeiten revanchieren wollte, weil sie vor Wonne zu explodieren drohte, ließ er es nicht zu. »Das ist alles nur für dich, mein Lieb«, raunte er in ihren Bauchnabel, und ein Zittern lief durch Isvings Körper, das ihm nicht verborgen blieb.

Dieses zufriedene Lachen, das nichts anderes bedeutete, als dass er genau wusste, welche Macht er in diesem Augenblick über sie besaß, ließ Isving erneut erschauern. Dann hob sie die Hüften, damit er ihr das Höschen abstreifen konnte, und öffnete sich ihm ohne Scheu.

Als wüsste Thór ganz genau, was sie sich wünschte, küsste und liebkoste er ihre Vulva auf eine nie gekannte Weise, bis sie die Finger in die Kissen presste, um nicht laut zu schreien, und die erste Welle kam, gefolgt von weiteren. Tränen des Glücks liefen ihr übers Gesicht. Thór hielt sie in seinen Armen, flüsterte unverständliche Worte, wiegte Isving und küsste ihr die Tränen fort.

Nachdem sich ihr Atem allmählich beruhigt hatte, begann er von vorn, und als Isving so weit war, glitt Thór behutsam in sie hinein, immer bereit zu verharren, damit sie sich an ihn gewöhnen konnte. Es dauerte nicht lange, da kam sie ihm entgegen, und beide fanden einen Rhythmus, der sie schließlich gemeinsam davontrug.

Während der Mann neben ihr um Atem rang und sein

Herz wild galoppierte, legte sie ihm den Kopf auf die Brust und dachte, umfangen von seinem Arm, dass sie noch niemals zuvor in ihrem Leben ein solches Glück empfunden hatte. Es kam ihr vor, als wären sie beide explodiert wie Sterne, hätten für einen Augenblick schwerelos zwischen den Welten getanzt und sich danach aus buntem Polarlicht und purer Magie neu geformt. Äußerlich die gleichen wie zuvor und doch vollkommen anders. Thór war es spielend gelungen, ihre Seele zu öffnen und darin lichte, magische Spuren zu hinterlassen, die lange bleiben würden, selbst wenn er jetzt aufstünde und nie wieder zu ihr zurückkehrte.

Danach sah es allerdings nicht aus, denn er beugte sich über Isving und gab ihr einen zärtlichen Kuss. »Du hast mich verzaubert. Gib zu, du bist die Herrin vom Álfhóll und hast mein Herz mit einer unwiderstehlichen Magie gefüllt, um es in eine Feder verwandelt wie eine Trophäe deinen glitzernden Eisschwingen hinzuzufügen.«

»Du sagst so merkwürdige Dinge.« Sie richtete sich auf und sah ihm tief in die Augen. »Kann es sein, dass du ein Elf bist, der gekommen ist, um mich zu verführen? Hast du es vielleicht auf meine heißen Quellen abgesehen?«

Lachend ließ er sich rücklings in die Kissen fallen. »Das kann schon sein. Was will ein Eisvogel schon damit anfangen?«

»Baden vielleicht?«

»Und sich in Sirenengesängen üben.«

»Oh, ich wusste es. Du hast mich belauscht.« Empört suchte sie nach etwas, das sie ihm an den Kopf werfen konnte. Doch er setzte sich ebenfalls auf und hielt sie an den Handgelenken fest. »Was muss ich tun, damit du mir verzeihst?«

»Ich werde mir etwas ausdenken. Aber mal im Ernst: Ich bin froh, dass du es warst. Und noch froher bin ich, dass du dich nicht über mich lustig machst. Es ist eine etwas peinliche Angewohnheit, bei allen möglichen Songs lauthals mitzusingen, und dann auch noch mit eigenen Texten.«

»Wie bitte?« Fassungslos sah er sie an. »Du hast eine wunderschöne Stimme, das habe ich dir schon mal gesagt, erinnerst du dich? Es ist mein voller Ernst.«

»Danke«, sagte sie verlegen und griff nach einem Shirt, um es sich überzuziehen. Es gehörte Thór, und sie versank darin. Isving musste kichern. »Apropos Álfhóll, was hältst du von einem heißen Bad?«, fragte sie, um irgendetwas zu sagen.

»Großartige Idee. Ich bin dabei«, sagte er und stieg aus dem Bett, um seine Sachen zusammenzusuchen, die auf dem Boden verstreut herumlagen.

Nachdem sie geduscht waren, was zu weiteren erotischen Verwicklungen geführt hatte, gingen sie durch die klare Nacht zum Hot Pot.

»Dieses ständige An- und Ausziehen kann lästig werden«, sagt Isving und ließ sich eilig ins warme Wasser gleiten. »Hu! Es ist noch sehr heiß.«

Thór pumpte mehr Quellwasser ins Becken und folgte ihr.

»Das Beste an den Hot Pots ist die Schwerelosigkeit«, sagte sie, nachdem beide eine ganze Weile schweigend Seite an Seite in den Himmel gesehen hatten.

Manche Männer meinten, Frauen wären beeindruckt,

wenn sie über sich selbst sprachen: *Mein Haus, mein Boot und wie ich neulich meinen Chef über den Tisch gezogen habe.* Thór hingegen sprach nicht, und das irritierte sie.

»Ja«, sagte er und hatte so ein seltsames Leuchten im Blick.

Hoffentlich wird er jetzt nicht komisch, dachte sie. Es hatte heute nur einen peinlichen Moment zwischen ihnen gegeben. Das war, als ihm klar wurde, dass er kein Kondom in Reichweite hatte. So sicher war er dann also doch nicht gewesen, dass sie mit ihm schlafen würde. Isving fand das beruhigend.

Dann aber hatte er genau beobachtet, wie sie die Schublade des Nachtschranks aufgezogen und eines herausgenommen hatte. Gabrielle hatte eine ganze Schachtel vergessen oder vielleicht auch absichtlich liegen gelassen. Sie hatte sich darüber lustig gemacht, dass Isving seit ihrem Umzug nach Island keinen Sex mehr gehabt hatte, aber das musste sie Thór ja nicht auf die Nase binden.

Gerade wollte sie einen neuen Versuch starten, ihn zum Plaudern zu bringen, da summte er plötzlich gedankenverloren eine Melodie.

Alarmiert sah sie ihn an. Nun klopfte er dazu mit den Fingern einen Rhythmus auf die metallene Leiter, die ins Becken hineinführte.

Endlich begriff Isving, was vor sich ging. Offenbar hatte er einen neuen Song im Kopf. Sie hörte genauer hin. Eine zarte Melodie, der Rhythmus ungewöhnlich und beides nicht vergleichbar mit dem, was sie von den Splendid Pirates kannte. Zuerst summte sie nur den Refrain leise mit, dann reihte sie einfach Worte aneinander, die ihr zu der Melodie in den Sinn kamen. Die Melodie gefiel ihr immer besser. Isving sang ein Lied, das sie noch nie zuvor gehört hatte, empfand dabei ein tiefes Glücksgefühl und ließ schließlich wehmütig den letzten Ton wie den zarten Schleier eines Polarlichts durch die Felsen davonziehen.

»Es ist zauberhaft«, sagte sie ein wenig außer Atem und wandte sich zu Thór, der sie vollkommen fassungslos ansah.

»Entschuldige. Habe ich dich aus dem Takt gebracht? Es tut mir leid«, versuchte sie sich zu erklären. »Manchmal ist ein Lied so schön, dass ich einfach mitsingen muss.«

»Es war – magisch. Du hast genau das gesungen, was ich mir vorgestellt habe.« Er schloss sie in seine Arme. »Isving, es hört sich vielleicht seltsam an, aber ich glaube, du bist eine Muse.«

»Elfe, Zauberin und jetzt Muse. Ich fürchte, du überschätzt mich maßlos«, sagte sie lachend. »Zu viel der Ehre. Ich habe nur umgesetzt, was du vorgegeben hast. Der Elf bist du, habe ich ja gleich gesagt.«

Er lachte, wurde aber schnell ernst. »Isving, es tut mir leid. Ich muss das aufschreiben …«

Sie wusste genau, wie flüchtig solche Momente sein konnten. »Natürlich. Geh du schon mal vor, ich komme dann nach.«

»Nein, ich brauche dich – bitte, Isving.«

Hand in Hand liefen sie zum Haus zurück, und während sich Isving noch die Haare frottierte, saß er schon vor dem Tablet und hantierte mit einer App.

Kurz darauf später verband sie ihre Kopfhörer mit seinem Tablet und lauschte der Melodie, während sie sich

Zöpfe flocht. »Ja, das ist es fast.« Sie schloss die Augen und versuchte, sich zu erinnern. Farben formten sich zu einer Melodie, und sie begann zu singen, korrigierte sich ein paarmal, setzte neu an, sang und ließ sich schließlich auf den Küchenstuhl fallen. »So ungefähr«, sagte sie und öffnete die Augen.

»So ganz genau!« Thór küsste sie, und es war gut, dass er alles aufgezeichnet hatte, denn wenig später bestanden sie beide nur noch aus Sinnlichkeit und Lust.

22

»Sieh dir an, wie sie strahlt«, sagte Katla und knuffte Isving freundschaftlich in die Seite.

Ursi wischte ein Tablett ab und sah auf. »Was ist passiert?«

»*Der schöne Mann* ist passiert.« Katla lachte, als sich Isvings Wangen röteten, schenkte drei Tassen Kaffee ein und stellte sie auf den Küchentisch. »Erzähl schon! Wie ist er so?«

Ursi setzte sich und schaufelte zwei Teelöffel Zucker in ihre Tasse. »So sind die Isländerinnen. Sex ist immer ein Thema.«

Sie war mit zwanzig Jahren auf die Insel gekommen. Die Österreicherin hatte nur einen Sommerjob machen wollen, aber dann hatte sie sich verliebt und zwei Kinder bekommen. Seit einem Jahr lebte sie getrennt von deren Vater und zusammen mit Jökull. Inzwischen war sie emanzipiert genug, um so frei über Sex und ihre Bedürfnisse zu sprechen wie die meisten jüngeren Isländerinnen: »Erzähl schon!«

»Sagen wir mal so: Es passt.« Isving lachte, als sie die Gesichter der beiden Frauen sah. »Okay, es war toll. Großartig, fantastisch. Den gebe ich nicht mehr her.« Sie erzählte, wie viel Zeit er sich gelassen hatte, ihre Vorlieben herauszufinden, und wie sie mitten in der Nacht am Álfhóll gebadet hatten. Nur das gemeinsame Musikmachen musste Isving verschweigen, wenn sie nicht verraten wollte, was ihn so lange belastet hatte. Dabei hatte es sie ebenso glücklich gemacht, wie mit Thór zu schlafen.

»Hört sich super an. Man sollte gar nicht meinen, dass er Isländer ist«, sagte Ursi.

»Wieso? Bist du etwa nicht zufrieden mit deinem Jökull?«

»Doch, klar. Man muss sie sich halt ein bisschen erziehen. Er sagt übrigens, euer *schöner Mann* will sich bei einem Anwalt erkundigen, ob man verhindern kann, dass Óskar Ragnarsson seine Tierquälereien auch hier in Kópavík macht. Wenn ihr mich fragt, ich bin froh, dass die Fabrik im Herbst schließt.«

»Das sehen aber nicht alle so«, sagte Katla. »Die Leute müssen von irgendwas leben, und der Tourismus wirft nicht genug ab.«

»Okay, die Saisonarbeiter fallen natürlich weg. Für sie ist es bitter, aber der Rest arbeitet doch schon längst nicht mehr dort.«

»Wenn sie wegbleiben, machen die Geschäfte weniger Umsatz. Emil hat neulich erzählt, Þórdís Einarsdóttir findet niemanden, der ihren Supermarkt weiterführen will, und die N1-Tankstelle will auf Automaten umstellen. Wäre nicht die Autowerkstatt nebenan, gäbe es vielleicht bald auch keinen Shop mehr.«

»Wir müssen Kópavík attraktiver machen«, sagte Ursi nachdenklich. »Die Tankstelle mit dem Diner müsste renoviert werden. Die Touristen wollen hier einkaufen und essen gehen.«

Isving mischte sich ein: »Aber wir haben schon ein paar Besonderheiten. Heiße Quellen gibt es selten in den Westfjorden. Wir haben sie und ein neues Schwimmbad noch dazu.«

Dabei dachte sie, wie merkwürdig es war, dass sie das Bad so selten besuchte. Von der Neurologin wusste Isving, wie hilfreich Ausdauersport sein konnte, um die Krankheit in Schach zu halten. Beim Schwimmen hätte sie vielleicht nicht solche Schmerzen wie beim Joggen, das sie kürzlich probiert hatte, aber nach nicht mal einem Kilometer abbrechen musste.

Ursi führte derweil ihre Aufzählung fort: »Am Campingplatz beginnt ein schöner Strand, und an den Trollsteinen kann man Seehunde beobachten.«

Isving stimmte ihr zu. »Nicht zu vergessen Vingólf, der Hof von Kristín Stefansdóttir. Sehr viele Leute lieben unsere Pferde. Außerdem könnte man zusammenlegen und die Fischfabrik kaufen, wenn Óskar sie schließt. Das Gebäude ist einmalig, es wäre viel zu schade, es verrotten zu lassen«, sagte sie aufgeregt.

»Was willst du damit?« Katla schüttelte den Kopf.

»Ein Gemeindezentrum, Läden – was weiß ich.«

»Hast du eine Ahnung, wie lange es dauert, den Fischgeruch da rauszukriegen? Mein Vater war auch Fischer, und in seinem alten Schuppen riecht man das immer noch.«

Das hatte sie nicht bedacht, aber dann fiel ihr etwas ein: »Ein Festival. Wir könnten ein Sommer-Festival organisieren. Mit einer Bühne in der Fischhalle, und die Büros machen wir zu Schlafräumen. Wer sogar bei Eisregen im Matsch tanzt, dem macht ein bisschen toter Fisch auch nichts aus.«

Die beiden Frauen lachten, und Katla stand auf. »Wir sollten eine Tourismus-Gruppe gründen und alle Ideen sammeln.«

»Prima Idee. Außerdem braucht Kópavík eine gute Website und mehr Kontakte zu Reiseanbietern. Wir können uns nicht beklagen, diesen Sommer wird kein Zimmer lange leer stehen, aber der Winter …«

Das war etwas, worüber sie sich große Sorgen machte. Durch die zusätzlichen Personalkosten, die durch Gabrielles Weggang und ihre eigene Krankheit entstanden waren, hatte sie bisher nicht genug zurücklegen können, um über den Winter zu kommen.

»Na dann!« Ursi klatschte in die Hände. »Es gibt viel zu tun. Ich bin dabei. Vorausgesetzt, es schadet weder der Umwelt noch den Tieren.«

»Nachhaltiger Tourismus«, sagte Isving. »Damit müssen wir werben.«

Voller Begeisterung ging sie an ihren Schreibtisch drüben im Laden, um zu recherchieren, was andere Orte getan hatten, um für Touristen attraktiv zu werden.

Bis sie Zeit dafür fand, fielen ihr gegen Mittag allerdings beinahe die Augen zu. Die Recherche musste warten. Isving ging zu Katla und bat sie, ein Auge auf den Shop zu haben. Sie musste sich unbedingt für eine halbe Stunde hinlegen. Zum Glück war das Dachzimmer frei. Es wäre ihr unangenehm gewesen, Thór in diesem Zustand zu begegnen.

In den folgenden Tagen hatte sie viel damit zu tun, die Fatigue zu verbergen. Dass sie zuweilen unter Schmerzen litt und dann nicht weit gehen konnte, ohne zu humpeln, erklärte sie mit einer Sportverletzung aus Teenagerzeiten, die es tatsächlich gab – die Narbe an ihrem Knie war immer noch zu sehen. Dank der Schmerzmittel, die ihr die Ärztin für solche Phasen verschrieben hatte, hatte sie das aber einigermaßen im Griff, wenn sie sich ein wenig schonte. Trotzdem wollte sie auf die Ausritte nicht verzichten und hatte den heutigen Einkauf mit einem kurzen Ritt in die Natur verbunden, um in Ruhe über die Ereignisse der vergangenen Tage nachzudenken.

Es war klar, sie musste Thór irgendwann die Wahrheit sagen, aber nicht jetzt, da alles noch so frisch und zerbrechlich zwischen ihnen war. Vielleicht würde das, was sie im Augenblick füreinander empfanden, ja auch gar nicht lange halten, und in dem Fall wäre es schade, ihre Multiple Sklerose die Leichtigkeit einer Liebelei überschatten zu lassen.

Für sie war es allerdings schon jetzt mehr als das. Noch nie hatte es sich so richtig angefühlt, mit einem Mann zusammen zu sein. Es war nicht nur die Erotik, die sich von allem unterschied, was sie bisher kennengelernt hatte, was wenig genug war. Sie genoss es, mit ihm zu singen und gemeinsam etwas zu unternehmen oder einfach nur schweigend im warmen Wasser zu sitzen und den Himmel zu betrachten.

Die Seite mit dem Hinweis auf ihren Álfhóll-Hot Pot entfernte sie aus der Mappe, die in jedem der Pensionszimmer lag und in der sie ihre Gäste über die Angebote von Kópavík informierte. Sie genoss die gemeinsame Stunde am Abend mit Thór zu sehr, als dass sie *ihren Elfenhügel* mit Touristen teilen wollte. Die Becken am Hafen waren ohnehin beliebter, weil das Wasser nicht so heiß war und es dort unten ein Häuschen gab, in dem man sich duschen und umziehen konnte. Und vielleicht auch wegen der Elfen, die hier oben am Berg spuken sollten. Einige Urlauber waren so verrückt nach Elfen- und Trollgeschichten, dass sie inzwischen überlegte, ihre eigenen in einem Bändchen drucken zu lassen und im Laden zu verkaufen. Dafür müssten die Geschichten allerdings übersetzt werden. Am besten gleich auch ins Deutsche, denn diese Touristen interessierten sich besonders dafür und fragten immer wieder, ob es denn wirklich eine Elfenbeauftragte in Island gäbe und man Straßen um Elfenhügel herumleitet, um sich keinen Ärger einzuhandeln. Selbstverständlich bestätigten alle, dass es so war. Obwohl die meisten Isländer heute nicht mehr an das stille Volk glaubten, dachten wohl viele von ihnen, dass es auch nicht schaden könnte, die alten Regeln zu respektieren. Thór allerdings machte keinen Hehl daraus, dass sie für ihn noch Gültigkeit hatten. Die Tätowierungen waren der beste Beweis dafür: Sie enthielten magische Symbole, und unter den Liedern der Splendid Pirates gab es einige, die sich mit nordischen und keltischen Themen befassten.

»Ach, Pünktchen. Was mache ich nur?«

Doch der Hund wusste keine Antwort. Pünktchen lebte im Hier und Jetzt. Was nicht hieß, dass sie vergaß, wenn ihr jemand etwas Gutes – oder auch Schlechtes – tat. Aber sie schien das Leben so zu nehmen, wie es kam. Was blieb ihr auch übrig? Mit Stjarni verhielt es sich nicht anders. Sie hätte gern noch länger Gras gerupft, aber als sich Isving von dem Felsen gleiten ließ, auf dem sie gesessen und über den Strand geschaut hatte, hob sie den Kopf und schnaubte.

Auch Isving war inzwischen mehr denn je wild entschlossen, das Leben zu genießen, solange es ihr noch möglich war. Deshalb hatte sie sich letztlich auch auf Thór eingelassen, obwohl die Chancen, dass mehr als eine Sommerliebe daraus werden würde, nicht groß waren. Wenn überhaupt. Der Rockstar und die Köchin. Es grauste ihr bei dem Gedanken daran, was in der Klatschpresse stehen würde, wenn die Affäre herauskäme. Und das würde sie, daran zweifelte sie keine Sekunde lang. Aber bis dahin würde sie annehmen, was das Leben ihnen so überraschend geschenkt hatte. Wie viel Zeit würde bleiben, bis die Krankheit die Nerven in ihrem Gehirn so sehr geschädigt hatte, dass sie auf fremde Hilfe angewiesen wäre?

Und noch etwas beschäftigte sie: Diesen Sommer trug sie die Verantwortung für das Café und die Mitarbeiterinnen, und das würde sie auch durchziehen, aber allmählich reifte die Erkenntnis in ihr, dass der Traum vom *Café am Ende des Fjords*, wie Gabrielle und sie ihr Projekt anfangs genannt hatten, sehr wahrscheinlich nicht die letzte Station in ihrem Leben sein würde. Irgendwann wäre sie zu krank, um weitab von ärztlicher Versorgung zu leben. Schon im nächsten Winter konnte es kritisch werden, wenn sie einen Schub bekäme, während die Pässe unbefahrbar waren. Selbst ein SAR-Hubschrauber konnte bei extrem schlechtem Wetter nicht immer landen.

Vielleicht hätte sie doch zu Ende studieren und einen sicheren Job in irgendeinem Büro annehmen sollen, statt als ungelernte Köchin für ihren Bruder zu arbeiten. Aber damals war es der perfekte Deal gewesen: Er beschützte sie vor der Welt, und dafür half sie ihm, Karriere zu machen. Dann wäre sie jetzt wenigstens abgesichert. Aber sie hatte nicht wissen können, welche Zukunft das Schicksal für sie bereithielt, und außerdem wäre sie dann sicher nie nach Island gezogen.

»No Risk, no Fun!«, rief sie in den Wind und drückte Stjarni die Fersen in die Flanken, bis das Pferd mit dem Wind um die Wette über den Strand flog, der Hund abgeschlagen, aber nicht willens, das Rennen vor dem Ziel aufzugeben.

Nach ihrer Rückkehr versorgte sie beide Tiere und ging zu Kristín, um Eier und frisch geschlachtete Hühner zu kaufen. Die Hofbesitzerin lud sie zu einem Tee ein, und Isving erzählte ihr von dem Gespräch, das sie mit Katla und Ursi geführt hatte.

»Ich bin dabei. Eine eigene Website für Kópavík kann nicht schaden, aber wichtiger ist es, bei *Visit Iceland* gelistet zu sein. Das ist nun mal Islands offizielle Tourismus-Webseite.«

»Du klingst, als würdest du dich auskennen.«

»Ich habe neben dem Studium in der Branche gejobbt.«

Isving notierte sich die Webadresse, fragte aber nicht, warum Kristín hier auf dem Pferdehof saß, statt in Reykjavík gutes Geld mit ihrem Wissen zu verdienen. »Was könnte man noch anbieten, damit die Leute Lust auf Kópavík bekommen?«

Kristín sah sie nachdenklich an. »Die Leute von Ísafjörður haben viel richtig gemacht, aber eben auch ein paar

Fehler. Ich sehe mir die Sache mal genauer an, und dann reden wir weiter.«

»Super!« Spontan umarmte Isving die herbe Frau, die sie immer für ziemlich reserviert gehalten hatte. »Weißt du zufällig, wer das Grand Hotel gekauft hat? Es ist zwar seit zwei Wochen geschlossen, aber renoviert wird noch nicht. Niemand konnte mir die Frage beantworten, es scheint ein großes Geheimnis zu sein.«

»Nichts, was sich nicht herausfinden ließe«, sagte Kristín. »Du hast recht, wer auch immer dahintersteckt, wir sollten ihn – oder sie – mit ins Boot nehmen.«

Beschwingt fuhr Isving zurück zum Café. Gerade rechtzeitig, um die Küche von Katla zu übernehmen, die gleich zur Chorprobe musste.

»Ich habe dich neulich singen hören«, sagte Katla und zog ihren Mantel an. »Du weißt, wir sind für den Contest nominiert?«

Natürlich wusste sie, dass der Frauenchor von Kópavík durch ein ziemlich undurchsichtiges Auswahlverfahren die Chance bekommen hatte, später im Jahr zu einem nationalen Chorwettbewerb in Reykjavík zu reisen. Die Nachricht hatte in allen Gazetten gestanden, an denen selbst ein Einsiedler nicht vorbeigehen konnte, und sie hatten überlegt, wie man das für den Tourismus nutzen könnte. »Ich weiß«, sagte sie schließlich. »Ihr werdet das schon schaffen.«

»Nicht ohne eine besondere Stimme.«

»Katla, ich singe ganz gern. Aber ich singe immer, ohne nachzudenken. Sobald es um Noten und Arrangements geht, versage ich total.«

»Lass es uns doch bitte wenigstens mal ausprobieren.«

Isving wusste, dass sie Katla diesen Gefallen schuldig war. Würde es eine andere Möglichkeit geben, sich erkenntlich zu zeigen für all die Hilfe, die sie von ihr bekam? Ganz abgesehen davon, dass sie dichthielt, wenn es um Thórs Geheimnis ging.

»Meinetwegen.« Sie gab sich lässig, doch ihr Herz trommelte einen vehementen Protest. »Wir können zusammen probieren, aber öffentlich singe ich ganz sicher nicht.«

»Musst du nicht. Notfalls nehmen wir deine Passagen vorher auf und schneiden sie rein. Alexander sagt, er würde uns dabei helfen.«

Wider Willen lachte Isving. »Notfalls wie in: Die Sängerin ist vor Schüchternheit verstummt?«

»So ungefähr«, entgegnete Katla und sah sie erwartungsvoll an.

»Meinetwegen, lass es uns probieren.«

23

Am folgenden Abend fand ein Bürgertreffen statt, das Ursi angeregt hatte. Fast alle Hausgäste waren mit Jökull zu einem *Midsummer Whale Watching* mit Picknick unterwegs, deshalb hatte Isving ihr Café als Versammlungsraum zur Verfügung gestellt.

Einige Kópavíker kamen bestimmt aus Neugier, weil sie unter anderen Umständen keinen Fuß ins Kaffi Vestfirðir der Dänin gesetzt hätten. Alle aber nahmen gern die Snacks entgegen, die sie am Nachmittag gemeinsam mit Katla zubereitet hatte, und dass es später *Einstök* Bier geben würde, war gewiss ebenfalls ein nicht zu unterschätzender Anreiz.

Katla, die jeder hier am Fjord als eine Tochter der Region und eine von ihnen kannte, eröffnete die Veranstaltung. Mit wenigen Worten umriss sie das Problem: »Die Fischfabrik wird so oder so geschlossen, sie ist zu klein, um rentabel zu sein. Óskar Ragnarsson weiß das, aber er braucht einen Platz, an dem er die Wale auseinandernehmen kann, ohne dass sofort die Presse Wind davon bekommt. Wir alle wissen, wie weit der Weg nach Reykjavík ist.«

Lachen und zustimmendes Murmeln ertönte, bevor sie fortfuhr: »Deshalb müssen wir uns nach anderen Einnahmequellen umsehen, wenn Kópavík nicht von der Landkarte verschwinden soll.« Danach erläuterte sie ihre bisherigen Ideen. »Um das klar zu sagen: »Wir fangen gerade erst an zu sammeln. Wenn euch etwas einfällt, sagt es mir oder meldet euch bei unserer Facebook-Gruppe an.«

»Wenn Óskar die Fabrik schließt, können wir einpacken«, murrte einer der Fischer, andere fielen ein. »Die Ökos machen uns alle kaputt. Erst die Fangquoten, und jetzt darf man nicht mal mehr einen Wal fangen. Ich sag ja nicht, dass die alle abgeschlachtet werden sollen. Aber wir Isländer sind doch die Einzigen, die ihre Fischbestände im Griff haben.«

Katla lächelte ihn an. »Das stimmt, Tjelvar. Wir sind gut darin, und die Fischindustrie ist wichtig für Island. Mit den Walen ist es anders. Sie sind intelligente Lebewesen, und wir wissen viel zu wenig über diese Tiere, um sie auszurotten. Es gibt höchstens noch zehntausend Blauwale – weltweit.«

»Genau!«, sagte eine der Frauen aus ihrem Chor. »Dabei stehen sie schon seit den Sechzigern unter Artenschutz.«

Eine junge Frau stand auf. Isving kannte sie nicht. »Das ist doch nur wieder so ein Macho-Ding. Ihr wollt die Tiere töten, weil ihr es könnt. Erbärmlich!«

Unruhe entstand. Die ältere Frau neben ihr zog sie am Ärmel und zischte ihr etwas zu, bis sie sich setzte.

Jökull stand auf, und Isving dachte schon, er wolle Streit anfangen. Doch dann sagte der große Mann ruhig: »Unsere Vorfahren haben dieses Land von den Göttern geschenkt bekommen, als sie in großer Not waren. Trotzdem haben sie die wenigen Wälder abgeholzt und uns damit eine Menge Probleme hinterlassen. Um die Böden fruchtbarer zu machen, hat man Lupinen ausgesät. Sie sind ein hübsches Fotomotiv, gebe ich zu, aber sie verdrängen inzwischen unsere einheimischen Pflanzen. Man wusste es damals oft nicht besser, wir schon. Wollen wir wirklich so dumm sein, einen Fehler zweimal zu machen? Dieses Land ernährt uns, aber noch viel wichtiger: Es ist unsere Heimat.« Jetzt sah er zu den Fischern: »Ihr sprecht von der isländischen Kultur, und ich weiß, ihr liebt dieses Land. Wir alle lieben es, und was wir lieben, wollen wir nicht zerstören. Hört auf Katla, sie ist eine kluge Frau.«

Applaus brauste auf.

»Danke, Jökull«, sagte Katla und wartete, bis das Gerede leiser wurde. »Ob Wale gefangen werden oder nicht, wird an anderer Stelle entschieden. Ihr wisst, dass ich lange fürs Ministerium gearbeitet habe und einiges dazu sagen könnte, aber hier geht es um etwas anderes: Außer einem kleinen Gehalt, von dem sowieso niemand leben kann, bringt uns die Fischfabrik rein gar nichts. Ragnar hat sein Geld schon lange anderswo gemacht, aber er hat seine Heimat immer unterstützt und die Fabrik deshalb weiter betrieben. Sein Sohn interessiert sich nicht für uns. Wenn wir ihm jetzt entgegenkommen, kann er nächstes Jahr trotzdem zumachen.« Sie trank einen Schluck Wasser und sprach weiter: »Die Touristen kommen in unser Land, um eine unberührte Natur zu erleben, die es bei ihnen längst nicht mehr gibt. Mir ist klar, dass es ein Balanceakt wird, aber unsere einzigartige Natur ist unser Kapital. Damit das so bleibt, müssen wir sie erhalten. Aber Bilder von geschlachteten Walleibern, aus denen ungeborenes

Leben quillt, werden auf ewig mit Kópavík verbunden bleiben. So funktioniert das Internet, ob es euch nun gefällt oder nicht.«

Isving fand, dass sie alles gehört hatte. Es war nicht ihr Streit, sondern einer, der die Grundfesten der isländischen Kultur berührte. Die Wikinger waren nicht zimperlich mit dem Eis-Land umgegangen, das sie sich erobert hatten. Die wenigen Birkenwälder waren abgeholzt worden, ohne dass je etwas nachwuchs, die Schafe fraßen alles ab, und auch die Pferde streiften durch ein Land, in dem früher Robben und Polarfüchse die einzigen Säugetiere gewesen waren. Gelegentliche Besuche von Eisbären gab es, aber die zählten nicht. Dänemark hatte dieses Land lange regiert und ausgebeutet. Auch deshalb hielt sie sich lieber zurück. Auf welcher Seite sie stand, wurde auch so deutlich. Immerhin tagte man in ihrem Café.

Leise erhob sie sich von ihrem Stuhl in der letzten Reihe und ging in die Küche. Wenn sie aufstand, schmerzte ihr Bein immer besonders stark, und es brauchte ein paar Schritte, bis das Humpeln verschwand. Sie nahm sich einen Kaffee, setzte sich an den Küchentisch und zog die Schublade auf, in der sie ihre Schmerztabletten aufbewahrte.

»Alles in Ordnung? Kann ich dir was Gutes tun?« Thór war ihr gefolgt.

»Ein Glas Wasser?«, sagte sie und lächelte. Als er sich umdrehte, um ihr den Wunsch zu erfüllen, drückte sie schnell zwei Tabletten aus dem Blister und ließ die Schachtel in der Schublade verschwinden.

»Darf ich dich was fragen?« Thór stelle das Wasserglas

vor ihr auf den Tisch und bückte sich, um Pünktchen zu streicheln, während er auf der Bank ihr gegenüber Platz nahm.

»Sicher, alles«, sagte sie und würgte die Tabletten hinunter.

»Daniel, unser Sänger, möchte sich Alexanders Studio ansehen. Ich fände es schön, wenn er im Kaffi Vestfirðir wohnen könnte. Der Termin ist flexibel, irgendwann in den nächsten Tagen oder auch Wochen.«

Sie hatte befürchtet, er wolle mehr über ihre Schmerzen wissen. Erleichtert stand Isving auf und sagte: »Das kann ich gleich nachsehen. Kommst du?«

Drüben im Café wurde immer noch diskutiert. Lautlos glitt sie hinter ihren Schreibtisch und zog einen Hocker für Thór hervor, auf dem sonst Katla saß, wenn sie den Plan für die kommende Woche machten.

»Dein Freund kommt allein?«

»Ich denke schon.«

»Wir hätten ab übermorgen ein Doppelzimmer für fünf Tage frei. Die Leute haben gestern storniert. Oder danach das Dreibettzimmer.«

»Er nimmt beides.«

»Willst du ihn nicht vorher fragen?«

»Nein.«

»Meinetwegen, aber ich brauche seine Daten, um die Reservierung bestätigen zu können.«

»Kriegst du. Sind wir hier jetzt fertig?« Thór legte seinen Arm um ihre Taille.

Sie hätte protestieren müssen, aber seine Nähe fühlte sich einfach zu gut an. »Ich nicht«, sagte sie dennoch tapfer.

»Doch, ich glaube schon.« Thór nahm Zettel und Stift, mit dem er eine Nachricht für Katla schrieb. »Komm, die beiden können den Rest nach der Versammlung erledigen«, sagte er und schob sie zurück in die Küche, wo er den Zettel im Hinausgehen auf den Küchentisch legte.

Während Isving ihre *Chefinnen-Kleidung* auszog, bereitete Thór ein Abendessen vor. Daran könnte sie sich gewöhnen.

»Heiße Schokolade?« Vorsichtig nahm sie die dampfende Tasse entgegen.

»Genau das Richtige für einen solchen Tag.«

»Was stimmt nicht mit dem Tag?«

Nach einem Kuss auf ihre Nasenspitze setzte er sich. »Ich glaube, du hast heute eine Sommersprosse verloren. Das stimmt mich traurig. Oh, heiß!« Er hatte einen Schluck getrunken und stellte seine Tasse hastig ab. »Im Ernst, Isving. Du nimmst Schmerztabletten, und Alexander hat erzählt, du wärst krank gewesen.«

Verflixte Gerüchteküche. War es jetzt so weit, dass sie ihm von ihrer Krankheit erzählen musste? Sie wollte den Zeitpunkt selbst bestimmen, und noch war sie nicht so weit. Also lächelte sie und sagte: »Das stimmt. Ich bin von der Treppe gefallen, und Gabrielle hat mich ins Krankenhaus fliegen lassen, weil sie dachte, ich hätte mir alles Mögliche gebrochen. Aber es waren nur Prellungen, und ich konnte bald wieder nach Hause. Allerdings habe ich mir auch die Bänder im Bein gezerrt, und das scheint langwieriger zu sein, als ich gedacht habe.« Es war nicht gelogen, beruhigte sie sich. Nur eben auch nicht die ganze Wahrheit.

»Und warum hast du gesagt, der Schmerz käme von einer Verletzung aus Kindertagen?«

»Weil das auf der gleichen Seite ist und ich es manchmal nicht auseinanderhalten kann. Ich wollte dich nicht beunruhigen …«, fügte sie leise hinzu.

Durchdringend sah er sie einen Augenblick an und griff dann wieder zu seiner Tasse. »Wir sind doch auch Freunde, Isving. Wenn es dir nicht gut geht, möchte ich das wissen. Okay?«

»Okay.« Sie zeigte aufs Tablet, das auf dem Tisch lag. »Hast du was Neues für mich?«

In den vergangenen Tagen hatten sie jede freie Minute mit Musik verbracht, und dabei waren einige gute Melodien herausgekommen, auch wenn die eigentlich nicht so recht zu den Splendid Pirates passten. Hauptsache war, dass er überhaupt wieder komponierte, und wenn sie ihm dabei helfen konnte, war es umso besser.

»Du bist ja schlimmer als unser Management«, sagte er fröhlich.

Das Thema Krankheit war vom Tisch, und Isving atmete erleichtert auf. Sie würde in Zukunft noch vorsichtiger sein müssen, damit er keinen Verdacht schöpfte.

»Ich habe etwas Neues, aber vorher möchte ich dir zeigen, was ich heute gemacht habe.« Thór startete eine App, und auf einmal war der Raum erfüllt von dem Song, den er ihr neulich vorgespielt hatte – mit ihrer Stimme. Es war seltsam, sich selbst so zu hören, gleichzeitig aber auch großartig, Teil seiner Musik zu sein und Anteil an etwas ganz Besonderem zu haben. Sie konnte nicht verhindern, dass ihr eine Träne über die Wange lief.

»So schrecklich?« Verunsichert sah er sie an.

Isving sprang auf und fiel ihm um den Hals. »So schön!

Ich wusste nicht, dass du mich aufgenommen hast. Himmel, hast du das alles mit dieser App gemischt?«

»Tolles Programm, oder?« Er zog sie zu sich auf den Schoß. »Aber nur, wenn der Input einzigartig ist, kann so was daraus werden.«

»Ach, du übertreibst.«

»Sicher nicht«, murmelte er. Seine Küsse schmeckten nach dunkler Schokolade, und bald vergaß Isving alles um sich herum.

24

Am übernächsten Tag beobachtete sie, wie ein Hubschrauber mitten auf der Straße unterhalb des Cafés landete. Zwei Männer stiegen aus, einer davon offensichtlich der Pilot. Wenig später hob der Heli wieder ab und flog in einem großen Bogen über den Fjord davon.

Ihr Telefon klingelte, und sie musste zurück an den Schreibtisch, weil der Lebensmittellieferant Fragen zu einer Bestellung hatte. Brokkoli könne er erst in der nächsten Woche liefern, aber Walfleisch, ganz zart aus der Flosse, habe er im Angebot. Am liebsten hätte sie den Mann gewürgt, aber er machte ja auch nur seinen Job, und außerdem arbeitete er für die einzige Firma, die einmal pro Woche nach Kópavík lieferte.

»Mistkerl«, sagte sie trotzdem, als sie aufgelegt hatte, um sich Luft zu machen.

»Guten Tag, ich hoffe, Sie meinen nicht mich«, sagte eine Stimme, die ganz klar nach britischer Oberklasse klang, was sie bei einem Schotten nicht erwartet hätte. Aber wahrscheinlich, dachte sie, hatte er eines dieser sündhaft teuren Elite-Internate besucht, bevor er Rockstar geworden war.

Isving stand auf und schenkte dem Gast ihr strahlendes Begrüßungslächeln. »Herzlich willkommen im Kaffi Vestfirðir. Thór wusste nicht, wann Sie kommen würden …«, und auf welche Weise, dachte sie. So viel zum Inkognito ihres Gasts. Der ganze Ort würde inzwischen wissen, dass jemand mit ziemlich viel Geld bei ihr abgestiegen war. »Ich werde nachsehen, ob das Zimmer schon fertig ist.«

Sie bot ihm einen Sitzplatz und Kaffee an, den er ablehnte, und lief hinauf in die Gästeetage, um das Zimmer noch einmal zu überprüfen. Geputzt war es, das hatte sie heute selbst gemacht.

Alles sah sauber aus, auf dem Schreibtisch stand ein Strauß Lupinen, sie passten perfekt zu den Farben des Zimmers. Eilig zog sie ihr Handy aus der Tasche und rief Thór an. »Dein Freund ist eingetroffen.«

Er antwortete mit einem Seufzer. »Ich habe den Hubschrauber gehört. Bin in zehn Minuten da.«

Isving ging also wieder hinunter und begleitete Daniel Thompson hinauf in sein Zimmer. Erleichtert bemerkte sie, wie er sich offenbar angenehm überrascht umsah und zum Fenster ging.

»Das ist ein sehr schönes Zimmer«, sagte er und drehte sich mit einem Lächeln um.

Schlagartig wurde ihr klar, warum Katlas Tochter – und mit ihr vermutlich Hunderttausende Mädchen und Frauen – ihn *süß* fanden. Wenn dieser Daniel keine Herzen zum Schmelzen bringen konnte, wer dann?

Rasch erklärte sie ihm die Abläufe im Haus. »Frühstück gibt es zwischen sieben und zehn Uhr. Wenn Sie zu Abend essen möchten, tragen Sie sich bitte morgens in die Liste ein. Thór sagt, Sie sind Vegetarier. Ich habe für heute etwas vorbereitet. Wir bieten zweimal pro Woche auch vegetarische oder vegane Gerichte an, aber in Island wird traditionell viel Fleisch gegessen.«

»Kein Problem«, sagte er leichthin. »Welches Zimmer hat Thór?«

»Er wohnt nicht hier im Haus.« Isving bewunderte die Art, wie er überrascht eine Augenbraue hob. Weniger erfreulich fand sie den wissenden Ausdruck in seinem Gesicht, als er sie scheinbar mit neuen Augen betrachtete. Sie hatte nicht das Gefühl, die Prüfung bestanden zu haben. Kühl sagte sie: »Ich habe ihn informiert, er wird gleich da sein. Einen schönen Tag wünsche ich Ihnen, und einen angenehmen Aufenthalt.«

Was dachte sich der Typ eigentlich, sie dermaßen zu taxieren? Ärgerlich rannte sie die Treppe hinunter in die Küche, um sich ein Glas Wasser zu holen, und lief dort Thór direkt in die Arme.

»Dein Freund ist ein arroganter Schnösel«, sagte sie und genoss die Wärme seiner Umarmung.

»So wirkt er auf Fremde. Aber er ist der beste Freund, den man sich wünschen kann.« Thór strich ihr eine Haarsträhne aus dem Gesicht. »Es tut mir leid, wenn er dich verärgert hat.«

»Alles gut«, sagte sie. »Er wartet schon auf dich.«

Weil heute in der Küche viel zu tun war, hatten sie vereinbart, dass die beiden Männer in ihrem Haus essen würden. Gemeinsam mit Thór, der darauf bestand, ihr zu helfen, hatte sie am Vormittag ein Jackfruit-Curry vorbereitet, das er nachher nur noch heiß machen musste. Damit war sie eine Sorge los. Hier würde es Lamm geben, und die meisten Gäste hatten sich dafür eingetragen.

»Wir müssen eine neue Kategorie einführen.« Katla stürmte in die Küche. »Wie bin ich froh, dass mein Kind in Spanien sitzt.«

»Was für eine Kategorie?«

»*Schönster Mann.* Ich nehme an, der junge Gott ist auch inkognito hier?«

»Na, so jung ist er auch nicht mehr. Aber ja, es ist besser, wir behalten für uns, wer er ist. Obwohl seine Ankunft heute wohl niemand überhört haben dürfte.«

»Er ist jünger als ich, steht bei Wikipedia. Was macht er eigentlich bei dir zu Hause, sammelst du neuerdings Männer?«

Katla nahm am liebsten den Pfad, der vom Hafen zum kleinen Haus hinaufführte, weil sie sagte, an der Straße entlangzugehen sei lebensgefährlich, so wie die Leute Auto fuhren.

Isving erzählte ihr von dem Arrangement, das sie mit Thór für heute Abend getroffen hatte. Danach besprachen sie andere Dinge, und die Zeit verging wie im Fluge. Bis alles aufgeräumt war und für den nächsten Tag vorbereitet, schlug die Uhr im Restaurant elf.

Vor ihrer Haustür verabschiedete sie sich schnell von Katla, denn es regnete. Pünktchen kam ihr entgegen, aber sonst war niemand da. Auf dem Küchentisch lag eine Nachricht: *Wir sind bei Alexander.*

Sie fand es schön, wenn Thór ihr handschriftliche Nachrichten schrieb, und steckte den Zettel in eine Schachtel, in der sie alle anderen auch schon aufbewahrte.

Das Handy piepste. Er schickte eine Nachricht, dass sie gegen sieben eine Stunde lang mit dem Hund draußen gewesen waren. Erleichtert, nur kurz vor die Tür zu müssen, sandte sie ihm einen Smiley zurück. Wenig später zog sie das Verdunkelungsrollo vor ihrem Fenster nach unten und legte sich ins Bett.

Es lag keine Nachricht auf dem Küchentisch, und Thór war diese Nacht nicht zu ihr gekommen. Pünktchen gefiel das, denn sie nahm seinen Platz ein und weckte Isving mit einem feuchten Schmatz, kurz bevor der Wecker klingelte.

Zusammen liefen sie rüber zum Vestfirðir, wo Pünktchen unter dem Küchentisch weiterschlief, während Isving versuchte, sich mit einem starken Kaffee ins Leben zurückzukatapultieren. Sie hatte schlecht geschlafen, und das lag nicht am Hund. So etwas wie Ausgeglichenheit stellte sich erst ein, als sie mit den Händen tief im Teig steckte.

Sie kochte gern und liebte es, in der Küche Neues auszuprobieren, aber die vielseitigere und talentiertere Köchin war Katla. Was Isving am täglichen Umgang mit Lebensmitteln begeisterte, war die Ursprünglichkeit, die sie damit verband, die Nähe zur Natur und zur Essenz des Lebens. Der Mensch konnte die fürchterlichsten Dinge überleben, doch entzog man ihm Getränk oder Nahrung, hatte er auf lange Sicht keine Chance.

Von allen Arbeiten in der Küche liebte sie das Brotbacken am meisten. Diese jahrtausendealte Tätigkeit übte eine besondere Faszination auf sie aus. Wie aus Wasser und Mehl mithilfe von Zutaten und kräftigem Kneten nebst Hitze ein so vielseitiges Nahrungsmittel entstehen konnte, begeisterte sie immer wieder aufs Neue.

Im Grunde verhielt es sich beim Musikmachen ebenso, jedenfalls für Isving. Es gab ein Grundrezept, und darauf baute sie ihren Gesang auf. Thór hatte das als Erster überhaupt verstanden, und allein das wäre schon Grund genug, ihn zu lieben.

Der Gedanke war kaum zu Ende gedacht, als sie innehielt. »Liebe ich ihn?«, fragte sie in die Stille hinein. Ihre Seele antwortete sofort, aber der Verstand bat sich wieder einmal Bedenkzeit aus.

Gegen zehn, die meisten Gäste hatten bereits gefrühstückt, tauchte Thór in der Küche auf und küsste sie, bis Katla sich räusperte, und lachte frech, als die Isländerin ihm in ihrer Muttersprache erklärte, dass Knutschereien am Herd zu gefährlichen Verletzungen führen konnten.

»Herrin des Feuers, darf ich Euch meine Muse kurz entführen?«, fragte er und verbeugte sich tief vor ihr.

»Hinfort mit Euch!« Katlas Lachen folgte ihnen bis in den Frühstücksraum.

Hand in Hand, und das war seine Idee gewesen, gingen sie zum Tisch, an dem Daniel mit lang ausgestreckten Beinen im Sessel lümmelte und sie mit schmalen Augen taxierte. Isving wäre am liebsten sofort umgekehrt.

»Das ist meine Muse«, sagte Thór und fügte nach einer kurzen Pause hinzu: »Isving, darf ich dir vorstellen: Dan Thompson, Baron of Irgendwas … bester Sänger und bester Freund überhaupt.«

Die Muse und der Freund taxierten einander schweigend. Schließlich stand Daniel auf und reichte ihr die Hand. »Thór hat mir deine Aufnahme vorgespielt. Ich bin beeindruckt.« Er setzte sich und fügte hinzu: »Ein überaus leckeres Frühstück. Singen und hausfrauliche Qualitäten. Mein Freund ist ein Glückspilz.«

25

»Ein arrogantes Arschloch! Ich hasse ihn.«

»Was für eine Ausdrucksweise«, sagte Katla sanft und stellte zwei Tassen Kaffee auf den Tisch.

»Thór hat mich als seine Muse vorgestellt.«

»Wenn er Thórs bester Freund ist, wie du erzählt hast, muss er in Ordnung sein«, sagte Katla. »Vielleicht will er nicht, dass du ihm das Herz brichst.«

»Ich? Wohl eher andersherum«, platzte es aus ihr heraus.

»Dann genieße es, solange es gut ist«, war Katlas Rat, bevor sie den Tagesplan besprachen.

Weil noch Zeit war, spielte sie ihren Song vor, obwohl es ihr ein wenig Bauchschmerzen machte, weil er ja eigentlich noch geheim war.

»Das wird ein Hit!« Katla strahlte.

»Es ist schön«, sagte sie. »Aber ich wüsste gern, wie ich das reproduzieren kann.«

»Wie?«

Isving erklärte ihr, was das Singen für sie bedeutete und wie sie sich in Melodien wie dieser verlieren konnte. »Ich habe es absolut nicht unter Kontrolle.«

»Hast du mit Thór darüber gesprochen?«

»Er nimmt es nicht ernst.«

»Oha. Lass mich nachdenken. Wir finden bestimmt eine Lösung.«

»Ich habe das doch nie gelernt.« Sie verschränkte die Arme vor der Brust. »Eigentlich kann ich gar nicht singen.«

»Na klar kannst du das. Unter uns: Wenn du nicht singen kannst, dann müssten achtzig Prozent der Bands heute abtreten. Du hast keine Ausbildung und weißt nicht, was du tun sollst, wenn die Melodien und die Inspiration dich überrollen. Das lässt sich aber lernen.«

»Von dir?«

»Zumindest könnte ich dir ein paar Tipps geben …«

»Der Chor«, sagte Isving.

Katla lachte. »Würde helfen, aber hey, wir sind doch Freundinnen. Wenn du willst, zeige ich dir ein paar Tricks. Ich habe angefangen, Musik zu studieren, bevor ich irgendwann in der Fischindustrie gelandet bin.«

»Das wäre sicher guter Stoff für einen Roman.«

»Unwahrscheinlich. Apropos, wie sieht es denn mit deinen Geschichten aus? Hast du sie endlich einem Verlag angeboten?«

»Hab ich. Einer Agentur – das macht man heute so. Mal abwarten, was draus wird.«

»Man kann auch selbst Bücher publizieren.«

»Ich weiß. Das ist definitiv Plan B.«

Isving wollte nicht weiter über ihre literarischen Ambitionen reden. Es gab ja kaum mehr einen Menschen auf dem Planeten, der noch kein eigenes Buch veröffentlicht hatte.

Katla schien das zu ahnen und sagte: »Mal was anderes: Du kommst doch heute Abend zur Party?«

Es hatte niemand Essen vorbestellt, was selten vorkam, auch Daniel nicht. Wahrscheinlich wollte er mit Alexander und Thór zum Jubiläumsfest des kleinen Restaurants am Hafen gehen, denn es sollte eine Band aus Reykjavík spielen. Isving fand es schade, dass der Betreiber neulich nicht zum Treffen der neuen Tourismus-Gruppe gekommen war. Denn genau solche Aktionen machten Kópavík auch interessant für Isländer, die in den Sommermonaten ebenfalls gern unterwegs waren, wenn ihre Jobs es erlaubten.

»Ich weiß nicht, ein schöner Spaziergang und nachher eine Stunde im Hot Pot klingen auch verlockend.« Isving hatte keine Lust auf Geselligkeit, sie fühlte sich müde und unerklärlich traurig. Dabei hätte sie eigentlich glücklich sein müssen. Sie war verliebt, ihr Herz funktionierte einwandfrei, es schlug schon schneller, wenn sie nur an Thór dachte, seine Zärtlichkeiten und die zugewandte Art, mit der er sie behandelte und – keine Frage – auch der geniale Sex gaben ihr das Gefühl, jede Zelle in ihrem Körper sänge ein Lied von Ekstase und Glück. Die Seele aber war ein unberechenbares Element. Das wusste sie, seit sie dem Tod so nahe gekommen war. Erst die geliebte Mutter, doch da war Isving noch sehr klein gewesen, und später schnell hintereinander der Bruder und ihre Großmutter, die den schmerzlichen Verlust nicht überlebt hatte. Jetzt war sie allein und krank und hätte sich am liebsten in einem Mauseloch verkrochen. »Ich glaube, ich bleibe zu Hause.«

Doch Katla hatte sie wie immer durchschaut und nannte den im Augenblick wichtigsten Grund für ihre Unlust: »Du willst doch nur diesem Daniel aus dem Weg gehen.«

»Kann sein«, gab sie zu. »Ich mag ihn nicht. Nein, das

stimmt nicht. An sich fand ich ihn auf den ersten Blick nicht unsympathisch, aber er scheint mich als Konkurrentin zu sehen. Das ist doch vollkommener Unsinn. Spätestens wenn ihr Sabbatical vorüber ist, hat er Thór wieder ganz für sich allein. Wer weiß …« Sie verstummte, weil sie nicht darüber nachdenken wollte, was geschehen würde, wenn die Band wieder auf Tournee ginge, unterwegs in den spannendsten Städten der Welt. Dann würde sie für Thór bestenfalls eine nette Sommererinnerung sein.

Katla sah sie nachdenklich an. »Es kann schon sein, dass er eifersüchtig ist. Aber das würde ich als gutes Zeichen nehmen.«

»Wieso?«

»Weil er dich dann als ernsthafte Konkurrenz sieht. Ich habe auch ins Internet geguckt, und dein Thór war in den letzten Jahren kein Kostverächter.«

»Allerdings«, sagte Isving und lachte dann selbstironisch auf. »So richtig freut mich das nicht, aber immerhin profitiere ich von seiner Erfahrung.«

Katla kicherte: »Das ist die richtige Einstellung. Manchmal muss man eben viele Kröten küssen, um eine Prinzessin zu finden. Weißt du, was ich glaube? Dieser Dan ist wirklich ein bisschen eifersüchtig. Dem *schönen Mann* sah man zuletzt nämlich das gute Leben ein bisschen an.« Sie rieb sich über den Bauch. »Jetzt scheint er aber wieder in Form zu sein, und wenn er mit dir zusammen ist, wirkt er glücklich. Das wird seinem besten Freund nicht entgangen sein.«

»Und dann schwärmt er auch noch so übertrieben von meiner Stimme«, sagte Isving nachdenklich. »Da ist vielleicht was dran. Ich sollte nett zu ihm sein. Einen Keil will ich sicher nicht zwischen die beiden treiben. Wenn einer weiß, wie wichtig Freunde sind, dann ich. Danke fürs Zuhören und für deinen Rat.« Sie umarmte Katla kurz und ging dann zur Tür. »Okay, wir sehen uns später!«

Draußen wischte sie sich schnell über die Augen. Der Wind trieb ihr die Tränen aber sogleich wieder hinein. Er war kalt und stark genug, um sich an dem Geländer festhalten zu müssen, das die Vorbesitzer am Weg hoch zu ihrem Haus aufgestellt hatten.

Zu Hause sah sie auf die Veður-App und atmete auf. Für den Abend war klarer Himmel mit Windstärke von sechs Meter pro Sekunde angesagt: herrlichstes Islandwetter.

An diese Art der Windmessung hatte sie sich erst gewöhnen müssen. An den dänischen Küsten konnte es im Winter auch schon mal stürmisch werden, aber dort maß man in Stundenkilometer. Doch das isländische System schien ihr hier, wo eigentlich immer ein mittlerer bis starker Wind wehte, angemessener zu sein.

Nach einer ausgiebigen Dusche legte sie später ein leichtes Make-up auf und stand lange vor dem Schrank, ohne sich entscheiden zu können. Schließlich nahm sie ihr schönstes Sommerkleid heraus. Darin würde sie zwar garantiert frieren, aber es sah toll aus. Bevor sie das Haus verließ, nahm sie noch schnell die Tablette ein, die Schübe verhindern und das Fortschreiten der Erkrankung verlangsamen sollte.

Da klingelte ihr Handy: Katla. Im Hintergrund war Musik zu hören. »Wo bleibst du denn?«

»Ich bin unterwegs!«

26

»*Hæ Sóley.* Wie geht es der schönsten Frau unterhalb des Polarkreises?«

»Schmeichler!« Das Lachen in ihrer Stimme tat ihm gut. »Bist du immer noch am Ende der Welt?«

»Ich habe dir doch von dem gitarrenbauenden Tontechniker erzählt? Er hat in seinem Haus ein Studio eingerichtet, und jetzt ist Dan hier, wir wollen arbeiten.«

»Aber es läuft nicht?«

Thór seufzte. Sie kannte ihn einfach zu gut. »Musikalisch schon, aber ansonsten … Dauernd macht er blöde Bemerkungen, und Isving gegenüber benimmt er sich total unmöglich.«

»So war er doch schon immer.«

»Ich weiß, dass du ihn nicht magst, aber er ist eigentlich der beste Freund, den man sich wünschen kann.«

»Klar, solange er sich überlegen fühlt«, sagte Sóley. »Thór, ich weiß, er ist dein Freund. Aber seinen Fehlern gegenüber bist du von Anfang an blind gewesen. Du machst die ganze Arbeit, komponierst, arrangierst und schreibst sogar die meisten Texte. Was tut er eigentlich für das viele Geld, außer nett auszusehen?«

»Er singt.« Damals an der Musikschule war er überwältigt gewesen, als der lässigste Typ seines Jahrgangs mit ihm zusammenarbeiten wollte, und sie harmonierten musikalisch von Anfang an wirklich großartig. Die Hauptarbeit hatte Daniel meistens ihm überlassen, das stimmte. Doch seine Art, mit der Presse umzugehen, rotzfrech und gleichzeitig so schnöselig, wie man es von einem verarmten Adligen erwartete, hatte das Image der Splendid Pirates ganz wesentlich geprägt.

»Bist du noch da?«

»Bin ich. Du hast recht, wie immer. Aber ohne Daniel, und das haben wir schon so oft besprochen, wären wir heute nicht da, wo wir sind. Einen Frontmann wie diesen findet man kein zweites Mal.« Er räusperte sich. »Hast du etwas wegen der Wal-Angelegenheit herausgefunden?«

»Da kann man nichts machen. Dieser Óskar behauptet, es handele sich um einen Hybrid zwischen Finn- und Blauwal. Die sind leider vom Schutz ausgenommen. Die Proben sind gerade im Labor.«

»Als ob so ein Mischlingskind weniger wert wäre.«

»Du sagst es.«

Sóleys Stimme klang dunkel und grimmig. Sie arbeitete seit Jahren für den Naturschutz und hatte sich schon häufig bei ihm beklagt, wie langsam man vorankam, obwohl die Zeit so sehr drängte. Doch dann wechselte sie das Thema – auch so eine Eigenart von ihr, nichts zu vergessen. Wahrscheinlich war es ihrem Beruf als Anwältin geschuldet. »Was glaubst du, warum sich dein Freund Isving gegenüber ablehnend verhält?«

»Keine Ahnung. Ehrlich gesagt, wäre es mir auch egal, wenn sie nicht so zerbrechlich wäre. Manchmal denke ich, sie verheimlicht mir irgendwas. Eine Krankheit oder so.«

Sóley fragte genauer nach und sagte schließlich: »Ich würde das erst mal nicht überbewerten. Wir Frauen haben bekanntermaßen so monatliche Perioden … einige leiden sehr darunter, andere überhaupt nicht. Gib ihr Zeit. Ihr kennt euch doch noch nicht lange.«

»Mir kommt es vor, als würden wir uns schon immer kennen.«

»Du bist süß, wenn du verliebt bist, Bruderherz.«

»Das hast du auch noch nie gesagt.« Thór lachte.

»Weil du noch nie wirklich verliebt warst.«

Nach diesem Telefonat sah Thór der nächsten Begegnung zwischen Isving und seinem Freund entspannter entgegen. Er hatte gehofft, sie zu Hause anzutreffen, aber als er endlich dort ankam, war sie schon fort. Den Hund hatte sie mitgenommen, die Leine an der Garderobe fehlte. Das Bad duftete nach ihr, und als er sich schnell unter die Dusche stellte, wurde die Sehnsucht nahezu unerträglich.

Seitdem er ihr begegnet war, hatte er definitiv nicht unter Erektionsstörungen zu leiden. Nicht dass es vorher anders gewesen wäre, aber man hörte doch so einiges, und manchmal hatten ihn die schönsten Mädels einfach nicht mehr interessiert, und er war lieber an der Bar versackt oder hatte sich nachts noch Essen aufs Zimmer bestellt. Er war froh, dieses Sabbatjahr eingelegt zu haben. Hätte er nicht die Reißleine gezogen und stattdessen immer so weitergemacht, wäre es wohl bald richtig bergab mit ihm gegangen. Und Kópavík war das Beste, was ihm passieren konnte. Laufen konnte man hier zwar nicht, es sei denn, man joggte die (einzige) Straße entlang, was unweigerlich zu einem schnellen Tod geführt hätte, oder man war

Cross-Country-Fan, wozu er sich nicht zählte. Ein Fitness-studio gab es auch nicht, aber Thór hielt sich mit täglichem Schwimmen und Hanteltraining fit, während Isving arbeitete, und Reiten oder Wandern standen auch auf seinem Programm.

Während er sich das Hemd zuknöpfte, dachte er über Isvings Verhalten nach. Sie verbarg etwas vor ihm, und das gefiel ihm gar nicht, denn was er für sie empfand, war mehr, als er sich je hätte vorstellen können. Er wollte sie lieben, sie glücklich sehen und sie vor allem beschützen, wenn sie ihn nur lassen würde. Natürlich war ihm klar, dass sie ein selbstbestimmtes Leben führte und ganz gut ohne ihn zurechtkäme, aber am liebsten hätte er sie geschnappt und irgendwohin verschleppt, wo niemand ihr etwas zuleide tun konnte und er sie ganz für sich allein hätte. Thór musste lachen. Da kam wohl das Wikingererbe bei ihm durch. Jedenfalls, was das Verschleppen schöner Frauen betraf.

Bevor er aufbrach, ging er in die Küche, um einen Schluck Wasser zu trinken. Auf dem Tisch lag eine Tablettenpackung, und obwohl es ihn nichts anging, griff er danach.

Es dauerte nicht lange, das Medikament zu googeln. Schwer ließ er sich auf einen Stuhl fallen: »O mein Gott!« Kein Wunder, dass sie ihm nicht sagen wollte, was sie bedrückte. Multiple Sklerose war nichts, worüber man beim ersten Date sprach, und auch wenn sie darüber längst hinaus waren, hatte er Verständnis für ihr Schweigen. Er wusste nicht viel über diese Krankheit, und jetzt war nicht die Zeit, mehr herauszufinden. Die meisten Leute endeten vermutlich im Rollstuhl. Welch eine erschreckende Aussicht.

Am liebsten hätte er sie sofort darauf angesprochen. Ihr versichert, es mache ihm nichts aus und dass alles gut werden würde … Aber stimmte das auch? Die Krankheit war unheilbar, er hatte keine Ahnung, wie sie verlaufen würde. Es war besser, sich in Ruhe zu informieren und vielleicht auch mit Sóley zu sprechen, sie wusste in solchen Dingen immer einen guten Rat. Und mit Katla. Die Köchin war eingeweiht, da war er sich ganz sicher.

Sein Handy klingelte. »Wo bleibst du? Ich frier mir hier den Arsch ab. Ihr Isländer müsst verrückt sein, bei so einem Wetter draußen zu feiern.«

»Bin gleich da.«

Thór joggte zum Parkplatz, wo Dan auf ihn wartete, und gemeinsam fuhren sie hinunter zum Hafen.

Isving war schon da. Ihre roten Haare leuchteten unter einem breiten Stirnband hervor, als sie den Kopf in den Nacken legte und über irgendetwas lachte, das eine ihrer Freundinnen gesagt hatte.

Nein, sie brauchte ihn definitiv nicht. Aber Thór brauchte Isving so nötig wie die Luft zum Atmen. Ein kitschiger Spruch, doch in diesem Augenblick einfach eine Tatsache.

»Dich hat es aber wirklich voll erwischt!« Daniel sah ebenfalls zu ihr hinüber. »Unglaublich.«

Thór blieb stehen. »Was soll daran nicht zu glauben sein? Isving ist eine wunderbare Frau. Sie weiß, was sie will, auch wenn sie vielleicht ein wenig schüchtern sein mag. Sie ist intelligent, witzig und …«

»… deine Muse. Schon begriffen.«

»Du hast gar nichts begriffen. Sie ist die Frau, nach der ich immer gesucht habe. Mit der ich Kinder haben und alt werden will.« Während er es aussprach, wusste Thór, dass es so war.

»Das habe ich alles schon mal von dir gehört.«

Der Stich traf ihn direkt ins Herz, aber er schluckte den Schmerz hinunter. Das war vorbei. »Stimmt, bei Susan habe ich mich geirrt.«

»Und teuer dafür bezahlt. Wer sagt dir, dass du dich nicht jetzt auch irrst?«

»Weil es anders ist«, sagte Thór und wusste, dass er störrisch klang. »Außerdem bin ich inzwischen ein ganzes Stück älter.«

»Und hast mehr Erfahrungen mit Frauen. Das stimmt allerdings.« Dan lachte anerkennend. »Nur nicht mit solchen, die man heiraten will.«

»Woher hast du denn gewusst, dass Dotty die Richtige ist?«

»Habe ich gar nicht. Wir waren viel zu jung, um über irgendwas nachzudenken. Aber es funktioniert, auch wenn es nicht immer einfach ist.«

»Na ja, du hast unterwegs ja auch ein wenig herumexperimentiert.«

Mit einem Schulterzucken tat Dan ab, dass er seine Frau häufig betrog. »Das gehört bei uns doch zur Jobbeschreibung. Sex, Drugs & Rock'n'Roll.« Er schlug ihm auf die Schulter. »Ich hatte noch nie eine Isländerin, mal sehen, ob da was geht.«

Du wirst dich wundern, dachte Thór. Unsere Mädels

wissen ganz genau, was sie wollen, und treffen ihre Entscheidungen selbst.

Das lag daran, dass isländische Männer nicht flirten konnten, furchtbar schüchtern waren und sich den ganzen Abend volllaufen ließen, bis sie zu besoffen waren, um überhaupt noch einen klaren Satz herauszubekommen. Jedenfalls behaupteten seine beiden Schwestern, dass es sich so verhielt, und was die Schüchternheit betraf, musste er ihnen beipflichten. Seine Freunde und er hatten sich nie getraut, Mädchen anzusprechen. Das hatte er erst in London gelernt, von Dan und anderen Kumpels. Später, als sie bekannt geworden waren, brauchte er dieses hart erworbene Können nicht mehr häufig.

Er hielt seinen Freund am Ärmel fest. »Tu mir einen Gefallen und sei nett zu Isving. Sie hat deinen Zynismus nicht verdient.«

Daniel drehte sich zu ihm um und sah ihn mit schmalen Augen an. »Meinetwegen. Aber beklag dich nicht bei mir, wenn du dich geirrt hast. Sie verbirgt etwas, da bin ich mir ganz sicher.«

Diese Fähigkeit, die Leute zu durchschauen, fand Thór geradewegs unheimlich, aber sie hatte sich schon häufig als großes Glück erwiesen, denn das Musikgeschäft war hart. Wie recht Dan wieder einmal mit seiner *Hellseherei* hatte, würde Thór ihm allerdings vorerst nicht verraten.

Er holte tief Luft und bemühte sich um einen heiteren Gesichtsausdruck. Katla hatte sie entdeckt und winkte ihnen zu. Als Isving sich umdrehte, hätte er schwören können, dass sein Herzschlag aussetzte, bis es schmerzte, um dann in doppeltem Tempo weiterzugaloppieren. Es hatte ihn wirklich voll erwischt, aber wie sollte er ihr entgegentreten, nun, da er von ihrem Geheimnis wusste?

Pünktchen löste das Problem. Sie kam auf Thór zugeschossen und freute sich, als hätte sie ihn jahrelang vermisst. Er ging in die Hocke, um sie angemessen zu begrüßen, und fand dabei seine Zuversicht wieder. *Þetta reddast.* Es wird schon schiefgehen.

Dan riss sich tatsächlich zusammen. Er gab den Frauen Drinks aus und flirtete mit ihnen, was sie wohlwollend zur Kenntnis nahmen, ohne weiter darauf einzugehen. Das änderte sich, als Katlas Nichte Fjóla und ihre Schwester Emilía auftauchten, die eindeutig in Dans Beuteschema fielen. Hübsch genug, um einen zweiten Blick zu riskieren, blond und selbstbewusst. Die eine groß und langbeinig, die andere mit *griffigen Rundungen*, wie sein Freund sagen würde, wären sie unter sich.

Katla sah nicht sonderlich erfreut aus. Aber nachdem Ursi eine Weile mit ihr getuschelt hatte, zuckte sie mit den Schultern. Er las daraus, dass sie zu dem Schluss gekommen war, nichts dagegen unternehmen zu können. Die Mädchen waren erwachsen, und wenn sie sich mit einem gefeierten Musiker einlassen wollten, würden sie das tun.

Ab und zu bemerkte er neugierige Blicke anderer Gäste, überwiegend Touristen. Die Isländer interessierten sich nicht für ihn oder Daniel. Das mochte er so an seinen Leuten. Hier scherte es niemanden, wie berühmt du warst, denn jeder kannte mindestens einen Künstler, Künstlerinnen oder erfolgreiche Geschäftsleute und hatte jemanden von nationaler Bedeutung in der Familie, was ja auch nicht schwierig war. Die meisten Isländer waren auf die eine oder andere Weise verwandt oder verschwägert. Er hätte es sich eigentlich sparen können, diesen Bart heranzuzüchten. Doch ursprünglich war sein Plan gewesen, in der freien Zeit in Gegenden der Welt zu reisen, die ihm besonders gut gefallen hatten. Er wollte mehr über die Länder, Menschen und ihre Musik erfahren, als während einer Tournee möglich war. Doch das hatte ja nicht so recht geklappt.

»Soll ich mir den Bart abnehmen?«, fragte er Isving, die kicherte und sich beschwerte, Thór würde ihr Make-up ruinieren, als er sie küsste.

»Oh, ich weiß nicht. Wenn er dir gefällt …«

»Na ja, ich weiß nicht, ob ich dir noch gefallen würde, so ohne das alles.« Er strich sich über den inzwischen schon ein bisschen aus der Form geratenen Bart. Ein Besuch im Barber Shop wäre dringend notwendig, aber den gab es leider nicht in den Westfjorden. »Und außerdem«, er senkte die Stimme, »sehen frisch rasierte Bartträger die erste Zeit ziemlich merkwürdig aus.«

Sie ließ ihr zauberhaftes Lachen hören, in den Augen funkelte der Schalk. »Du traust dich nicht, gib es zu.«

»Na, klar. Was wollen wir wetten?« Oh, sie hatte ihn reingelegt. Nun musste er ebenfalls lachen. »Lass dich überraschen. Aber beklage dich nicht, wenn du es plötzlich mit einem seltsam gefärbten Mann zu tun hast.«

»Wenn dieser Mann gut küssen kann, habe ich nichts dagegen.«

»Frau Elfenkönigin, Sie sind unwiderstehlich.« Er ließ seine Hand auf ihr Hinterteil gleiten und presste sie an sich, erfreut, wie geschmeidig sie seiner Einladung folgte.

»Kinder, sucht euch ein Zimmer«, sagte jemand, und widerwillig gab Thór sein Vorhaben auf, Isving so zu küssen, dass sie mit ihm die Party verließ. Er sah auf und blickte in ein bekanntes Gesicht. »Was zum Teufel machst du in Kópavík?«

»Das würde ich dich auch fragen, wenn du nicht mit der zauberhaftesten Frau des Universums hier wärst. Hallo! Bist du nicht Isving?«

»Hallo – Áki?« Mit einem abwesenden Lächeln zog sie ihr Kleid zurecht.

»Ihr kennt euch?« Zwei starke Empfindungen tanzten in ihm und stritten darum, die Oberhand zu gewinnen: Unangenehm schrill versuchte sich die Eifersucht in den Vordergrund zu schieben. Áki hatte einen einschlägigen Ruf als Herzensbrecher und war vermutlich der einzige isländische Mann, der sich aufs Flirten verstand. Dagegen wehrten sich Überraschung und Freude, den sympathischen Sänger und neuerdings auch erfolgreichen Clubbesitzer wiederzusehen.

»Sie war doch im Frühjahr beim Gig deiner Splendid Pirates. Ich dachte …«

»Ganz richtig«, sagte Isving. »Leider musste ich weg, bevor ihr Piraten überhaupt aufgetaucht seid. Es war nicht mein Tag«, fügte sie entschuldigend hinzu.

Thór wollte es genau wissen und fragte Áki: »Das erklärt aber nicht deine Anwesenheit am Ende der Welt.«

»Wir spielen hier. Hat dir Daniel nichts davon gesagt? Er hat uns den Gig besorgt.« Er wirkte verunsichert. »Du hast doch heute …«

Bevor er reagieren konnte, sagte Isving: »Ich glaube, es

geht los. Du willst doch nicht bei deinem eigenen Konzertauftakt fehlen?«

Áki sah sich um und stöhnte auf. »Wenn man nicht alles selbst organisiert!«

Das war also sein Geburtstagsgeschenk. Daniel konnte manchmal ein arroganter Schnösel sein, aber er wusste, wie man Freunden eine Freude machte.

Thór tat es Isving gleich, und gemeinsam tanzten sie mit vielen anderen ausgelassen zur Musik, bis Dan auf die Bühne kam, einen Song mit Áki sang und danach sagte: »Das nächste Lied ist für einen Freund. Den besten, den man haben kann. Er wird es kennen, denn er hat es selbst geschrieben.«

Es wurde ganz still im Publikum, und manch einer sah sich verstohlen um, wer dieser Freund wohl sein mochte. Thór ließ sich nichts anmerken, aber Isving tastete nach seiner Hand und hielt sie ganz fest.

Zuerst erkannte er seinen eigenen Song kaum wieder. Er war dynamischer, mit einem treibenden Beat unterlegt und auf ungewöhnliche Weise einerseits typisch für ihre Band und dennoch etwas Neues. Frischer und moderner als das letzte Album, mit dem er nie so ganz glücklich gewesen war. Thór spürte, wie ihm eine Gänsehaut den Rücken hinunterlief. Das war es! So würden die neuen Splendid Pirates klingen. Begeistert umarmte er Isving und wirbelte sie durch die Luft. Pünktchen bellte wild, bis er sie wieder absetzte. Behutsam, um ihr nicht wehzutun.

Isving ahnte es noch nicht, aber mit ihr würde er ein eigenes Projekt verwirklichen. Endlich, endlich hatte er wieder Lust zum Schreiben und Komponieren.

»Happy birthday, Thór!«, rief Dan in diesem Augenblick ins Mikrofon, die Zuschauer applaudierten, pfiffen und sahen sich nach ihm um.

Er hätte ihr diese Aufmerksamkeit gern erspart, aber sie sah ihn nur erstaunt an und stellte sich dann auf die Zehenspitzen, um ihm einen Kuss auf die Wange zu geben. »Wir sprechen uns noch. Deinen Geburtstag vor mir zu verheimlichen, das geht ja gar nicht«, sagte sie leise, fasste ihn an der Hand und zog ihn unter dem fröhlichen Applaus zum Getränkestand, wo Daniel schon auf sie wartete. »Komm, jetzt feiern wir richtig.«

27

Am nächsten Morgen hatte Isving nur eine vage Vorstellung davon, wie sie nach Hause gekommen war. Thór lag bäuchlings neben ihr, hatte einen Arm über sie gelegt und schnarchte. Behutsam drehte sie sich unter ihm weg, ließ sich gewissermaßen aus dem Bett fallen, stand auf und ging so leise wie möglich zum Schrank, um sich frische Sachen herauszunehmen. Die Zimmertür schloss sie vorsichtshalber, obwohl sie den Verdacht hatte, dass nicht mal ein Kanonenschuss ihn geweckt hätte, der Wecker hatte es jedenfalls nicht vermocht. Pünktchen sah ihr erwartungsvoll entgegen. Sie war spät dran für den Frühstücksdienst, aber ohne zu duschen würde sie nach dieser Party auf keinen Fall das Haus verlassen. Schlimm genug, dass für Haarewaschen nicht ausreichend Zeit war, da musste das Trockenshampoo reichen. Zehn Minuten später war sie auf dem Weg in die Küche des B&B, in der bereits Licht brannte.

»Ich bin gleich aufgeblieben«, begrüßte Katla sie fröhlich. »Das Frühstücksbuffet ist schon fast eingerichtet, der Ofen müsste gleich auf Temperatur sein. Es fehlt nur noch dein Brot.«

Froh, sich für solche Fälle Teiglinge vorbereitet zu haben, machte sich Isving an die Arbeit, und pünktlich um sieben Uhr duftete das ganze Haus nach warmen Brötchen, Croissants und frisch aufgebrühtem Kaffee.

Sie waren heute alle ein wenig angeschlagen, und bis die offenbar ebenfalls müden Hausgäste auftauchten, setzte sie sich zu einem ausgiebigen Frühstück mit Fjóla, ihrer großen Schwester und Katla an den Küchentisch. Niemand fragte, woher Emilía kam und warum sie dieselben Sachen trug wie gestern Abend. Doch dann schob sie eine Packung Kondome über den Tisch.

»Danke sehr, Schwesterchen.«

»Du hast doch nicht ohne ...?«

Isving fand, die isländischen Frauen verließen sich ein wenig leichtfertig darauf, dass ihre Bettgefährten gesund waren. Da irrten sie leider allzu oft. Bei ihr zu Hause in Dänemark hatte man dazu eine andere Einstellung. Warum etwas riskieren, wenn man sich schützen konnte?

»Nein, er hatte aber die besseren dabei. Eine ganze Auswahl, um genau zu sein.« Emilía lachte.

»Erzähl!«, platzte es aus Fjóla heraus, und Emilía erzählte.

»Wow!« Katla lehnte sich auf ihrer Bank zurück. Offenbar hatten sich ihre gestrigen Bedenken in erster Linie um Fjóla gedreht, die erst siebzehn Jahre alt war. »Da möchte man noch mal jung sein.«

Isving schwieg. Sie wusste, dass Daniel verheiratet war und fünf Kinder hatte. Offiziell jedenfalls. Wenn das Leben eines Rockstars so aussah, dann gab es für sie keine Zukunft mit Thór. Die medialen Berichte über seine Vergangenheit gaben wenig Anlass zu glauben, dass er zukünftig monogam leben würde.

»Er fährt übrigens nachher mit Áki und der Band zurück nach Reykjavík, sie nehmen mich mit.« Sie lächelte verträumt. »Ach ja, Áki und seine Jungs wollten gern hier frühstücken. Ich habe gesagt, dass das kein Problem ist?«

»Nicht wirklich«, sagte Isving und stand auf. »Dann werde ich wohl mal ein paar zusätzliche Brötchen vorbereiten.« Sie sah zu Fjóla. »Sind alle Tische gedeckt?«

»Ja, klar!« Das Mädchen grinste. »War ich schon jemals schlecht vorbereitet?«

Isving erinnerte sich an mehrere Gelegenheiten, aber in letzter Zeit arbeitete das Mädchen zuverlässig und verhielt sich den Gästen gegenüber, als wären sie bei ihr zu Hause zu Besuch. Da gab es nichts zu kritisieren. Sie lächelte. »Du machst einen großartigen Job!« Die Freude in Fjólas Gesicht bestätigte Isving darin, das Richtige gesagt zu haben. Vielleicht, dachte sie, sollte ich das Mädchen einfach öfter mal loben.

Auf der Treppe waren Schritte zu hören. Die ersten Frühstücksgäste kamen herunter, und sie stand auf. »Los geht's, Mädels. Ich wette, es wird ein langer Tag.«

Mittags verabschiedeten sich die Musiker. Daniel schüttelte ihr mit einer angedeuteten Verbeugung die Hand. »Pass gut auf ihn auf.« Dabei machte er eine Geste in Richtung seines Freunds, der irgendetwas mit Áki besprach. »Thór ist mein bester Freund, und ich wünsche ihm vom Guten nur das Beste.«

»Dann sind wir uns ja einig«, sagte sie.

»Bingo.« Daniel wandte sich ab, um abschließende Worte mit Thór zu wechseln. Dabei sahen die Männer ein, zweimal zu ihr herüber.

Áki umarmte sie herzlich. »Wenn du nach Reykjavík

kommst, lass es mich wissen. Wir haben immer einen Schlafplatz für dich frei und eine warme Suppe sowieso.« Er zwinkerte ihr zu.

Schließlich waren sie fort, und als Isving sah, wie Thór ihnen nachblickte, war es, als vermisse er seine Freunde schon, bevor sie den Fjord überhaupt verlassen hatten.

Nachdem sie am nächsten Morgen Brot gebacken und neuen Teig vorbereitet hatte, sah sie auf die Uhr. Noch eine halbe Stunde, bis der Laden geöffnet werden musste. Isving legte sich auf die Küchenbank, um einen Augenblick zu ruhen, bevor es weiterging. Managerschlaf nannte man das wohl, und sie griff nach ihrem Schlüsselbund. Wenn der klirrend zu Boden fiel, weil sich die Hand kurz vor der ersten Tiefschlafphase entspannt öffnete, war es Zeit, wieder aufzustehen.

Bevor es aber so weit war, spürte sie ein Kitzeln am Ohr, und als sie es fortwischen wollte, hielt jemand ihr Handgelenk fest. Isving öffnete die Augen und sah in das Gesicht eines Fremden. Nein, das stimmte nicht. Die Augen kannte sie, und auch den Mund. Schnell setzte sie sich auf.

»Du hast es getan!«

Sein Anblick war ihr fremd und gleichzeitig vertraut. Wo sich der Bart befunden hatte, sah sie nun müde, helle Haut, die in deutlichem Kontrast zum Rest stand. Es wirkte ungemein verletzlich auf sie. Besonders wenn sie sich vor Augen führte, warum er es getan hatte und dass sich Thór damit vor ihr auf eine Art entblößte, die Vertrauen verlangte. Sie richtete sich auf und umarmte ihn. »Guten Morgen, können wir bitte fliehen?«

»Nichts würde ich mir mehr wünschen.« Thór zog sie auf die Beine. »Wollen wir?«

»Zu gern, leider habe ich heute ein *Bed & Breakfast* zu leiten. Aber die gute Nachricht ist: Morgen wird es noch mal stressig mit all den Ab- und Anreisen, und dann haben wir ein paar Tage lang Ruhe.«

»Wie das?«

»Es kommt eine Gruppe, die eine Outdoor-Tour macht. Sie schlafen nur zwei Nächte hier und sonst in irgendwelchen Hütten, aber die leisten sich den Luxus, ihre Zimmer zu behalten.« Sie seufzte. »So reich müsste man sein.«

»Und der Rest?«

»Verwandte von jemandem aus dem Ort, die für irgendein Familienfest gekommen sind. Dort werden sie auch verpflegt.«

Thór zog sie in seine Arme und strich ihr eine Strähne aus dem Gesicht. »Das ist ja großartig, ich habe eine gute Idee, wie wir diesen *Urlaub* verbringen könnten.« In seiner Stimme klang ein sinnliches Versprechen mit.

Obwohl sie große Lust gehabt hätte, die ganze Zeit mit ihm im Bett zu bleiben, schüttelte Isving den Kopf. »Wir könnten von Kristín Pferde leihen und die Gegend ein bisschen unsicher machen. Es gibt eine tolle Zweitagestour, die habe ich letztes Jahr gemacht. Sie führt über einen alten Wikingerweg durch die Berge und an der Küste entlang wieder zurück nach Vingólf.«

Die Fältchen um seine Augen verrieten ihr, wie sehr ihm der Vorschlag gefiel. Ob es die Aussicht auf einen Ausflug war, die das Strahlen in seinem Gesicht auslöste, oder auf die gemeinsame Zeit, konnte sie nicht sagen.

28

Nachdem die Wandergruppe davongefahren war, übergab Isving Schlüssel und Kasse an Katla. »Ist das auch wirklich okay für dich?«, fragte sie zum hundertsten Mal, während sie das Paket mit dem Proviant aus dem Kühlschrank nahm. Frisch würde es sich auch draußen halten. Der Wetterbericht sagte zwar keine Kapriolen vorher, aber höher als zehn Grad würde das Thermometer nur in der Sonne steigen, mit der zumindest heute nicht zu rechnen war. Die Wolken hingen tief über dem Fjord, und es nieselte. Keine guten Aussichten für eine Reittour, aber so war Island eben. Später sollte es zumindest trocken werden, und für die nächsten Tage war sogar Sonnenschein vorausgesagt.

»Alles prima. Du bist doch nur drei Tage weg. Nun lauf, du kannst den schönen Mann nicht ewig warten lassen.« Sie beugte sich vor und raunte ihr zu: »Ohne Bart gefällt er mir besser, eigentlich ist er damit in die Kategorie *schönster Mann* aufgestiegen.«

Isving lachte und lief nach Hause, um sich umzuziehen. Derweil legte der solchermaßen geadelte Thór Pünktchen ein Geschirr an und trug Gepäck und Schlafsäcke ins Auto.

Da stand er dann: die Arme vor der Brust verschränkt, die gleiche schwarze Jodhpur-Reithose wie sie selbst, einen dunklen Troyer mit gesteppter Weste darüber, die langen

Haare zum Knoten zusammengefasst, mit hohen Wangenknochen, die erst so richtig auffielen, seitdem der Bart ab war, und einem erwartungsvollen Lächeln auf den Lippen. Katla hatte recht damit, sein gutes Aussehen zu preisen. Aber das war für Isving nur eine, zugegebenermaßen sehr nette, Dreingabe. Es waren die vielen Gemeinsamkeiten, die ihn für sie unwiderstehlich machten: die Pferde, die Musik, die Liebe zur Natur und den respektvollen Umgang mit der Kreatur, den sie bei Thór sowohl mit Pünktchen als auch mit den Pferden beobachtet hatte. Viele männliche Reiter, die sie kennengelernt hatte, behandelten ihre Pferde wie Sportgeräte. Frauen taten das zuweilen auch, aber Männer doch noch häufiger.

»Wollen wir?«, fragte er belustigt ob ihrer eingehenden Inspektion, und sie fügte im Geiste noch einen weiteren Punkt zu der Liste hinzu: Seine Stimme löste in ihrem Bauch immer wieder dieses Schmetterlingsgeflatter aus, das unweigerlich damit endete, dass sie weiche Knie bekam und große Lust, sich ihm einfach an den Hals zu werfen.

»Haben wir an alles gedacht?«, fragte sie zwei Stunden später. Ihre Pferde waren geputzt und die Satteltaschen mit Kristíns Hilfe gleichmäßig befüllt.

Die Pferdehofbesitzerin hatte auf einer Karte noch mal den Weg eingezeichnet und bestätigt, dass man in dem verlassenen Bauernhaus übernachten konnte. Es wurde inzwischen von einem Ranger betreut und diente ganz offiziell als Hütte für Leute, die zu Fuß oder zu Pferd unterwegs waren.

»Den Hof erreicht ihr in vier, fünf Stunden. Es sind

danach noch mal Etappen von maximal sechs Stunden pro Tag«, sagte sie. »Den Hund kannst du zwischendurch vor dir aufs Pferd setzen, wie wir es geübt haben. Stjarni hat damit kein Problem und Dagsbrún auch nicht.«

Als sie schließlich vom Hof ritten, war es schon Mittagszeit, es regnete nicht mehr, und vor ihnen lag ein langer Sommertag. Dunkel würde es heute nicht mehr werden.

Oben in den Bergen wurde der Aufstieg zwischenzeitlich ziemlich steil, und sie stiegen ab, um die Pferde zu entlasten. Der Himmel riss auf, und die Sonne verzauberte das Tal zu ihren Füßen. Nicht unberührt, aber ohne sichtbare Spuren menschlicher Existenz. Eine Pferdeherde graste nahe an einem Geflecht aus Seen und Bächen, die im Sonnenlicht zu glitzernden Juwelen in einer mit grünem Samt ausgeschlagenen Schatulle wurde.

Ihrer Karte zufolge hatten sie bereits die Hälfte der Tagesstrecke zurückgelegt und beschlossen deshalb, hier eine Pause zu machen.

Sie hatten sich entschieden, drei Tage für die Strecke einzuplanen. Mit Rücksicht auf Pünktchen, hatte Thór gesagt, und Isving war erleichtert gewesen.

Während Thór das erste Picknick-Paket und eine Decke auspackte, kümmerte sich Isving um die Pferde, führte sie zum Bach, wo sie ihren Durst löschen konnten, und gab ihnen eine Handvoll Futter. Pünktchen trank ebenfalls durstig und schnupperte anschließend enttäuscht an den Pellets. Pferdefutter war nichts für sie. Schließlich rollte sie sich neben Thór auf der Decke zusammen und schlief sofort ein.

Ihr Etappenziel für diesen Tag erreichten sie am frühen

Abend. Der alte Hof sah nicht schön aus, eher danach, als wäre er von den Bewohnern fluchtartig verlassen worden.

Mit geringer Erwartung betrat Isving das Wohnhaus und war überrascht. Es wirkte überhaupt nicht unbewohnt. Das galt auch für den Stall, in dem sie die Pferde zur Nacht unterstellen wollten. Ein offener Raum mit Heuraufe, natürlich leer, und einer Tränke, die sogar noch funktionierte. Sie versorgten die Tiere und gingen zurück ins Haus. Die Wohnküche war riesig, und jemand hatte Podeste aufgestellt, auf denen man seinen Schlafsack ausrollen konnte. Außerdem entdeckte sie Gasflaschen, um den Grill zu befeuern, und warmes Wasser gab es auch.

»Hier in der Nähe gibt es also eine heiße Quelle, mal sehen, ob ich sie finde«, sagte Thór und machte sich auf die Suche. Kristín hatte nichts davon gesagt, aber solche Badestellen verriet man auch nicht einfach so an Fremde. Gegen ein heißes Bad hätte Isving nichts einzuwenden. Die morgige Station konnte mit einem solchen Luxus nicht aufwarten, das wusste sie aus dem letzten Jahr.

Sie durchsuchte die Packtaschen, bis sie das gekühlte Hühnerfleisch, Brot und Käse gefunden hatte, und deckte den alten Küchentisch damit. Wasser holte sie in einem Krug vom Bach und zweigte anschließend etwas für Pünktchen ab, um das Trockenfutter einzuweichen.

Der Hund schob beim Fressen den Blechnapf über den Steinboden vor sich her, doch sonst war nichts zu hören als Vogelgezwitscher von draußen. Eine beklemmende Einsamkeit lag über dem Hof, und Isving verstand plötzlich, warum die Bewohner fortgegangen waren. Um sich nicht anstecken zu lassen von ihrer Melancholie, die wie ein unsichtbares Netz über dem Haus zu liegen schien, stimmte sie ein Lied an, das sie von ihrer Großmutter gelernt hatte, die es immer dann mit ihr sang, wenn die kleine Isving um die viel zu früh gestorbene Mutter weinte.

Ein Schatten im Augenwinkel ließ sie innehalten. Thór war zurückgekehrt. Mit geschlossenen Augen stand er im Türrahmen und sagte leise: »Hör nicht auf!«

Doch der Zauber war gebrochen. »Hast du eine heiße Quelle gefunden?«

Die grauen Augen richteten sich auf sie und schienen sie doch nicht zu sehen. Schließlich sagte er: »Es gibt eine Badestelle. Kein richtiger Hot Pot, aber man wird nicht gekocht.«

Das war das Problem dieser geothermischen Quellen. Sie waren häufig durchaus weit über sechzig Grad heiß, und wer unbedacht hineinfasste, konnte sich schwere Verbrennungen zuziehen. Sie beschlossen, ein Bad zu nehmen und erst danach zu essen.

»Näher kann man dem Himmel kaum kommen«, sagte Thór und breitete in dem warmen Wasser liegend die Arme aus. »So muss das Paradies sein. Die Wiesen singen um dich herum, das Land spricht zu dir – und wer da nicht pures Glück empfindet, ist vermutlich tot.«

Mit geschlossenen Augen nahm Isving das Gluckern des Wassers und die Melodie des Winds in sich auf. In diesen Augenblicken wusste sie, warum Island immer schon ihr Sehnsuchtsort gewesen war. Die Pferde, natürlich, aber wenn man erst einmal hier angekommen war, gab es noch so viel mehr zu entdecken. Thór hatte recht. Das Paradies war ganz gewiss nach dem Vorbild eines perfekten Tags in der isländischen Wildnis entworfen worden.

Später brieten sie das Huhn, rösteten Brotscheiben über dem Grill und schlüpften in ihre Schlafsäcke, die sie schließlich doch auf der Terrasse ausgerollt hatten, weil man in einer Mittsommernacht wie dieser einfach nicht im Haus bleiben konnte.

»Schlafsäcke sind ziemlich unpraktisch«, sagte Thór und bot ihr Lakritz an, das sie ihm bereitwillig aus der Hand aß.

»Mhm, mhm«, sagte Isving und versuchte unauffällig, sich die klebrige, aber überaus köstliche Leckerei aus den Zähnen zu lutschen. »Wie meinst du das?«

»Nun ja…« Vielsagend zupfte er an ihrem Polarschlafsack. »Die nächsten Stunden werden wir wohl eher Seite an Seite als miteinander«, hier verdunkelte sich seine Stimme, »erleben.«

»Dafür haben geniale Köpfe die Reißverschlüsse erfunden.«

»…aber leider nicht bedacht, die Schlafsäcke verschiedener Hersteller kompatibel zu machen.« Er zeigte auf den Zipper, der zum Unterschied zu ihrem Modell aus Kunststoff bestand.

»Zu schade.« Sie tat, als müsste sie nachdenken. »Wenn wir zu zweit in einen steigen würden, könnten wir uns nicht mehr bewegen.«

»Was irgendwie auch bedauerlich wäre. Komm her«, sagte Thór und robbte ein Stück näher, um sie samt Schlafsack an sich zu ziehen. Solcherart verbunden sahen sie der Mitternachtssonne zu, wie sie am Horizont Neptun küsste, aber seinen Armen entfloh, bevor mehr daraus werden konnte.

29

Einige Stunden später waren sie schon wieder auf den Beinen. Die frische Luft machte hungrig, und nachdem Thór die Tiere versorgt hatte, gab es ein herzhaftes Frühstück. Erstaunlicherweise hatten die frischen Eier von Kristíns Hühnern den Transport unbeschadet überlebt.

Sie ritten hinunter zum Strand, der sich im Morgenlicht schwarz und ein wenig unheimlich vor ihnen erstreckte. Die Pferde aber waren ausgeruht. Sie drängten nach vorn, und nichts hielt sie davon ab, mit wehenden Mähnen am Meer entlangzutölten. Der würzige Duft des Meers lag in der noch kalten Luft, und erst allmählich gelang es der Sonne, den Frühnebel zu durchbrechen, was sie mit einem Farbrausch verschiedenster Rottöne mehr als wettmachte. Isvings Herz sang vor Glück. Der schnelle Hufschlag gab den Takt vor, die Wellen lieferten den Grundton, das Sattelzeug knarrte, und über ihnen kreischten die Seevögel.

Als sie zum Schritt durchparierten, wirkten Reiter und Pferde beschwingt, aber nicht übermäßig erhitzt. Das war eben der Vorteil, wenn man ein gut trainiertes Islandpferd ritt, dem diese besondere Gangart Tölt im Blut lag. Den meisten anderen Rassen war sie längst abhandengekommen. Pünktchen allerdings war sehr außer Atem, und Thór stieg ab, um ihr Wasser zu geben und sie danach in eine leichte Fleecedecke eingewickelt zu Isving in den Sattel zu heben, damit sie sich dort erholen konnte und im Wind nicht auskühlte.

Während sie sich um den Hund kümmerte, nutzte er die Zeit, um mit seinem Pferd ins Meer zu reiten. Dagsbrún liebte die Wellen um seine Beine herum und wäre sicher noch weiter hineingegangen, doch Thór hatte offensichtlich kein Interesse an nassen Füßen, und so vergnügte sich das verrückte Tier dabei, mit den Vorderbeinen immer wieder ins Wasser zu treten, dass es nur so spritzte. Am Ende waren sie dann doch beide ziemlich nass, aber Thór lachte nur.

Sie verließen den Strand und ritten ein Stück landeinwärts durch saftig grüne Wiesen.

»Ich hatte ganz vergessen, wie glücklich man sein kann, hier draußen in der Natur«, sagte er. »Isländische Kinder haben im Sommer drei Monate schulfrei, um das Licht zu genießen, aber auch, um sich nützlich zu machen, bei Verwandten auf dem Land beispielsweise. Damals habe ich jeden Sommer auf dem Hof meines Onkels verbracht, im Herbst miterlebt, wie die Pferde aus den Bergen zurückkommen, und später auch beim Abtrieb geholfen. Da hältst du Ausschau nach deinem heimlichen Lieblingspferd. Wenn es dann auftaucht und diese aus Freiheit geborene Wildheit mitbringt, die es im Frühling noch nicht gekannt hat, ist das unglaublich beglückend. Ein wenig davon färbt immer auf dich ab. Das vergisst du dein Leben nicht.«

»Man hört es in deinen Liedern. Ich finde, es ist immer eine Spur dieses fantastischen Landes darin zu finden.«

Thór hielt sein Pferd an. »Wirklich? Ich glaube, das ist das Schönste, was jemals irgendwer zu mir gesagt hat.«

Sie lachte verlegen. »Wie geht es denn nun weiter mit den Splendid Pirates, habt ihr das besprochen?«

»Der Song, den Dan an meinem Geburtstag performt hat, war ein Augenöffner für mich. Wir haben noch mal telefoniert und beschlossen, in dieser Richtung weiterzuarbeiten. Im Herbst gehen wir ins Studio.«

»Wo wird das sein?«, fragte sie bang.

»Rate mal! In Kópavík. Dann lernst du auch die anderen Jungs kennen. Dabei fällt mir ein, sie sollen natürlich bei dir wohnen, was meinst du?«

Seite an Seite ritten sie weiter, und Isving überlegte, was sie ihm antworten sollte. Schließlich entschied sie sich für die Wahrheit. Zumindest einen Teil davon. »Ich werde das Kaffi Vestfirðir verkaufen. Wir sind den ganzen Sommer über ausgebucht, aber die Einnahmen werden nicht ausreichen, uns über den Winter zu bringen.« Sie sah die Enttäuschung in seinem Gesicht, fragte aber nicht, woher sie kam. Zu sehr war sie mit ihren eigenen Sorgen beschäftigt. »Es hätte funktionieren können, wenn wir den Laden weiter zu zweit gemacht und uns selbst nur ein bescheidenes Gehalt gezahlt hätten. Aber mit den Löhnen … außerdem bin ich keine Betriebswirtschaftlerin. Für die Zahlen war Gabrielle zuständig – und die muss ich irgendwann auch auszahlen.«

»Wenn du Geld brauchst …«

Rasch unterbrach sie ihn. »Nein, nein, das ist es nicht. Das Geschäft steht ohne Gabrielle einfach auf tönernen Füßen. Ich muss ja bloß mal krank werden …« Das hatte sie nicht sagen wollen, aber jetzt war es raus.

Zu ihrer Verwunderung nickte Thór. »Das kann immer passieren. Ich verstehe. Und was hast du dann vor, willst du zurück nach Dänemark?«

»Erst mal nicht. Das *Vestfirðir* läuft ja gut. Ich denke, wir werden es mit Gewinn verkaufen können, und mit meinem Anteil kann ich mir ein kleines Haus anschaffen, oder vielleicht kann ich meins sogar behalten – und den Hot Pot. Das wäre natürlich ein Traum.«

Sie hatten einen Bach erreicht, und den mit zwei Handpferden zu durchqueren, verlangte all ihre Konzentration. Nachdem sie das andere Ufer sicher erreicht hatten, sprach Isving weiter.

»Ich habe eine Geschichte, die ich im Winter beendet habe, einigen Agenturen angeboten. Eine hatte Interesse. Nicht dass man damit viel Geld verdienen könnte. Aber einen Versuch war es wert. Auf jeden Fall hätte ich erst einmal etwas Kapital, um mir etwas Neues zu überlegen. Außerdem gibt es noch das Haus meiner Großmutter. Im Augenblick ist es vermietet.« Zu einem Spottpreis, und eigentlich wollte sie nie wieder auf die Insel ihrer Kindheit zurückkehren und den Menschen begegnen, die sie so sehr verletzt hatten. Doch das musste er nicht wissen. »Notfalls kann ich dahin zurück.«

»Das klingt, als hättest du dir alles schon sehr genau überlegt.«

»Stimmt, das habe ich.« Es war kein gutes Gefühl, Pläne mit ihm zu diskutieren, in denen er so offensichtlich keine Rolle spielte. Aber was blieb ihr anderes übrig? Sie hatte die Verantwortung für das B&B und die Mitarbeiterinnen.

»Mein Angebot bleibt bestehen: Wenn du Hilfe brauchst, Geld oder irgendwas, ich bin für dich da.« Als spürte er, dass ihr seine Großzügigkeit unangenehm war, zeigte er auf eine Ansammlung von Felsbrocken. »Meinst du, die Elfen würden uns vor ihrer Haustür eine Pause einlegen lassen?«

»Wenn wir freundlich fragen, warum nicht?«

Sie trieben die Pferde an, und es dauerte nicht lange, da hatten sie die Felsen erreicht. Es war eine wahrhaft magische Stelle, von der aus man einen Blick über das weite Tal hatte, an dessen Fuß der Fjord im Licht der Mittagssonne glitzerte.

»Sieh mal!« Thór sprang vom Pferd und holte ein Fernglas aus einer der Satteltaschen. »Tatsächlich, ein Wal.« Aufgeregt reichte er ihr das Glas. Es dauerte eine Weile, bis sie die richtige Einstellung gefunden hatte, aber dann sah sie die Fontäne der Atemluft und wenig später eine riesige Schwanzflosse.

»Unglaublich! Mit Jökull war ich schon mehrfach draußen, aber außer unseren Seehunden und ein paar Schweinswalen habe ich noch nie etwas so Wunderbares gesehen.«

Nachdem die Tiere versorgt waren, breiteten sie im Windschatten ihre Decke aus und aßen ein bescheidenes Mahl aus Brot, Käse und etwas kaltem Huhn, das von gestern übrig geblieben war. Danach saßen sie Seite an Seite an den sonnenwarmen Stein gelehnt und hingen ihren Gedanken nach, bis Thór sagte: »Du hast mich nach meinen Plänen für die Band gefragt, es gibt aber noch andere.«

Ein nervöses Flattern machte sich in ihr breit. Isving

hatte gewusst, dass er irgendwann wieder fortgehen würde. Wollte er ihr das jetzt sagen?

»Kópavík – Island tut mir gut.« Er griff nach ihrer Hand, ohne sie anzusehen. »Du tust mir gut, Isving. Ich habe überlegt, ein Haus zu kaufen. Natürlich sind wir viel auf Tour. Anders kann man heute kaum noch Geld verdienen. Aber so exzessiv wie in den letzten Jahren will das niemand von uns mehr. Meine Freunde haben Familie. Daniel hat keines seiner Kinder aufwachsen sehen, jetzt möchte er es beim fünften wenigstens teilweise erleben.«

»Das kann ich gut verstehen.«

»Eben. Was ich aber meine, ich habe es dir zu verdanken, dass die Musik wieder zu mir zurückgekehrt ist. In den letzten zwei Jahren war ich wie fremdbestimmt. Für so ein Unternehmen, und das sind wir in gewisser Weise, die Verantwortung zu tragen, hat mich zum Schluss extrem überfordert. Aber jetzt habe ich gesehen, dass Daniel nichts von seinem Studium und dem musikalischen Instinkt verloren hat. Ich werde ihn in Zukunft mehr in die Pflicht nehmen. Er hat großartige Ideen, vielleicht habe ich früher einfach auch nie richtig zugehört.«

Trotz der geschlossenen Augen wusste sie, dass er sich zu ihr herüberlehnte, und seufzte, als sie seine Lippen auf ihren spürte. Isving hatte zwar keine Ahnung, warum er sie für seine Muse hielt, aber es schmeichelte ihr natürlich, und sie freute sich von ganzem Herzen, dass seine kreative Blockade überwunden war.

»Mit dir würde ich aber auch gern arbeiten. Du kannst nicht so eine besondere Stimme haben und die einfach für dich behalten.«

Enttäuscht über den kurzen Kuss öffnete sie die Augen. »Ich kann das nicht, Thór. Ich kann mich nie im Leben auf eine Bühne stellen und singen.«

»Das habe ich verstanden, und es ist auch gar nicht erforderlich. Instagram und YouTube kann heute fast jeder, eine besondere Stimme bleibt eine besondere Stimme, auch wenn sie persönlich nicht präsent ist. Wir finden einen Weg. Ich möchte unbedingt mit dir arbeiten.« Sanft hauchte er ihr Küsse in die Halsbeuge. »Seit Jahren gibt es Songs, die viel mit Island zu tun haben, mit dem, was wir gestern und heute mit allen Sinnen spüren. Für meine Band und für Daniel ist das nichts, aber ich habe immer gehofft, eines Tages die richtige Stimme dafür zu finden.«

Später würde sie wohl nicht mehr sagen können, was sie zu ihrer Antwort bewogen hatte. Thórs anregende Zärtlichkeiten oder die nicht minder beflügelnden Komplimente.

»Wir können es ja mal probieren«, sagte Isving und öffnete sich den fordernder werdenden Küssen.

Er liebkoste sie behutsam und gleichzeitig so kraftvoll unter dem weiten Himmel, dass sie sich beschützt und sicher fühlte wie noch niemals zuvor in ihrem Leben. Isving öffnete sich seinem Drängen und empfing den Mann, den sie liebte, mit nicht weniger Leidenschaft, als er ihr entgegenbrachte.

Als sie wieder in die Gegenwart zurückkehrten, sahen sie sich vier Pferden und einem Hund gegenüber, die ihr Tun mit deutlicher Verwunderung beobachteten.

»Oha«, sagte Thór. »Ich fürchte, sie halten uns für verrückt.«

Isving kicherte. »Immerhin war es spannend genug, dass sie nicht davongelaufen sind.«

Als sie am Abend die Hütte erreichten, waren sie nicht mehr allein. Fünf deutsche Reiter und Reiterinnen unter der Führung von Maja, einer von Kristíns Mitarbeiterinnen, waren kurz zuvor angekommen. Die Pferde freuten sich über das Wiedersehen, und Maja nahm sie kurz beiseite. »Kris sagt, es tut ihr leid. Aber die sind ohne Anmeldung aufgetaucht, und wir hatten noch Kapazitäten für diesen viertägigen Ausflug.«

Die Gruppe bestand aus erfahrenen Pferdeleuten, die berichteten, dass es eine Doppelbuchung auf einem anderen Reiterhof gegeben hätte, von wo aus man sie nach Vingólf vermittelte. Ihre Begeisterung für Islandpferde und das Land war mitreißend, und es wurde ein unterhaltsamer Abend.

Einer hatte eine Ukulele dabei, die er Thór überließ, als der anbot – als einziger Einheimischer in der Runde –, isländische Lieder vorzutragen. Isving, der zwar einige Melodien bekannt vorkamen, die aber die Texte nicht kannte, improvisierte, und dank seiner Unterstützung konnte sie die Refrains schnell mitsingen.

Gegen Mitternacht tauchte noch ein Wanderer auf. Ein klein gewachsener Mann, das Auffälligste an ihm war ein dottergelber Rucksack. Das angebotene Essen nahm er dankend an, ansonsten blieb er wortkarg und zog sich auch bald in sein Bett in der Hütte zurück.

Am nächsten Morgen war er schon verschwunden, als man sich herzlich verabschiedete und in entgegengesetzte Richtungen davonritt.

Sie waren vielleicht vier Stunden unterwegs, als Pünktchen plötzlich in Richtung einer Schneise aus Geröll davonrannte.

»Was soll das denn?«, fragte Isving und zog die Hundepfeife hervor. Pünktchen antwortete mit einem aufgeregten Bellen, und die Pferde reagierten nervös.

»Ich gucke mal, was da los ist«, sagte Isving, warf Thór den Führstrick des Packpferds zu und töltete davon, bis sie den Hund sah, der irgendetwas Rotes anbellte. Sie zügelte ihr Pferd und sprang ab.

»Hallo?«

Pünktchen kam aufgeregt mit dem Schwanz wedelnd zu ihr gelaufen und stupste sie an, dann sauste sie wieder zu ihrem Fund, bellte aber nicht mehr, sondern blickte ihr nur erwartungsvoll entgegen. Offenbar, dachte Isving belustigt, habe ich meine Sache gut gemacht.

Thór war ihr inzwischen langsam gefolgt, stieg nun auch ab und übernahm Stjarni und das Handpferd. Vier besorgte Tiere zu beruhigen, war keine leichte Aufgabe. Die Unruhe der Menschen hatte sich auf sie übertragen, und so blieb er zurück, als Isving zu Pünktchen lief.

Die Frau in roter Wanderjacke saß am Boden und starrte Pünktchen angstvoll an. Ihr Arm sah seltsam verdreht aus, und Isving ahnte, dass er gebrochen war.

»Wie kann ich Ihnen helfen?«, fragte sie auf Isländisch, dann auf Englisch und anschließend noch auf Deutsch, aber die Verletzte reagierte nicht.

»Pünktchen, hier.« Vielleicht hatte sie Angst vor Hunden. Je weiter sich Pünktchen entfernte, desto erleichterter wirkte die Frau.

»Ich bin gestürzt«, sagte sie schließlich auf Englisch. »Wenn ich versuche aufzustehen, wird mir übel.«

»Wie lange sitzen Sie denn schon hier?«

»Ich weiß nicht. Die ganze Nacht? Es wird ja nie dunkel.«

»Sie ist bestimmt unterkühlt«, sagte Thór, dem es gelungen war, die Pferde zu beruhigen und ein paar Meter entfernt anzubinden. »Ich hole die Erste-Hilfe-Tasche. Versuch du mal, ob du ein Netz bekommst. So weit können wir von Vingólf nicht mehr entfernt sein.«

Isving überlegte blitzschnell, wen sie anrufen könnte. Katla! Ihr Freund Emil war Ersthelfer, er würde wissen, was zu tun war.

»*Hæ* Katla, ich brauch deine Hilfe«, sagte sie. »Wir haben hier in den Bergen eine verletzte Wanderin gefunden.«

»Warte, ich reiche dich an Emil weiter.«

Isving schilderte die Situation.

»Es war richtig, sie nicht zu bewegen. Womöglich liegt eine Rückenverletzung vor. Frag sie nach ihrem Namen und woher sie kommt. Hör genau hin, ob sie verwirrt wirkt oder ihre Sprache beeinträchtigt ist.«

Die Frau stammte aus Österreich und hieß Katrin Gruber, Katrin ohne H. Emil, der mitgehört hatte, lachte. Wenn sie darauf bestehen kann, dann scheint mir alles in Ordnung zu sein. »Du musst sie untersuchen, ob es offene Wunden gibt – aber nicht bewegen! Erkundige dich, ob sie Gefühl in allen Gliedmaßen hat.«

»In den Füßen spürt sie nichts, aber sie liegt auch schon länger hier«, gab Isving nach einer Weile an Thór weiter, der ihr Telefon übernommen hatte.

Er fügte hinzu: »Wir haben ihr eine Rettungsdecke umgelegt, so gut es geht.«

»Okay, Katla hat sich inzwischen erkundigt. Es ist ein SAR-Team in der Nähe, kannst du mir eure genauen Koordinaten geben?«

»Warte, ich suche sie raus …« Er rief eine Karten-App auf und las die Zahlenreihen vor.

»Ah ja. Da in der Nähe muss so ein Geröllfeld sein, stimmt's?«

»Genau.«

»Ich schätze, es wird eine halbe Stunde dauern. Oder länger.«

Thór verabschiedete sich von Emil. »Wenn ein Hubschrauber kommt, müssen wir aber mit den Pferden weg sein. Das machen sie nicht mit«, sagte er, nachdem sie der Frau berichtet hatte, dass nun bald Hilfe da sein würde.

Er breitete die zweite Rettungsdecke aus und beschwerte sie mit Steinen. Die Hoffnung war, dass das Glitzern der Folie aus dem Helikopter gut zu sehen sein würde.

Sie vereinbarten, dass Isving bei der Verletzten bleiben sollte, während er mit den Pferden weit genug fortritt, um sie nicht allzu sehr zu beunruhigen. Ein gewisses Risiko blieb, aber dagegen konnte man nichts tun. Eine Verletzte allein zu lassen, kam nicht infrage.

Nachdem Isving eine kleine Kopfwunde versorgt hatte, die längst nicht mehr blutete, reinigte und verband sie die aufgeschürften Hände vorsichtig und gab ihr anschließend in kleinen Schlucken Wasser zu trinken. Dabei sang sie leise, bis die Tränen versiegten und sich die Patientin sichtbar entspannte. Schließlich erzählte die Frau, was passiert war. An ihren Sturz konnte sie sich zwar nicht mehr erinnern, aber warum sie mutterseelenallein durch die Landschaft gewandert war, wusste sie noch.

»Mein Mann liebt das Wandern«, sagte sie leise. »Ich nicht so sehr. Er wollte unbedingt diese Tour machen und hat darauf bestanden, dass ich mitkomme. Dabei habe ich mir vor einiger Zeit den Fuß verdreht. Er tut immer noch weh.«

»Aber warum hat er Sie bloß allein gelassen, als Sie verunglückt sind?« Isving war fassungslos.

»Davon weiß er ja gar nichts. Wir haben gestritten. Ich wollte eine Pause machen. Wegen der Schmerzen, und außerdem wollte ich auch mal innehalten und diese wunderbare Natur auf mich wirken lassen. Er ist einfach weitergegangen«, sagte sie bitter und nahm das Taschentuch, das Isving ihr reichte. »Ich hatte keine Karte, nichts. Zuerst dachte ich, er würde zurückkommen, aber irgendwann wurde mir klar, dass ich selbst sehen muss, wie ich zurückfinde.«

»Ist Ihr Mann so ein kleiner wortkarger Typ mit großem gelbem Rucksack?«

»Ja! Ist alles in Ordnung mit ihm?«

Isving konnte es kaum fassen. Da lag diese Frau seit vermutlich vielen Stunden hilflos und verletzt in der isländischen Einöde und machte sich Sorgen um diesen unmöglichen Kerl? Manche Frauen würde sie nie verstehen.

»So jemand hat gestern in einer Hütte etwa drei Stunden zu Pferd von hier übernachtet. Er kam spät und war morgens schon wieder weg, als wir aufgewacht sind.«

»Das klingt nach meinem Günther.« Katrin ohne H

schloss die Augen, und ein Lächeln umspielte ihre Lippen.

Der ist nicht zu helfen, dachte Isving und atmete erleichtert auf, als sie in der Ferne ein Brummen hörte. Das musste der Rettungsdienst sein. Sie stieg auf einen Felsbrocken und winkte wild mit den Armen, als der Heli sich näherte.

Wenig später ging sie erleichtert den beiden Männern entgegen, die mit einem Notfallkoffer und einer Trage auf sie zugelaufen kamen.

»Wir haben von Emil schon alles gehört«, sagte der eine, und der andere ergänzte: »Das haben Sie toll gemacht.« Er zeigte nach Süden. »Dort hinten ist jemand mit vier ziemlich nervösen Pferden, gehört er zu Ihnen?«

Isving nickte.

»Gut. Wir sind gleich wieder weg. Hat die Frau Angehörige, die wir informieren sollten?«

Isving zuckte mit den Schultern. »Ihr Mann hat sie hier quasi ausgesetzt. Ich denke, den muss niemand informieren.«

»Ich verstehe.« Er nickte ihr zu und eilte zu seinem Kollegen, der seine Untersuchungen abgeschlossen zu haben schien. Zehn Minuten später hob der Heli ab und flog in einem großen Bogen Richtung Nordosten davon.

Isving setzte sich auf einen Stein, und während sie auf Thór wartete, sang sie den Elfen ein Lied. Zum Dank dafür, dass sie Pünktchen hierhergeführt und damit vielleicht das Leben der Österreicherin gerettet hatten.

Als Thór zurückgekehrt war, ritten sie nicht gleich weiter, sondern aßen den letzten Proviant auf. Vor ihnen lag ein Ritt von etwa drei Stunden.

Als sie spät auf Vingólf eintrafen, wusste man dort schon über ihre Rettungsaktion Bescheid.

»Den Kerl müsste man einsperren«, sagte Kristín aufgebracht. »So ein Idiot.«

»Sie ist aber auch nicht ganz richtig im Kopf.« Isving erzählte, wie sich die Verletzte noch um ihren Mann gesorgt hatte, obwohl sie nicht mal sicher sein konnte, wie schwer ihre Verletzungen waren.

»Das ist wahre Liebe«, sagte Thór und erntete von beiden Frauen so bitterböse Blicke, dass er entschuldigend die Hände hob. »Okay, das war blöd«, sagte er und floh regelrecht aus dem Stall.

Als Isving zu ihm ins Auto stieg, sagte er: »Der Tag ist noch nicht vorüber. Alex hat gerade angerufen. Es sieht ganz danach aus, als würde ein Walfänger aus Óskar Ragnarssons Flotte direkt auf Kópavík zuhalten. Die Leute versammeln sich schon am Hafen.«

30

Obwohl Isving von dem herrlichen Ausflug mehr als erschöpft war, wollte sie wissen, was sich da am Hafen und in der Fischfabrik zusammenbraute. Die Straße nach Kópavík war ungewöhnlich stark befahren, was hieß, dass sie weiter vorn tatsächlich zwei Autos sahen. Etwas, das hier selten vorkam. Da man aber am Nummernschild nicht erkennen konnte, woher die Autos kamen, konnte es sich auch um Touristen handeln. Immerhin war inzwischen Hochsaison, und obendrein erlebten sie einen besonders freundlichen Sommer mit vielen trockenen und sogar sonnigen Stunden.

»Am liebsten würde ich direkt hinfahren. Aber nach drei Tagen mit Pferden in der Wildnis sehe ich bestimmt wie eine Hexe aus.«

»Eine sehr niedliche Hexe«, sagte Thór und schnupperte an ihrem Hals. »Oder doch ein struppiges Pony?«

»Pferd«, korrigierte sie ihn automatisch. Er hatte Englisch gesprochen, im Isländischen wäre das nicht passiert. Da gab es nur das Wort *hestur,* und wer Ponys meinte, sprach einfach vom kleinen Pferd, vom *smáhestur.* Nicht weiter verwunderlich in einem Land, in dem es nur eine Pferderasse gab und das schon seit Hunderten von Jahren. Viele Fans der Islandpferde nahmen es damit ganz genau und reagierten empört, wenn man ihre Lieblinge als Ponys bezeichnete.

»Ich übrigens auch«, sagte er und zeigte auf den Ärmel seines Pullovers, der staubgrau geworden war und mit farbenfrohen Erinnerungen an den hübschen Schecken bedeckt, den er geritten hatte.

Eine Stunde später und frisch geduscht kämpften sie sich auf der Suche nach ihren Freunden durch eine Menschenmenge. Transparente mit Anti-Walfang-Slogans und Fahnen internationaler Tier- und Umweltschutzorganisationen flatterten in frischen Böen, und greifbare Anspannung lag in der Luft. Draußen am Eingang zum Fjord kreuzten Fischerboote, vermutlich, um dem angekündigten Walfangschiff die Einfahrt zu verwehren. Es war aber auch nicht zu übersehen, dass einige Fischer im Hafen geblieben waren. Darunter Tjelvar, der schon bei der Versammlung eine andere Meinung vertreten hatte.

Schließlich fanden sie Katla. »Stellt euch das mal vor. Óskar Ragnarsson hat Halldór angerufen, damit er vertrauenswürdige Männer zusammenruft, um heute Nacht heimlich, still und leise einen Wal zu zerlegen. Halldór hat gefragt, ob er wieder einen Blauwal gefangen hätte, die sind doch viel zu groß für unsere Fabrik. Da hat Ragnarsson nur gelacht und gesagt: Lass das mal meine Sorge sein.«

»Und, hat er vertrauenswürdige Leute gefunden?«, fragte Isving.

»Natürlich nicht.« Katla stemmte die Hände in die Hüften. »Er hat gar keine gesucht.« Sie sah erhitzt und wütend aus.

Thór hatte inzwischen mit einem der Aktivisten gesprochen. »Der Walfänger ist lokalisiert und wird frühestens morgen hier eintreffen, falls er es überhaupt durch die Blockade schafft.«

Er griff nach Isvings Hand, die eiskalt war. »Ich könnte jetzt einen großen Kaffee gebrauchen.«

Gunnars Hafenbar war nur ein paar Meter entfernt. Innen herrschte ohrenbetäubender Lärm. Die Gäste hatten trotz des bedrückenden Anlasses offenbar Spaß, und die Musik tat ein Übriges.

Kaum hatte der bärtige Besitzer sie erblickt, kam er Isving mit ausgestreckten Armen entgegen. »Danke, dass du mit Getränken ausgeholfen hast. Wir wären jetzt schon ausverkauft.«

»Da nich' für«, sagte sie auf Deutsch, denn Gunnar stammte, anders als sein Name vermuten ließ, aus Flensburg, wie der Dorftratsch ihr zugetragen hatte.

Er sah sie erstaunt an und lachte dann fröhlich. »Erwischt. Und ich kann kaum ein Wort Dänisch.«

»Irgendwie klappt es ja mit der Kommunikation«, sagte Isving, besann sich ihrer Manieren und sprach auf Isländisch weiter: »Thór, das ist Gunnar. Er führt diesen Laden hier seit April. Gunnar, mein Freund Thór.«

Wie gut sich das anfühlte. Noch nie hatte sie ihn als ihren Freund vorgestellt. Er schien es aber vollkommen normal zu finden und schüttelte Gunnar die Hand.

Es dauerte nicht lange, da waren die beiden in ein Gespräch über Bartpflege vertieft, wobei sich Thór immer wieder über sein unbehaartes Kinn strich.

Vielleicht war es doch keine so gute Idee gewesen, ihn

anzustiften, den Bart abzunehmen. Inzwischen sah man allerdings kaum noch, dass er je einen getragen hatte. Bevor sie zum Hafen gegangen waren, hatte er sich wie selbstverständlich rasiert.

»Willst du mitkommen? Gleich trifft sich das Orga-Team mit einer Gruppe Aktivistinnen aus Reykjavík.«

Isving nickte und zupfte Thór am Ärmel, um ihm zu sagen, was sie vorhatte.

»Ich komme mit«, brüllte er ihr ins Ohr.

Das Meeting fand im Büro der Fischfabrik statt. Offenbar hatten die Demonstranten es friedlich übernommen, dachte Isving. Oder Halldór hatte endgültig die Seiten gewechselt. Mit einem Becher Kaffee in der Hand stand er neben seinem Schreibtisch und wirkte eine Spur überfordert, als eine junge Frau dahinter Platz nahm und die Anwesenden begrüßte.

»Hallo und guten Abend, ich freue mich, dass ihr alle gekommen seid, um dem Tierschutz eine Stimme zu geben.«

Jemand zischte ein paar Worte, und Halldór setzte sich auf einen Stuhl an der Seite.

Isving war froh, den Platz ganz hinten gefunden zu haben. Die Anstrengung der letzten Tage machte sich bemerkbar. Thór, der hinter ihr stand, hatte die Hände auf ihre Schultern gelegt. Sie genoss die Wärme und seine Nähe während der nun folgenden Pressekonferenz. Katla musste da wohl etwas falsch verstanden haben.

Zuerst schilderte Ursi, wie sich das Verhältnis zwischen der Bevölkerung und Óskar Ragnarsson verschlechtert hatte, erwähnte aber auch die Verbundenheit, die Kópavík zu seinem großzügigen Vater empfand.

Danach übernahm die Frau aus Reykjavík das Mikrofon. »Feudalistische Zustände«, sagte sie. »Aber damit hat es nun ein Ende. Die Menschen in Kópavík verlangen ihre Freiheit zurück. Sie setzen sich für einen behutsamen Umgang mit unseren Ressourcen und für den Tierschutz ein.«

Danach folgte eine längere Abhandlung über den Walfang, und schließlich lud sie die anwesenden Journalisten ein, Fragen zu stellen.

Begeistert über den Mut der jungen Frau und die mitreißende Art, mit der sie ihren Standpunkt auch vor kritischen Fragen verteidigte, entging ihr, wie Thór den Raum verließ. Er hatte sich herabgebeugt und ihr leise irgendetwas ins Ohr gesagt, aber das war in einer Frage aus dem Publikum untergegangen.

Als die Pressekonferenz beendet war, sah sie ihn wieder. Er stand mit einer attraktiven Frau am Fabriktor. Offenbar führten sie ein intensives Gespräch, das mit einer innigen Umarmung und, wie es aussah, mit einem Kuss endete.

Isving ging zurück und nahm den Nebeneingang, um das Gelände zu verlassen. Als der Lärm hinter ihr allmählich seine Macht über ihre Seele verlor, spürte sie Tränen auf ihren Wangen.

Auf dem Fußweg kurz vor ihrem Haus drehte sie sich noch einmal um. Die Energie der vielen Menschen, die gekommen waren, um zu verhindern, dass Óskar Ragnarsson hier in Kópavík eines dieser einzigartigen Geschöpfe zerlegen lassen würde, lag wie eine Glocke über dem Ort. Hier oben konnte man sie mit Abstand betrachten, und sie fühlte sich weniger überwältigend an. Das Tier war leider schon tot, und im Grunde kam jeder Protest, jede Empörung zu spät. Aber Ursi hatte in ihrer kurzen Rede gesagt, es ginge ihr darum zu zeigen, dass die Isländer selbst in so abgelegenen Orten wie den Westfjorden längst begriffen hatten, wie wichtig ihre Natur für ein Überleben war, und das galt eben auch für den Fortbestand der Wale, die schon so viel länger auf dieser Welt lebten als der Mensch.

Thór hatte also eine Freundin aus der Stadt getroffen. Mehr noch als die Umarmung hatte ihr der zärtliche Blick verraten, den er der Frau geschenkt hatte, wie tief er sich mit ihr verbunden fühlte.

Ich bin eben ein dummes Häschen. Das war sie immer gewesen, wenn die Männer ihr Komplimente gemacht und von Liebe gesprochen hatten, nur um die *rote Hexe*, wie manche sie nannten, im Bett in ihre Schranken zu weisen. Zu zeigen, dass sie die Macht hatten, und nicht etwa ein sommersprossiges Mädchen aus Kirkeby.

Mit Thór war es anders, aber auch er hatte sie anfangs belogen. Sie hätte die Finger von ihm lassen sollen.

Entschlossen ging sie zum Haus, zog sich um und lief anschließend mit Pünktchen zum Hot Pot. Hierher würde heute Nacht sicher niemand finden. Dem Hund breitete sie eine warme Decke auf den Felsen aus und pumpte frisches Quellwasser ins Becken, bis die Temperatur angenehm war. Danach zog sie ihren flauschigen Bademantel aus und setzte die Kopfhörer auf. Mit jedem Zentimeter, den sie tiefer ins Wasser eintauchte, fiel eine der Fesseln von ihr ab, die ihr seit der Flucht aus der Fischfabrik die Luft abdrückten. Nur eine nicht, und die hieß Eifersucht.

Elfen sagte man alles Mögliche nach. Ihr gefiel die Mär von Geschöpfen, die glücklich in einem Matriarchat lebten. Ihnen wollte sie heute ihre Lieder widmen. Deshalb drehte sie die Musik lauter, sang von Liebe, Verrat und Enttäuschung und spürte, wie endlich auch der letzte Reifen fiel, der ihr das Herz abzudrücken drohte.

Vielleicht gab es ja eine harmlose Erklärung für das, was sie beobachtet hatte – selbst wenn ihr im Augenblick keine einfiel. Und wenn nicht? Dann war sie getäuscht worden, aber hatte sich dabei so glücklich und lebendig gefühlt, wie selten zuvor in ihrem Leben. War das am Ende nicht alles, was zählte?

Isving legte den Kopf zurück und zwang sich, jede Bewegung und jede Farbveränderung der roten Wolkenfetzen vor blaugrauem Himmel zu verinnerlichen. Das Leben in den Westfjorden folgte einem anderen Rhythmus, und ob mit Thór oder ohne ihn, sie würde ihre Pläne umsetzen. Wie seltsam, dass die erst real geworden waren, als er danach gefragt hatte. Nein, korrigierte sie sich. Die Pläne hatten in dem Augenblick Gestalt angenommen, als Isving sie ausgesprochen hatte. Das war die Magie des Worts.

Und es gab noch mehr: Auf dem Küchentisch lag ein Brief. Ungeöffnet, weil sie nicht zwischen Tür und Angel hatte erfahren wollen, was die Literarische Agentur zu berichten hatte. Aber der Umschlag war viel zu groß, um eine Absage zu enthalten, sagte sie sich. Er war sogar groß genug, um einen Vertrag zu enthalten.

Sollte sie sich irren, würde sie allein weinen. Sollten sich ihre Hoffnungen erfüllen, würde sie sich immer an diesen Augenblick erinnern, und so angemessen wollte Isving ihn auch gestalten. Am Kamin, mit einem Glas Wein in der Hand. Entweder feiern oder den Kummer runterspülen.

Eine Zukunft ohne Thór mochte sie sich nicht vorstellen, aber wenn es so kommen sollte, dann würde sie nicht daran zerbrechen!

Als sie wenig später voller guter Vorsätze mit Pünktchen an ihrer Seite nach Hause zurückging, kam ihr auf halbem Weg Thór entgegen.

»Du warst baden?« Fassungslos sah er sie an. »Hast du eine Ahnung, welche Sorgen ich mir gemacht habe?«

»Ich kann hier nicht im Wind stehen bleiben. Mir ist kalt«, sagte sie und rannte an ihm vorbei zum Haus.

»Verdammt, warum geht der Schlüssel nicht?« Vergebens versuchte sie mit zitternden Händen, die Tür zu öffnen.

»Warte, ich mach das!« Thór nahm ihr den Schlüssel aus der Hand.

Isving stürmte ins Schlafzimmer und schloss ab. Sie musste nachdenken, aber ihr Kopf wollte nicht funktionieren. Thór wirkte ehrlich besorgt und auch ein bisschen aufgebracht, er schien sie schon eine ganze Weile gesucht zu haben. Sie hatte die Tür nicht aufschließen können, weil sie schon offen gewesen war. Logisch, jemanden der einem auf einer Demo abhandenkommt, suchte man nicht unbedingt zuerst im Hot Pot. Doch wie passte seine Sorge mit dem zusammen, was sie gesehen hatte?

Sie legte ihren Kopf an die Zimmertür. Wenn sie doch nur klar denken könnte.

»Isving?« Seine Stimme klang ganz nah.

Es trennte sie nur ein paar Zentimeter Holz von ihm, aber sie fühlte sich, als wären es Kontinente.

»Isving, was ist los?«, fragte er – und nach einer Weile sagte er kaum hörbar: »Bitte sprich mit mir.«

Was wollte sie? Länger finstere Vermutungen anstellen, wer diese Frau war, oder Gewissheit haben?

»Ich zieh mir nur was an«, rief sie.

Er saß mit einem Glas Whisky am Küchentisch und sah so müde aus, wie sie sich fühlte.

»Kann ich auch einen haben?« Schwer ließ sie sich auf ihren Stuhl fallen und sah zu, wie er die Flasche Highlandpark entkorkte, einen großzügigen Schluck einschenkte und ihr das Glas anschließend über den Tisch schob.

»Bist du sicher?«, fragte Thór.

Sie verstand die Frage nicht, trank und musste husten. Der scharfe Alkohol rann ihr die Kehle hinunter, breitete sich prickelnd warm in ihrem Bauch aus und hinterließ die Erinnerung an Heidelandschaft und Honig auf der Zunge.

Isving räusperte sich. Sie musste da jetzt durch, wenn sie die Wahrheit wissen wollte. »Wer war die Frau, die du geküsst hast? Sag nicht, es hätte nichts zu bedeuten. Ich habe gesehen, wie ihr euch angeguckt habt.«

»Geküsst?« Er wirkte vollkommen ratlos, doch dann veränderte sich sein Gesichtsausdruck, und Begreifen war darin zu lesen.

Also doch. Tränen schossen ihr in die Augen, und schnell nahm sie noch einen Schluck.

Thór lachte, wurde aber rasch wieder ernst. Er legte seine Hand auf die Finger, mit denen sie das Glas umklammert hielt, und sagte: »Wenn du es genau wissen willst, das war Björk Telma Bryndísardóttir.«

Ratlos sah sie ihn an.

»Meine kleine Schwester. Sie ist Umweltaktivistin, gehört zum Team der Sea Shepherd und leitet hier in Island die Tierschutzkampagne gegen Walfang. Wir haben uns lange nicht mehr gesehen, aber küssen«, er verzog das Gesicht, »küssen würde ich die kleine Hummel sicher nicht. Jedenfalls nicht so, wie du glaubst.«

»Deine Schwester?«

Als hätte er ihren Einwurf nicht gehört, sprach er weiter: »Ich verstehe dich nicht. Habe ich dir auch nur ein einziges Mal Anlass dazu gegeben mir zu misstrauen? Wenn ja, dann tut es mir leid. Aber ich kann nicht wissen, was dich bedrückt, wenn du nicht mit mir sprichst.« Erwartungsvoll sah er sie an. Als Isving schwieg, weil sie nicht wusste, was er hören wollte, leerte er sein Glas und stand auf. »Björk hätte dich gern kennengelernt. Aber das lassen wir wohl heute besser.« Ohne ihre Antwort abzuwarten, nahm er seine Jacke und verließ das Haus.

Isving griff nach dem Whisky, schenkte sich großzügig nach, leerte ihr Glas in einem Zug und füllte es erneut. Es war ein Geburtstagsgeschenk von Daniel und hatte vermutlich ein Vermögen gekostet.

Als sie am nächsten Morgen gegen fünf aufwachte, wusste sie zwei Dinge: Whisky konnte so edel sein, wie er wollte, einen Kater bekam man trotzdem. Und: Thór hatte nicht im Haus übernachtet.

Es fühlte sich schrecklich leer an – fast so, als hätte er sie für immer verlassen. Angstvoll sah sie in die Kammer, aber seine Sachen hingen immer noch auf der Kleiderstange, und das Bett war nicht unbenutzt. Pünktchen hatte sich ein Nest aus seiner Bettdecke gedreht und hob nun schläfrig den Kopf, als wollte sie wissen, wer ihre Nachtruhe zu stören wagte.

Puder und Lippenstift zauberten Isving einen Hauch Frische ins Gesicht, die sie nicht verspürte. Sie fütterte Pünktchen und brach anschließend gemeinsam mit ihr zum Kaffi Vestfirðir auf.

Sie musste sich ums Geschäft kümmern, hätte das schon gestern nach ihrer Rückkehr tun sollen. Die Wanderer wurden am späten Nachmittag zurückerwartet, und es gab eine Menge vorzubereiten, denn nach nur einer Übernachtung würden sie Kópavík verlassen. Neue Gäste mussten versorgt werden, und bis zum Ende der Saison würde es immer so weitergehen. Für Privates war keine Zeit. Sich aufs Geschäft zu konzentrieren, war das Wichtigste. Das war sie Katla, Ursi und auch Fjóla schuldig, ohne deren Unterstützung sie die ersten Tage nach Gabrielles Weggang nicht durchgestanden hätte.

Ein Blick in die Vorratskammer zeigte, dass Katla dem Wirt der Hafenbar tatsächlich fast alle Getränkevorräte überlassen hatte, aber am Schwarzen Brett hingen eine Quittung und der Bestellzettel, auf dem notiert war, dass eine neue Lieferung heute gegen Mittag und außer der Reihe kommen würde. Die Kühlschränke waren gut gefüllt und das Lamm für heute Abend bereits in Buttermilch eingelegt. Sie musste es nur noch wenden, und anschließend würde sie Brot backen. Damit hatte Isving schon immer ihre Seele therapiert.

Ihre Mitarbeiterinnen hatten den Leerlauf im B&B offensichtlich dazu genutzt, die Küche gründlich zu putzen. Es lief also zwischendurch auch ohne Isving. Das zu wissen, war eine große Erleichterung, denn obwohl sie sich momentan gut fühlte, konnte sie jederzeit wieder einen Schub bekommen. Dieses Damoklesschwert machte es ihr schwer, den eigenen Rat zu befolgen und ihr Leben zu genießen, solange es so gut war.

Stattdessen gab sie die Dramaqueen. Thór war sauer auf sie, und das aus gutem Grund. Jede andere wäre zu ihm und der Frau gegangen, um herauszufinden, was es mit der Situation auf sich hatte. Aber sie war davongelaufen, weil es ihr an Mut fehlte, und am nötigen Selbstvertrauen. Und jetzt heulte sie schon wieder. Über sich selbst und ihre Dummheit.

»Hallo?« Jemand steckte den Kopf durch die Hintertür und brachte einen kalten Windzug mit.

Schnell wischte sie sich mit dem Ärmel über die Augen. Thórs Schwester.

Sofort wurde ihr bang ums Herz. »Ist etwas mit Thór?«

»Wie? Nein, er ist am Hafen. Alles gut.« Björk blinzelte sie erst irritiert an, lächelte dann aber, und die Ähnlichkeit mit ihrem Bruder wurde offensichtlich. Sie hatten die gleiche Augen und hohen Wangenknochen, doch während sein Gesicht schmal und beinahe kantig wirkte, war ihres weicher und flächig. Hummel hatte er sie genannt, und das mochte an ihrem goldblonden Haar liegen und der Vorliebe für schwarze Kleidung vielleicht auch; ganz sicher aber an ihrer Erscheinung, denn sie war höchstens ein Meter sechzig groß, und alles an ihr schien rund und ununterbrochen in Bewegung zu sein. Fast war es, als könnte man sie summen hören.

Isving nahm die Hände aus dem Teig. »Hallo, Björk?«, fragte sie.

»Genau. Seine Schwester. Keine Freundin oder so.«

»Möchtest du einen Kaffee?« Verlegen suchte sie nach einer Beschäftigung für ihre Hände.

»Nein, danke. Ich muss gleich weiter, aber ich muss auch etwas loswerden. Es ist wichtig.«

»Ja?«

»Ich weiß, mein Bruder hat einen schlechten Ruf. Aber mit dir ist es anders. Seit Jahren hat er uns nichts mehr von irgendwelchen Freundinnen erzählt, aber neuerdings sind wir ziemlich auf dem Laufenden. Meine Schwester Sóley sagt, er ist verliebt. Und wenn sie das sagt, dann stimmt es. Damals hat sie auch sofort gewusst, dass es ein Fehler war …« Sie setzte sich auf die Küchenbank, und sofort kam Pünktchen hervor und ließ sich streicheln. Das erlaubte sie nicht jedem.

»Ich glaube, ich hätte doch ganz gern einen Kaffee.«

Isving legte ein Tuch über den Teig, schenkte zwei Becher voll und setzte sich ebenfalls. »Ich bin auch verliebt«, sagte sie. »Nein, das trifft es nicht, ich … Thór ist perfekt.«

Björk lachte glucksend. »Ganz sicher nicht, aber er ist der beste große Bruder, den man haben kann, und ein wunderbarer, großherziger Mensch. Es gehört schon einiges dazu, ihn so aus der Ruhe zu bringen, wie du es getan hast.« Sie sah auf die Uhr. »Okay, hier die Schnellfassung: Das letzte Mal, als er richtig verliebt war, hat er geheiratet. Auf den Malediven am Strand. Die ganz romantische Nummer. Die Schlampe, entschuldige, hat ihm das Herz gebrochen. Die besten Anwälte waren erforderlich, um nachzuweisen, dass sie gemeinsame Sache mit ihrem Ehemann gemacht hat, um Thór auszunehmen. Trotzdem hat er unfassbar viel Geld verloren. Aber was noch schlimmer ist: Danach war er nicht mehr derselbe. Du weißt schon: Sex, Drugs & Rock 'n' Roll. Auf die unlustige Weise.« Nach einem Schluck aus ihrer Tasse sprach Björk schnell weiter: »Dieses Leben auf der Überholspur hat ihm nicht gutgetan. Hör zu, ich muss heute Abend zurück nach Reykjavík. Bring das bitte wieder in Ordnung, ja?«

»Es tut mir leid. Das wusste ich nicht. Und auch nicht, dass ich so eifersüchtig werden kann. Wir waren fantastische drei Tage mit den Pferden unterwegs, und ich hätte nicht glücklicher sein können. Aber es war auch anstrengend, und die Sache mit der Verletzten, die wir gefunden haben, hat mir ziemlich zugesetzt. Dann noch dieser furchtbare Óskar Ragnarsson – das soll keine Entschuldigung sein ...«

»Du hast ja nichts Schlimmes getan«, sagte Björk nun mit weicherer Stimme, »nur ziemlich extrem eifersüchtig reagiert. Ich weiß auch nicht, warum er sich dermaßen große Sorgen gemacht hat, als du plötzlich verschwunden warst.« Abwehrend hob sie die Hände. »Das ist eure Sache.« Damit stand sie auf. »Ich muss weiter. Dieser Walmörder gibt nicht auf und hat offenbar die Polizei gerufen.« An der Tür drehte sie sich noch mal um: »Wenn du meinem Bruder absichtlich das Herz brichst, dann hast du zwei böse Schwestern am Hals, das schwöre ich dir!«

Isving glaubte ihr jedes Wort.

31

Thór rieb sich die Augen. Er hatte höchstens zwei Stunden geschlafen, während sie in Björks Wohnwagen auf die Ankunft des Walfängers gewartet hatten.

Kurz bevor es so weit sein sollte, war Björk plötzlich verschwunden, und jetzt saß sie vor ihm und erzählte von ihrer Begegnung mit Isving.

»Sie liebt dich, Thór. Aber irgendetwas stimmt nicht mit ihr.«

»Du hast ihr gedroht und die Geschichte mit Susan erzählt? Bist du jetzt vollkommen verrückt geworden?« Verständnislos sah er seine Schwester an.

Gestern war er äußerst besorgt gewesen, dass Isving einen Anfall oder Schub oder wie auch immer man solche Situationen bei MS-Kranken nannte, erlitten haben könnte. Sie fröhlich aus dem Hot Pot steigen zu sehen, hatte ihn wütend gemacht. Dabei hätte er froh sein müssen, dass es ihr gut ging. Sorge machte ihm ihr offensichtliches Misstrauen. Eine Verbindung zwischen einer überaus eifersüchtigen Frau und einem Musiker, der wie seine Freunde und er mehrere Monate im Jahr auf Tour war, stand unter keinem guten Stern. Diese Erfahrung hatten sie alle machen müssen. Aber Thór wollte, dass es funktionierte. Er wollte es so sehr, dass es beinah schon schmerzte.

Das hatte er Björk letzte Nacht erzählt. Offenkundig ein Fehler. Er liebte seine beiden Schwestern innig, aber manchmal benahm sich Björk, als wäre nicht er der Älteste, sondern sie.

»Ja, okay. Das war vielleicht übergriffig, aber ich konnte nicht anders.« Sie blinzelte ihn an, wie sie es immer tat, wenn sie ein schlechtes Gewissen hatte. »Wusstest du, dass sie dich für perfekt hältst?« Jetzt war es eindeutig der Schalk, der sie zwinkern ließ.

»Bin ich das nicht?« Er musste schmunzeln.

»Im Ernst. Genau das hat sie gesagt. Als ich kam, hat sie übrigens in den Brotteig geweint. Du weißt also, was du demnächst dort isst.«

Der Gedanke, dass er an ihren Tränen Schuld haben könnte, schmerzte ihn, und er stand auf, unentschlossen, was er nun tun sollte. Ein Handy klingelte. Björk ging dran, und ihr Gesichtsausdruck veränderte sich dramatisch.

»Es ist wieder ein Blauwal. Gleiches Argument. Als ob man den Tieren sicher ansehen könnte, ob sie Hybriden sind oder nicht. Offenbar will er sich die Einfahrt in den Hafen erzwingen. Da dürfte ihn eine schöne Überraschung erwarten.« Wütend steckte sie das Handy ein.

Thór war alarmiert. »Was habt ihr vor?«

»Das wirst du schon sehen!«, rief sie und rannte los.

Was blieb ihm anderes übrig, als seiner verrückten Schwester über den Parkplatz rüber zum Kai zu folgen, wo andere Aktivisten bereits aufgeregt diskutierten. So früh war am Hafen nicht viel los. Nur der harte Kern, dazu gehörte auch eine Kamerafrau, war wach geblieben. Sie sah durchs Fernglas und berichtete, was da draußen geschah.

»Der Walfänger hält direkt auf die Fischerboote zu. Das ist Wahnsinn!«, sagte sie und reichte das Fernglas an Thór weiter.

»Ich fasse es nicht. Björk…« Er sah sich nach seiner Schwester um.

»Die fährt gerade raus. Siehst du? Da vorn«, sagte eine Frau neben ihm. »Es geht los.«

»Was geht los?« Seine Schwester war als Biologin auf Forschungsschiffen mitgefahren, aber auch ein Jahr lang auf dem Schiff einer Tierschutzorganisation, und hatte dabei Dinge getan, die sie sehr wohl das Leben hätten kosten können. Er erfuhr meist aus der Presse davon, wenn sie sich wieder einmal in Gefahr begab. Dieses Mal würde er womöglich selbst dabei sein und es hoffentlich zu verhindern wissen. Thór rannte los und erreichte das Fischerboot, als es dabei war abzulegen. Ohne nachzudenken, sprang er.

»Hey, Thórarinn! Ich wusste gar nicht, dass du so sportlich bist«, rief Björk ihm aus dem Steuerhaus zu, wo sie am Ruder stand. »Willkommen an Bord.«

»Was wird das?« Er musste jetzt gegen Motorenlärm und Wind anbrüllen, um von dem jungen Mann verstanden zu werden, der ihn mit einem festen Griff davor bewahrt hatte, eine ziemlich peinliche Landung auf dem regennassen Deck hinzulegen.

»Wir stoppen den Mörder.«

Er zog ihn in den Windschatten. »Seid ihr wahnsinnig?«

»Warum? In diesem Land ist es verboten, Menschen zu töten.«

»Und du glaubst wirklich, jemand, der da draußen gerade einen Blauwal harpuniert hat, interessiert sich für

Gesetze?« Er sah das Zögern in den Augen seines Gegenübers.

Schwarz gekleidete Aktivisten kamen hinzu, darunter auch eine Frau. »Wer bist du überhaupt, und warum mischst du dich ein, wenn du nicht auf unserer Seite bist?«, fragte sie.

»Da oben steht meine Schwester hinter dem Steuer und ist gerade dabei, einen fatalen Fehler zu begehen.«

»Björk ist deine Schwester? Wow, Mann! Sie ist die coolste Frau, die es gibt.« Die Bewunderung in den Augen der jungen Leute war nicht zu übersehen.

Er ließ die verzückt lächelnden Kids stehen und stieg die Stufen zum Steuerhaus hinauf. Björk warf ihm nur einen kurzen Blick zu. Sie hatte alle Hände voll damit zu tun, den Kutter gegen die Wellen zu steuern. »Was?«, fragte sie schließlich über die Schulter.

»Du willst dich umbringen? Da wüsste ich aber bessere Methoden.«

»Drogen vielleicht, so wie du?« Sie gab einen verächtlich Laut von sich. »Ich habe dich nicht gebeten, an Bord zu kommen. Jetzt bist du unter meinem Kommando, verstanden?«

»Du bist der … die Kapitänin?« Gerade noch rechtzeitig hatte er sich erinnert, dass seine Schwestern großen Wert auf solche sprachlichen Dinge legten.

»Ranghöchste trifft es wohl eher«, sagte sie und griff nach dem Mikrofon, das neben ihr schaukelnd von der Decke hing.

»Sealwhale coming«, sagte sie und lauschte einer Durchsage, die nichts Gutes verhieß.

Der Walfänger hatte die Blockade am Eingang zum Fjord hinter sich gelassen und kam näher. Jökull war ihm zwar auf den Fersen, einholen würde er das Schiff mit seinem Kutter aber nicht können.

Ein weiterer Funkspruch.

Björk erklärte, Óskar Ragnarssons Schiff führe einen riesigen Wal mit sich. Mit dem Tier mussten sie innerhalb weniger Stunden zum Hafen zurückkehren, sonst begann das Fleisch zu vergammeln. Das erklärte, warum er den Standort Kópavík erhalten wollte.

Thór begriff, dass die Walfänger unter extremem Zeitdruck standen. Das machte sie noch gefährlicher.

Björk hatte ihr Ziel augenscheinlich erreicht, drosselte den Motor und drehte bei. Das pumpende Vibrieren der Maschinen ließ nach, und es dauerte nicht lange, da dümpelten sie zwischen schaumgekrönten Wellen. Thór drehte sich um und blickte zurück. Ein weiteres Boot kam heran. An der Kaimauer, die das Hafenbecken vom Fjord trennte, versammelten sich Menschen. Auf der Landstraße blitzte blaues Licht auf. Die Polizei hatte offenbar auch erfahren, dass sich etwas zusammenbraute. Aber was sollten sie schon tun? Auf Einsätze dieser Art war man hier in den Westfjorden, wo die meisten Leute noch ihre Haustür unverschlossen ließen, nicht eingerichtet.

Das herannahende Schiff ließ ein Warnsignal hören. Es sollte ihnen signalisieren, dass sie ausweichpflichtig waren.

»Siehst du, es ist total safe. Er hat uns gesehen«, sagte Björk und antwortete mit mehreren Signaltönen.

»Was hieß das jetzt?«

»Dass wir manövrierunfähig sind.« Er wird gleich beidrehen.

Thór griff nach dem Fernglas. Der Walfänger mochte sie gesehen haben, aber er drosselte seine Geschwindigkeit keineswegs, sondern hielt direkt auf sie zu.

»Sieht nicht danach aus«, er reichte ihr das Glas.

»What the fuck?«

Das wurde langsam gefährlich. So ein Kutter war kein Speedboot, und irgendwann würde der andere Kapitän weder anhalten noch ausweichen können, selbst wenn er es wollte. »Lass ihn durch, du hast getan, was du konntest«, bat Thór. »Den Rest soll die Polizei regeln.«

»Spinnst du? Kein Kapitän würde sein Schiff für so einen Stunt riskieren. Der kann immer noch ausweichen.« Björk ballte die Fäuste, und es sah ganz danach aus, als hätte sie ihn am liebsten erwürgt und anschließend über Bord geworfen.

Thór wurde nun ebenfalls ärgerlich. Sie waren doch nicht unsterblich. »Sicher, wie damals die japanischen Walfänger, als sie die Sea-Shepherd-Leute gerammt haben.«

»Aber das hier sind Isländer. Unsere Leute. Die machen so was nicht.« Als seine Schwester störrisch den Kopf schüttelte, ohne etwas zu unternehmen, handelte er.

Thór schob sie beiseite, legte den Gashebel bis zum Anschlag um und flehte die Götter an, rechtzeitig reagiert zu haben. Der Diesel brummte unwillig, doch schließlich nahmen sie Fahrt auf. Es sah lange nicht gut aus, aber am Ende entgingen sie der tödlichen Kollision um Haaresbreite.

Keine zwanzig Minuten später, sie hatten angelegt und im Hafen mit zwei Polizisten gesprochen, waren sie auf allen Kanälen präsent. Es war noch nicht einmal sechs Uhr morgens, und die halbe Welt konnte sehen, welche Rolle Thór in diesem unerfreulichen Husarenstück gespielt hatte.

Er hatte es so satt. Irgendjemand musste der Presse gesteckt haben, wer er war, und sofort verblasste all das Engagement der Tierschützerinnen und Aktivisten. Björk, die eine anerkannte Wissenschaftlerin in der Walforschung war, zählte nichts gegen jemanden, der ein bisschen Musik machte. In was für einer Welt lebten sie eigentlich?

Die Sonnenbrille auf der Nase, durchschritt er ohne nach rechts oder links zu blicken die Gruppe aus Demonstranten und Journalisten, machte einen Bogen um das Kamerateam, stieg in sein Auto und fuhr los. Für eine Konfrontation mit Isving fühlte er sich, so ärgerlich und übernächtigt, wie er war, nicht gewappnet. Schließlich fand er sich auf dem Weg nach Vingólf wieder. Sein Unterbewusstsein hatte ihm die Entscheidung abgenommen.

Auf dem Hof war Kristín gerade dabei, den offenen Stall, in dem es kein Stroh, sondern nur eine Gummimatte gab, auszumisten. Sie musste wohl etwas in seinem Gesicht gesehen haben, das sie dazu bewog, ihm wortlos Schaufel und Besen in die Hand zu drücken und auf die Schubkarre zu zeigen, während sie selbst damit begann, den schon gereinigten Teil des Stallgebäudes mit dem Schlauch auszuspritzen.

Und so arbeiteten sie still Seite an Seite, bis alles blitzte und die Tiere versorgt waren.

»Kaffee?«, fragte sie.

»Für mein Leben gern.«

Während Kristín Pfannkuchen buk, saß er am Tisch und konnte nichts anderes denken als an seine Sehnsucht nach Isving. Mit ihr sollte er in einer Küche sitzen, draußen die Pferde und ein neuer Islandsommertag, der, wie konnte es anders sein, alle paar Minuten sein Gesicht wechselte. Im Regen, der waagerecht gegen die Frontscheibe geprasselt war, dass die Wischer beinah versagten, war er angekommen. Jetzt schien die Sonne, aber am Horizont standen hohe dunkle Wolken über dem Fjord, die neue Wetterkapriolen ankündigten.

Kristín stellte einen Teller vor ihn auf den Tisch, Zucker und Marmelade. Sie stellte keine Fragen. Nach und nach trudelten die drei Saisonhelferinnen ein und erfüllten den Raum mit Leben und Gelächter.

Als die Uhr acht schlug, scheuchte die Bäuerin sie hinaus zu den Pferden und sagte: »Isving kommt gleich, es ist ihr Einkaufstag. Sie wird mit Stjarni arbeiten, bevor sie weiterfährt.«

Thór war klar, dass die Pferdehofbetreiberin ihm damit anbot, sich rechtzeitig zu verabschieden, aber er hatte andere Pläne. »Du hast doch Verkaufspferde?«

»Davon lebe ich. Warum fragst du? In Hjaltadalur gibt es einige der besten Pferde Islands.«

Natürlich wusste sie Bescheid. Man musste ja nur eine App aufrufen, um herauszufinden, ob man verwandt war oder nicht, und vermutlich waren sie es.

»Das stimmt«, sagte er und wunderte sich darüber, dass er Stolz bei diesen Worten empfand. Warum auch nicht, seine Verwandten betrieben in Hjaltadalur eine landesweit bekannte und geschätzte Zucht. »Aber ich habe da ein ganz bestimmtes Pferd im Auge.«

»Tatsächlich? Wen?«

»Hestur.«

»Der ist nicht mal zwei Jahre alt, du kannst ihn nicht reiten.«

»Ich weiß. Aber ich mag ihn, er erinnert mich an ein Pferd aus meiner Kindheit.«

Sie lachte. »Und er ist der vielversprechendste Hengst seines Jahrgangs.«

Thór fiel ein. »Das auch. Lass uns drüber reden.«

»Meinetwegen. Willst du ihn dir noch mal ansehen?«

»Natürlich.«

»Die Junghengste sind im Augenblick irgendwo nicht weit von hier auf den Hochweiden. Ich kann das mit GPS checken.« Sie legte den Kopf schräg und sah ihn an. »Willst du mit Isving dorthin reiten?«

»Wenn es sich ergibt.«

Kristín, die aufgestanden war, um das Geschirr zusammenzuräumen, setzte sich wieder. »Ich stand gestern zufällig hinter ihr und habe gesehen, was sie gesehen hat. Ganz ehrlich? Ich verstehe ihre Reaktion. Sie hatte keine Ahnung, wer Björk Bryndísarsdóttir ist.«

Er zuckte mit den Schultern. »Björk ist meine Schwester.«

»Das weiß ich inzwischen auch. Kam ja so nebenher in den Nachrichten.« Sie ließ ein unfrohes Lachen hören, was deutlich widerspiegelte, wie sie darüber dachte, dass plötzlich Thór im Mittelpunkt des Medieninteresses gestanden hatte, obwohl doch die wichtigste Nachricht war, dass der

Wal offiziell beschlagnahmt worden war. Das Tier würde zwar in Kopávík zerlegt werden, weil irgendetwas mit ihm geschehen musste, aber Óskar Ragnarsson war es vorläufig untersagt, das Fleisch zu vermarkten.

»Worauf willst du hinaus?«

»Himmel, Popstars sind nicht eben das Material für stabile Beziehungen. Du verstehst?«

Thór seufzte. »Ich weiß.« Dann sah er auf. »Du sprichst ziemlich frei …«

»Von Haus aus bin ich Psychologin. Wusstest du nicht, oder?« Sie lächelte. »Im Winter kostet der Hof mehr, als er abwirft. Ich therapiere unter anderem Paare.«

»Okay, und dein Honorar?«

»Verrechnen wir bei Erfolg mit dem Kaufpreis.« Nun lachte sie wirklich. »Guck nicht so, wenn du ihn wirklich willst, kannst du Hestur haben. Ich habe gesehen, wie du mit Tieren umgehst, und ich kenne meine Pferde. Ihr beiden könntet irgendwann ein gutes Team abgeben.« Sie griff nach ihrem Tablet und sagte kurz darauf: »Ich hatte recht, die Herde steht im Augenblick eine halbe Stunde von hier. Reite mit Isving dorthin und sprich dich mit ihr aus. Sie liebt dich. Dafür würde ich meine Hand ins Feuer legen. Mach was draus.«

Der Vorschlag hatte was. Eine Reithose lag im Auto, wie eine Menge anderer Sachen auch, die in seinem winzigen Zimmer in Isvings Häuschen keinen Platz gefunden hatten. Vielleicht sollte er sich umhören, ob jemand ein Haus verkaufen wollte. Es klang zynisch, aber mit der Schließung der Fischfabrik, die nach dem heutigen Skandal gesetzt sein dürfte, würden sicherlich Leute fortziehen.

Eine der Praktikantinnen sah herein, sie hatte eine Frage. Nach Kristíns eindringlicher Ansprache war Thór dankbar für die Unterbrechung und ging hinaus, um den Schecken Dagsbrún einzufangen und für einen Ausritt fertig zu machen. Wenn Isving nicht von ihrer Routine abwich, würde sie in spätestens einer halben Stunde hier sein.

32

Wie überall in der Gegend waren die Türen des Vingólf-Hofs nicht abgeschlossen. Isving klopfte aus Höflichkeit dennoch, bevor sie hineinging.

»Bin gleich da«, tönte es aus der ersten Etage. »Nimm dir was zu trinken, wenn du magst.«

Isving zog ihre Schuhe aus und ging auf Socken in die warme Küche. Während sie wartete, sah sie aus dem Fenster, ohne viel zu erkennen. Ihre Kontaktlinsen lagen gut verpackt zu Hause, und eine Brille trug sie nur zum Autofahren, aber bald würde es wohl Zeit sein, sie immer dabeizuhaben.

Auf dem Stallvorplatz waren mehrere Pferde angebunden, die von einer Reitergruppe geputzt wurden. Darunter ein Mann, der wie Thór aussah. Doch er konnte es nicht sein, denn Thór war am Hafen.

»Hast du gewusst, dass er sich ein Pferd kaufen will?«

»Wer?«

»Na, Thór. Oder wen beobachtest du da so sehnsüchtig?« Lachend klopfte Kristín ihr auf die Schulter. »Ich habe Stjarni von den Mädchen für dich mitputzen lassen. Dann könnt ihr gleich zusammen los.« Sie runzelte die Stirn. »Alles in Ordnung?«

»Ja, klar. Danke dir. Die Eier hole ich dann nachher.«

»Kein Problem, ich stelle sie dir raus.«

Kristíns forschenden Blick im Rücken, ging Isving hinaus. Sie hatte keine Lust, über ihren Streit zu reden, dessen Anlass Kristín womöglich kannte, weil sie zusammen die Fischfabrik verlassen hatten.

Einmal tief Luft holen, dachte sie und straffte die Schultern. Irgendwann musste sie sowieso mit ihm sprechen, und vielleicht war es gar nicht so schlecht, dass es hier geschah, unter fremden Leuten und mit den Pferden.

»Hallo«, sagte sie und vergrub ihre Hände in Stjarnis dichter Mähne.

Er blickte auf, und die Erschöpfung einer langen Nacht war ihm anzusehen. Sie konnte gut verstehen, warum es ihn nach seinem gefährlichen Abenteuer zu den Pferden gezogen hatte statt nach Hause. Die Tiere konnten einem helfen, wieder zu sich zu finden, der Umgang mit ihnen verlangte immer volle Aufmerksamkeit.

»Guten Morgen, Isving.«

»Es tut mir leid.«

»Wir reden später, in Ordnung?«

Thór warf die Zügel über den Hals seines Pferds und stieg auf.

Er will mich nicht mehr sehen, dachte sie und spürte, wie ihr Tränen in die Augen stiegen.

Nachdem Thór mit seinem nervös tänzelnden Pferd einige Volten geritten war, kehrte er zurück. »Möchtest du mich begleiten, ich reite zur Sonnenwiese, um mir einen der Junghengste anzusehen.«

»Gern.« Wie vorsichtig sie miteinander umgingen. Beinahe wie Fremde. Und doch glaubte Isving, eine Wärme in seiner Stimme zu hören, die er nur für sie übrig hatte.

Sie schwang sich schnell auf Stjarnis Rücken und folgte ihm schweigend auf dem Weg nach Süden, der in ein flaches Tal führte, wo sich die Hausweiden des Hofs befanden. Nach einem befreienden Tölt-Wettrennen, das ihr Pferd für sich entschieden hatte, ritten sie mit langen Zügeln Seite an Seite.

»Du musst dich nicht für ein Missverständnis entschuldigen«, sagte Thór schließlich.

»Möchte ich aber.« Sie sah nicht zu ihm hinüber, obwohl alles in ihr danach verlangte. »Es war so viel mehr. Du weißt, dass ich negative Erfahrungen mit meiner besonderen Haarfarbe …«, hier holte sie tief Luft, »… und überhaupt mit Männern habe. Das mag idiotisch klingen …«

»Überhaupt nicht. Du bist wunderschön, einzigartig. Aber so was ruft Neid und Missgunst hervor.«

»Danke.«

Thór lenkte sein Pferd näher an sie heran. »Isving, ich möchte dich nicht über solche Banalitäten verlieren. Aber du musst wissen, dass mein Beruf, mein Leben – es wird immer Situationen geben, die missverständlich sein können.«

»… und nicht alle lassen sich mit verwandtschaftlicher Verbindung erklären.« Sie musste lachen. »Es ist einfach blöd gelaufen, und wahrscheinlich werde ich noch lange und eine Menge lernen müssen, um damit umgehen zu können, dass der Mann, den ich liebe, kein Buchhalter, sondern ein berühmter Künstler ist.« Sie schob sich die windzerzausten Haare aus dem Gesicht. »Gib mir Zeit, bitte.«

Als nach einer angemessenen Frist keine Antwort kam, wagte sie schließlich doch einen Blick zur Seite. Thór sah sie an, und ein Staunen lag auf seinem Gesicht.

»Liebe«, sagte er schließlich. »Das ist es. Ich liebe dich, Isving.«

Das, dachte sie, war sicher die seltsamste Liebeserklärung, die man sich vorstellen konnte. Gemeinsam auf dem Rücken der Pferde und doch zu weit voneinander entfernt, um sich mehr als nur kurz berühren zu können.

Sie hatte das Gefühl, neben sich zu stehen und die Situation einigermaßen hilflos beobachten zu müssen. »Können wir zu Hause weiterreden?«, fragte sie schließlich mit leiser Stimme und wartete bang auf seine Antwort.

»Zu Hause«, sagte Thór schließlich. »Das klingt wunderbar.«

Am frühen Nachmittag kehrten sie zurück. Thór war so müde, dass er sich gleich hinlegte.

Auf Isving wartete eine Menge Arbeit in der Küche. Ihre Mitarbeiterinnen unterstützten sie nach Kräften, und schließlich zog sich die Wandertruppe zufrieden auf die Zimmer zurück.

Die drei Frauen besprachen gerade den Plan für die nächste Woche, als Emil hereinkam.

»Habt ihr gehört? An Óskars Haus hat es einen Bergrutsch gegeben.« Er zog sein Handy hervor und zeigte ihnen Bilder von einer Art römischer Villa, die nah am Rand beeindruckender Klippen stand.

»So wohnt der?« Isving hielt sich die Hand vor den Mund, um nicht laut loszulachen. Wenn etwas überhaupt nicht in die ansonsten unberührt wirkende isländische Natur dort im Süden passte, wo der Fischfabrikant wohnte, dann wohl ein alt-mediterraner Baustil mit schlanken Marmorsäulen. Gabrielle, die ein großer Fan skandinavischen Designs im Stil von Arne Jacobson war, musste beim Anblick dieser monströsen Geschmacksentgleisung der Schlag getroffen haben.

»Oh, Himmel«, entfuhr es ihr. »Gabrielle und Liliette. Hoffentlich ist ihnen nichts passiert!«

»Deine Schwägerin und ihr kleines Mädchen wohnen da nicht mehr. Wusstest du das nicht?«

»Gott sei Dank!«

»Oder den Elfen«, sagte Emil, als meinte er es ernst.

Isving ging nicht darauf ein, sie machte sich zu viele Gedanken um Gabrielle. Warum wusste Emil mehr über die beiden als sie?

Die Frage beschäftigte sie auch noch auf dem kurzen Heimweg. Ein Blick auf ihre Kurznachrichten gab die Erklärung. Gabrielle hatte sich zweimal gemeldet, Isving aber nicht geantwortet. Sofort schrieb sie: »Geht es euch gut?«

Die Antwort ließ nur wenige Sekunden auf sich warten. »Wir sind in der Schweiz. Melde mich später.«

Nach einer letzten Hunderunde legte sie sich zu Thór. Er zog sie wortlos näher, bettete ihren Kopf an seiner Brust und schlief weiter.

Pünktchens aufgeregtes Bellen riss sie beide aus dem Schlaf.

Thór rekelte sich neben ihr. »Was hat der Hund?«

»Irgendwas stimmt nicht.« Isving folgte einem Impuls,

stieg aus dem Bett und lief zum Fenster. Das Rollo schnellte nach oben, und vor ihr lag neblig rosafarben der Fjord, aber ein Blick nach links offenbarte die Katastrophe: Kópavíks Fischfabrik stand in Flammen. Blaulicht blinkte.

Thór stand dicht hinter ihr, als er sagte: »Das ist dann ja mal praktisch.«

»Wieso?«

»Na ja, er lässt die Fabrik abfackeln. Die Versicherung zahlt den Schaden, und obendrein gibt es keinen Ärger mit dem Ministerium, weil er Arbeitsplätze vernichtet. Mit ein bisschen Glück ist der Wal auch hinüber, und niemand findet heraus, was für ein Tier er letztlich erlegt hat.«

»Das ließe sich doch nachweisen?«

»Vermutlich, aber weg ist weg.«

Darauf vertrauend, dass er sie hielt, lehnte sich Isving rücklings gegen seinen schlafwarmen Körper. Sie wollte jetzt nicht über jemanden wie Óskar Ragnarsson nachdenken. So standen sie da und rührten sich nicht, bis Thór die Arme um sie schlang und sein Kinn auf ihren Kopf legte. Ganz leicht, als wäre sie wirklich so zerbrechlich, wie sie sich in diesem Augenblick fühlte.

»Ich hatte solche Angst, dass alles nur ein Traum war.«

Ein Regenbogen erschien am Himmel, und als sie genauer hinsah, waren es zwei, der eine noch unfertig, unentschieden, ob er bleiben oder gehen sollte. Das Feuer schien auf bizarre Weise nicht real, sondern Teil einer gigantischen Inszenierung zu sein.

Thór hob den Kopf. »Du hast ja keine Ahnung, wie gut ich dich verstehe.«

»Deine Schwester hat mir davon erzählt.«

»Ich wusste nicht, dass sie vorhatte, zu dir zu gehen. Und ich wollte nicht, dass sie darüber spricht.«

Sein verlegenes Lachen sandte kleine Wellen durch ihren Körper.

»Vermutlich ist es mir immer noch peinlich, dass ich damals so übertölpelt worden bin.«

»Wenn ich vorher davon gewusst hätte …«, setzte sie an, überdachte ihre Worte aber noch einmal. »Nein, vermutlich hätte es nichts geändert. Diese Angst davor, jemandem zu vertrauen, ist allein mein Problem.« Sie drehte sich zu ihm um, bis sie sich in die Augen sahen. »Ich wünsche mir nichts mehr, als dass wir von hier aus gemeinsam weitergehen. Wir haben beide unsere Seelennarben, aber das geht ja im Grunde allen Menschen so. Wollen wir es wagen?«

Hätte er sie nicht geküsst, sie hätte ihm von der Multiplen Sklerose erzählt, ganz bestimmt. Oder gleich danach, aber es klopfte an ihre Haustür, und der Moment war vorüber.

Ein Junge aus dem Ort stand da und rang nach Atem. »Emil fragt, ob ihr helfen könnt.«

»Natürlich«, sagte Isving, obwohl sie nicht wusste, was er von ihr wollte. »Was sollen wir tun?«

»Wir haben nicht genügend Verbandszeug.«

Vor einigen Wochen hatte sie Emil um Rat gebeten, womit sie ihren Verbandskasten fürs B&B ausstatten sollte. So weit entfernt von einem Krankenhaus war es gut, sich selbst helfen zu können, zumal, wenn man Menschen beherbergte. Daran hatte er sich offenbar erinnert. Sie fragte sich, wie schlimm es in der Fischfabrik sein musste, dass er sie um Hilfe bat. Schließlich war er als Ersthelfer gut ausgestattet.

»Ihr könnt unseres nehmen«, sagte sie. »Es ist aber drüben im Vestfirðir. Warte, ich ziehe mir nur etwas an.«

Thór nahm ihr die Schlüssel aus der Hand. »Ich mache das, okay?«

»Danke.«

Von der morgendlichen Kälte zitternd, schloss sie wenig später hinter ihm die Tür. »Zu zweit ist alles einfacher«, hörte sie in Gedanken Gabrielles Stimme. Wie recht sie gehabt hatte – jedenfalls, wenn zu zweit hieß, dass man mit jemandem wie Thór zusammen war.

Als Isving sich anzog, hörte sie Sirenen und hoffte, niemand möge mehr in Gefahr sein. Er war nicht zurückgekehrt, hatte ihr aber eine Nachricht geschickt. Das Feuer, schrieb er, habe aufs Haus übergegriffen, in dem die Saisonarbeiter lebten.

Voller Sorge ging sie hinüber ins B&B.

Mit Katla hatte sie nicht gerechnet, schon gar nicht um diese Zeit, aber kaum hatte Isving mit den Vorbereitungen fürs Frühstück begonnen, da stand die Freundin in der Küche. Zerzaust und mit Tränen in den Augen.

»Agnieszka«, sagte sie und ließ sich auf einen Stuhl sinken. »Sie wird nicht kommen.«

Erschrocken ging Isving zu ihr. »Sie ist doch nicht …« Das Unvorstellbare auszusprechen, gelang ihr nicht. Das Zimmermädchen lebte mit ihrem Mann im Arbeiter-Wohnhaus der Fabrik.

»Jurek. Er ist noch mal rein, um zu gucken, ob alle in Sicherheit sind …« Katla schluchzte auf. »Da gab es eine Explosion.«

»Um Himmels willen! Müssen wir nicht hin und helfen?«

»Nein, es sind genügend Leute da. Emil hat mich hergeschickt, damit wir die Touristen beruhigen und vom Hafen fernhalten.«

»Das machen wir.« Die Gruppe schien zwar aus vernünftigen Leuten zu bestehen, aber man wusste nie, wer plötzlich zum Katastrophentourist mutierte, der das Elend anderer filmte, um es ins Netz zu stellen.

»Wie schlimm ist es?«

»Es gibt Verletzte, aber außer Jurek …« Katla putzte sich die Nase, bevor sie weitersprach. »Die Fabrik ist hin. Der Wal auch.«

Thórs Worte fielen ihr wieder ein. »Glaubst du, jemand hat das Feuer gelegt?«

»Es würde mich nicht wundern.«

Draußen war ein Brummen zu hören, und Isving sah zum Fenster. »Die Küstenwache … was will die denn hier?« Entschlossen stand sie auf. »Sagt Emil, wir werden das Restaurant für die Betroffenen öffnen. Alle Leute können heute hier frühstücken, sich aufhalten und neu organisieren. Ich backe Brot.«

Katla lachte unter Tränen. »Wenn du Teig kneten kannst, ist die Welt für dich in Ordnung.«

»Keineswegs. Aber sie lässt sich viel besser ertragen.«

33

Das Feuer brannte noch, als Thór mit dem Jungen zum Hafen fuhr, um das Verbandsmaterial zu übergeben. Die Feuerwehr war gerade eingetroffen und rollte Schläuche aus. Wahrscheinlich würden sie nicht viel mehr tun können, als die Fabrik kontrolliert abbrennen zu lassen, während sie die Flammen löschten, die sich durch das Wohnhaus fraßen. Ein Rettungswagen stand am Hafen, die Besatzung kümmerte sich um Verletzte. Soweit er es überblicken konnte, hatten mehrere Menschen Rauch eingeatmet, wirkten aber ansonsten weitestgehend unverletzt oder waren bereits versorgt.

Eine Frau saß etwas abseits, die Rettungsdecke um sich und ihr Kind geschlungen, und weinte. Neben ihr Ursi, die ihn erkannte und heranwinkte.

»Das ist Agnieszka. Ihr Mann …« Sie erzählte ihm leise, was passiert war, und Thór stimmte ihr zu, dass die Frau nicht hierbleiben sollte. Ursi sprach kurz mit ihr, und sie willigte ein, sich in die Pension bringen zu lassen.

Isving enttäuschte ihn nicht. Nachdem sie Mutter und Tochter in der Küche versorgt hatte, bot sie an, die beiden im kleinen Dachzimmer wohnen zu lassen.

»Das wird zwar eng mit dem Kinderbett, aber so haben

sie wenigstens erst mal ein Dach über dem Kopf. Leider ist sonst nichts frei. Wir sind ausgebucht.«

Thór trug das Bettchen hinauf, und später kam Ursi mit einer großen Tasche voller Kleidung und den nötigsten Hygieneartikeln. Agnieszka besaß nichts als das, was sie auf dem Leib trug. Ein Ehepaar aus der Wandergruppe bot ihr sofort an, ihr Bad mitzubenutzen.

Wie erhofft zeigten die Gäste Verständnis dafür, dass die Einwohner von Kópavík aufgewühlt und mit sich selbst beschäftigt waren, und reisten gewissermaßen geräuschlos ab. Katla und Agnieszka, die darauf bestand, ihre Arbeit zu tun, putzten die Zimmer.

»Lass sie«, sagte Thór, als Isving protestieren wollte. »Sie braucht jetzt Halt, und wenn es die Routine ihres Jobs ist, die hilft, dann ist es eben so.« Er machte eine Geste in Richtung Frühstücksraum, wo Ursi mit der kleinen Paulina spielte, die noch nicht verstand, dass sie nun eine Halbwaise in einem fremden Land war. »Wir müssen uns um die beiden kümmern.«

»Weißt du, an dir ist ein Seelsorger verloren gegangen, oder ein Therapeut.«

»Das bin ich nicht, aber als es noch nicht so gut lief mit der Band, habe ich eine Ausbildung zum Mediator und Coach gemacht.« Er dachte daran, wie froh er schon manches Mal darüber gewesen war. »Du glaubst gar nicht, wie nützlich das sein kann, wenn man mit einem Team von Verrückten rund um die Welt reist.«

»Ihr Isländer habt wohl alle ein halbes Dutzend Jobs gleichzeitig, oder?«

»Wahrscheinlich. Das Leben hier ist teuer. Aber du bist

ja auch nicht anders: B&B-Chefin, Bäckerin und Elfensängerin.« Er legte ihr einen Arm um die Schulter. »Sowie zauberhaftestes Wesen überhaupt.«

»Du spinnst!«

»Findest du?«, fragte er leise in ihr Ohr und beobachtete fasziniert, wie sein Atem eine Gänsehaut an ihrem Hals auslöste. Es war verrückt in solch einer Situation, aber er wollte in diesem Augenblick nichts lieber tun, als sie noch einmal in die Wäschekammer zu locken.

Einen Versuch ist es wert, dachte er und küsste ihren Nacken. Das Feuer sprang schneller über, als er zu hoffen gewagt hatte. Bereitwillig folgte sie ihm in den kleinen Raum, der sauber nach frisch gemangelten Laken roch, was ihn erst recht antörnte. Mit einer Hand öffnete er die Tür und schob Isving rückwärts hinein.

Sie konnten nicht voneinander lassen. Thór küsste sie erneut und legte seine Hände unter ihr Hinterteil, hob sie hoch und trug sie zum Bügeltisch, der hinter einem großen Regal versteckt stand.

»Du bist so verdammt heiß«, flüsterte er ihr ins Ohr. »Sag mir, was ich für dich tun soll.« Dabei sah er ihr tief in die Augen, während er ihr Kleid höher schob, spreizte ihre Schenkel und ließ die Fingerspitzen über die empfindlichen Innenseiten gleiten.

»Ich kann nicht denken, wenn du das tust. Was ist, wenn jemand hereinkommt?«

»Soll ich aufhören?«

»Nein, bitte …« Sie zitterte, als seine Finger ihr Höschen beiseiteschoben. »Hör nicht auf.«

Er ließ die Lippen ihren Hals entlanggleiten, hinab

bis zu der empfindlichen Stelle unterhalb der Kehle. Mit einem Seufzer legte sie den Kopf in den Nacken.

»Du bist unglaublich süß.« Er hauchte ihr zarte Küsse aufs Dekolleté. Dabei blieben seine Hände keine Sekunde lang untätig. »Und sehr heiß.« Behutsam tauchte er weiter in die Feuchtigkeit ein. Ihre offensichtliche Lust erregte ihn heute noch mehr als die Aussicht darauf, sich tief in ihr zu verlieren. »Ist es das, was du willst?«

»Ja.« Ihr Atem ging stoßweise. »Mehr!«

Es funktionierte. Sex, das hatte er schon früh gelernt, war manchmal die beste Methode, um Verspannungen abzubauen und für einen kurzen Augenblick all das Elend der Welt zu vergessen.

Die Tür knarrte. Doch Thór dachte gar nicht daran, die Finger ruhig zu halten. Warnend legte er ihr die freie Hand über den Mund. Sie erstarrte.

Katlas Stimme war zu hören: »Wer hat denn nun schon wieder das Licht angelassen?« Geraschel, dann ging endlich das Licht aus, und die Tür fiel ins Schloss. Dunkelheit umfing sie.

Isving schnappte nach Luft, doch seine Hände blieben, wo sie waren.

»Lass dich fallen!« Endlich nahm er die Hand von ihrem Mund. »Ich bin für dich da«, sagte er und bewies ihr mit einem Kuss, dass er es ernst meinte.

Mit einem Seufzer, der klang wie das Maunzen einer jungen Katze, kam sie in seinen Armen. Eine Welle nach der anderen durchflutete ihren Körper, und sie klammerte sich an ihn, als wäre er der einzige Halt in diesen Wogen, im Chaos ihrer Gefühle.

»Lass mich nicht allein.«

Mein Gott, sie weinte!

Tränen machten ihn unruhig. Doch er widerstand dem Impuls, sich abzuwenden, und küsste das salzige Nass stattdessen behutsam fort.

»Komm!«, flüsterte sie auf einmal.

Mehr brauchte es nicht. Er liebte Isving mit harten Stößen, und sie konnte nicht genug davon bekommen, hob ihm die Hüften entgegen, bis sie einen gemeinsamen Rhythmus fanden. Die erste Welle rollte heran, und Thór wusste, es würde ein Tsunami werden.

»Jetzt.« Atemlos stieß sie nur dieses eine Wort hervor und klammerte sich Halt suchend an ihn. Sie kamen gleichzeitig. Miteinander. Ritten die Wogen ihrer Lust eng umschlungen. Sie waren eins. Welle für Welle schlug über ihnen zusammen, erreichte sämtliche Winkel ihres Seins, jede Faser ihrer Körper.

Schließlich hatten sie sich wieder gefangen, und Isving ließ sich vom Tisch gleiten. »Das war unglaublich.«

Er nahm sie an der Hand, ging mit ihr im schwachen Schein eines Nachtlichts zur Tür, wo sie erst einmal lauschten, bevor sie sich ins kühle Treppenhaus zurück wagten. Im Nachhinein betrachtet und angesichts des Unglücks der vergangenen Nacht war dieses befriedigende Intermezzo sicher keine seiner sensibelsten Ideen – aber so gut!

»Die Polizei ist da und möchte wissen …«

Katla kam ihnen aus dem Café entgegen. Sie stutzte und verstummte mitten im Satz. Ihr Blick ging zum Wäschezimmer, dann stahl sich ein ungläubiges Lächeln in ihre Augenwinkel. »Ihr macht euch besser ein bisschen zurecht, bevor ihr den Gesetzeshütern begegnet«, sagte sie leise und zog die Tür hinter sich zu. »Ich gebe ihnen Bescheid, dass ihr gleich … ähm, kommt.« Jetzt lachte sie und schüttelte den Kopf. »Ich habe ihnen übrigens erlaubt, vorerst im Frühstücksraum Quartier zu nehmen. Ah, und es gab zwei Stornierungen, leider. Aber ich hab die Zimmer gleich weitervermietet.« Damit tänzelte sie zurück ins Café.

»Himmel, wie peinlich.« Isving sah trotz ihrer Worte nicht weiter beunruhigt aus.

Katla war einzigartig. Oder auch nicht, denn das mochte er so an den Isländerinnen: Die Frauen in seinem Land hatten ein unbekümmertes Verhältnis zu Sex, dachte Thór, während er sich die Hände wusch und vor dem Spiegel den Sitz der Kleidung überprüfte, um dann gemeinsam mit seiner fabelhaften Geliebten ins Café zu gehen.

Die Polizisten kamen aus Ísafjörður. Ein Mann und eine Frau, die Isving aufmerksam musterte.

»Sie sind keine Isländerin«, stellte sie nach einer kühlen Begrüßung fest, und es klang wie ein Vorwurf.

»Ist das ein Problem?«, fragte Thór schärfer als beabsichtigt.

»Kommt drauf an, wen man fragt.« Eine steile Falte erschien zwischen den hellen Brauen der Frau. »Gegen Sie liegt eine Anzeige vor, Thórarinn Jón Bryndísarson. Óskar Ragnarsson wirft Ihnen und Ihrer Schwester Björk Telma vor, sein Schiff auf gefährliche Weise behindert zu haben.«

»Gefährlich für uns. Wir hatten Probleme mit dem Motor und haben das auch signalisiert. Der Kapitän hat nicht reagiert.«

»Darum geht es jetzt auch nicht«, sagte der Polizist und legte beschwichtigend eine Hand auf den Arm seiner Kollegin. »Wir möchten nur wissen, ob Ihnen etwas aufgefallen ist, als Sie während des Brands am Hafen waren.«

»Was wollten Sie dort?«, fragte die Frau.

Thór fand es seltsam, dass sie sich so aggressiv verhielt, und hätte ihr gern Kontra gegeben, dachte dann aber, dass Freundlichkeit der klügere Weg wäre. Also zwang er sich zu einem Lächeln. »Ich habe den Jungen gefahren, der uns um Verbandsmaterial gebeten hat.« Er erzählte, wie es dazu gekommen war, und beantwortete geduldig weitere Fragen, während Isving zu ihrem Computer ging, um die verlangte Liste der Hausgäste auszudrucken.

»Die sind ja alle abgereist!«

»Ich wusste nicht, dass ich meine Gäste gegen ihren Willen festhalten sollte.«

»Und wo waren Sie heute Nacht?«

Isving erzählte, dass sie am Vorabend bis etwa halb zwölf im Kaffi Vestfirðir gearbeitet hätte und danach sofort ins Bett gegangen sei.

»Der Hund hat uns geweckt. Er muss die Unruhe bemerkt haben. Wir haben die Flammen gesehen, und dann kam auch schon der Junge. Bjarni heißt er, glaube ich.«

»Sie wohnen zusammen?«

»Ja. Oben auf dem Weg zum Álfhóll.«

»In dem kleinen Haus?« Der Polizist hob erstaunt eine Augenbraue und musterte Thór mit neu erwachtem Interesse. »Aber Sie sind doch *der* Thór Bryndísarson?«

Er zuckte mit der Schulter. »Was hat das mit der Größe eines Hauses zu tun?«

»Natürlich nichts, entschuldigen Sie.« Er stand auf. »Das war alles.«

»Bitte sehr«, sagte Isving kühl. »Falls Sie noch etwas benötigen, wenden Sie sich an Katla.«

Sie ging Richtung Küche, und Thór folgte ihr. An den Schwingtüren blieb sie stehen und wandte sich noch mal um. »Wenn die neuen Gäste anreisen, wäre ich für Ihre Diskretion dankbar. Es ist ein schreckliches Unglück geschehen, aber diese Leute wollen ein paar schöne Tage in Kópavík verbringen, und dafür bezahlen sie gutes Geld.«

Der Polizist nickte. »Selbstverständlich. Vielen Dank, dass wir unsere Befragungen hier durchführen können.«

Erleichtert, dass Katla die frei gewordenen Zimmer nicht an die beiden merkwürdigen Polizisten, sondern an ein Team aus Reykjavík vermietet hatte, das die Brandursache untersuchen und Spuren sichern sollte, setzte sie sich am späten Abend in der Küche mit ihren Freunden zum Essen zusammen. Nur Agnieszka fehlte, sie war schon zu Bett gegangen.

Endlich erfuhren sie mehr. Emil, der gegenüber der Fabrik wohnte, war gegen halb vier von einer Explosion aufgeschreckt worden. »Das ganze Haus hat gewackelt«, sagte er, »und ich wusste gleich, dass etwas Furchtbares passiert ist.«

Er war hinausgelaufen und mit ihm die meisten Nachbarn. Sie hatten sofort mit den Löscharbeiten begonnen, aber nicht verhindern können, dass das Feuer aufs Wohnhaus übergriff. »Ich habe Jurek gesagt, er soll nicht noch mal reingehen. Die haben da mit Gas gekocht.«

Katla legte ihm einen Arm um die Schulter. »Du kannst nichts dafür. Es war seine Entscheidung.«

»Er hat sich losgerissen und irgendwas gerufen.« Bekümmert schüttelte er den Kopf.

»Vielleicht hat er geglaubt, seine Frau wäre noch im Haus?«

»Nein, die stand mit der Kleinen direkt neben ihm. Es waren alle Leute draußen. Ich kann mir nur denken, dass er irgendetwas Wichtiges retten wollte.«

»Vielleicht sein Geld?«, fragte Ursi und schenkte allen vom Wein nach, den Isving spendiert hatte.

»Das kann schon sein. Die Arbeiter haben oft Überstunden gemacht und wurden dafür in bar bezahlt.«

»Eine schreckliche Vorstellung, dass jemand für ein paar lausige Kronen sein Leben aufs Spiel setzt«, sagte Isving, und die Runde stimmte ihr murmelnd zu. In der nachfolgenden Gesprächspause schien jeder des Toten zu gedenken, bis sie in die Stille fragte: »Was ist mit dem Wal?«

»Der ist hin. Vielleicht hat der Brandstifter nicht mit so heftigen Böen gerechnet. Fremde unterschätzen die Kraft des Winds hier in den Westfjorden häufig.«

Thór sah ihn nachdenklich an. »Dann glaubst du, es war niemand von hier?«

»Auf keinen Fall«, sagten Emil und Katla wie aus einem Mund. »Du hast doch bei der Versammlung gesehen, dass die meisten gar nichts gegen die Fabrik oder Óskar haben«, fügte Katla hinzu. »Die Gastarbeiter können auch nichts damit zu tun haben, sie hätten den Sommer über noch genug Arbeit gehabt. Die Polizistin scheint übrigens zu glauben, dass deine Schwester darin verwickelt ist. Sie hat jedenfalls eine Menge Fragen zu Björk und dir gestellt.«

»Das erklärt, warum sie so unfreundlich zu Thór war.« Isving trank einen Schluck Wein.

»Das war sie zu jedem. Die Dame scheint außerdem etwas gegen Ausländer zu haben. Sie hat mich dreimal gefragt, wieso ich ausgerechnet in Kópavík lebe.« Alexander nahm sich eine weitere Keule vom Zitronenhuhn.

»Stimmt, etwas in der Art hat sie von mir auch wissen wollen. Ich dachte, es läge daran, dass ich Dänin bin.«

»Womöglich hat dieser Óskar selbst das Feuer gelegt«, sagte Alex kauend. »Oder seine Walfänger die Drecksarbeit machen lassen.«

»Nee, die sind schon am Nachmittag ausgelaufen.« Emil legte sein Besteck zusammen. »Wirklich köstlich. Ihr seid großartige Köchinnen. Es hat keinen Sinn zu spekulieren. Wir haben getan, was wir konnten, jetzt ist erst mal die Spurensicherung dran.«

34

»Wusstest du, dass sie bald ausgestorben sein werden?«, fragte Thór und zeigte auf eine Robbe, die wie ein menschlicher Schwimmer aus dem Wasser schaute und sie ebenfalls zu beobachten schien.

Sie saßen am Ufer des Fjords in der Sonne und sahen den Robbenmüttern zu, die sich ebenfalls sonnten, während ihre Kleinen spielten und sich dabei ungeschickte Verfolgungsjagden über die vom Meer glatt geschliffenen Felsen lieferten. Im Wasser waren sie elegante Schwimmer, an Land wirkten sie erstaunlich hilflos. Ein Irrtum, denn mit ihren Raubtierzähnen wussten sie sich durchaus zur Wehr zu setzen.

»Meine Pünktchen-Seehunde? Wie traurig. Ich dachte, es gibt so viele von ihnen.«

»Nicht von diesen Largha-Robben. Die Zahlen sind dramatisch zurückgegangen. Sie landen immer wieder in den Fischernetzen und haben wahrscheinlich auch nicht genug zu fressen. Der Bestand erholt sich jedenfalls seit Jahren nicht mehr, sagt meine Schwester.«

»Kann man denn gar nichts tun?« Isving mochte die Tiere, und das lag nicht nur an ihrem gepunkteten Fell. Sie hatten hübsche Gesichter und kümmerten sich liebevoll um ihren Nachwuchs.

»Björk und ihre Freundin vom Naturgeschichte-Institut versuchen alles, um Gesetzesänderungen anzustoßen. Die meisten stammen noch aus dem neunzehnten Jahrhundert.«

»Ich mag deine Schwester. Schade, dass sie nach den Protesten so schnell fortmusste. Wobei das ja in diesem Fall ein großes Glück war.«

Der Brand lag drei Wochen zurück, und die Geschwister waren zwischenzeitlich offiziell verdächtigt worden, ihn gelegt zu haben. Doch Isving konnte bestätigen, dass er die Nacht bei ihr verbracht hatte. Björk hatte angegeben, auf der Rückfahrt in Borganes getankt zu haben. Die Aufnahmen der Überwachungskamera waren zwar schon gelöscht gewesen, als die Polizei der Sache endlich nachging, aber ein Mitarbeiter der Tankstelle konnte sich an sie erinnern. Die Spurensicherer hatten keinen Zeitzünder gefunden, und damit waren die Geschwister entlastet.

»Wie geht's ihr?«

»Ziemlich wütend, würde ich tippen. Sie ist überzeugt, dass die Walfänger schuld an dem Brand sind, kann es aber bisher nicht beweisen, und die Polizei ... die hast du ja selbst erlebt. Mehr werde ich ganz sicher nächste Woche von ihr hören.«

Thór musste zum Zahnarzt und hätte es gern gesehen, wenn Isving mit ihm nach Reykjavík gefahren wäre, aber sie hatte zu viel zu tun. Agnieszka war mit ihrer Tochter abgereist, und bisher hatte sie keinen Ersatz für das Zimmermädchen gefunden. Eine Frau aus dem Ort half dreimal die Woche, aber den Rest musste das kleine Team selbst erledigen.

Isvings Handy piepste. Beim Blick aufs Display schlug ihr das Herz bis zum Hals. Gabrielle. Sie schrieb: »Wir müssen reden. Hast du Zeit?«

Sie will das Geld zurück, war Isvings erster Gedanke, und sie versuchte, die Panik zu unterdrücken, die von ihr Besitz ergreifen wollte. »Morgen. Ich ruf dich an.«

Prüfend sah er sie an. »Wer war das?«

»Eine Bekannte aus Århus. Ihre Mutter ist schwer krank«, schwindelte sie und war froh, dass er nicht nachfragte. Der Tag war zu schön, um ihn damit zu verderben.

Hinter ihnen lagen zwei inspirierende Stunden in Alexanders Studio, der verreist war und ihnen den Schlüssel überlassen hatte. Thórs Kreativität war ganz offensichtlich zurückgekehrt, er hatte sie heute mit einem neuen Song überrascht, der anspruchsvoller zu singen war als die bisherigen Kompositionen. Anfangs hatte Isving nicht gewusst, was sie von der Idee halten sollte, mit ihm ein Album zu machen. Aber schon nach den ersten Stunden im Studio war sie begeistert bei der Sache.

Das Singen hatte eine ungewöhnliche Wirkung auf ihre Seele. Die dunklen Schatten zogen sich zurück, und auch die Schmerzen hatten nachgelassen. Überhaupt hätte sie nicht glücklicher sein können. Die Arbeit im B&B machte ihr Spaß, auch wenn sie anstrengend war, und sie verbrachte wunderbare Stunden mit Thór. Wie er sich mit ihr über die Nachricht der Agentur gefreut hatte, die sie tatsächlich mit ihrem Roman vertreten wollte, war ein weiterer Beweis dafür, dass ihm etwas an ihr lag.

Katla hatte es logisch zusammengefasst: »Niemand gibt sich so viel Mühe, eine Zuneigung zu beweisen, die er nicht empfindet. Wofür auch? Sex kann dieser Mann überall bekommen, und Leute, die ihn anhimmeln, gibt es genug. Nein, meine Liebe, er will dich. Mit Haut, Herz und Haaren.«

»Solange ich die nicht auf den Zähnen habe«, sagte Isving lachend.

»Das ist immer schlecht.« Katla umarmte sie. »Du musst mit ihm reden, versprichst du mir das?«

Ihre Freundin hatte natürlich recht, nur fand Isving nie den passenden Zeitpunkt, ihm von ihrer Erkrankung zu erzählen. Vor dem Sex oder danach etwa? Während sie zusammen Musik machten oder beim Frühstück? Jetzt wäre eine gute Gelegenheit gewesen, aber sie wollte diesen perfekten Tag nicht ruinieren.

Wenn er zurückkommt, dachte sie. Wenn er aus Reykjavík zurückkommt, dann sage ich es ihm.

Zwei Tage nachdem er mit seinem Auto davongefahren war, vermisste sie ihn schon, als wäre er seit Monaten fort. Das konnte ja heiter werden, wenn er demnächst wieder mit seiner Band proben und im nächsten Winter auf Tour gehen würde. Die Termine standen bereits fest.

Um die Leere zu füllen, begann sie mit einem neuen Roman. Diese Geschichte trug sie schon lange mit sich herum, aber nun wollte sie niedergeschrieben werden. Das stellte sich als ebenso tröstlich heraus wie das Singen der gemeinsam erarbeiteten Lieder. Thór hatte ihr darüber hinaus ein Buch mit Stimmübungen geschenkt, die sie nun täglich durchging, was ihr erstaunlicherweise ebenfalls große Freude bereitete. Man konnte also nicht sagen, dass sie

Trübsal blies, aber es gab noch ein anderes Problem. Schon vor seiner Abreise war ihr ein paarmal übel gewesen, aber kaum hatte sie ihn am Morgen verabschiedet, da schaffte sie es gerade noch ins Bad, bevor sie ihr Frühstück erbrach.

Seither war die Übelkeit ihre ständige Begleiterin. Katla, der sie sonst alles erzählte, verschwieg sie das Problem. Die Freundin hätte sie ansonsten ganz bestimmt der Küche verwiesen, aber Isving passte auf. Sie desinfizierte sich die Hände und achtete darauf, nur mit Lebensmitteln zu arbeiten, die anschließend noch gekocht oder gebraten wurden, und so wurde auch niemand krank.

Als ihr Telefon klingelte, drehte sich alles in ihrem Kopf. Die Nummer auf dem Display kannte Isving nicht, dennoch ging sie dran: »Hallo?«

»Isving? Hier ist Björk, Thórs Schwester.«

»*Hæ*, wie geht es dir?«, fragte sie überrascht.

»Prima. Hör zu, mein halsstarriger Bruder will zwar nicht, dass ich dich frage, weil er meint, du wärst im Stress, aber es ist wichtig.«

»Was ist wichtig?«, fragte sie und wünschte sich, den Anruf nicht ausgerechnet auf dem Weg zum Vingólf-Hof erhalten zu haben. Allein der Gedanke an Hühner ließ ihren Magen schon Walzer tanzen.

»Thór hat so viel von dir erzählt, dass meine Schwester Sóley dich gern kennenlernen würde.« Sie machte eine Pause, als hätte sie noch etwas anderes sagen wollen. »Sie hat übermorgen Geburtstag. Würdest du kommen?«

Ohne den bittenden Tonfall in der angehängten Frage hätte Isving vermutlich sofort abgelehnt. Familienzusammenkünfte dieser Art würden schmerzliche Erinnerungen wecken. Andererseits hatte sie schon Lust, Thórs zweite Schwester kennenzulernen. Die kommende Woche brachte kaum Zimmerwechsel mit sich, und sie waren nicht einmal ganz ausgebucht. Zudem konnte sie die Reise mit einem Check-up in der Klinik verbinden, und zu dem Makler, der ihnen damals das Kaffi Vestfirðir vermittelt hatte, würde sie auch gehen können. »Ich kann mich mit meinen Kolleginnen besprechen«, sagte sie dennoch zögerlich. »Jemand muss sich um das Geschäft und um Pünktchen kümmern.«

»Prima. Ich wusste, dass du keine Zicke bist.« Björk lachte fröhlich. »Zumindest bei unserer zweiten Begegnung. Dein Hund wäre hier auch willkommen, aber vermutlich ist es einfacher, wenn du für die paar Tage herfliegst. Weißt du was, ich reserviere dir schon mal ein Zimmer und hinterlege ein Ticket in Ísafjörður für dich.« Eine Männerstimme war im Hintergrund zu hören, und Björk verabschiedete sich hastig. »Ich freue mich auf dich.«

Die Frau war unmöglich, aber irgendwie mitreißend. Obwohl sie sich überrumpelt fühlte, hatte Isving große Lust darauf, Björk wiederzusehen und die etwas mysteriöse Sóley kennenzulernen. Thór hatte kaum mehr über sie erzählt, als dass sie Anwältin und nur ein Jahr jünger als er war. Er würde doch nichts dagegen haben, dass sie sich kennenlernten?

Katla sagte sofort Ja. Sie würde sich um alles kümmern, und nein, die Überstunden machten ihr nichts aus, auch wenn Isving die nicht bezahlen konnte. Ursi nähme den Hund, versprach sie.

Isving kam das alles ein wenig zu glatt vor. »Wusstest du von der Einladung?«

Zuerst druckste sie ein wenig herum, doch dann gab sie zu, dass Björk bei ihr angerufen hatte, um sich zu erkundigen, ob sie Isving vertreten würde.

Als sie sich empören wollte, sagte die Freundin: »Ach komm, wie man es macht, ist es doch verkehrt. Klar hätte sie dich zuerst fragen müssen, aber was soll sie Hoffnungen wecken, wenn hier niemand wäre, der den Laden so lange weiterführt?«

Damit traf sie so punktgenau, dass Isving sagte: »Du wärst eine viel bessere Chefin fürs Kaffi Vestfirðir.«

»Unsinn! Aber du hast recht, ich liebe diese Arbeit. Ein eigenes B&B wäre mein Traum.« Sie rieb Daumen und Zeigefinger aneinander. »Nur leisten kann ich es mir nicht. Hier mit dir zu arbeiten ist mehr, als ich mir je erhofft habe.«

Die Worte hallten in ihr nach, als Isving in Ísafjörður in die kleine Maschine stieg, die sie nach Reykjavík bringen sollte. Wenn sie das B&B verkaufte, würde Katla ihren Job verlieren, oder er würde anders sein als jetzt, da sie Isvings volles Vertrauen besaß und im Grunde längst als Geschäftsführerin agierte, ohne allerdings ein angemessenes Gehalt dafür zu bekommen. Doch was blieb ihr anderes übrig, als zu verkaufen? Ihre Krankheit war einfach viel zu unberechenbar. Für die Zukunft musste sie sich über kurz oder lang etwas einfallen lassen. Wenn Gabrielle sich aber gemeldet hatte, um ihren Anteil sofort zurückzubekommen, bliebe ihr nicht mal mehr dieser Sommer. Doch das würde sie Katla erst dann schonend beibringen, wenn es tatsächlich dazu kam.

Die Landung auf Reykjavíks Regionalflughafen war aufregend, denn die kleine Maschine hatte mit starken Seitenwinden zu kämpfen. Beim Aussteigen war Isving nicht die Einzige mit einem blassen Gesicht. Kurzerhand leistete sie sich ein Taxi zu dem Hotel, das Björk für sie gebucht hatte. Isvings Protest hatte sie nicht hören wollen. »Das ist mein Geschenk an Sóley. Du kannst es gar nicht ablehnen.«

Isving hätte sich so ein teures Zimmer nahe der Shoppingmeile Laugavegur niemals leisten können. Während sie zur Rezeption ging, vermied sie aus alter Gewohnheit jeden Blick in einen der zahllosen Spiegel, die die Halle zu einer Art Spiegelkabinett werden ließ. Das hier war ganz klar nicht ihre Liga, und sie fühlte sich umgeben von so viel Luxus klein und irgendwie schäbig, obwohl der Rezeptionist sie überaus höflich begrüßte und sich sogar dafür entschuldigte, dass ihr Zimmer noch nicht bezugsfertig war.

Isving stellte also nur die Reisetasche ab und zog los, um nach einem neuen Kleid zu suchen. Die vielen Menschen und die große Auswahl an Boutiquen und Shops stellten sich ebenfalls als ziemlich überwältigend heraus. Diesen Trubel war sie nicht mehr gewohnt. Sie überlegte bereits, ihren Plan aufzugeben und doch das schlichte Kleid anzuziehen, das sie vorsichtshalber mitgebracht hatte, als sie an einem Laden vorbeikam, der genau ihren Vorstellungen entsprach. Sie wurde freundlich begrüßt und schilderte ihre Pläne für den Abend.

»Ich bin immer unsicher, welche Farben ich zu meinen Haaren tragen kann, und am Ende wird es dann doch wieder Schwarz«, sagte sie.

»Wir finden ganz sicher etwas Passendes. Welches Restaurant hat die Gastgeberin ausgewählt, wenn ich fragen darf?«

»Es heißt SOE kitchen 101 und liegt irgendwo am Hafen?«

»Okay, dann weiß ich Bescheid.«

Die Verkäuferin ging zielstrebig auf eine Reihe von Kleidern zu, die Isving auf den ersten Blick zu elegant vorkamen.

»Wenn du dich in dunklen Farben wohlfühlst, ist es für einen besonderen Abend sicher besser, dabei zu bleiben. Was hältst du davon?« Sie griff nach einem blaugrauen Kleid, das kostbar schimmerte, aber ansonsten nach nichts aussah. »Oder dieses hier?«

Das Smaragdgrün war wunderschön, aber die Frau hatte recht, Isving wollte nicht unbedingt ihre Gewohnheiten ändern und auffallen.

»Ich probiere das blaue.«

Es passte ausgezeichnet, und als sie einen Blick in den Spiegel wagte, erfuhr ihr ein Laut des Erstaunens. Das konnte unmöglich ihre Figur sein.

»Alles in Ordnung?«, fragte die Verkäuferin und schob den Vorhang der Kabine beiseite. »Oh! Es ist perfekt. Warte, ich bringe dir Schuhe, welche Größe hast du?«

Auf so hohen Absätzen hatte Isving noch nie gestanden. Sie versuchte ein paar Schritte und stellte fest, dass es sich gut anfühlte.

»Genau. Haltung ist alles bei diesem Look.« Die Verkäuferin klatschte begeistert in die Hände.

Es gab keinen Grund weiterzusuchen, also kaufte sie

Kleid und Schuhe. Während sie den Kreditkartenbeleg unterzeichnete, sagte die Verkäuferin: »Wir haben übrigens die Straße ein Stück weiter runter einen Partnerladen mit Dessous.« Dabei zwinkerte sie ihr zu.

Nachdem sie in kurzer Zeit so viel Geld ausgegeben hatte wie selten zuvor, fand sie die Vorstellung reizvoll, Thór später ein zweites Mal überraschen zu können. Außerdem trug sich ein solches Kleid definitiv selbstbewusster, wenn auch das Untendrunter stimmte.

Die folgenden Anproben strengten sie sehr an, zumal ihr schon wieder flau im Magen wurde, aber schließlich hatte sie alles zusammen.

Annas Salon war auch heute eine Oase der Entspannung, und sie freute sich deshalb umso mehr, einen Termin bekommen zu haben. Obendrein wurde sie von der Haar- und Make-up-Spezialistin wie eine alte Freundin begrüßt. Das tat ihrer Seele gut.

»Wie geht es dir? Du siehst toll aus, viel besser als im Frühjahr. Was für ein inneres Leuchten!«

»Alles bestens.«

Nach diesem Empfang mochte Isving nicht sagen, dass ihr im Augenblick ausgesprochen elend zumute war. Aus Angst, sich wieder übergeben zu müssen, hatte sie heute Morgen nur einen Kräutertee getrunken, doch die Übelkeit war trotzdem geblieben.

»Wohnst du noch da oben am Ende der Welt? Ist da nicht neulich eine Fischfabrik explodiert?«

Sie bestätigte das und sagte: »Davon einmal abgesehen ist es im Sommer wunderschön. Jedenfalls, wenn man die Natur mag und Seehunde oder Pferde.«

»Ich komme aus Þingeyri, aber dahin kriegen mich keine zehn Pferde mehr zurück.« Anna lachte. »Natürlich, manchmal besuche ich die Familie, und es ist schön, aber leben möchte ich in der Einöde nicht mehr. Außer einem Golfplatz für Touristen gibt es da nichts.«

»So wahnsinnig was los ist bei uns auch nicht, außer dem Fischerfest und einem Musikfestival, das wir im nächsten Sommer veranstalten wollen.« Als Isving erzählte, wo sie am Abend zu einem Geburtstagsessen eingeladen war, zeigte sich Anna mehr als beeindruckt.

»Der Laden soll ganz toll sein, und er hat nur drei Monate geöffnet, dann machen sie wieder zu. Zwei Isländer aus Berlin. Lustig. Jedenfalls ist da eine super Köchin am Start. Es gibt Fisch, aber sonst nur Vegetarisches.«

»Das klingt wirklich spannend.« Nachdem sie Björk zugesagt hatte, war ihr mehr als mulmig gewesen, aber auf gutes Essen freute sie sich immer, und dieses Projekt machte sie neugierig. Von solchen Dingen bekam man in ihrem Café am Ende des Fjords, wie sie es manchmal nannte, leider nichts mit. Aber im Grunde war es auch egal, sie kannte sich. In Århus hatte es oft fantastische Kunstprojekte und andere Events gegeben, doch wann war sie schon mal hingegangen?

Während des Föhnens passierte es. Isving wurde erneut übel, sie schaffte es gerade noch bis in den kleinen Waschraum, der zum Salon gehörte.

»Kann ich dir helfen?« Anna war ihr gefolgt und reichte ihr ein feuchtes Handtuch.

»Danke, alles gut. Mein Magen ist ja leer.«

Als Anna nachfragte, erzählte Isving, dass sie seit etwa einer Woche unter dieser Übelkeit litt.

»Na dann, herzlichen Glückwunsch. Ich habe mir in den ersten vier Wochen auch die Seele aus dem Leib gekotzt. Entschuldige, gespuckt.« Sie lachte. »Danach wurde es zum Glück besser.«

»Willst du sagen, ich bin schwanger? Das kann nicht sein. Wir haben immer Kondome benutzt.« Bis auf das eine Mal während des dreitägigen Ausritts. Blitzschnell rechnete sie nach und schlug sich die Hand vor den Mund. Ihre letzte Regel war sehr seltsam gewesen. Nur ein, zwei Tage ein bisschen und dann wieder vorüber, was sie nicht gestört hatte. Im Gegenteil. Sex in diesem Zustand fand Isving nicht so schön, obwohl es Thór nicht zu stören schien.

»Morgenübelkeit«, sagte sie erschüttert. »Ich fasse es nicht.«

»Wenn du mich fragst, ich würde es 24/7-Kotzen nennen.«

»Da sagst du was.« Tausend Gedanken schwirrten ihr im Kopf herum, aber keinen davon konnte sie in diesem Augenblick fassen.

»Machst du dir Sorgen, was der Vater dazu sagen wird? Kennst du ihn?« Anna sah sie derart mitfühlend an, dass Isving ihr die Fragen nicht übel nahm.

»Ja, ich mache mir Gedanken, was mein Freund dazu sagen wird. Die Einladung kommt von seiner Schwester, sie will mich kennenlernen. Thór ist auch dort, nur weiß er nicht, dass ich komme.«

»Oha, ein Überraschungsbesuch mit Schwiegerschwester!« Anna lachte. »In diesem Fall würde ich die Neuigkeiten vielleicht heute besser noch für mich behalten. Weißt du was? Wenn du magst, dann komm doch nachher noch mal vorbei, und ich mache dir ein perfektes Make-up. Wir sind bis acht Uhr da.« Sie zeigte auf Isvings Einkaufstüten. »Ein Designerkleid hast du auch gekauft, wie ich sehe.«

»Und Schuhe. Bevor ich nach Island gezogen bin, habe ich den Großteil meiner Garderobe weggegeben. Es war Zeit, etwas Neues anzuschaffen. Auch wenn ich in Kópavík bestimmt keine Gelegenheit haben werde, etwas so Kostbares zu tragen.«

Anna zeigte auf die andere Tüte, auf der das Logo der Dessous-Boutique glitzerte. »Edle Wäsche geht immer.«

»Allerdings!« Isving lachte und fühlte eine spontane Dankbarkeit für das Glück, heute so wunderbaren Frauen begegnet zu sein. Hoffentlich, dachte sie, hält das noch ein paar Stunden an.

Es blieb ihr Zeit, sich kurz im Hotelzimmer auszuruhen. Nach einer ausgiebigen Dusche zog sie das neue Kleid mit einem Gefühl spannungsvoller Vorfreude vom Bügel. Leicht besorgt, dass es ihr jetzt vielleicht nicht mehr gefallen würde, nahm sie aber auch das mitgebrachte Kleid aus dem Schrank. Doch sie hätte sich keine Sorgen machen müssen, das sanfte Blaugrau schimmerte immer noch so edel wie vorhin im Laden, und es passte wie maßgeschneidert. Die Schuhe zu kaufen, war ebenfalls die richtige Entscheidung gewesen, auch wenn es für sie in den Westfjorden kaum eine Verwendung geben würde. Der Spiegel zeigte ihr eine Frau mit sanften Kurven und langen, beinahe mädchenhaft schlanken Beinen. Allerdings war sie noch unfrisiert und ohne passende Bekleidung für das Weltuntergangswetter vor ihrem Fenster. Kurzerhand tauschte sie Pumps gegen Sneakers, warf den langen Reitmantel über, der zuverlässig gegen jedes Wetter schützte, und steckte ihre Abendhandtasche zu den Schuhen in einen Beutel.

Dem Taxifahrer gab sie ein äußerst großzügiges Trinkgeld, weil er kaum mehr als achthundert Meter bis zum Beauty-Salon zurückgelegt hatte.

»Wow!«, war Annas Kommentar, als sie den Mantel auszog. »Da werde ich mich anstrengen müssen.«

»Wie meinst du das?« Ihre alte Unsicherheit war sofort wieder da.

»Um dich noch schöner zu machen. Geht praktisch nicht«, sagte Anna mit einem Augenzwinkern.

Als der Fahrer eine Stunde später vor dem Salon hielt, um sie nach Grandi zu bringen, war aus ihr eine andere Frau geworden. Es war absurd, sein Wohlbefinden vom Aussehen abhängig zu machen, sagte sich Isving, aber sie konnte nicht anders, als glücklich zu sein und auch ein bisschen stolz auf ihren Mut.

Dennoch spürte sie ihren Puls am Hals, dort, wo Thór sie so gern küsste, als sie wenig später aus dem Wagen stieg und sich gegen den Wind stemmen musste, um die wenigen Meter zum Restaurant zurückzulegen. Das war's dann wohl mit der Frisur.

Innen warteten Wärme und die routinierte Höflichkeit gut ausgebildeten Personals, wie man es in der internationalen Gastronomie kannte. Der Mantel wurde ihr abgenommen, und man bot an, die Tasche, in der sich nun ihre Sneakers befanden, ebenfalls aufzubewahren. Gerade noch rechtzeitig dachte sie daran, ihre Clutch herauszuziehen, und nach einem prüfenden Blick in den Spiegel fühlte sie sich bereit, Thórs Familie kennenzulernen. Björk hatte sie schließlich auf Sóleys Wunsch hin eingeladen, so schlimm konnte es also nicht werden. Dennoch blieb die Aufregung, denn die wichtigste Frage war: Was würde Thór sagen?

Das Restaurant wirkte unfertig. Rohe Betonelemente und Versorgungsleitungen unter der Decke gaben ihm einen technisch anmutenden Charme, gleichzeitig vermittelten Holzpaneele und gigantische Lichtkugeln aus Glasfacetten zusammengesetzt eine elegante Atmosphäre, die durch die langen, üppig gedeckten Tafeln noch unterstrichen wurde. Doch es waren die Gäste, die dem Ambiente Leben einhauchten. Sie standen in kleinen Gruppen zusammen, der Raum war erfüllt von unterschiedlichen Sprachen und gelegentlichem Gelächter, unterlegt von leiser Pianomusik. Ihr kam es vor, als betrachtete sie das alles von außerhalb einer gigantischen Blase, und kurz kam ihr der Gedanke umzudrehen, bevor sie jemand entdeckte.

»Isving?« Vor ihr stand Daniel und sah sie an, als hätte er eine Erscheinung.

»Du bist auch hier?«, fragte sie nicht minder erstaunt.

»Er weiß nicht, dass du kommst, oder? Sonst hätte er es mir erzählt.«

»Björk …«

»Das intrigante Biest.« Dan lachte. »Komm, ich zeige dir, wer zählt und wen du vergessen kannst. Thór ist noch nicht da, er hat irgendwas zu regeln.« Er beugte sich zu ihr hinab und raunte: »Habe ich eigentlich schon erwähnt, wie krass fuckable ich dich finde?«

»Nein, aber wenn du weiterhin deiner Leidenschaft nachgehen willst, dann komm mir nie wieder damit.«

»Weil …?«

»… es dir am dafür erforderlichen Equipment fehlen würde.«

»Aua«, sagte er und grinste unverschämt. »Sieh mal an, ist das nicht die Tourismusministerin?«

35

Er vermisste Isving überall. Beim Aufwachen, beim gemeinsamen Frühstück mit den Schwestern und Freunden, ihr warmherziger Humor fehlte im Hot Pot und beim Zahnarzt sowieso, denn die Behandlung war mehr als unangenehm, und Isving, darauf hätte er jederzeit gewettet, hätte ihm sogar solche Quälereien versüßen können.

Ebenso unerfreulich: Ihre Schwägerin Gabrielle hatte sich bei ihm gemeldet. Sie wollte ihren Anteil zurück und ganz offensichtlich erwartete sie, dass er einsprang.

Thór wusste von Isvings Ängsten, wenigstens da hatte sie sich ihm anvertraut, und sie hatte vermutlich recht. Das B&B war arbeitsintensiv, und wenn nicht jeder anpackte, würde am Ende des Sommers nicht genug übrig bleiben, um während der dunklen Jahreszeit finanziell zurechtzukommen. Er mochte die Westfjorde wie viele andere auch, aber im Winter fuhr man einfach nicht dorthin; er jedenfalls war an der Witterung schließlich gescheitert. Selbst wenn die beiden ihr Projekt anfangs realistisch kalkuliert hatten, was er unterstellte – die Parameter hatten sich seither geändert, und das Klügste wäre wohl, sich von diesem Traum zu verabschieden.

Andererseits wäre es besser, einen Zeitpunkt für den Verkauf zu wählen, zu dem eine positive Bilanz potenzielle

Interessenten überzeugte. Er besaß genügend Geld, um Gabrielle sofort auszahlen zu können, und für Isving wäre ihm sowieso nichts zu teuer. Doch er hatte in den letzten Jahren hinzugelernt. Wenn er half, würde es Verträge geben. Das sah sein Finanzberater ebenso.

Der Mann fand die Idee, in den Westfjorden zu investieren, sogar richtig gut. »Das sind ja keine Unsummen, und die Touristen sind immer hungrig auf Neues. Ich schlage vor, wir übernehmen den Anteil dieser Gabrielle, und wenn deine Freundin sich entschließt, ihre kleine Pension zu verkaufen, gewinnen wir alle. Selbst da oben steigen die Preise attraktiver Immobilien.«

Er versprach, einen Freund vorbeizuschicken, der sich Haus und Pension ansehen und taxieren konnte.

»Noch was: Die Mieter deiner Wohnung haben gekündigt, sie sind schon raus. Da war was mit der Familie oder so, der Vertrag läuft aber noch zwei Monate. Es gibt eine Menge Interessenten, ich würde vorschlagen, dass wir sie wieder an Expats vermieten. Die zahlen zuverlässig und gehen auch irgendwann wieder.«

»Gut, dass du fragst. Nach London will ich nicht zurück. Ich habe drüber nachgedacht, selbst einzuziehen, muss aber noch ein paar Dinge für mich klären. Vermiete sie erst mal nicht. Ich sehe sie mir vielleicht mal an.«

»Wolltest du nicht nach New York? Die Makler bombardieren mich mit Angeboten, aber die Preise sind der Wahnsinn.«

»Dieser Präsident und was da derzeit abgeht – das kannst du vorerst auf Eis legen.«

»Da sagst du was. Also gut, wir zahlen die Schwägerin

aus, und du gibst mir Bescheid, wenn du weißt, ob du die Wohnung selbst nutzen willst. Unter uns gesagt: Sie ist grandios. Außerdem würde es deine Schwester begrüßen, wenn du die Umzugskartons demnächst anderswo unterbringen würdest.« Er stand auf. »Wir sehen uns später, nehme ich an?«

»Is nich wahr! Sie hat dich eingeladen?« Thór grinste.

Der Ex-Banker und seine Schwester waren ein Paar gewesen, bis er fremdgegangen war und Sóley ihren jetzigen Mann kennengelernt hatte.

Sie verabschiedeten sich, und er zog los, um ein paar Klamotten zu kaufen. Der Inhalt seines Londoner Kleiderschranks befand sich größtenteils in den erwähnten Kisten im Haus seiner Schwester und wäre ihm sowieso inzwischen zu groß gewesen.

Unterwegs traf er einen befreundeten Musiker, und sie tranken schnell einen Kaffee. Der Brite war zu seiner Freundin nach Reykjavík gezogen. Er war gut vernetzt und versorgte Thór mit den neuesten Gossips aus der Szene.

Inzwischen war er spät dran. Sóleys Geburtstagsgäste hatten sich bereits vollständig eingefunden, als Thór das Restaurant betrat.

Die fröhliche Stimmung und ein warmer, schwer zu definierender Duft hüllten ihn sofort ein. Die meisten Gäste würde er nicht kennen, dafür bewegten sich seine Schwestern und er in zu unterschiedlichen Kreisen. Natürlich wusste hier jeder, wer er war, aber außer ein paar freundlichen Blicken und hier und da einem Gruß von jemandem, dem er auf ähnlichen Veranstaltungen begegnet war, nahm ihn niemand als *Celebrity* wahr. Dieser entspannte Umgang miteinander war es, der ihn bewogen hatte, sich vorerst in Island niederzulassen. In den Metropolen dieser Welt konnte er zwar auch einigermaßen unbehelligt herumlaufen, so berühmt war er nun auch wieder nicht, aber einige seiner europäischen Kollegen waren in die USA gegangen, weil sie zu Hause einfach nicht mehr auf die Straße gehen konnten, ohne einen Aufruhr auszulösen. Das würde es in Reykjavík nicht geben. Hier hatte jeder mindestens einen Verwandten, der sich einen Namen gemacht hatte, oder genoss sogar selbst einen gewissen Ruhm.

Auf der Suche nach Sóley entdeckte er Daniel im Gespräch mit Björk und einer weiteren Frau. An der Körperhaltung des Freunds konnte Thór bereits ablesen, dass sie entweder seine Geliebte war oder es bald werden sollte. Man konnte Daniel einiges nachsagen, aber was Frauen betraf, hatte er einen exquisiten Geschmack. Diese hier hatte üppiges rotes Haar, das ihr in weichen Wellen über die Schultern fiel, und eine Figur zum Niederknien. Mit ihren langen Beinen wirkte sie wie ein Reh, das nichts davon ahnte, dass der böse Wolf bereits neben ihr lauerte.

Oder vielleicht doch, dachte er schmunzelnd. Daniel hatte versucht, einen Arm um ihre Taille zu legen, und die Art, wie sie sich ihm entzog, war eindeutig. Sie mochte sich mit ihm unterhalten, darüber hinaus hatte sie kein Interesse an ihm.

Björk sah in seine Richtung, winkte fröhlich und sagte etwas zu den beiden. Die Rothaarige drehte sich um, und Thór erstarrte. Das konnte nicht sein. Isving? Sein Puls beschleunigte sich, und es bedurfte all seiner Selbstdisziplin, um sich nicht rüpelhaft an den plaudernden Gästen vorbeizudrängeln, so sehr sehnte er sich danach, sie in die Arme zu nehmen und nie wieder loszulassen. Als sie dann voreinanderstanden, konnte er sich kaum rühren. Erst als das freudige Strahlen, mit dem sie ihm entgegenblickte, zu bröckeln begann, riss er sich zusammen, gab ihr einen Kuss auf die Wange und sagte leichthin: »Ich wette, das war eure Idee, Schwesterchen.« Dann küsste er die andere Wange und sagte leise: »Ob es hier auch eine Wäschekammer gibt?«

Sie konnte so entzückend erröten. Zufrieden, das gleiche Verlangen in ihrem Blick zu lesen, wie es ihn in diesem Augenblick quälte, legte er einen Arm um ihre Taille, stolz darauf, dass sie ihm erlaubte, was sie dem größten Verführer, den er kannte, verwehrt hatte.

»Na endlich«, unterbrach Björk dieses berauschende Gefühl. »Oh, sieh mal. Da kommt ja auch die Gastgeberin.«

Thór begrüßte Sóley und freute sich zu sehen, dass sie sein Geschenk, eine zart rosafarbene Perlenkette, trug. Er stellte ihr Isving vor, und ihm fiel ein Stein vom Herzen, als Sóley ihm zuzwinkerte. Offenbar gefiel ihr Isving und die unverkrampfte Art, mit der sie auf die Behinderung seiner Schwester reagierte. An Björks zufriedenem Gesichtsausdruck sah er, sie hatte Isving verschwiegen, dass Sóley seit ihrer frühen Jugend im Rollstuhl saß. Sie drei hatten das früher häufig getan und es die Hexenprobe genannt, denn es war leider nicht unüblich, dass Sóley wegen ihrer Behinderung unfreundlich behandelt wurde. Sie hatte sich durchgekämpft und war zu einer erfolgreichen Anwältin geworden, aber ihre Geschwister wachten immer noch mit

Argusaugen darüber, dass niemand sie beleidigte oder verletzte.

Nun tauchte auch ihr Mann Kári auf und sagte: »Die Küche lässt ausrichten, sie wären dann so weit.«

»Ihr kommt mit an unseren Tisch«, sagte Sóley und ließ es zu, dass ihr Mann sie schob. Früher hätte sie das niemandem erlaubt, dachte Thór. Außer ihm vielleicht, aber nur, wenn es im Winter besonders kalt und die Fußwege hinauf zum Elternhaus eisig waren.

Voller Freude beobachtete er, mit welcher Herzlichkeit seine Schwestern Isving in ihren Kreis aufnahmen. Als sie nach dem Essen aufstand und etwas von *Nase pudern* murmelte, lehnte er sich entspannt zurück, um seinen Espresso zu genießen.

»Ich mag sie. Glaubst du, ihr beiden habt eine Zukunft?« Sóley sah ihn erwartungsvoll an.

»Wenn es nach mir ginge, würde ich sie nie wieder loslassen.«

»Und sie? Du musst ehrlich mit ihr sein. Jetzt, was diese finanzielle Sache betrifft, aber vor allem muss sie wissen, was sie erwartet, wenn ihr wieder auf Tour geht.«

Ehrlichkeit. Ein wunder Punkt. Hier war nicht der richtige Ort, um von Isvings Geheimnis zu sprechen, das sie ihm immer noch nicht anvertraut hatte.

»Du kannst es dir garantiert nicht vorstellen, aber wenn es schon für deine Schwestern schwierig ist, so lange auf dich zu verzichten, wie soll es dann erst für deine Freundin sein?«

»Daniel hat uns eingeladen. Wenn sie mit Dotty redet …«, sagte er.

»Um Himmels willen! Bloß das nicht. Daniels Frau weiß ganz genau, was er unterwegs treibt. Wenn sie deiner Freundin nur ein Promille davon erzählt, rennt das Mädchen schreiend weg.«

»Isving weiß, wie Dan drauf ist. Er baggert sie dauernd an, und mir will er einreden, ich soll ihr nicht trauen.«

»Das ist ja Unsinn, irgendwann muss man auch mal über so eine Sache hinweg…« Sie brach den Satz ab. »Ich geb euch mal ein bisschen Freiraum, schließlich habt ihr euch tagelang nicht mehr gesehen«, sagte sie und rollte lächelnd an den Nachbartisch, um dort mit anderen Gästen zu plaudern.

Isving setzte sich neben ihn. Sie kam ihm ungewöhnlich blass vor.

Er fragte leise: »Ist alles in Ordnung mit dir?«

»Aber sicher.« Doch ihr Lächeln wirkte zittrig.

»Ich bin gleich wieder da«, sagte er und machte Björk ein Zeichen, ihm zur Bar zu folgen.

»Was ist?«

»Isving geht es nicht gut. Ich bringe sie ins Hotel, kannst du uns bei Sóley entschuldigen?«

»Okay. Muss ich mir Sorgen machen?«

»Ach was, sie hatte eine heftige Erkältung«, sagte er und bediente sich der gleichen Ausrede, die Isving schon einmal verwendet hatte. »Wahrscheinlich hat sie sich einfach nur ein bisschen überanstrengt.«

Bevor seine Schwester weiterfragen konnte, ging er zum Tisch zurück, beugte sich über Isving und sagte: »Lass uns gehen.«

»Aber deine Schwester…«

»…kennt mich gut genug, um zu wissen, dass ich nie lange bei solchen Feiern bleibe.« Er reichte ihr die Hand und atmete erleichtert auf, als sie danach griff und sich zur Garderobe begleiten ließ.

Im Hotel brachte er sie bis zum Zimmer, nahm ihr die Schlüsselkarte aus der Hand und öffnete die Tür.

»Wohnst du auch hier?«, fragte sie, und es klang hoffnungsvoll.

»Nebenan.« Er musste trotz seiner Sorge um sie lachen. »Meine kleine Schwester ist ein echter Fuchs. Ich habe mich schon gewundert, warum sie mir unbedingt ein Hotel buchen wollte. Normalerweise schlafe ich in Sóleys Haus, wenn ich nur ein paar Tage in der Stadt bin. Aber die beiden haben irgendwas von Kinderbesuch geredet und mich einfach ausquartiert.«

»Das war in der Tat sehr listig.« Isving lächelte und entschuldigte sich.

Kaum war sie im Bad verschwunden, entriegelte er die unauffällige Verbindungstür von dieser Seite und rief: »Ich bin gleich wieder da!«

Drüben in seinem Zimmer öffnete er den Durchgang ebenfalls, und da Isving noch im Bad war, nutzte er die Gelegenheit, sich bequemer anzuziehen. Der dreiteilige Anzug saß gut, und er war zufrieden, ihn für diesen besonderen Termin gekauft zu haben. Aber so formelle Kleidung zu tragen war ungewohnt, besonders nach der langen Zeit in den Westfjorden, wo ihm sein Styling schon wegen der eingeschränkten Auswahl kein Kopfzerbrechen bereitet hatte.

Als Isving in einen Hotelbademantel gehüllt und barfuß wieder herauskam, waren ihre Augen gerötet.

Er hatte auf dem Bett gelegen und Nachrichten gelesen, jetzt legte er das Smartphone zur Seite und streckte die Hand nach ihr aus. »Komm, Liebes. Kann ich dir etwas Gutes tun?«

Sie schüttelte den Kopf, kletterte auf das große Bett und schmiegte sich dicht an ihn. »Du bist viel zu gut für mich«, hörte er sie murmeln. Dann war sie eingeschlafen.

Die doppelten Vorhänge gaukelten eine immerwährende Dunkelheit vor, die er nicht an sich herankommen lassen wollte. Deshalb ging er in sein Zimmer hinüber, zog sie auf und konnte sich nicht sattsehen an den scharf geschnittenen Wolken, den Farben und dem ständig wechselnden Licht vor den bodenhohen Fenstern. Das Meer war friedlich gestimmt und spiegelte die himmlische Pracht wider. Sein Reykjavíker Apartment befand sich gar nicht weit von hier und bot eine mindestens ebenso großartige Aussicht. Darin gewohnt hatte er nie. Vielleicht war nun der richtige Zeitpunkt gekommen. Er schickte seinem Finanzberater eine Nachricht und arbeitete danach an einem Text.

Spät in der Nacht war er endlich zufrieden. Ihm fielen vor Müdigkeit aber nun auch fast die Augen zu, und er legte sich zu Isving. Sanft, um sie nicht aufzuwecken, schloss er sie in die Arme, hauchte ihr einen Kuss auf die Stirn und schlief ein.

Als Thór die Augen wieder aufschlug, war das Bett neben ihm leer und kalt.

36

Am Morgen wachte sie erholt auf und spürte eine spontane Dankbarkeit, dass ihr weder schwindelig noch übel war. Thór hatte die ganze Nacht gearbeitet, jedenfalls war er gegen vier noch nebenan in seinem Zimmer gewesen. Jetzt lag er neben ihr und ließ nur ein Brummen hören, als sie möglichst leise das Bett verließ.

Ihr war das ganz recht, denn sie hatte etwas zu erledigen, das sie gestern schon hätte tun müssen. Leise verließ sie das Hotelzimmer und ging hinaus in den sonnigen Tag. Nach einer Tasse Schokolade in der Bäckerei gegenüber fragte sie nach einer Apotheke, kaufte dort gleich zwei Schwangerschaftstests und ein Mittel gegen Übelkeit, das ihr die Apothekerin empfahl.

Obwohl sie gestern aufgeregt und verwirrt gewesen war, hatte sie schnell gegoogelt und herausgefunden, dass ihr Medikament zumindest kein Problem war, sollte sie tatsächlich ein Kind erwarten. Doch alles Weitere würde sie klären müssen, bevor sie mit Thór sprach. Isving wusste nicht, wie es nun weitergehen sollte, doch eines stand für sie fest: Reden musste sie mit ihm, und das so schnell wie möglich. Und einer zweiten Sache war sie sich ebenfalls ziemlich sicher: Sie wollte das Baby.

Du spinnst, rief sie sich selbst zur Ordnung. Noch war ja

nicht mal klar, ob sie überhaupt eines erwartete, und schon schmiedete sie Pläne? Doch eine kleine Stimme in ihrem Herzen flüsterte Isving zu, dass sie nicht mehr allein war, dass sie Verantwortung trug für etwas, das im Werden begriffen war, und sie sich informieren und überlegt handeln musste, um das Richtige zu tun.

Auf dem Rückweg rief sie deshalb noch einmal in der Praxis ihrer Neurologin an, erreichte aber wie gestern nur die Mailbox und hinterließ eine zweite Nachricht mit der Bitte um einen schnellen Termin.

Mit klopfendem Herzen kehrte sie ins Hotel zurück. Im Zimmer angekommen, hörte sie nebenan die Dusche rauschen. Dankbar für den vorläufigen Aufschub schloss sich Isving in ihrem Bad ein. Ihr Hände zitterten, als sie den Test aus der Verpackung nahm, und während sie wartete, starrte sie auf die denkbar einfache bebilderte Gebrauchsanweisung. Die wenigen Minuten wurden zur Ewigkeit, aber das Ergebnis war eindeutig: schwanger. Der zweite Test, den sie zur Sicherheit gleich danach machte, zeigte das gleiche Ergebnis. Es gab keinen Zweifel.

Nun hatte sie keine Ausrede mehr, sie musste die ganze Wahrheit sagen. Isving wusch sich mit kaltem Wasser das Gesicht, holte tief Luft und öffnete die Tür.

»Seit wann schließt du ab?«

»Thór!« Beinahe wäre sie mit ihm zusammengestoßen.

Zum Laufen angezogen, stand er ruhig da und sah ihr erwartungsvoll in die Augen. Er kannte sie inzwischen gut genug, um zu wissen, dass irgendetwas nicht stimmte.

Obwohl sie aufgeregt war und sich vor dem anstehenden Gespräch fürchtete, gönnte sich Isving den kurzen

Augenblick, das lieb gewonnene Gesicht zu betrachten. Vielleicht, dachte sie, war es das letzte Mal.

Lässig die Hände in den Taschen der Trainingsjacke vergraben, musterte auch er sie mit seinen klugen grauen Augen, fragte nicht, wo sie gewesen war, vertraute ihr einfach. Isving war beschämt, bisher nicht den Mut aufgebracht zu haben, ihm das gleiche Vertrauen entgegenzubringen.

»Es gibt etwas, das ich mit dir besprechen möchte«, sagte sie, da klingelte ihr Telefon. »Entschuldige, da muss ich rangehen.«

Die Praxismitarbeiterin sagte ihr, sie könne um fünfzehn Uhr kommen. »Ich soll Ihnen von Frau Doktor ausrichten, dass Sie sich bitte keine Sorgen machen sollen. Von uns aus ist alles okay.« Dankbar, dass es so schnell ging, sagte sie zu und beendete das Gespräch. »Ein Termin am Nachmittag.« Vergessen alle sorgsam zurechtgelegten Worte, als es aus ihr herausbrach: »Ich bin schwanger.«

Thór stand regungslos da.

Sie konnte sich ebenfalls nicht rühren vor Furcht, er würde wütend werden oder einfach aus ihrem Leben verschwinden.

»Wie bitte?«

»Ich bekomme ein Baby«, sagte sie mit kleiner Stimme.

»*Wir*!«, sagte er nachdrücklich. »*Wir* bekommen ein Kind.« Er sah sie durchdringend an. »Oder …?«

Ratlos schüttelte sie den Kopf. Was meinte er? »Ja, natürlich.« Das Lächeln misslang. »Daran sind immer zwei beteiligt.«

»Und sonst möchtest du mir nichts sagen?«

»Nein. Doch…« Es lief nicht gut, und jetzt wurde ihr auch noch übel. »Ich…« Die Hand vor den Mund gepresst, hastete sie zurück ins Bad. Als er ihr folgen wollte, schlug sie ihm die Tür vor der Nase zu. Das sollte Thór nicht sehen: Sie, hundeelend zwischen Schwangerschaftstests und dabei, sich die Seele aus dem Leib zu kotzen.

Als der Krampfanfall vorüber war und sie nur noch sicherheitshalber vor der Toilettenschüssel hockte, hörte sie sein Klopfen.

»Bitte mach auf! Dir geht es doch nicht gut.«

Allerdings. Sie zerrte einen Meter Papier von der Rolle, wischte sich die Tränen ab und stand langsam auf. Aus dem Spiegel starrte ihr ein Gespenst mit grünem Gesicht und flammend roten Haaren entgegen. »Nein!«

»Isving… Moment, ich bin gleich wieder da.« Er schien sich zu entfernen, und gleich darauf hörte sie eine zweite Männerstimme. Hatte er etwa einen Arzt oder jemanden zum Aufschließen geholt? Hastig wusch sie sich das Gesicht und wühlte danach in ihrem Necessaire nach der Haarbürste, bis ihr einfiel, dass die sich noch im Koffer befand.

»Isving?«, hörte sie ihn leise sagen.

»Thór, bitte…«, sagte sie viel zu leise, als dass er es hätte hören können.

»Hör zu, du brauchst Zeit. Das habe ich begriffen. Ich gehe jetzt mit Daniel joggen. Wenn ich wiederkomme, reden wir. Okay?« Er sagte nichts mehr, und sie dachte schon, er wäre gegangen, als er sagte: »Antworte mir, verdammt! Oder ich schwöre, ich breche die Tür auf!«

Seine Stimme hatte den gleichen Ton angenommen wie damals, als sie Björk für einen Flirt gehalten hatte.

Sie schluckte. »Mir war nur übel. Das kommt vor, wenn man schwanger ist.« Das klang patzig. Aber wie sollte sie durch die Tür erklären, dass es nicht so gemeint war?

»Meinetwegen. Aber lass dir nicht einfallen abzuhauen. Ich finde dich, ganz egal, wo du dich versteckst. Ganz gleich, was vorgefallen ist, ich habe mir nichts vorzuwerfen, und ohne Antworten sitzen gelassen zu werden, das habe ich nicht verdient!«

Lange nachdem die Tür hinter ihm ins Schloss gefallen war und sie die Höchstdosis der Tropfen gegen Übelkeit geschluckt hatte, traute sie sich schließlich hervor.

Ohne weiter nachzudenken, packte sie ihre Sachen zusammen und zog sich etwas Frisches an. Die Frisur hatte sie inzwischen gebändigt, aber aus dem Spiegel blickte ihr ein blasses, unglückliches Gesicht entgegen. Das hatte sie ihm nicht zeigen wollen. Isving griff nach der Reisetasche – und hielt inne.

Langsam ging sie zum Fenster und sah hinaus. Wolkenfetzen wehten über den blassblauen Himmel, sie blickte auf bunte Dächer, nicht weit von der Küste pflügte ein riesiges Kreuzfahrtschiff durchs glitzernde Meer und zog eine graue Fahne aus Abgasen hinter sich her. Einen Augenblick lang war sie abgelenkt und dachte daran, was Björk gestern über die enormen Schäden erzählt hatte, die diese schwimmenden Vergnügungsparks an den Küsten anrichteten.

Seine Schwestern waren so liebenswürdig gewesen, und sogar Daniel hatte sich die meiste Zeit von seiner charmanten Seite gezeigt, als hätte er endlich akzeptiert, dass Thór und sie zusammengehörten. Warum war heute Morgen bloß alles so furchtbar schiefgelaufen?

Wir bekommen ein Kind, hatte er gesagt. Wir. Und dann war da auf einmal dieser Moment gewesen, in dem sie blankes Entsetzen in seinem Gesicht gesehen zu haben glaubte. Was hatte das zu bedeuten? Sicher, sie hatte ihn regelrecht mit der Nachricht überfallen, und erwarten, dass ein Mann sich freute, der nie zuvor über Familienplanung gesprochen hatte, konnte man unter solchen Bedingungen nicht. Warum also das *Wir*?

Die Antwort konnte nur er geben. Also setzte sie sich, um die quecksilbrig schnellen Seemöwen vor dem Fenster zu zählen und zu warten, bis er zurückkommen und es erklären würde.

37

Daniel warf ihm einen Blick zu und öffnete den Mund.

»Sag nichts«, sagte er drohend, und sein bester Freund tat, was beste Freunde ausmachte: Er hielt den Mund und beschwerte sich auch nicht, als Thór ein Tempo vorlegte, das alles andere als der gemütliche Lauf war, den sie sonst miteinander absolvierten.

»*Ich* bekomme ein Baby. Ich.« Das Wort hallte bei jedem Schritt böse in seinem Kopf wider. Was war mit ihm? War es nicht auch sein Kind?

Doch mit der kühlen Luft wurde auch sein Kopf allmählich klarer. Er hatte natürlich sofort an ihre Multiple Sklerose denken müssen, und die Panik, die in diesem Augenblick von ihm Besitz ergriffen hatte, konnte er auch jetzt kaum beherrschen. Natürlich musste sie ihm das Entsetzen angesehen und es vollkommen falsch interpretiert haben. Womöglich glaubte Isving, er würde sich nicht freuen. Das tat er, wie verrückt sogar. Aber an ein gemeinsames Kind hatte er nie zu denken gewagt, viel zu groß schien die Gefahr für ihre Gesundheit, wenn nicht sogar ihr Leben zu sein. Ein solches Risiko einzugehen, hätte er niemals von Isving erbeten, und jetzt, da es passiert war … wie würde sie sich entscheiden?

Sie hatte von einem Arzttermin am Nachmittag gesprochen. Abrupt blieb er stehen. »Nein!«

Und wenn sie das Baby gar nicht wollte, gar nicht bekommen durfte? Aber alles Spekulieren half nichts. Im Gegenteil, es macht die Situation nur noch schmerzvoller.

»Ich bin ein solcher Hornochse!« Wie hatte er nur eine Sekunde lang glauben können, das Kind wäre womöglich nicht von ihm? Isving war nie im Leben eine so falsche Schlange wie Susan, die damals in einem letzten verzweifelten Versuch, ihm all sein Geld aus der Tasche zu ziehen, nicht davor zurückgeschreckt war, eine Schwangerschaft vorzutäuschen.

Da rannte er hier selbstgerecht und zornig durch die Gegend, dabei hätte er im Hotel bleiben, sie trösten und ihr in dieser schweren Stunde beistehen müssen. Eine Erklärung hätte er dann schon beizeiten bekommen.

Daniel war ebenfalls stehen geblieben. »Meine Rede!« Die Hände auf die Oberschenkel gestützt, rang er nach Luft. »Nun lauf schon zu ihr!«

Thór ließ sich das nicht zweimal sagen und rannte los.

In der Lobby machte er nur kurz halt, um dem Housekeeping ausrichten zu lassen, dass sie nicht gestört werden wollten, und um ein Frühstück aufs Zimmer zu bestellen, mit süßen Crêpes, die sie so sehr liebte, und einer Flasche Single Malt für sich, den er inzwischen nur noch zu besonderen Anlässen trank. Aber vielleicht war heute ein Tag, um auf das Leben zu trinken – oder sich die Kante zu geben.

Mit klopfendem Herzen durchschritt er sein Hotelzimmer und stieß die Verbindungstür lautlos auf.

Da saß sie und sah aus dem Fenster. Die Haare flossen ihr über die schmalen Schultern. So verloren und zerbrechlich sah sie aus, dass er am liebsten sofort zu ihr gestürzt wäre, um sie in die Arme zu schließen.

Doch das ging nicht. Zuerst mussten dringende Fragen geklärt werden, und das tat man am besten mit Kaffee und mit einem kühlen Kopf.

»Ich habe uns Frühstück bestellt. Ist das in Ordnung für dich?«, fragte er sanft.

»Frühstück ist das Nächstbeste zu einer Backstube mit frischem Teig und einem schönen warmen Ofen«, sagte sie und drehte sich zu ihm um. Sie wirkte unsicher, ihr Lächeln verunglückt.

Er vergrub die Hände in den Taschen und wusste nichts zu sagen.

Ein Klopfen rettete sie. Thór eilte zur Tür, ließ den Tisch in seiner Suite decken und verabschiedete den Kellner mit einem großzügigen Trinkgeld, bevor er das Bitte-nicht-Stören-Schild an die Türklinke hängte.

38

Wortlos rückte er ihr einen Stuhl zurecht. Viel mehr Gentleman als Rockstar. Mit zitternden Fingern faltete Isving die Serviette auseinander und wusste, dass ihm nichts entging. Der Duft von Brot und warmen Pfannkuchen lag in der Luft. Sie liebte diesen Geruch, aber ihr Magen ging in Alarmbereitschaft. Doch mehr auch nicht, die Anti-Übelkeitstropfen schienen zu wirken.

Sie griff nach dem Kännchen Pfefferminztee, schenkte sich ein und wagte nicht aufzusehen. Seine Anspannung war greifbar, sie musste es ihm sagen. Alles.

»Du hast recht«, sagte sie schließlich. »Es gibt noch etwas, das ich dir sagen muss. Das hätte ich schon längst tun sollen. Ich habe mich einfach nicht getraut, weil ich dich so sehr liebe und furchtbare Angst davor habe, wie du es aufnehmen wirst.« Sie blickte auf und erkannte, dass er auf alles gefasst zu sein schien. »Ich kann mir nichts Schöneres vorstellen, als unser Baby zu erwarten, aber es wird vielleicht nicht einfach werden. Thór, ich habe Multiple Sklerose.«

Verwirrt beobachtete sie, wie ein Lächeln sein Gesicht erstrahlen ließ. Thór sprang auf, griff nach ihrer Hand und zog sie auf die Füße. Zärtlich küsste er ihre Fingerspitzen und zog sie an sich. Behutsam, als könne er das doch erst im Werden begriffene Leben durch zu viel Liebe beschädigen.

So sehr schien er sich zu freuen, dass sie sich fragte, ob er den zweiten Teil ihres Geständnisses überhört hatte.

»Setz dich bitte.« Thór zog seinen Stuhl neben sie, ergriff erneut ihre Hände und betrachtete sie, als wäre soeben ein Wunder geschehen.

Für Isving war es das auch, dennoch sagte sie: »Es ist eine große Verantwortung, mit der MS … Deshalb muss ich heute zum Arzt.«

»Von deiner Krankheit weiß ich längst.«

»Wie lange?«

»Seit meinem Geburtstag. Auf dem Küchentisch lagen deine Tabletten. Ich habe so gehofft, du würdest dich mir anvertrauen.«

»Himmel, so lange schon.« Wie sie sich schämte. Er hatte immer zu ihr gehalten, auch als sie mit ihrem dummen Eifersuchtsanfall beinahe alles kaputt gemacht hätte. »Es tut mir leid.« Sie wischte sich eine Träne von der Wange.

»Es ist okay, ich hätte dich ja auch darauf ansprechen können. Aber jetzt bekommen wir ein Kind. Nur wann …?« Verwirrt sah er auf ihre Hände, bis plötzlich die Erinnerung seine Augen zum Strahlen brachte. »Der Ausflug!« Er legte den Kopf in den Nacken und lachte. »Ein Kind gezeugt unter freiem Himmel, auf den Stufen zum Elfenreich.«

Von seiner Begeisterung angesteckt, ergänzte sie: »Vergiss die vierbeinigen Zuschauer nicht.« Allmählich löste sich ihre Anspannung. »Ich hatte solche Angst davor, was du sagen würdest.«

»Seit wann weißt du es?«, fragte er.

»Seit heute Morgen. Meine Sorge war, dass die Übelkeit etwas mit der MS zu tun haben könnte, aber als mir gestern beim Friseur schlecht wurde, hat Anna, das ist die Künstlerin, die dieses Wunder mit meinen Haaren vollbracht hat, sofort darauf getippt. Ich war so geschockt, dass ich gar nicht daran gedacht habe, einen Test zu kaufen. Dafür habe ich heute gleich zwei gemacht, um ganz sicher zu sein.«

»Ich würde gern mitkommen, wenn du zu deiner Ärztin gehst.«

Isving war erleichtert. Sie hatte überlegt, ihn zu fragen, aber dann gedacht, es wäre doch ein bisschen viel auf einmal, was sie ihm zumutete. Ihre Oma hatte immer gesagt, Männer müsste man aus solchen Dingen heraushalten, und ihr Bruder Mads, der einzige Mann, den sie richtig gut gekannt hatte, war froh gewesen, wenn er sich nicht mit *Frauensachen* abgeben musste. Damals bei Lilis Geburt hatte Isving Gabrielles Hand im Kreißsaal gehalten, weil er eine große Gesellschaft bekochen musste. Seit sie Thór kannte, fragte sie sich manchmal, ob Omas Rat wirklich so gut gewesen war. Er gehörte zu den Menschen, die Anteil an dem Leben ihrer Lieben nehmen wollten. Es kam ihr unfair vor, ihm dies zu verwehren.

Der Praxisbesuch wurde allerdings zu einer Prüfung für ihn. Er sagte nichts, aber sie konnte seine Anspannung und die wachsende Sorge spüren, als die Ärztin sich Zeit nahm, ihn über das aufzuklären, was die Zukunft für sie beide bereithalten könnte.

»Wichtig ist ein offener Umgang miteinander und mit den Problemen, die die Erkrankung mit sich bringt. Reden Sie miteinander, schildern Sie Ihre Gefühle – Sie sind nicht über Nacht zum Hellseher geworden – und überlegen Sie gemeinsam, wie Sie Ihre Zukunft gestalten wollen. Die Schwangerschaft ist im Prinzip kein Problem. Im Gegenteil, die meisten Frauen berichten, dass sie währenddessen und oft auch bis zum Abstillen von ihrer MS wenig oder sogar nichts gespürt haben. Hinterher sieht es anders aus. Da gibt es häufig einen Schub, fast so, als wäre die Schonzeit vorüber. Natürlich wäre es klüger gewesen, etwas langfristiger zu planen, aber so ist es eben. Wer immer auf den richtigen Zeitpunkt wartet, verpasst unter Umständen sein ganzes Leben. Was Sie aber in den nächsten Monaten tun können – und auch sollten – ist, darüber nachzudenken, wie und wo Sie leben wollen. Sprechen Sie mit Freunden und Verwandten, finden Sie heraus, wer Ihnen in Krisenzeiten helfen kann. Mit anderen Worten: Bauen Sie ein Netzwerk auf und sich selbst ein Nest. »*Þetta reddast*, das wird schon«, verabschiedete die Ärztin sie und gab ihnen die Adresse einer gynäkologischen Praxis, mit der sie kooperierte. »Die Kollegin ist selbst seit vielen Jahren an Multiple Sklerose erkrankt. Sie hat drei Kinder und kann Ihnen wertvolle Tipps geben. In dieser Broschüre finden Sie ebenfalls Tipps und Web-Adressen. Es gibt Gruppen für Angehörige und Erkrankte, in denen man sich austauschen kann, und ich bin natürlich auch für Sie da.«

Die Sprechstundenmitarbeiterin machte ihr einen Termin bei der empfohlenen Ärztin für den nächsten Morgen, und damit waren sie entlassen.

»Und, was sagst du?«, fragte sie beklommen.

Thór öffnete die Wagentür und ließ sie einsteigen, lief durch den Regen ums Auto und sprang selbst hinein. Er brachte Kälte und Feuchtigkeit mit, und kleine Wassertropfen, die auf ihrem Gesicht landeten, als er sich die Haare aus dem Gesicht schob.

»Du kannst hundert werden, zehn Kinder bekommen und … ach, Isving, ich werde vielleicht nie wissen, wie sich diese heimtückische Krankheit für dich anfühlt, aber wir können versuchen, alles so transparent wie möglich zu machen. Keine Geheimnisse mehr, keine falsche Scham und eine gute Vorbereitung für dieses kleine Wunder, das auf uns zukommt. Habe ich die letzte Stunde richtig zusammengefasst?«

Erleichtert griff sie nach seiner Hand. »*Þetta reddast*, das könnte sich Island glatt als Motto auf die Fahnen schreiben.«

Er startete den Wagen. »Wir leben auf einem Vulkan, die tektonischen Platten reißen unser Land auseinander, und das Wetter wechselt alle fünf Minuten.« Er zeigte nach vorn, wo die Wolkendecke bereits aufriss, während über ihnen noch Sturzbäche herniedergingen, sodass die Scheibenwischer kaum hinterherkamen. »Was erwartest du? Dieses Land erfordert Improvisationsgeschick und eine gewisse Langmut dem Schicksal gegenüber.«

So hatte sie das noch nie gesehen. In Dänemark hielt man die Isländer oft für noch ein bisschen zurückgeblieben und glaubte, deshalb gingen sie mit Problemen so entspannt um. Das eine wie das andere stimmte aber nicht. Armut, ein eiserner Überlebenswille und der Drang nach

Freiheit hatten die Menschen hier genauso geprägt wie die zwei Jahreszeiten, die man ebenso gut auch einfach nur *Hell* und *Dunkel* hätte nennen können. Die Frauen und Männer Islands waren zutiefst demokratisch und willens, gegen Ungerechtigkeit aufzubegehren.

»Apropos Planung«, sagte Thór. »Ich würde dir gern etwas zeigen und deine Meinung dazu erfahren. Oder möchtest du lieber zurück ins Hotel?«

»Was denn?« Neugierig lehnte sie sich vor und stellte erstaunt fest, dass ihr nicht übel war. »Mir geht es gut, das müssen wir ausnutzen.«

Wenig später hielt er vor einem Bürogebäude. »Ich bin gleich zurück.«

Isving fragte sich, was er im Sinn hatte, doch bevor sie zu einem Ergebnis kam, war Thór tatsächlich zurück, und sie fuhren weiter bis zur Vatnsstígur im Skuggahverfi-Viertel. Die Küstenstraße war von Hochhäusern gesäumt, die in den letzten Jahren hier entstanden waren.

Er bog in eine Tiefgarage ein, und als sie erneut fragte, was er im Sinn hatte, schüttelte Thór nur den Kopf und schob sie in einen Aufzug.

Dort zögerte er kurz, als müsste er sich orientieren, steckte dann eine Karte ins Lesegerät und tippte einen Code ein. Der Aufzug setzte sich in Bewegung, bis er im obersten Stock anhielt. Die Tür schwang auf, und sie sahen direkt hinaus übers Meer bis zur Esja, deren Gipfel unter den scharf geschnittenen Unwetterwolken in einem Sonnenlicht leuchteten, das auch den Raum erstrahlen ließ, den sie nun betraten.

»Wow!«, sagte sie und ließ ihre Handtasche auf einen

Stuhl fallen, während sie die Schuhe auszog. »Das nenne ich eine Aussicht.«

»Allerdings.« Thór klang nicht weniger beeindruckt als sie.

»Falls du vorhast, diese Wohnung zu mieten, solltest du aber unbedingt noch mal mit deiner Bank reden. So was muss ein Vermögen kosten.«

»Sie gehört mir«, sagte er beiläufig und ging zu den bodentiefen Fenstern. »Ich hatte keine Ahnung…« Staunend betrachtete er die elegante Küche, von der aus eine Tür auf die verglaste Terrasse hinausführte. »Wenn ich gewusst hätte, wie es im fertigen Zustand aussieht, hätte ich sie bestimmt nicht vermietet.«

»Hier wohnt jemand, und wir latschen einfach so durch ihre Privatsphäre?«

»Die Mieter sind letzten Monat ausgezogen.«

Sprachlos folgte sie ihm, sah in drei Schlafzimmer, zwei Bäder und am Ende in ein leeres Zimmer, bis sie wieder im Wohnraum standen.

Thór griff nach ihren Händen. »Ich habe meine Wohnung in London aufgegeben, nachdem Einbrecher dort wie die Vandalen gehaust haben. Was ich besitze, befindet sich in Kisten verpackt in Sóleys Haus, und sie hätte es sehr gern, wenn ich den Krempel, wie sie es nennt, endlich abholen würde.« Er lächelte. »Also stehe ich vor der Entscheidung, diese Wohnung zu beziehen oder sie zu vermieten. Himmel, ist das schwierig.« Er fuhr sich mit einer Hand durchs Haar. »Kannst du dir vorstellen, hier mit mir zu leben? Wenigstens im Winter«, fügte er hinzu.

Sie ließ sich aufs Sofa sinken. Er bot ihr an, diesen unfassbaren Luxus mit ihm zu teilen, und dennoch zögerte Isving.

»Kann ich darüber nachdenken?«, fragte sie leise und fuhr fort: »Die Ärztin hat recht, wir müssen überlegen, wie die nächsten Monate und vielleicht auch Jahre für uns aussehen sollen. Diese Wohnung ist fantastisch, aber das ist mein Häuschen mit Hot Pot in Kópavík auch.«

»Du musst dich nicht heute entscheiden – und auch nicht nächste Woche. Ganz ehrlich? Ich hatte keine Ahnung, wie luxuriös die Wohnung ist, und du weißt, dass ich auch in deinem Haus glücklich bin. Bis eben war es nur ein Investment für mich. Den Rohbau habe ich genau einmal gesehen. Es geht ja immer nur darum, Geld irgendwo anzulegen, damit es sich vermehrt.«

In diesem Augenblick verstand Isving zum ersten Mal, wie weit ihre Welten auseinanderlagen. Sie war in mehr oder weniger kleinbürgerliche Verhältnisse geboren worden, und die wenigen Freunde, die sie gehabt hatte, waren ganz normalen Berufen nachgegangen. Nach dem Tod des Bruders hatte sie alle Verbindungen gekappt, um sich am Ende der Welt einen Traum zu verwirklichen, der jetzt, da er sich erfüllt hatte, seinen Glanz verlor. Auch das war eine Erkenntnis, die langsam in ihr reifte. Die Gespräche und sachlichen Auseinandersetzungen, die sie während des Studiums geliebt hatte, fehlten ihr ebenso wie das kulturelle Angebot ihrer Heimatstadt. Reykjavík, so hieß es, wäre eine lebhafte Stadt voller kreativer Menschen. Das klang verlockend. Andererseits kannte sie sich gut genug, um zu wissen, dass sie immer wieder auch Ruhe brauchte, unberührte Landschaften und nicht zuletzt die Pferde.

»Ich möchte das Haus in Kópavík nicht aufgeben, auch wenn ich gezwungen sein sollte, Kaffi Vestfirðir zu verkaufen«, sagte sie und spürte großes Bedauern.

»Das musst du auch nicht. Weißt du was? Ich behalte die Wohnung vorerst, und du hilfst mir dabei, sie gemütlich einzurichten. So wie sie momentan aussieht, ist es, als würde man in einer spärlich ausgestatteten Chefetage sitzen.«

Sie lachte. »Ich bin nicht unbedingt eine begnadete Ausstatterin.«

»Katla hat mir erzählt, dass du die Zimmer im B&B eingerichtet hast.«

Das stimmte, und sie war ziemlich stolz darauf, wie gut sie die besonderen Stimmungen am Fjord damit eingefangen hatte.

»Die meisten Ideen kamen von Gabrielle. Die eine oder andere könnte ich aber sicher beisteuern.«

»Das meine ich.« Er zwinkerte ihr zu.

So konzentriert und präzise er mit seiner Musik sein konnte, so leichtfüßig schien er durchs Leben zu tanzen. Es würde nicht einfach werden, sich darauf einzustellen, denn Isving wusste gern, was die Zukunft ihr bringen würde, und Singen war ihr mehr Entspannung als etwas, das sie allzu genau nehmen wollte.

Thór sprach weiter: »Wenn der Termin bei der Gynäkologin morgen gut verläuft, wirst du in den nächsten Monaten auf jeden Fall regelmäßig nach Reykjavík kommen müssen, und irgendwo muss der Mensch ja übernachten.«

Er bot ihr einen Ausweg, und Isving nahm dankbar an. »Die teuerste Unterkunft der Stadt, und obendrein muss man sich die Zimmer selbst gestalten? Ich weiß nicht, ob das so ein guter Deal ist.«

»Ganz bestimmt«, sagte er und umarmte sie. »Was sagt dein Magen, wollen wir Sundown gucken, statt ihn zu trinken, und dazu ungesundes Zeug essen?«

Isving war es ganz gleich, was ihr Magen dazu zu sagen hatte, für ein Picknick mit Blick aufs Meer war sie immer zu haben. »Sushi?«, schlug sie vor.

Thór griff zum Smartphone, hielt dann aber inne. »Roher Fisch? Meine Schwester Sóley sagt, das sollte man nicht essen.«

»Himmel, ja!« Sie schlug sich die Hand vor den Mund. »Ich werde die Gynäkologin morgen fragen, ob es eine Liste mit Lebensmitteln gibt, die man lieber meidet. Meinst du, chinesisch geht?«

Keine halbe Stunde später saßen sie auf Kissen ganz nahe am Fenster mit vielen kleinen Pappschachteln vor sich und Stäbchen in der Hand. Das Essen endete damit, dass sie eine Art Island-Saga-Strip spielten. Wer die Frage nicht beantworten konnte, musste ein Kleidungsstück ablegen. Isving hatte sicher geglaubt zu gewinnen, aber am Ende saß sie in ihren neuen Dessous da, während Thór bis auf eine fehlende Socke noch passabel bekleidet war. Der Sex wurde zur albernen Tollerei, und es war spät, als sie ins Hotel zurückkehrten.

Am nächsten Tag machten sie sich gegen Mittag auf den langen Weg in die Westfjorde. Der Wetterbericht klang nicht günstig. Sturm sollte am Nachmittag aufziehen, und Thór schlug eine Zwischenübernachtung vor.

»Lass mich schnell zu Hause anrufen, ob alles in Ordnung ist«, sagte Isving, die die Aussicht auf eine stundenlange Fahrt durch Unwetter auch nicht verlockend fand.

Katla reagierte entspannt. »Es läuft, Pünktchen hat mächtig Sehnsucht. Aber die Kleine wird es aushalten«, sagte sie zum Abschied.

Auf Empfehlung der Gynäkologin hatten sie beschlossen, die Neuigkeiten erst einmal für sich zu behalten. Obwohl bei Isving alles in Ordnung war, konnte besonders in der ersten Zeit immer etwas passieren, das den Körper veranlasste, die Schwangerschaft von sich aus abzubrechen, und dann käme zu der eigenen Trauer auch noch der Druck von außen hinzu. Obwohl die Menschen es meist gut meinten, seien ihre Ratschläge häufig unsinnig und belastend, hatte sie gesagt.

»Die Ärztin ist fantastisch, sie hält jede Woche eine Onlinesprechstunde, und ich kann mich immer melden, wenn ich Fragen habe oder Probleme.«

Thór legte zärtlich eine Hand auf ihr Knie. »Das ist gut zu wissen. Hat sie schon was zum Geburtstermin gesagt?«

»Voraussichtlich Mitte April.«

Er lachte. »Dann wird es ein Sommermädchen.«

»Über das Geschlecht hat sie nichts gesagt, das wäre auch ein bisschen früh.«

»Stimmt, also ein Sommerkind. Mitte April feiern wir den Beginn des Sommers.«

»Daran habe ich gar nicht gedacht, aber es klingt schön«, sagte sie verträumt.

In Borganes machten sie halt an Islands Tankstelle mit der malerischsten Aussicht. Davon sah man heute allerdings wenig. Der Berg auf der anderen Seite des Fjords war durch den Regen kaum zu erkennen, die vom Salzwind matten Scheiben des Restaurants taten ihr Übriges. Thórs Hotdog war vor allem fettig, aber der Blick übers Wasser sei bei gutem Wetter unbezahlbar, behauptete er. »Deshalb mache ich hier immer eine Pause.« Beim Blick auf die Wetter-App runzelte er allerdings die Stirn. »Wir müssen weiter, sonst schaffen wir es nicht rechtzeitig nach Búðardalur.

Kurzfristig während der Saison ein Zimmer nahe der Ringstraße zu bekommen, galt als nahezu aussichtslos. Doch sie hatten Glück gehabt. Wegen des Sturms gab es Stornierungen. Das B&B verfügte zwar nur über ein Gemeinschaftsbad, doch das machte ihnen nichts aus. Schwieriger war es, zu dem kleinen Lokal des Orts zu gelangen, ohne bis auf die Haut durchnässt zu werden. Besonders charmant eingerichtet war es nicht, aber das Essen schmeckte gut.

Später tobte über dem Hvammsfjörður ein Gewitter, und bald darauf grollte ein schwerer Sturm in den Höhen und fegte schließlich mit einer Geschwindigkeit von zweiunddreißig Metern pro Sekunde, was laut Wetter-App Windstärke 11 entsprach, über die Küste. Heftige Böen rissen alles mit, was nicht gut befestigt war, und rüttelten wütend am Haus. Abgesehen von den Blitzen erlebten sie zum ersten Mal seit Wochen wieder eine dunkle Nacht. Für das Fernglas, das sie zum Zimmerschlüssel hinzubekamen, hatten sie keine Verwendung. Warm eingekuschelt in ein bequemes Bett war dieses Wetter dennoch auszuhalten. Draußen auf der Straße fuhr nun niemand mehr, der einigermaßen bei Sinnen war.

Am nächsten Morgen war es eiskalt, obwohl die Sonne schien. Fast so, als hätte der Sturm nicht nur die Wolken, sondern auch gleich den Sommer fortgeblasen.

Thór drehte die Heizung seines Wagens bis zum Anschlag auf. Bald wurde die Straße schmaler und die Serpentinen rutschiger, das Fahren verlangte seine ganze Aufmerksamkeit, während Isving die Landschaft betrachtete und hoffte, dass die Übelkeit nicht schlimmer werden würde. Sie wollte ihn ungern bitten, rechts ranzufahren, damit sie sich auf freier Strecke irgendwo in die Landschaft übergeben konnte.

Seit der schrecklichen Szene im Hotel, als er gedroht hatte, die Tür aufzubrechen, hatten sie miteinander gelacht und miteinander geschlafen, doch Normalität, das spürte Isving, war noch längst nicht zurückgekehrt. Sie wollten beide, dass es funktionierte, aber wenn sie nicht lernen würde, ihm zu vertrauen, dann wäre das Konto an gutem Willen und Verständnis bei ihm irgendwann aufgebraucht. Schnell blinzelte sie die aufsteigenden Tränen weg.

»Alles in Ordnung?«, fragte er mit einem Seitenblick.

»Eigentlich schon, aber ich habe so viele Fehler gemacht, seitdem wir uns kennen …« Sie setzte sich auf und sah ihn an. »Es tut mir leid. Ich mache oft Dinge, die dich verletzen. Dabei ist es genau das, was ich um jeden Preis vermeiden will.«

Er drosselte das Tempo, hielt schließlich an einer kleinen Ausweichbucht an und sah weiter geradeaus. Die Hände ließ er auf dem Lenkrad liegen.

Pianistenhände, dachte sie und erinnerte sich an die

gemeinsamen Stunden im Studio. Es gab mehr als nur eine Verliebtheit, die sie beide verband. Die Musik, die Liebe zur Natur, und über die gleichen Dinge lachen konnten sie auch. Das waren nicht die schlechtesten Voraussetzungen, aber trotzdem würde es noch viele Schwierigkeiten in ihrem Leben geben, die sie gemeinsam zu bewältigen hätten.

»Das weiß ich, Isving«, sagte Thór, als hätte er ihre Gedanken erahnt. »Vertrauen muss man sich erarbeiten, und vielleicht habe ich einfach zu viel erwartet. Schließlich kenne ich dich schon ein bisschen und weiß, dass du in einer ganz anderen Familie aufgewachsen bist. Ich hatte mit meiner einfach Riesenglück.« Ein Schmunzeln umspielte seine Lippen. »Obwohl ich das nicht immer so gesehen habe und meine liebe Schwester Björk manchmal zu gern auf den Mond schießen würde.« Nun sah er sie an. »Aber ich bin zuversichtlich, dass wir es schaffen können.« Er beugte sich zu ihr herüber, legte eine warme Hand in ihren Nacken und küsste sie sanft.

Die Straße führte in einem weiten Bogen durch das vom Schmelzwasser geformte Tal. Nun war es nicht mehr weit bis nach Hause. Seit einer halben Stunde war ihnen niemand mehr begegnet. Wenn die Sonne hervorkam, sah man Bäche aufblitzen, die sich durch seltsam blassgrüne Wiesen schlängelten, als hätte jemand einen Fotofilter darübergelegt. Und doch wusste Isving, dass hier die besten Kräuter Islands wuchsen. Vielleicht gerade deshalb, weil der Kampf um Licht und Wärme auch von den Pflanzen nur die besten überleben ließ. Es gab sogar ein paar Bäume, die von einem enthusiastischen Farmer vor vielen

Jahren gepflanzt und gehegt worden waren. Er hatte aber aufgegeben, nachdem keines seiner Kinder den Hof übernehmen wollte. Alles hier wuchs langsam und behielt jede Störung, sei es durch Menschenhand, sei es durch die Natur selbst, für Jahrzehnte im Gedächtnis. In der Ferne sah man vereinzelt Gehöfte, doch nur noch eines war während der Sommermonate bewohnt.

Schließlich stieg die Straße ein letztes Mal an, zum Pass, der sie vom Fjord trennte. Oben angekommen bot sich ihnen ein fantastisches Bild: Wolken jagten über das Blau des Himmels, und beides spiegelte sich im Wasser. Kópavík lag am Fuß steil aufsteigender Berge. Kleine Häuser wie zufällig verstreute bunte Perlen, die sich um einen Obsidian in ihrer Mitte scharten, der Ruine des Arbeiterhauses. Das flache Gebäude der Fischfabrik wirkte von hier oben unversehrt. Ein Schiff lief in den Hafen ein, und Isving wusste, dass sich Katla dort unten befinden würde, um ihre Bestellungen vom Großhändler abzuholen.

In diesem Augenblick fühlte sie eine überwältigende Verbundenheit mit diesem Flecken Erde, und gleichzeitig eine solche Wehmut, dass sie aufschluchzte. »Kannst du mal anhalten, nur ganz kurz?«

Er bremste und lenkte den Wagen an den Straßenrand.

Isving stieg aus, lehnte sich an die warme Motorhaube und atmete tief durch, bis kalte Luft ihre Lunge flutete. Er war ganz nah bei ihr, ohne sie zu berühren, als wüsste er, dass sie diesen Augenblick für sich allein brauchte.

Schließlich brach sie das Schweigen. »Siehst du da unten das Kaffi Vestfirðir und unser Haus gleich daneben?«

Thór schloss sie wortlos in seine Arme.

39

»Den Rotschopf würde ich nicht von der Bettkante stoßen. Was für ein Hintern!«

»Ja, wir meinen dich, Mädchen. Komm, zier dich nicht so und setz' dich zu uns.«

Hätte Daniel ihn nicht zurückgehalten, Thór wäre komplett ausgerastet und hätte die Kerle verprügeln wollen. Ganz gleich, ob es seine Freunde waren oder nicht.

»Du bringst jetzt erst mal den Koffer in dein Häuschen, und ich kläre das hier«, sagte Dan leise und schob Thór zur Tür hinaus.

Sie hatten Alexanders Studio gebucht, um ihr neues Album einzuspielen. Jetzt, Ende September, waren im Kaffi Vestfirðir genügend Zimmer frei, um die Musiker der Band unterzubringen. Es kamen zwar immer noch Gäste, aber die blieben oft nur eine Nacht, oder sie buchten kurzfristig, wenn das Wetter gut genug war, um Polarlichter sehen zu können.

Thór und Daniel hatten einen Interviewtermin absolvieren müssen, der mehrfach verschoben worden war, deshalb waren die anderen drei gestern vorausgeflogen und hatten die Wartezeit offenbar damit verbracht, den Isländerinnen nachzustellen und Isving zu belästigen.

Obwohl er Daniel für sein Eingreifen dankbar war, folgte

er nur grollend dessen Rat, und auch nur, weil eine Schlägerei in ihrem Café das Letzte war, was er ihr obendrein zu den Frechheiten zumuten wollte. Es wäre nicht das erste Mal, dass die Freunde aneinandergerieten. Ein Leben auf Tour war eigentlich ein andauernder Ausnahmezustand und brachte unweigerlich Konflikte mit sich. Doch inzwischen waren sie wirklich zu alt für diesen Unsinn, und obendrein hatten sie sowieso wenig Zeit, um alle Songs einzuspielen. Zehn Tage, aber anders hatte es sich nicht einrichten lassen, weil der Bassist noch mit einer anderen Band Auftritte hatte und der Schlagzeuger anschließend nach Nashville ins Studio musste. Die Zeiten, in denen Musiker im Geld schwammen, waren lange vorbei, und wer nicht selbst Songs schrieb oder textete, verdiente nicht unbedingt viel mit seiner Arbeit.

In einer Mörderlaune stellte er das Gepäck ab und ging erst mal unter die Dusche. Das eisige Wasser kühlte seine Körpertemperatur deutlich herunter, nicht aber seine Stimmung. Immer noch wütend stürmte er durch den Hintereingang in die Küche – und sah sich zwei großen Messern gegenüber.

Isving schrie erschrocken auf. Im gleichen Augenblick kam Fjóla herein, mit orangeroter Frisur und voller Begeisterung. »Daniel hat seiner Band aber einen Einlauf gegeben! Von wegen Mädels belästigen und so.« Sie sah zwischen Thór und Isving hin und her. »Was geht denn hier ab?«

»Ich wollte nur Messer schleifen«, sagte Isving. »Aber Thór wird offenbar von Furien gehetzt. Was ist denn los?«

»So was in der Art«, sagte er und kam sich vor wie ein

Trottel. Die Jungs hatten also Fjóla belästigt. Das war zwar auch nicht zu entschuldigen, aber dennoch fiel ihm ein Stein vom Herzen. Gut, dass Daniel die Sache geklärt hatte.

»Es tut mir leid«, sagte er zu Fjóla, die nach den Gesprächen, die sie geführt hatten, zu einer engagierten und verantwortungsvollen Mitarbeiterin für Isving geworden war. »Normalerweise sind das nette Männer, aber offenbar haben sie ihr gutes Benehmen zu Hause bei Frau und Kind gelassen. Ich werde mit ihnen reden. Das kommt nicht wieder vor, sonst schlafen sie am Fjord. Dafür sorge ich eigenhändig, wenn's sein muss.«

»Ach, das war nicht schlimm, Jungs sind eben so.«

»Doch, so was ist schlimm. Warum hast du mir nicht gesagt, dass sie dich belästigen?« Isving legte die Messer auf den Tisch. »Jungen werden zu Männern, und Thórs Kollegen sind erwachsen, verdammt noch mal.« Sie wandte sich ihm zu: »Läuft das immer so, wenn ihr gemeinsam unterwegs seid?«

Beschwichtigend hob er die Hände. »Ich rede mit ihnen und – nein! So ein Verhalten war noch nie unser Stil. Nicht mal zur Imagepflege würde es taugen, ganz im Gegenteil.«

Er sagte dann aber doch nichts, Daniel hatte das offenbar überzeugend erledigt, die Freunde entschuldigten sich sogar. Im Studio war die Stimmung bestens. Sie brannten darauf, die Lieder fürs neue Album »Elven« zum ersten Mal gemeinsam zu spielen, und arbeiteten höchst konzentriert. So liebte Thór die Band, sie waren eben Profis und kannten sich seit Jahren – wahrscheinlich sogar besser als ihre Frauen. Jedenfalls hatten sie mindestens ebenso viel Zeit miteinander verbracht.

Mit Daniel hatte er in den vergangenen Wochen fast täglich über Arrangements diskutiert und daran gefeilt. Die anderen Musiker beherrschten ihre Parts, machten hier und da noch Vorschläge, aber im großen Ganzen lief es rund.

»Lass uns die Outtakes behalten«, sagte Daniel und ließ sich in ein Ledersofa fallen. Die anderen waren mit Alexander zur Hafenbar gegangen, um dort einen Happen zu essen.

»Vielleicht kann man damit noch was anfangen. Ich hätte nicht gedacht, dass es so glatt laufen würde. Wie sieht es mit dem Video aus?«

»Die Luftaufnahmen sind spektakulär. Der Pilot war ein echter Glücksgriff. Er ist wohl selbst Fotograf und hat genau verstanden, was wir haben wollten. Ende der Woche kommt ein Team für den Dreh am Fjord und auf dem Schiff, sobald wir hier im Studio durch sind.«

»Und das Wetter mitspielt.« Daniel zeigte nach draußen, wo der Himmel nach einem Regenguss wieder aufriss. »Ich dachte immer, bei uns wäre die Natur schon unberechenbar, aber hier bei euch ist es echt crazy.«

»Das hält uns Isländer jung und flexibel.«

»Haha! Tja, in deinem Alter braucht man jede Unterstützung, die man kriegen kann.« Daniel war nur ein Jahr jünger als Thór, wurde aber nicht müde, darauf hinzuweisen. »Übrigens gut, dass du den Bart abgenommen hast. Ein Wunder, dass sich diese Schönheit überhaupt in so einen Wikinger-Zausel verliebt hat.«

Thór strich sich über das rasierte Kinn. »Mir fehlt er irgendwie, aber sie hat sich beschwert, weil er kratzt.«

»Dann lässt du dir eben wieder einen wachsen, wenn die Liebe erkaltet ist.«

»Ich hoffe, dass es nie dazu kommt.«

Daniel stand auf und klopfte ihm auf die Schulter. »Das hoffen wir immer, mein Freund.« Und dann drehte er sich noch einmal um. »Wann ist es so weit?«

»Was?«, fragte Thór verblüfft. Er hatte zwar eine Ahnung, was Dan meinte, wollte jedoch auf keinen Fall mehr als notwendig preisgeben. So war es mit Isving abgemacht.

»Deine Kleine leuchtet von innen wie ein Engel. Glaube mir, ich habe einen Blick dafür.«

»April«, sagte Thór knapp. »Aber ich wäre dir dankbar, wenn du es für dich behalten würdest. Die Sache ist auch so schon kompliziert genug.« Die Furcht griff wieder nach ihm. Eine Furcht, die ihn manche Nacht wach gehalten hatte. Je mehr er über die Multiple Sklerose las, desto mehr sorgte er sich um Isving. Was war das eigentlich für ein Gott, der Liebe predigte und dabei das Leid mit vollen Händen verschenkte? Da kamen ihm die alten Götter ehrlicher vor. Von denen wusste man wenigstens, dass sie sich nur für Menschen interessierten, wenn sie Schabernack mit ihnen treiben konnten: Vulkanausbrüche, Epidemien, Kriege… Was Götter eben so für gelungene Streiche hielten.

Daniel setzte sich wieder. »Was ist los?«

Er senkte die Stimme, obwohl niemand in der Nähe war. »Sie hat MS.«

»Du meinst nicht SM, oder?« Der Versuch, einen Witz zu machen, misslang, und er wusste das selbst. »Scheiße!«

»Kannst du wohl sagen.«

»Aber wie könnt ihr da …? Es war ein Unfall, stimmt's?«

Thór dachte an das Tal, in dem sie gerastet hatten, an den Duft der sonnenwarmen Gräser und Blumen, an dieses unbändige Gefühl von Freiheit und das Glück, das er empfunden hatte, all dies mit Isving erleben zu dürfen. Er hatte Kondome eingesteckt und hätte sie heraussuchen können, aber eine Stimme in seinem Kopf hatte ihn verhöhnt: *No risk, no fun, mein Lieber. Was hindert dich daran? Bist du dir deiner Gefühle doch nicht sicher?*

Natürlich hätte er trotzdem nicht so leichtsinnig sein dürfen, ganz gleich, wie sehr ihn der magische Augenblick verzaubert haben mochte, doch Isving war es ja auch gewesen.

Die Stimme jenes Nachmittags lachte, als hätte sie darauf gewartet, dass Thór die volle Verantwortung nicht übernehmen wollte. *Du hast sie verführt, mein Lieber. Nach allen Regeln der Kunst, wenn ich mir das Kompliment erlauben darf.*

»Nein«, sagte er. »Es war vielleicht leichtsinnig von mir, aber ein Unfall war es ganz sicher nicht.«

»Weißt du eigentlich, was du dir da aufhalst?«

Daniel wirkte ehrlich besorgt, deshalb sah er ihm diese Formulierung nach, dennoch sagte Thór: »Ich würde mir wünschen, dass du nicht in diesem Ton über Isving sprichst. Das habe ich dir schon einmal gesagt, und ich werde es kein drittes Mal wiederholen.« Er stand auf. »Beides wissen bisher nur wenige Menschen. Ich war dir gegenüber offen, weil du mein bester Freund bist. Enttäusch' mich nicht.« Ohne eine Antwort abzuwarten, ging er hinaus und runter zum Strand, wo er Steine aufsammelte, um sie über das Wasser springen zu lassen.

»Wir *sind* Freunde«, sagte Daniel, der ihm gefolgt war. »Deshalb rede ich so offen, deshalb mache ich mir die Mühe, deinen Ärger darüber auszuhalten.« Die Hände in den Hosentaschen vergraben, wippte er auf den Zehenspitzen, wie es seine Art war, und sah übers Wasser. »Ich mag Isving, aber sie trägt eine Melancholie in sich, von der ich nicht sicher bin, ob sie dir guttut. Dass sie unter Multipler Sklerose leidet, erklärt es vielleicht und dennoch … tut mir leid, aber ich mache mir eben Sorgen, obwohl ich sehe, wie glücklich du bist.«

»Glücklich?« Er blickte beiseite, damit Daniel die Tränen in seinen Augen nicht sah. »Ja verdammt, ich bin glücklich! Und scheißwütend bin ich auch. Da finde ich, was ja an sich schon ein Wunder ist, die andere Hälfte meines Seins und – lach jetzt nicht – meine Seelengefährtin und dann … stirbt sie!« Nun sah er den Freund doch an. »Was habe ich eigentlich getan, um das verdient zu haben? Meine Schwester sitzt im Rollstuhl und meine Frau demnächst auch?«

Daniel legte ihm eine Hand auf die Schulter. »Du wirst es nicht gern hören, aber hier geht es nicht um dich. Nicht nur jedenfalls. Sóley ist eine tolle Frau und Isving bestimmt auch. Wenn sie es mit einem Kerl wie dir aushält, möchte ich sogar darauf wetten.« Er lachte. »Wenn du jetzt schon anfängst, im Selbstmitleid zu versinken, dann bist *du* nicht der Richtige für *sie*!« Er drehte sich zum Fjord. »Die Seehunde da draußen machen es richtig. Sie leben im Hier und Jetzt. Woher willst du wissen, ob du nicht morgen vom Pferd fällst und dir das Genick brichst?«

Bevor ihn Dan wieder ansehen konnte, wischte er sich

schnell mit dem Handrücken über die Augen. »Keine Ahnung. Zuversicht?«

»Genau. Aber mach dir nichts vor, die nächsten Monate werden verdammt hart für euch. Da wächst ein Kind heran, deine Frau braucht dich, und du feierst am anderen Ende der Welt die Nächte durch.«

»Ganz so ist es ja nicht mehr«, sagte er und dachte an zurückliegende Zeiten. »Was soll ich denn tun?«

»Durchhalten«, sagte Dan und umarmte ihn kurz. »Du hast ja mich. Nach fünf Kindern kann mich nichts mehr überraschen.« Er sah auf. »Guck, da kommen die Rabauken mit einem Kasten Bier. Ich fasse es nicht.«

Der kurze Augenblick bedingungsloser Offenheit war vorüber. Schon allein um die Produktion nicht zu gefährden, musste er sich zusammenreißen. Dan hatte recht. Er würde jederzeit gehen können, wenn ihm die Situation nicht mehr gefiele. Isving dagegen hatte keine Chance, ihre Krankheit zu besiegen. Sie musste lernen, sich mit ihr zu arrangieren, und dabei konnte er helfen. Emotional, aber auch materiell. Geld allein mochte nicht glücklich machen, doch von der ärztlichen Versorgung abgesehen, würde es irgendwann um die Erstattung von Taxifahrten, einen passenden Rollstuhl, den die Versicherung nicht bezahlen wollte, und um viele andere Erleichterungen gehen, die sich ein normal verdienender Mensch nicht leisten konnte.

* * *

Mit der Studioarbeit wurden sie rechtzeitig fertig. Um Mix und Mastering würden sich Daniel und Thór im Anschluss gemeinsam mit Alexander kümmern. Sollte noch etwas fehlen, konnte es notfalls auch anderswo eingespielt werden.

Thór mochte diese gemeinsame Zeit im Studio sehr. Sie war wichtig fürs Bonding, um das Team zusammenzuhalten und auf eine neue Tour vorzubereiten.

Die ersten beiden Auftritte waren für das Airwaves Festival Anfang November geplant. Einer regulär und der andere in einer kleinen Location, wo allerdings niemand Eintritt zahlen musste. Die meisten Bands machten das so, denn nicht jeder konnte sich ein Ticket für alle Tage leisten.

Davor würden sie sich für acht Tage bei Daniel treffen, um die Setlist endgültig festzulegen, auch das war wichtig und zum lieb gewonnenen Ritual geworden. Am Ende einer Tour war er allerdings auch jedes Mal froh, die gesamte Crew eine Weile nicht mehr sehen zu müssen, und den anderen ging es ebenso.

Daniel hatte recht, die kommenden Monate würden für Thór und Isving eine Prüfung werden, denn die Tour sollte buchstäblich auf der anderen Seite der Welt stattfinden. Australien hatten sie noch nie gemacht, und dort plante die Plattenfirma obendrein einen Livemitschnitt für eine Dokumentation, deshalb war es auch nicht weiter schlimm, dass sie fürs Studioalbum nur neun Songs aufnahmen.

Der neue Sound hatte den Agenten, die Bookerin, mit der sie schon lange arbeiteten, und auch das Label total begeistert. Es würde eine große Kampagne geben, und das Budget fürs Video war auch noch mal aufgestockt worden. Nach dem Jahreswechsel ging es in Asien weiter, und zum Schluss standen noch zwei Gigs in Brasilien an, wo sie besonders viele Fans hatten, bevor nach einigen Wochen Pause die Sommersaison mit ihren Open-Air-Konzerten in Europa begann. Die hatten zumindest den Vorteil, dass sie zwischendurch fast immer nach Hause fliegen konnten.

Aber jetzt stand erst mal der Video-Dreh an. Die Wettervorhersage war gut, deshalb wurde beschlossen, mit den Aufnahmen auf dem Schiff zu beginnen. Ursprünglich hatte die Regisseurin in den Ruinen bei der Fischfabrik drehen wollen, doch Thór war nicht dafür zu begeistern. »Bei dem Brand ist ein Mensch ums Leben gekommen«, gab er zu bedenken. Über den Skandal wegen des Walfängers war auch noch kein Gras gewachsen. »Das ist mir zu heikel.« Kópavík würde es auch nicht guttun, die Sache wieder aufzurühren.

Kurz vor Sonnenaufgang trafen sie an Jökulls Schiff ein, das ganz vorn im Hafen lag. Halldór, Emil und Fjóla, die in der nächsten Woche nach Reykjavík abreisen würde, waren als Statisten dabei, dazu Isving, die er überredet hatte, mitzukommen. Die letzten Nächte waren kurz gewesen, und sie hatten sich zwischendurch gerade mal lange genug gesehen, um einen schnellen Kuss auszutauschen, bevor jeder seiner Wege gehen musste. An Privatsphäre war natürlich auch heute nicht zu denken, aber immerhin konnte er sie im Arm halten und an seinem Leben teilhaben lassen. Beides war ihm wichtig.

Die Rolle der Band- und Crewmitglieder während der heutigen Aufnahmen war denkbar einfach: Sie mussten finstere Seeleute mimen und im Wesentlichen nur herumstehen.

Der Stylist hatte jedoch nicht das klassische Ölzeug gewählt, das Jökull trug, sondern sie mit Rollmützen, schwerem Schuhwerk, Cabanjacken und immerhin Arbeitshosen ausgestattet.

Was Isving von diesem Look dachte, verriet ihr Schmunzeln, als sie gemeinsam mit Ursi Körbe mit Proviant an Bord brachte. »Ich bin gespannt, ob ihr Mädels auch so ein Seebären-Kostüm bekommt«, hörte er sie zu ihrer Freundin sagen, die bereits geschminkt, aber noch nicht umgezogen war.

»Das wäre mir recht. Wir dürfen die Sachen nämlich behalten.« Ursi lachte und folgte dem Stylisten in ein Wohnmobil, um sich umzuziehen.

Als alle an Bord waren, legten sie ab und fuhren mit der aufgehenden Sonne im Rücken hinaus aufs Meer.

»Wie anders Kópavík aus dieser Perspektive aussieht.« Isving lehnte sich neben ihn an die Reling. »Guck mal, da oben ist das Kaffi Vestfirðir«, sagte sie und wies auf das Haus am Hang, das in der Morgensonne leuchtete. »Ich werde es so vermissen.«

»Darüber wollte ich mit dir reden«, sagte er und fügte hastig hinzu: »Aber nicht jetzt. Guck, die Seehunde sind auch schon unterwegs«, versuchte er sie abzulenken. Thór hatte bisher nicht die passende Gelegenheit gefunden, mit ihr über seine Zahlung an Gabrielle zu reden. Er hatte einfach nicht gewusst, wie er ihr erklären sollte, dass sie jetzt Geschäftspartner waren, und wie es ihm gelungen war, diese wichtige Information bisher vor ihr geheim zu halten: Er hatte mit Emils Hilfe den Briefträger überzeugen können, ihm die einschlägige Post auszuhändigen. Dafür hatte er natürlich sowohl Katla als auch ihren Freund einweihen müssen. Katla freute sich sehr, dass das B&B nicht in fremde Hände gelangen und sie ihren Job behalten würde. Isving zu hintergehen, gefiel ihr aber absolut nicht, und deshalb drängte sie darauf, dass Thór endlich die Karten auf den Tisch legte.

40

Das Album war fast fertig und die Band abgereist. Isving und Thór befanden sich auf dem Weg nach Reykjavík, denn die nächste Untersuchung stand an, und er wollte dabei sein. Mit etwas Glück würden sie morgen erfahren, ob sie ein Mädchen oder einen Jungen erwarteten. Sofern auch ansonsten alles in Ordnung war, würden sie im Anschluss seine Familie einweihen.

Sie fühlte sich so lebendig und energiegeladen wie schon lange nicht mehr. Die Arbeit im B&B war auch ohne Fjólas Unterstützung gut zu schaffen, ihr Liebesleben beinahe noch erfüllender als zuvor, und dass die Nächte deutlich länger geworden waren, machte ihnen beiden nichts aus.

Trotz der Schwangerschaft verbrachte sie viel Zeit mit ihrem Lieblingspferd Stjarni. Meistens machte sie Bodenarbeit oder ging mit ihrem *Sternchen* und natürlich Pünktchen spazieren. Aber manchmal setzte sie sich heimlich aufs ungesattelte Pferd, um die Energie und ihre Verbundenheit zu spüren.

Dienstags ging sie mit Katla zur Chorprobe. Während der Saison hatte es nicht geklappt, aber das Singen tat ihr gut, und allmählich gelang es ihr auch immer besser, ihre Stimme unter Kontrolle zu halten. Sobald die Arbeit im

B&B erledigt war, schrieb sie oder strickte an ihrem ersten Islandpullover, wobei sie die Maschen allerdings oft wieder aufribbelte und kaum vorankam. Die Hausgäste waren dennoch voller Bewunderung und kauften fertige Pullover im Laden, die deutlich ordentlicher aussahen als ihr eigenes Werk. Es machte ihr trotzdem mehr Spaß, als sie je gedacht hätte.

Wenn Thór aus dem Studio kam, kochten sie gemeinsam, oder sie liebten sich, meistens beides. Er war jetzt behutsamer, aber dabei nicht weniger einfallsreich. Isving lächelte, als sie an die letzte Nacht dachte.

Bequeme und vor allem warme Kleidung verhüllte die leichte Wölbung ihres Bauchs, die Thór so gern streichelte. Das war auch so etwas, auf das sie ihre Erziehung und das Leben im Haushalt der Großmutter nicht vorbereitet hatten. Dieser Mann freute sich auf sein Kind und zeigte das nicht durch stolzes Gehabe, sondern durch eine Zärtlichkeit, die sie nicht erwartet hätte.

Dabei konnte er auch ein ziemlich kühl agierender, durchaus dominanter Mensch sein, der seinen Wert genau kannte und es gewohnt war, dass man ihn respektierte. Das war ihr beim letzten Besuch in Reykjavík bewusst geworden. Als einer der Handwerker, die in der Wohnung tätig waren, versucht hatte, sie zu übervorteilen, hatte Thór eine Autorität gezeigt, die den Mann sofort zurückrudern ließ. Den Auftrag erhielt dann ein anderer.

Die vergangenen Wochen hatten Isving gezeigt, was es bedeutete, mit einem Musiker liiert zu sein, der seine Arbeit liebte und – wie sie inzwischen wusste – einen Hang zum Perfektionismus hatte. Es war nicht immer einfach gewesen, aber sie nahm es mit Humor, wenn er mal wieder ins Leere blickte, weil er über ein Arrangement nachdachte. Die Bandkollegen waren es, die manchmal über seine Detailversessenheit stöhnten, zumal Daniel ihm darin neuerdings in nichts nachzustehen schien. Thór freute sich über das wieder erwachte Engagement und die Begeisterung seines Freunds.

Er steckte bis über beide Ohren in der heißesten Produktionsphase des Albums, und sie hatte plötzlich mit Dingen zu tun, von denen sie wenig verstand. Ihr Roman sollte lektoriert werden, und der Verlag zeigte Interesse an einem weiteren Buch. Isving hatte dafür zwar schon Ideen, aber wie sollte sie die in eine übersichtliche Form bringen?

Ihre Lektorin schien eine nette Frau zu sein, die wusste, was sie tat. Sie schickte Isving einen Plan mit allem, was bis zur Veröffentlichung im kommenden Sommer zu erledigen wäre. Damit konnte man schon mal anfangen, wenn auch einzelne Punkte ein wenig nebulös klangen. Doch Thór wusste oft, wovon die Rede war, wenn es um Marketingbegriffe wie POS oder USP ging. Offenbar unterschied sich die Zeit vor der Veröffentlichung bei Musikern und Autorinnen nicht so sehr.

»Isving Johansen, bitte.« Die Stimme der Sprechstundenhilfe riss sie aus den Gedanken. Der Augenblick war gekommen, und als sie auf den Untersuchungsstuhl kletterte, wurde ihr flau im Magen. Wer genau hinsah, konnte die Veränderungen bemerken, die mit ihrem Körper vor sich gingen. Daniel habe es sofort gesehen, behauptete Thór.

Nun, als Vater von fünf Kindern konnte man ihm wohl auch Erfahrung in Kinderangelegenheiten unterstellen.

Nachdem die Morgenübelkeit endlich verflogen war, wie von Katla vorhergesagt, die sich natürlich auch nicht lange hatte täuschen lassen, ging es ihr so gut wie nie zuvor in ihrem Leben. Sie fühlte sich schön, geliebt, und es lief alles so rund, dass sie schon manchmal Sorge hatte, das Schicksal warte nur darauf, ihr einen Schlag zu verpassen.

Natürlich war da immer noch die Sache mit Gabrielle, doch die schien es nicht eilig zu haben, an ihr Geld zu kommen, und Isving würde es ihr sicher nicht aufdrängen. Vielleicht hatte sie einen guten Job gefunden und war nicht mehr so dringlich darauf angewiesen. Isving gönnte ihrer ehemaligen Schwägerin ein wie auch immer geartetes neues Glück.

Wenn überhaupt, wäre der Verkauf des B&B im Frühjahr sicher vorteilhafter, hatte sie sich überlegt, und obwohl sie wusste, dass es nicht klug war, solche Dinge wie unangenehme Post unerledigt in eine Schublade zu stopfen, tat sie genau das. Wenigstens eine kurze Zeit in ihrem Leben wollte sie einfach nur glücklich sein. Sorgen machte sie sich ja trotzdem. Wegen ihrer Krankheit und ob mit dem Baby alles in Ordnung sein würde. Eben dies hatte letztlich auch den Ausschlag zu der Entscheidung gegeben, demnächst nach Reykjavík umzusiedeln und die Pension von Katla führen zu lassen. Ursi war ja auch noch da, um zu helfen, wenn es erforderlich wäre, und notfalls konnte sie selbst jederzeit nach Ísafjörður fliegen und sich von einer der beiden oder Emil abholen lassen. Vorausgesetzt natürlich, das Wetter spielte mit und der Pass war nicht gesperrt. Der erste Schneesturm dieses Winters lag bereits hinter ihnen und hatte alle daran erinnert, wie gefährlich die Straßen sein konnten, wenn die Scheibenwischer nicht mehr hinterherkamen, und der Wind so stark blies, dass es anstrengend wurde, die Spur zu halten. Oben am Pass waren vor zwei Wochen Touristen auf dem Weg nach Kópavík beinahe verunglückt.

Sie hatten ganz aufgelöst davon berichtet. »Ein riesiger Lastwagen ist plötzlich vor uns aufgetaucht. Wie aus dem Nichts«, sagte der Mann, dem der Schreck noch anzusehen war.

»Aufgeblendet hat der und gehupt. Es war total gruselig.«

»Da hast du dann nur die Wahl, auszuweichen oder eine Kollision zu riskieren. Nicht lustig, wenn neben dir die Straße hundert Meter in die Tiefe abfällt, aber du nicht weißt, wo genau der Abgrund beginnt.«

An diesen Zwischenfall musste Isving absurderweise denken, als Thór nach ihrer Hand griff, während sie der Ärztin zuhörten, die ihnen das Ultraschallbild erklärte. Wie furchtbar, wenn etwas mit dem Kind wäre und sie in Kópavík festsäße.

»Mit hundertprozentiger Sicherheit kann man es zwar noch nicht sagen, aber ich könnte Ihnen das Geschlecht verraten, wenn Sie es wissen möchten.«

Sie sahen sich an, und Thór sagte: »Ich wüsste es schon gern, was meinst du?«

Einen Augenblick lang zögerte sie. Was, wenn sich später herausstellte, dass sich die Ärztin geirrt hatte? Würden sie dann enttäuscht sein? Doch schließlich entschied sie für sich, dass es egal war, solange das Kind gesund zur Welt kommen würde, und nickte. »Ich möchte es auch gern wissen.«

»Es sieht ganz nach einem Mädchen aus. Herzlichen Glückwunsch.«

»Siehst du«, sagte Thór, »ich habe gleich gewusst, dass es ein Sommermädchen wird.«

»Mein Mann glaubt, Feenblut in sich zu haben«, sagte sie aufgekratzt.

Die Ärztin winkte ab. »Das glauben wir Isländer alle, und an das zweite Gesicht obendrein.«

Bei den Blutuntersuchungen hielten sie es dann aber doch mit der Wissenschaft. Die Laborwerte waren unauffällig, und mit dem Termin für die nächste Untersuchung in der Hand verließen sie die Praxis.

Isvings Hosen zwickten inzwischen ganz schön, und sie wollte sich auf die Suche nach bequemen, möglichst mitwachsenden Alternativen machen. Thór fand es an der Zeit, sich um die Möblierung des Kinderzimmers zu kümmern. Er war mit einem solchen Enthusiasmus bei der Sache, dass sie lachend zustimmte, obwohl sie es noch ein wenig früh fand. Andererseits würde er bald auf Tournee gehen, und da war es vielleicht nicht dumm, alles schon vorbereitet zu haben, damit am Ende nicht sie die Möbel zusammenbauen musste. Isving sah sich bereits kugelrund auf dem Boden sitzend an einem Babybettchen bauen.

»Soll ich nicht doch lieber das schwarze Kleid anziehen?«

Thór musterte sie, und seine Belustigung war ihm anzusehen. »Was fragst du mich? Ich finde dich ohne Kleid am schönsten. Wenn es denn unbedingt eins sein soll, dann behalte dieses blaue an. Wir sind spät dran.«

Er hatte eine Pünktlichkeitsmarotte. Das war meistens gut, weil sie sich auf ihn verlassen konnte, aber in solchen Momenten ein bisschen nervig. Isving nahm es nicht ganz so genau damit, und sie hatten sogar schon deshalb gestritten. Das wollte sie heute unbedingt vermeiden, denn sie waren bei Sóley eingeladen. Björk würde auch kommen, und Bryndís, die Mutter der drei Geschwister, hatte sich ebenfalls angesagt. Ihr stand also ein aufregender Abend bevor, und sie wünschte sich insgeheim, er hätte es ihnen ohne sie erzählt, am Telefon vielleicht. Aber dafür war er viel zu glücklich und offensichtlich auch zu sehr Familienmensch.

Es wurde ein Abend der Überraschungen. Bryndís stellte sich als eine warmherzige Frau heraus, der man ansah, wie sehr sie ihre Kinder liebte. Björk kam mit ihrem neuen Freund Tesfaye, einem Umweltaktivisten aus Addis Abeba, der mit ihr in einem Labor arbeitete und als politisch Verfolgter in Island eine neue Heimat gefunden hatte. Sóleys Zwillingstöchter bestürmten ihn sofort mit Fragen, denn eine ihrer Mitschülerinnen stammte ebenfalls aus Äthiopien, und sie nahmen ganz selbstverständlich an, dass man, wie so häufig in Island, verwandt sein müsste. Es war den Kindern schwer zu vermitteln, dass in der Stadt, in der er aufgewachsen war, mehr als neunmal so viele Menschen lebten wie in ganz Island.

Dabei erfuhr Isving, dass in der Schule der Mädchen Features über alle Kinder, die ursprünglich nicht aus Island stammten, entwickelt wurden, damit sie sich untereinander kennenlernen konnten und ein Gefühl für die Unterschiede, besonders aber die Gemeinsamkeiten bekamen. Ihr gefiel dieses Projekt, und sie dachte, dass so eine Schule sicher auch gut für ihre Tochter sein würde. Dabei musste sie schmunzeln, denn damit übertraf sie Thórs Neigung, Zukunftspläne zu schmieden, um Längen.

Seine Familie damit vertraut zu machen, schien er heute aber noch vor sich herzuschieben. Das Essen war schon beinahe vorüber, und Isving stupste ihn unauffällig an.

»Also gut«, sagte er leise, stand auf und schlug mit dem Dessertlöffel leicht an sein Glas. Als alle Blicke auf ihn gerichtet waren, räusperte er sich und sagte: »Wir haben auch Neuigkeiten.«

Isving betrachtete ihren Teller, auf dem unter silbernem Besteck Pfützen aus der appetitlichen Soße des Hauptgangs schimmerten.

»Wir erwarten ein Baby!«

Der Raum explodierte förmlich. Bryndís sprang auf und umarmte sie. Björk kreischte, während sie ihnen beiden um den Hals fiel, die Zwillinge kicherten, und ihre Eltern gratulierten herzlich.

»Wie weit bist du?«, fragte Bryndís.

»Vierter Monat«, antwortete Thór stolz.

Seine Mutter winkte Isving zu sich. »Lass dich bloß nicht bevormunden. Ich habe meinen Sohn anders erzogen«, fügte sie mit einem strengen Blick in seine Richtung hinzu.

Zum Dessert wurde diskutiert, ob man eine Schwangerschaft in der Abgeschiedenheit überhaupt riskieren könne, bis Isving schließlich sagte: »Über den Winter bleibe ich in Reykjavík.«

Sie sah zu Thór, der den Faden aufnahm: »Wir haben aber überlegt, Weihnachten mit euch und Freunden in den Westfjorden zu verbringen. Isvings B&B bietet die besten Voraussetzungen dafür. Genügend Betten, eine große Küche und ein«, hier senkte er die Stimme, »Hot Pot ganz in der Nähe.« Thór zwinkerte ihr zu. »Was haltet ihr davon?«

Bryndís nahm erst sie und dann ihren Sohn mit Tränen in den Augen in die Arme. »Wie wunderbar!«, sagte sie und schnäuzte sich mit dem Taschentuch, das Sóley ihr mit einem besorgten Gesichtsausdruck reichte.

Isving sah genau, was Sóley bewegte. Sie hatte ausgiebig über ihre Zukunft nachgedacht und war dabei immer wieder auf Barrieren gestoßen, die es nicht geben müsste.

»Es gibt ein Zimmer im Erdgeschoss«, sagte sie leise. »Nicht mit der besten Aussicht, aber barrierefrei.«

Sóley drückte ihre Hand und lächelte. »Ich komme gern. Danke für die Einladung.«

Am nächsten Morgen flog Thór nach Großbritannien, wo die Band traditionell mindestens eine Woche vor jeder Tour in Daniels Landhaus verbrachte, um sich auf die folgenden Monate vorzubereiten. Für Thór war der Auftakt Anfang November in Reykjavík ein Heimspiel, für die anderen war es der Beginn einer langen Zeit ohne die Familie.

Gemeinsam fuhren sie zum Flughafen Keflavík, und als er eincheckte, fühlte sie sich wie eine Seemannsbraut, die ihren Geliebten einem unwägbaren Schicksal auf den Meeren übereignete. Dabei war er doch nur eine Woche fort, und das nicht zum ersten Mal. Die beim Abschied zurückgehaltenen Tränen flossen während der Rückfahrt reichlich.

Was sollte das nur werden, wenn er bald für viele Wochen unterwegs sein würde?

Die Zeit verging dann aber doch viel schneller, als sie gedacht hatte. Isving richtete die Wohnung weiter ein und packte Kartons aus, die eine Spedition in Kópavík abgeholt und geliefert hatte. Es war schon erstaunlich, wie viel sich doch in so kurzer Zeit ansammelte. Dabei hatte sie eine Menge Dinge gar nicht eingepackt, weil sie die im Sommer wieder in den Westfjorden brauchen würde. Ihre Reitsachen beispielsweise, oder die Küchenausstattung im kleinen Haus. Für Reykjavík würde sie alles neu anschaffen müssen, weil Thór außer einem japanischen Messer nichts aus London mitgenommen hatte. Im Augenblick behalfen sie sich mit der Ikea-Grundausstattung, denn ihnen beiden fehlte der Sinn für hochwertiges Porzellan oder teure Gläser.

»Ihr seid Banausen«, war Sóleys Kommentar, als Thór davon erzählte. »Wie wollt ihr denn eure Gäste bewirten?«

Die Frage war natürlich berechtigt, denn sie besaßen nur Teller für vier Personen, das reichte ja nicht einmal für die engste Familie.

Er hatte nur gelacht. »Dann leihst du uns eben dein Geschirr.«

»Auf keinen Fall!«, hatte die entschiedene Antwort seiner Schwester gelautet.

Isving hatte seine Abwesenheit auch dazu genutzt, mit

ihrer ehemaligen Professorin zu telefonieren, die nur zufällig den gleichen Nachnamen trug wie sie selbst. Ellen Johansen war entzückt, dass sie darüber nachdachte, das Studium wieder aufzunehmen, und versprach ihre Unterstützung.

Bei diesem Telefonat stellte sich heraus, dass sie über gute Kontakte zur Universität in Reykjavík verfügte, und so kam es, dass Isving Ende November einen Termin bekommen hatte, um zu besprechen, ob sie an einem Projekt mitarbeiten konnte, das sich demnächst mit den Sagas der einzelnen isländischen Regionen und Familien befasste. Mehr wusste sie nicht, aber das war genau ihr Thema.

So sehr sie sich beide auf das Baby freuten – wenn es erst einmal da war, würde sich viel für sie ändern, und nicht immer überlebten Beziehungen den Alltag junger Eltern. Isving wollte sich schon deshalb nicht vollkommen abhängig von Thór und seinem Geld machen. Wenn sie sich nächstes Jahr vom Kaffi Vestfirðir trennte, brauchte sie einen neuen Job. Einen möglichst gut bezahlten noch dazu, denn all die Dinge, die ein Baby brauchte, das sah sie jetzt schon, würden eine Menge kosten. Außerdem konnte sie sich gar nicht vorstellen, neben der Kinderbetreuung nichts zu tun.

Das Läuten der Türglocke riss sie aus ihren Überlegungen. Björk meldete sich an der Gegensprechanlage, und wenig später öffneten sich die Aufzugtüren.

»O mein Gott!«, rief sie aus. »Du hast ein Wunder vollbracht! Es sieht so viel schöner aus.« Sie ging zum Fenster. »Was für eine geniale Aussicht. Guck, da hinten ist Grandi, da müssen wir hin. Und das verrückte Imagine-Peace-Licht von Yoko Ono. Ich fand diese schwarzen Hochhäuser immer unpassend. Aber hier zu wohnen, mit dem Blick, das ist schon reizvoll.«

Isving sah sie verlegen an. »Es ist eine tolle Wohnung, aber riesig. Als ich Thór damals kennengelernt habe, dachte ich, er besäße nur die Klamotten, die er im Auto dabeihatte.«

»So viel mehr ist es auch nicht. Mein Bruder ist jemand, der mit kleinem Gepäck reist, wenn man es so formulieren will. Die Wohnung in London hatte zwei Zimmer, und die hier hat er seinem Finanzberater zu verdanken. Eine Anlage für Zeiten, in denen es nicht so gut läuft.«

»Du meinst, er wäre nie hier eingezogen, wenn ich nicht …«

»Gut möglich. Aber ich bin froh, dass er es getan hat. Ein Kind braucht ein Zuhause.«

»Das hätte es in Kópavík auch.«

»Ich meinte meinen Bruder.«

Isving lachte. »Er hat den ganzen Sommer dort verbracht.«

»Ja, das waren Ferien. Aber normalerweise ist er viel unterwegs, und da ist es hinderlich, am Ende der Welt zu sitzen.« Björk sah sie an. »Nun mach dir mal keine Gedanken. Die gesamte Band will ein bisschen kürzertreten, und auch wenn es manchmal nicht den Eindruck macht, Thór ist ein Familienmensch und nimmt Verantwortung sehr ernst. *Þetta reddast!* Das wird sich alles fügen.« Sie klatschte in die Hände. »Nächstes Mal zeigst du mir die ganze Wohnung, ich habe sie ja nur im leeren Zustand gesehen und mich ehrlich gesagt ein wenig über die Farben gewundert, die ihr für die Wände ausgesucht habt. Aber wenn das alles so aussieht wie hier, ist es ein Traum. Vielleicht solltest du Innenarchitektin werden? Jetzt müssen wir leider los, er wartet sicher schon auf uns.«

Sie beobachtete Isving, als sie sich ihren neuen Steppmantel anzog, der deutlich städtischer aussah als die Outdoorjacke, die sie in den Westfjorden zuverlässig gewärmt hatte.

»Du siehst übrigens toll aus. Das wird ein großer Spaß heute.«

Als sie den Club erreicht hatten, hielt Björk am Straßenrand an und sah hinüber auf die andere Straßenseite, wo eine Menge Leute standen, die offenbar darauf warteten, eingelassen zu werden.

»Verdammt!«

»Was ist?«

»Siehst du die da?« Sie zeigte auf eine Gruppe Männer. »Das sind Paparazzi. Hier bei uns haben wir normalerweise keine Probleme mit so was, aber das Festival lockt neuerdings auch ausländische Presse an.«

»Das ist doch schön.« Isving verstand nicht, worauf sie hinauswollte.

Björks Handy klingelte, und nach einem Blick aufs Display formten ihre Lippen lautlos Thórs Namen. »Ja, ich hab's gesehen. Was machen wir jetzt?« Sie lauschte eine Weile und nickte. »Okay, ich gebe sie dir.« Sie hielt Isving das Smartphone hin.

»*Hæ*, Liebes«, sagte Thór. »Wir haben ein klitzekleines Problem.« Und dann erklärte er, dass irgendjemand der Presse von ihr erzählt hatte und dass die Fotografen höchstwahrscheinlich darauf warteten, Isving vor die Linse zu bekommen. »Ich schätze, darauf hast du keine Lust.«

Damit hatte er natürlich genau ins Schwarze getroffen. Die Vorstellung, im Mittelpunkt professioneller Neugier zu stehen, machte ihr so große Angst, dass sie feuchte Handflächen bekam.

Thór fuhr fort: »Ich habe es Björk schon gesagt, ihr könnt hinter einem Nebengebäude parken. Dann ruft ihr mich an, und ich schicke jemanden raus, der euch durch den Hintereingang lotst.«

»Ist das denn wirklich nötig? Sie haben mich doch noch nie gesehen.«

»Diese Leute können ziemlich unangenehm werden«, sagte er sanft. »Wenn du lieber wieder nach Hause fahren möchtest, würde ich es auch verstehen.«

Das hätte sie wirklich am liebsten getan. Aber sie dachte daran, dass er beim Hafenfest davon gesprochen hatte, wie wichtig es war, bei einem besonderen Auftritt gute Freunde dabeizuhaben. Er hatte sich so auf diesen Abend gefreut, und sie ebenso sehr. Isving gab sich einen Ruck. »Nein, wir kriegen das schon hin. Bis gleich.«

Björk fuhr ein Stück weiter, bog dann zweimal ab und hielt schließlich hinter einem Schuppen. »Das muss es sein. Siehst du, da ist die blaue Tür, von der Thór gesprochen hat.« Sie rief ihn an. »Wir sind da.«

Zwei Männer kamen aus der Tür, die wie Security aussahen, und Furcht einflößend. Die beiden redeten nicht viel, nahmen Björk und Isving in die Mitte und gingen schnell zum Hintereingang.

Drinnen wartete Thór und schloss sie in die Arme. »Es

tut mir leid«, flüsterte er ihr ins Ohr und sagte dann laut: »Ihr könnt im Greenroom warten, er ist leider nicht besonders komfortabel. Björk, wenn du willst, geh ins Vorderhaus, Tesfaye ist schon da.«

»Wenn das für dich in Ordnung ist?« Björk sah sie fragend an.

»Na klar, geh nur.« Als Thórs Schwester durch eine schwere Eisentür verschwunden war, führte er sie in einen überheizten Raum, wo die anderen Musiker um einen Tisch saßen und sie kaum beachteten. Nur Daniel fehlte. Wasserflaschen standen herum, und in einer Ecke war ein Buffet aufgebaut, das da aber offenbar schon länger stand. Die Kanapees wölbten sich unter angetrockneten Käsescheiben.

Er folgte ihrem Blick und zuckte mit den Schultern. »Hier siehst du es, das glamouröse Musikerleben.«

Es herrschte eine angespannte Stimmung, und ihr wurde klar, dass dieses Konzert als Auftakt der Tournee besonders wichtig war und die Männer ebenso unter Lampenfieber litten wie alle anderen Menschen auch. So was verlor man nie.

»Ich will nicht stören«, sagte sie leise zu Thór.

»Unsinn. Komm, ich zeige dir den Bühnenzugang, da kannst du dich nachher hinsetzen.«

Erleichtert folgte sie ihm zurück ins Halbdunkel, wo jetzt laute Musik zu hören war.

»Sie haben den Saal aufgemacht«, erklärte Thór. »Es ist seltsam, ohne Vorgruppe aufzutreten.«

Eine schwarz gekleidete Frau mit Headset wollte an ihnen vorbeieilen, doch Thór hielt sie an. »Hast du noch einen Backstage-Pass?«

»Im Büro, da muss ich sowieso hin.« Neugierig musterte sie Isving. »Deine Frau, ja? Ich nehme sie mit. Es geht gleich los, und euer Sänger ...«

»Ich kümmere mich drum«, sagte Thór und legte Isving kurz eine Hand auf die Taille, als wollte er sich entschuldigen.

»Na, dann komm mal mit. Ich bin übrigens Stagemanagerin hier, mein Name ist Hlíf«, stellte sie sich vor und schob Isving gleich darauf in ein hell erleuchtetes Büro. »Warte, irgendwo muss noch ein Ausweis sein. Eigentlich brauchst du keinen, das ist ja alles klein hier, aber wegen der ausländischen Presse haben wir die Sicherheitsvorkehrungen erhöht.« Sie zog ein Lanyard hervor, an dem eine große Karte hing, auf dem *Access All Areas* stand, und lächelte zum ersten Mal. »Das Beste wäre, wenn du hier wartest. Wenn es so weit ist, hole ich dich und zeige dir einen guten Platz. Die Jungs sind ein bisschen nervös. Dieser Daniel kann sehr unangenehm werden, wenn er sich kurz vor dem Auftritt gestört fühlt.«

»Der Arme hat sicher Lampenfieber«, sagte Isving verständnisvoll.

Hlíf sah sie einen Augenblick irritiert an. »Das wird es sein. Oder er ist einfach nur ein ziemliches Arschloch.«

Das kam aus so tiefem Herzen, dass Isving lachen musste. »Oder das.« Sie streckte eine Hand aus. »Ich bin übrigens Isving.«

»Das habe ich mir fast gedacht«, sagte Hlíf belustigt und zwinkerte ihr zu.

Aus dem Headset der Frau war eine knarrende Stimme zu hören. »Okay, ich muss weiter. Wenn du was trinken willst, bedien dich.«

Im Hinausgehen zeigte sie auf eine beachtliche Ansammlung von Schnapsflaschen.

Isving nahm sich ein Wasser und starrte auf den Monitor an der Wand. Eine Einstellung zeigte die leere, dunkle Bühne, die andere einen großen, schmucklosen Saal, in den immer mehr Leute strömten. Sie trank einen Schluck und setzte sich. So hatte sie sich ihr erstes Konzert der Splendid Pirates nicht vorgestellt.

Sie zog ihr Smartphone heraus, rief die Seite eines Online-Klatschmagazins auf und stieß direkt auf eine reißerische Headline: »Hottest Pirate von Viking-Queen gekapert?«

»Du liebe Güte!« Sie las weiter: Nachdem Thór fast ein Jahr untergetaucht sein sollte, wurde nun darüber spekuliert, ob er an einer tödlichen Krankheit litt oder geheiratet haben könnte, was in den Augen der Fans laut Bericht gleich schrecklich war. Er sei extrem abgemagert, hieß es. Die Paparazzi waren also hinter ihnen beiden her.

Die Tür sprang auf, und ein beleibter Mann kam herein. »Wer bist du denn?«, fragte er auf Englisch und stutzte. »Doch nicht etwa Thórs geheimnisvolle Muse?«

Isving lächelte verhalten und stand auf. »Und wer sind Sie?«

In diesem Augenblick, der nicht länger währte als der Flügelschlag eines Schmetterlings, hatte sie erkannt, dass sich in dieser Nacht die Weichen stellten, wie sie zukünftig in Thórs Umfeld wahrgenommen werden würde. Als mehr oder weniger hübsches Groupie, das sich einen Millionär geangelt hatte, oder als eine unabhängige Frau und gleichwertige Gefährtin.

»Nice«, sagte er, ließ sich schwer auf den Bürostuhl fallen und sah sehnsüchtig auf eine Whiskyflasche. »Peter. Ich manage die Truppe.« Er schenkte sich ein Glas Saft ein, nahm einen Schluck und sah dabei aus, als müsste er Gift trinken. »Du hast uns echt den Arsch gerettet, weißt du das? Ich dachte schon, das war's mit der Band und das Label …« Er machte eine Geste, die vermutlich bedeuten sollte, dass alles in der Schwebe gewesen war. »Dann kam er mit diesen unglaublichen Songs und Daniel … Himmel, Daniel hat sich endlich auf das besonnen, was er am besten kann: Rohmaterial zum Glitzern zu bringen.«

»Das freut mich«, sagte sie abwartend.

»Nicht so bescheiden. Ich habe mich echt gefragt, warum Thór nicht mal mit einem Selfie von dir rausrücken wollte, als er mir deine Songs vorgespielt hat. Der Hammer! Un-fucking-fassbar gut!« Er stürzte den Saft hinunter, als wäre es Schnaps. »Und jetzt sitze ich einer Göttin gegenüber!«

Einen Augenblick lang dachte Isving, er wollte sich über sie lustig machen, aber seine dunklen Augen blinzelten sie auf eine Art an, dass sie annehmen musste, er meinte das alles vollkommen ernst. Sie hätte gern gewusst, was dieser geschäftstüchtige Mann mit der un-fucking-fassbaren Musik anfangen wollte, die sie Thór zuliebe in Alexanders Studio eingesungen hatte, aber da riss Hlíf die Tür auf und sagte: »Es geht los!«

Auf dem Display konnten sie sehen, wie die Band die Bühne betrat und wie das Publikum reagierte: Es tobte. Gemeinsam mit Peter ging sie zum Bühnenaufgang, wo ihr

Hlíf einen Hocker zurechtrückte und dabei freundschaftlich eine Hand auf die Schulter legte.

Isving kannte jedes Lied. Doch nicht ein einziges klang, wie sie es in Erinnerung hatte. Welch eine Weiterentwicklung! Thór und Daniel hatten etwas Unbeschreibliches geschaffen, und das merkten auch die Kritiker. Die Online-Kommentare dieser Nacht drehten sich nur noch um die Musik, und Isving atmete auf, obwohl sie ahnte, dass das Thema »Paparazzi« sie künftig begleiten würde.

Später fuhr sie mit Björk nach Hause, und in den frühen Morgenstunden kam auch Thór. Er roch nach Alkohol und Rauch, als er in Isvings Schlafzimmer kam und ihr einen Kuss auf die Stirn drückte. Dann war er verschwunden, und Isving schlief wieder ein, nur um bald darauf von Pfefferminzduft und einer Wolke seines herben Duschgels eingehüllt zu werden.

»Bist du noch wach?«, fragte er leise.

»Eigentlich nicht.« Sie schmiegte sich in seine Arme. Ich muss ihm sagen, wie großartig seine Musik geworden ist, dachte Isving und lauschte dem Flattern in ihrem Bauch, bevor sie wieder einschlief.

41

Thór erwachte allein in Isvings Bett. In der Wohnung gab es ein gemeinsames Schlafzimmer mit angeschlossenem Bad, ein Zimmer, das ihr ganz allein gehörte, und natürlich das Kinderzimmer. Den kleinsten Raum würde er in ein Studio umwandeln, sobald sich Zeit dafür fand. Nie hätte er gedacht, so viel Platz in Anspruch nehmen zu können. Aber warum nicht, wenn er vorhanden war? Ein Gästezimmer brauchten sie nicht, gleich nebenan befand sich ein ausgezeichnetes Boardinghouse.

Er verschränkte die Arme hinter dem Kopf und schloss noch einmal die Augen. Allmählich kehrte die Erinnerung an den vorherigen Abend zurück. Die Premiere, das stand fest, war bestens gelaufen. Außer ein paar Kleinigkeiten, die er mit Dan besprechen würde, konnte das Set so bleiben. Am Samstag war noch ein zweiter Auftritt in Akis Laden Kaffi Berlin geplant, und nächste Woche spielten sie schon in Melbourne.

Es hätte alles perfekt sein können, wäre nicht die Sache mit den Paparazzi gewesen. Erstens war so was in Reykjavík nicht üblich, und zweitens hatte es Isving verschreckt. Dass ihre Verbindung irgendwann herauskommen würde, war klar. Warum dies allerdings genau zum Tourneestart geschehen war, gab ihm Rätsel auf. Steckte diese Gabrielle dahinter? Vielleicht hatte er aber auch einen Fehler gemacht, Peter nicht mehr Material zu den Songs zu liefern, die er mit Isving aufgenommen hatte. Wahrscheinlich hätte er deutlicher sagen müssen, wie wichtig ihm die Beziehung zu ihr war, aber er hatte befürchtet, Peter würde es ihm als Schwäche auslegen. Der Manager erwartete vollkommene Professionalität und wollte immer das Beste herausholen. Dafür bezahlten sie ihn ja im Grunde auch.

Und noch etwas musste er im Blick behalten. Isvings Idee, die Familie zu Weihnachten in die Westfjorde einzuladen, war großartig angekommen, aber er wusste, wie schwierig seine Schwestern sein konnten. Deshalb hatte er alles genau geplant und mit Katla besprochen. Sie würde das Wichtigste vorbereiten, darauf konnte man sich verlassen. Ihm war klar, dass seine Schwestern ihn für einen Kontrollfreak hielten, aber mögliche Unwägbarkeiten mussten doch in eine vernünftige Planung einfließen.

Seine Mutter hatte Isving sofort ins Herz geschlossen, und ihm war erst an jenem Abend, als sie alle gemeinsam bei Sóley gegessen hatten, bewusst geworden, wie viel ihm diese Familie bedeutete. Nun gehörte Isving auch dazu und bald ihr kleines Mädchen. Seine Tochter. Er konnte es immer noch nicht glauben und bat Götter und Elfen jede Nacht darum, dass alles gut gehen würde.

Bisher hatte sich die Prognose der Gynäkologin erfüllt. Die ersten drei Monate waren für Isving wirklich eine Prüfung gewesen, aber nun ging es ihr gut. Sie war ihm nie schöner und lebensbejahender vorgekommen als in den letzten Wochen. Es hätte also alles wunderbar sein können, wäre da nicht die Sache mit Gabrielle und ihrem Deal.

Er fühlte sich wie ein Schuft. Hatte er nicht groß rumgetönt, wie wichtig Vertrauen und Offenheit für ihre Beziehung war? Und nun brachte er es nicht fertig, ihr zu sagen, was er getan hatte. Das musste sich ändern. So bald wie möglich.

Acht Uhr, draußen war es noch dunkel. Er drehte sich auf die andere Seite und schlief weiter. Wach wurde er von dem wohligen Gefühl, das ihre Hände auf seinem Körper auslösten.

Aus einer Bemerkung von Daniel hatte er geschlossen, dass die Schwangerschaft eine Zeit der Enthaltsamkeit bedeuten würde, aber das war nicht der Fall. Ganz im Gegenteil.

»Guten Morgen, Liebes. Hör nicht auf«, raunte er ihr ins Ohr und überließ sich ihren Zärtlichkeiten, bis er so scharf darauf war, sich in ihr zu verlieren, dass er vor Lust stöhnte. »Komm!«

Sie setzte sich auf ihn, und voller Bewunderung betrachtete er ihren Körper. Der Bauch war nun nicht mehr zu übersehen, und ihre Brüste schienen größer geworden zu sein. Wie eine Göttin thronte sie über ihm und nahm ihn quälend langsam in sich auf. Er liebte es ebenso sehr, sich ihr auszuliefern und dabei das wachsende Begehren in ihrem Gesicht zu betrachten, wie er manchmal verrückt danach war, sie einfach zu nehmen, hart und schnell, bis sie diese kleinen, köstlichen Laute von sich gab, die ihn schier um den Verstand brachten. Als Isving auf den Höhepunkt zusteuerte, konnte er sich endlich gehen lassen. Mit wenigen Stößen trieb er sie voran, bis die Wellen über ihnen beiden zusammenschlugen, immer wieder, und ihn schließlich für einen kurzen Augenblick orientierungslos zurückließen.

Dieses zauberhafte Wesen zärtlich umfangend, lag er da, unfähig, sich zu bewegen oder irgendetwas anderes zu denken, als dass er sie liebte, wie er noch niemals zuvor jemanden geliebt hatte. Und dann kam die Angst. Wie so häufig in letzter Zeit. Herzensangst, die ihn unruhig machte, wenn er an ihr gemeinsames Kind dachte und an ihre fürchterliche Krankheit, die sich im Augenblick ruhig verhielt, einer Muräne gleich, die im Höhleneingang lauerte und so plötzlich hervorschießen konnte, dass ihre Beute keine Chance hatte. Obendrein, das sagte zumindest die Literatur, konnte es nach der Geburt sein, dass sie verstärkt zurückkehrte, mit einem Schub oder mehreren, wie um nachzuholen, was sie in den vergangenen Monaten nicht an Zerstörung hatte anrichten können.

Seine Versuche, darüber zu reden, wehrte sie ab. »Es geht mir blendend«, hatte sie gesagt. »Über Krankheit nachdenken, das kann ich auch noch, wenn ich krank bin. Ich habe es ja sowieso nicht in der Hand.«

Das stimmte natürlich bis zu einem gewissen Punkt, wenn man davon absah, dass es hieß, gute Ernährung und ein gesunder Lebensstil wären möglicherweise günstig für den Verlauf. Was das betraf, konnte Isving sicher kaum etwas besser machen, als sie es sowieso schon tat. Jetzt machte sie Yoga, weil Reiten mit dem Baby keine so gute Idee war, und Joggen mochte sie ohnehin nicht. Er nahm an, dass es ihr Schmerzen bereitete.

Laufen war das Stichwort. Pünktchen kam zur Tür herein und legte den Kopf auf die Matratze. Ein deutliches Zeichen, dass es Zeit für die Vormittagsrunde war.

»Ich fürchte, unsere Hundedame möchte an die frische Luft«, sagte er und entließ Isving widerstrebend aus der Umarmung. »Dieses Tier besitzt eine sehr präzise innere Uhr.«

»Das hat sie von dir. Pünktlichkeit …«

Er lachte. »… ist die Höflichkeit der Könige. Jaja. Mach dich nur lustig.«

Isving, der das frühe Aufstehen zur zweiten Natur geworden war, hatte den Hund schon am frühen Morgen kurz ausgeführt. Nun war er dran. Wenn das Wetter es zuließ, lief er täglich im Park Laugardalur, um sich für die Tour fit zu machen und weil es ihm Spaß machte – dem Hund auch. Heute schien sogar die Sonne, es gab also keine Ausrede.

Als er zurückkam, wusste er gleich, dass etwas nicht stimmte. Isving stand in der Küche und buk Brot. Sie knetete den Teig mit einer solchen Leidenschaft, dass ihr Gesicht vor Anstrengung glühte. Ein deutliches Zeichen dafür, wie aufgebracht sie war. Auf dem Esstisch lag geöffnete Post von der Bank, und ihm schwante Böses. Schnell zog sich Thór die Schuhe aus und holte ein Handtuch, um Pünktchen die Pfoten zu trocknen. Dabei spürte er, wie ihm Isvings Zorn folgte.

Ein Blick auf den Brief genügte. Sie wusste Bescheid.

»Es tut mir leid, ich wollte es dir schon längst gesagt haben …«

Sie hielt inne und sah ihn mit ihren klaren Augen an.

»Meinst du nicht, du hättest mit mir reden sollen, *bevor* du das Café kaufst?«

»Die Hälfte«, sagte er leise. »Ich habe nur Gabrielles Anteil übernommen.«

»Und den Kredit.«

»Ja, auch den. Gabrielle wollte ihn loswerden, um einen neuen aufnehmen zu können.« Er fuhr sich mit beiden Händen durch die Haare. Eine unbewusste Geste, als könnte er damit seine Gedanken ordnen, hatte sein Psychologie-Dozent behauptet. Warum ihm diese Erklärung gerade jetzt einfiel, wusste Thór nicht, aber er ließ die Arme sinken. »Was hätte ich denn tun sollen? Sie brauchte das Geld schnell, und du hättest das Café samt Pension unter diesen Bedingungen doch gar nicht profitabel verkaufen können.«

Sie musste einsehen, dass es die beste Lösung gewesen war. Ihm tat die Ausgabe nicht weh, im Gegenteil. Es war eine Anlage, nicht mehr. Und sie konnte das B&B behalten, ohne den Druck zu verspüren, im Sommer unbedingt genug erwirtschaften zu müssen. Sie musste ja nicht mal krank werden, eine verregnete Saison reichte womöglich aus, um ihr einen Strich durch die Rechnung zu machen.

Als sie ihn nur anfunkelte, sagte er: »Jetzt musst du das *Vestfirðir* nicht mehr verkaufen.«

Sie schien ihn gar nicht gehört zu haben. »Was du hättest tun sollen? Was jeder normale Mensch mit ein bisschen Respekt tun würde. Reden.«

»Es ging dir nicht gut.«

»Und was glaubst du, wie es mir jetzt geht? Nachdem ich erfahren habe, dass mich meine besten Freunde kalt lächelnd hintergangen haben?«

»Das ist unfair. Katla hat von Anfang an darauf gedrängt, dass ich mit dir rede.«

»Du sprichst von Fairness? Kannst du dir eigentlich überhaupt vorstellen, was das für mich bedeutet? Ich sitze hier in einer Wohnung, die so teuer ist, dass ich lieber nicht darüber nachdenken möchte. Jetzt hast du eben mal meinen halben Laden gekauft, mit Geld aus der Portokasse.«

»Na, ganz so ist es auch nicht«, warf er ein.

Isving nahm die Hände aus dem Teig und wischte sie an der Schürze ab. »Ich bin total abhängig von dir.«

Tränen glitzerten in ihren langen Wimpern, die er am liebsten weggeküsst hätte.

»Wir sind doch alle von irgendwas abhängig. Katla beispielsweise ist auf den Job angewiesen, wenn sie in Kópavík bleiben will, und ohne Ursis Zuverdienst käme Jökull wahrscheinlich ebenfalls nicht über die Runden. Du hast auch Verantwortung für deine Mitarbeiterinnen, Isving.«

»Glaubst du, das weiß ich nicht? Aber das ist doch nicht der Punkt.«

»Und der wäre?«

Sie sah ihn an, als wäre er schwer von Begriff. »Du hättest mich fragen müssen!«

Langsam wurde er ebenfalls ärgerlich. Sie hatte ihm ihre Krankheit verschwiegen, bis es zu spät gewesen und sie schwanger geworden war. Dass er längst Bescheid gewusst hatte, konnte sie ja damals nicht ahnen.

»Das sagt gerade die Richtige.«

Nun weinte sie wirklich. »Verstehst du nicht, ich ringe um Unabhängigkeit.«

Er ging um den Küchenblock herum, spürte aber, dass

sie nicht berührt werden wollte, und hielt Abstand. »Du kannst doch jederzeit tun und lassen, was du willst. Wenn dir die Wohnung nicht gefällt, ziehen wir woandershin. Wenn du das Café lieber verkaufen möchtest, dann tu es. Aber ich dachte …« Er stockte, weil er nicht streiten, nichts Falsches sagen wollte. »Ich wollte dir Geld anbieten, um Gabrielle auszuzahlen. Du hast ja selbst gesagt, dass sie eines Tages darum bitten würde und welche Probleme du dadurch bekämst. Aber mir war schon klar, dass du nichts annehmen würdest.«

»… und deshalb hast du den Deal hinter meinem Rücken eingefädelt?«

»Nein, so war es nicht! Gabrielle hat sich an mich gewandt. Irgendjemand aus Kópavík muss ihr von uns erzählt haben. Sie brauchte es schnell, um eine Wohnung in Zürich zu kaufen, die wohl ein gutes Angebot war. Einen zweiten Kredit hat sie nicht mehr bekommen, deshalb blieb mir kaum Zeit, und dir ging es so schlecht.« Wie sollte er ihr nur begreiflich machen, dass er es gut gemeint hatte? Thór seufzte.

»Ich habe Mist gebaut. Sóley hat das gleich gesagt. Sie hat einen Vertrag aufgesetzt, in dem genau festgelegt ist, dass ich mit dem Café nichts tun kann, wenn du nicht damit einverstanden bist. Mein Finanzhai war gar nicht begeistert, kann ich dir sagen.« Er versuchte sich an einem Lächeln. »Aber ich verstehe, dass du dich hintergangen fühlst, noch dazu habe ich deine Freunde angestiftet, dir nichts zu sagen. Ich bin nicht gut in solchen Sachen, fürchte ich. Kannst du mir verzeihen?«

Sie verschränkte die Arme, erkennbar noch nicht bereit, Frieden zu schließen. »Ich glaube dir, dass du es nicht böse gemeint hast. Aber du musst auch verstehen, wie sich so was für mich anfühlt. Ich war endlich unabhängig, und plötzlich bin ich das Anhängsel eines offenbar sehr reichen, ziemlich berühmten Mannes, der von Paparazzi verfolgt wird.« Sie lehnte sich gegen den Tresen und sah aus dem Fenster. »Vielleicht habe ich ja auch ein schlechtes Gewissen wegen des Babys. Das ging alles so schnell, wir hätten besser aufpassen müssen …«

»Bist du jetzt verrückt geworden?«

Erschrocken fuhr sie zusammen und legte die Hände schützend auf ihren Bauch.

Sofort mäßigte er seinen Ton. »Isving, sag so was bitte nie wieder. Ich liebe dieses Kind jetzt schon, und ich liebe dich! Es tut mir leid. Mir war nicht klar, wie sehr dir das alles zu schaffen macht. Geld hat für mich keine Bedeutung.«

Sie drehte sich um und sah ihn spöttisch an. »Ja, okay. Das lässt sich leicht sagen, wenn man welches hat«, gab er zu. »Aber wenn man damit den Menschen, die man liebt, das Leben erleichtern oder ihnen etwas Gutes tun kann, dann kann das doch nichts Schlechtes sein. Und du bist doch keine Almosenempfängerin. Du hast gerade dein erstes Buch verkauft und bist stolze Besitzerin eines tollen Bed & Breakfast in den Westfjorden, das du ganz famos durch den Sommer gebracht hast. Es ist eben unglücklich, dass Gabrielle es sich anders überlegt hat. Du kanntest sie vielleicht nicht gut genug, um mit ihr so ein Abenteuer einzugehen. Andererseits, wenn man immer wartet, bis alles hundertprozentig sicher ist, kommt man nie vom Fleck. Du hast ein großes Ziel erreicht, dir einen Traum erfüllt, und dann hat das Schicksal zugeschlagen. Dafür kann niemand etwas, und ich finde es bewundernswert, wie du damit umgehst. Weißt du, für Sóley war es auch nicht einfach. Für uns alle nicht, und ich werde mir immer Vorwürfe machen, auch wenn sie darauf besteht, dass es nicht meine Schuld war. Aber das Schicksal meiner kleinen Schwester hat mich gelehrt, wie wichtig es ist, zusammenzuhalten und sich gegenseitig zu helfen. Ich hatte einen Vater, der nie für uns da war. Meine Mutter hat mir früh viel Verantwortung für die Familie aufgebürdet. Kann sein, dass ich deshalb dazu neige, die Dinge allein zu regeln und es mit mir selbst abzumachen, wenn mal was schiefläuft.« Er lachte bitter auf. »Sieht so aus, als wäre ich nicht der gute Team-Player, für den ich mich immer gehalten habe.«

Isvings Miene war weicher geworden. Nun legte sie eine Hand auf seine. »Wir streiten. Ich möchte das nicht, aber ich möchte, dass du verstehst, was mich so aufgebracht hat, obwohl ich weiß, dass du es gut gemeint hast.« Sie seufzte. »Und wahrscheinlich ist es sogar eine gute Lösung.«

Isving setzte sich auf einen der hohen Stühle, und er tat es ihr gleich, gespannt, was sie sagen wollte.

»Dass ich in einem kleinen Dorf auf einer Ostseeinsel aufgewachsen bin, weißt du. Meine Großmutter hat mich selbst für dortige Verhältnisse extrem konservativ erzogen. Ich kann ihr nicht mal einen Vorwurf daraus machen, wahrscheinlich wollte sie mich einfach nur beschützen. Das dachte ich auch immer von meinem Bruder, denn als wir Kinder waren, hat er es wirklich getan. Aber es wäre besser gewesen, wenn ich meine eigenen Kämpfe ausgetragen hätte. So war ich nicht vorbereitet auf das Leben. Dass ich studieren konnte, hatte ich einer resoluten Lehrerin zu verdanken. Meine Großmutter war herzensgut, aber sie hat mich mit ihrem sorgenvollen Gerede mürbe gemacht, und nach einer ziemlich unangenehmen Begegnung mit einem Professor, der sich einbildete, ich würde auf ihn stehen, habe ich das Studium geschmissen und bin bei meinem Bruder Mads untergekrochen wie ein verängstigtes Schaf.« Sie lachte bitter auf. »Ich habe ihm den Haushalt geführt und, du wirst es nicht glauben, auch das Restaurant. Gabrielle war nämlich nicht bereit, dafür ihren schönen Job aufzugeben. Ich hatte ja nichts anderes. Kein Studium, keine Ausbildung. Und Oma war glücklich, dass ich ein Dach über dem Kopf hatte, weil *so eine* wie mich kein anderer Mann im Haus hätte haben wollen.«

Thór war erschüttert. »Was soll das heißen?«

Sie zeigte auf ihre Sommersprossen. »Die Kinder zu Hause haben mir Steine nachgeworfen und mich *Hexe* genannt, bis ich mich kaum mehr unter Leute getraut habe, und die Männer – die wollten später schon gern ihren Spaß haben, aber …«

»Du liebe Güte, deshalb die Zöpfe und das verrückte Make-up?«

»Andere tragen Sonnenbrille.«

»Aber nicht aus diesen Gründen.« Er musste unwillkürlich an ihre erste Begegnung denken, als er mitten in der Nacht mit Sonnenbrille aufgetaucht war, um nicht erkannt zu werden, was im Nachhinein betrachtet auch ziemlich verrückt klang.

»Damit habe ich mich in gewisser Weise unsichtbar gefühlt und beschützt, nachdem Mads das nicht mehr für mich übernehmen konnte. Aber ganz ehrlich? Ich glaube inzwischen, dass er gar kein so netter Kerl war, wie ich immer dachte. Ihm hat es gefallen, eine Schwester zu haben, die alles für ihn getan hätte.« Energisch wischte sie eine Träne weg. »Hätte? Hat. Ich habe mich total aufgegeben, und so schrecklich das auch klingen mag: Sein Tod und Gabrielles Trauer haben mir die Kraft gegeben, auf meine eigenen Wünsche und Bedürfnisse zu hören und sie auch durchzusetzen. Wahrscheinlich wollte Gabrielle nie wirklich nach Island, sondern einfach nur weg von allem, was sie an Mads erinnerte, und war anfangs zu unglücklich, um sich allein um Lili zu kümmern.«

Er zog Isving in seine Arme. »Du hast in den vergangenen Monaten so mutig für deine Sache gekämpft. Und du hast Freunde, die dich schätzen und dir beistehen – wenn du es zulässt.« Froh, dass sie ihm diese Nähe gestattete, hielt er sie ganz leicht, wie man einen Vogel halten würde, um die zarten Flügel nicht zu verletzen.

42

Am letzten Festival-Tag wirkte Thór beschwingt und glücklich, wenn auch ziemlich übernächtigt. Isving war vor allem müde. Reykjavík summte, überall hörte man Musik, in Boutiquen und Museen ebenso wie in Clubs und kleinen Bars. Praktisch jeder, dem sie begegneten, hatte etwas mit Musik zu tun, und es fiel auf, dass ebenso viele Musikerinnen wie Musiker auf den Bühnen standen. Das gab es bei anderen Festivals so gut wie nie. Die Vielfalt war enorm, manches fand Isving schrecklich, aber sie genoss die Stimmung so sehr, dass sie zwischendurch sogar Lust bekommen hatte, sich selbst auf irgendeine kleine Bühne zu stellen und zu singen. Nicht ganz vorn, aber vielleicht unauffällig weiter hinten, wo das Scheinwerferlicht vom Schwarz der Kulissen verschluckt wurde.

Die Splendid Pirates spielten noch einmal im Kaffi Berlin kostenlos für alle, die sich kein Festivalticket leisten konnten. Dort traf sie Áki wieder und die beiden Frauen, die sie damals überredet hatten, den Club zu besuchen. Sofort knüpften sie an ihr Gespräch an, und Isving nahm sich vor, an einem ruhigeren Tag zurückzukommen, um mit der sympathischen Holländerin übers Kochen zu reden und vielleicht ein paar Rezepte auszutauschen. Lieke leitete die Küche im Kaffi Berlin.

Die morgendliche Arbeit in der *Schlossküche,* wie Isving die Küche ihres B&B nannte, weil sie so groß war, fehlte ihr allmählich.

Was ihr nicht fehlte, waren die Paparazzi, die sich dankenswerterweise jedoch zurückgezogen zu haben schienen.

Vorerst, meinte Thór. Er hatte eine Idee gehabt, als sie einen seiner Freunde trafen, der häufig für internationale Magazine arbeitete. Zuerst war sie skeptisch gewesen, als er den Mann bitten wollte, sie gemeinsam vor einem Club zu fotografieren. Schließlich stimmte sie aber doch zu. Es sollte aussehen, als wären sie von einem Paparazzo *abgeschossen* worden. Isving nicht im Vordergrund, aber doch gut genug zu sehen, um die Neugier des Publikums und der Redaktionen zu befriedigen. Und weil diese nicht nur sehen, sondern auch wissen wollten, wer die Frau an Thórs Seite war, schrieb jemand von seinem Management eine passende Vita dazu. Der Freund hatte ihre Story im Nu verkauft, und als Isving die Fotos von sich online sah, war sie eigentlich ganz zufrieden, auch wenn der Text übertrieben euphorisch ihre Ausstrahlung und Schönheit und natürlich auch das rote Haar beschrieb, aber nicht mal einen Halbsatz über ihr Buch enthielt.

»Das promoten wir, sobald es erschienen ist. Wenn die Leute von einem Buch hören, das sie interessiert, wollen sie es sofort kaufen«, erklärte ihr Peter beim Kaffee und fragte nach ihrer Agentin, damit man sich absprechen könne. Erst viel später ging ihr auf, dass sie nun offenbar auch ein Management besaß.

Ebenso wie seine neue Liebe schlug auch die Nachricht von Thórs *Rückkehr in die Heimat* hohe Wellen. Ein beliebtes Magazin wollte ein gemeinsames Interview machen, das er schlecht ablehnen konnte, und Peter setzte sich über eine Stunde mit ihnen zusammen, um Isving auf dieses Gespräch vorzubereiten.

»Lass dich nicht dazu verleiten, ins Plaudern zu kommen, und denk immer daran, sie werden die Dinge schreiben, die du freiwillig nicht preisgeben würdest. Das ist nicht böse gemeint, es ist ihr Job«, erklärte er. »Aber mach dir keine Gedanken, Thór ist Presseprofi.«

Damit hatte er nicht übertrieben. Die junge Journalistin aus den USA wirkte sichtlich aufgeregt, während er die Ruhe selbst zu sein schien und ihre Fragen freundlich beantwortete.

Als die Reporterin wissen wollte, wo sie sich kennengelernt hätten, erzählte er von seinem winterlichen Ausflug in die Westfjorde. »Ich habe Isving gesehen und war sofort verliebt. Im Frühsommer bin ich deshalb zurückgekehrt…«, sagte er und nickte Isving zu, die ergänzte: »…wir haben schnell festgestellt, wie viele gemeinsame Interessen uns verbinden: die Liebe zur Natur, die Pferde und nicht zuletzt die Musik.«

»Aus der geplanten Woche wurde ein ganzer Sommer«, beendete er das Interview mit einem Lächeln. »Isving hat beruflich in Reykjavík zu tun, und da bot es sich an, hier eine gemeinsame Wohnung zu suchen.«

Es folgten noch zwei Fragen zur musikalischen Entwicklung der Band, und damit war das Gespräch vorüber.

»Das war ja nett«, sagte Isving auf der Rückfahrt.

»Warten wir ab, was sie schreibt.« Er gab ihr einen Kuss auf die Wange. »Du hast das toll gemacht.«

Und dann kam der Tag des Abschieds. Die Band würde über Oslo und Dubai nach Melbourne fliegen, wo sie in drei Tagen ihren ersten Auftritt haben sollten. Isving brachte Thór frühmorgens zum internationalen Flughafen von Keflavík. Sie hatten verabredet, dass sie ihn nur absetzen und gleich zurückfahren würde. Beide mochten sie keine tränenreichen Szenen und schon gar nicht in der Öffentlichkeit.

Nun war er also fort. »Wir zwei gehen erst mal richtig schön lange spazieren«, sagte Isving zu Pünktchen, die Thórs Platz auf dem Beifahrersitz eingenommen hatte. »Und anschließend machen wir einen Plan für die nächsten Wochen.«

So richtig aus der Welt war Thór ja im Grunde nicht. Sie konnten skypen, telefonieren oder sich Kurznachrichten senden. Kleine Erinnerungen, die sagten: *Ich denke an dich!*

In der zweiten Woche kam ein Päckchen. Adressiert war es an *Elín Þórarna Isvingsdóttir.*

In Island war es nicht üblich, einem Kind gleich nach der Geburt einen Namen zu geben. Bis zur Taufe mit etwa einem halben Jahr nannte man es schlicht *Baby*. Diese Tradition kam sicher daher, dass die Kindersterblichkeit in früheren Zeiten hoch gewesen war, dachte Isving. Sie und Thór hatten sich aber längst überlegt, wie sie ihr Kind nennen wollten. Wenn es, wie die Ärztin gesagt hatte, ein Mädchen werden sollte, würde es Elín heißen, was *die Strahlende* bedeutete. Sie als Isvingsdóttir eintragen zu lassen, war Thórs Idee gewesen, dafür bekam sie nun die weibliche Form seines Namens, der eigentlich *Þórarinn* lautete, als Mittelnamen. Die Isländer achteten sehr darauf, dass die althergebrachte Art der Namensnennung erhalten blieb, und sie beide fanden das in Ordnung.

»O Elín, dein *pabbi* hat dir ein Geschenk geschickt.« Mit fliegenden Fingern riss Isving die Verpackung auf und fand darin eine kunstvoll verzierte Schatulle. Als sie den Deckel öffnete, stieg ihr ein exotischer Duft in die Nase, der sofort das Gefühl von Wärme und Liebe in ihr weckte. In Seidenpapier eingeschlagen fand sie eine matt schimmernde Perle und dazu einen Brief, den sie öffnete und in Gedanken tief verbunden mit ihrem Kind laut las:

Mein geliebtes Sommermädchen,
ich schreibe Dir vom anderen Ende der Welt, und obwohl es hier wunderschön und mindestens so warm ist wie in Mamas Bauch, wäre ich doch viel lieber bei euch. Mir fehlt der Herzschlag, der Dich begleitet, mir fehlt der Atem, der Dich am Leben erhält, und mir fehlt die Liebe Deiner mamma, und Du fehlst mir, wie das Sonnenlicht den langen isländischen Nächten fehlt, denn ihr beiden seid mir das Liebste auf dieser Welt.
Dein Vater Þórr

Als sie seinen Namen aussprechen wollte, versagte ihr die Stimme. Blind vor Tränen tastete Isving nach einem Taschentuch und schnäuzte sich einige Male, bevor sie mit zittriger Stimme das Postskriptum las:

PS Die Schachtel ist magisch, hat die Verkäuferin behauptet. Man soll seine Träume hineinlegen, dann gehen sie in Erfüllung, wenn es an der Zeit ist.

Isving hatte für diesen Tag geplant, nach Grandi zu fahren und Lieke in ihrer großartigen Küche zu treffen, und sie fragte sich, ob sie mit diesen verweinten Augen nicht lieber absagen sollte. Doch dann fasste sie sich ein Herz, pfiff kurz entschlossen Pünktchen heran, die zuerst keine Lust zu haben schien, ihre Mittagsruhe aufzugeben, aber dann doch herbeigetrottet kam, und fuhr hinab in die Tiefgarage.

Das *Berlin* war gut besucht, aber sie entdeckte einen Tisch in einer ruhigen Ecke mit Blick auf eine faszinierende Wandmalerei. Man hatte beinahe den Eindruck, auf einen sommerlichen Boulevard zu schauen. Eine solche Illusion mitten im Winter bei Eisregen in Reykjavík erwecken zu können, sagte viel über das bemerkenswerte Talent der Künstlerin aus.

Isving bestellte sich das Angebot des Tages: gefüllte Schmorgurken mit Kartoffelstampf. Ein Gericht, das sie noch nie auf einer isländischen Speisekarte gesehen hatte, aber von zu Hause kannte. Es schmeckte köstlich.

Nach dem Essen holte sie ihren Laptop hervor und schrieb an einem neuen Text, bis Lieke an ihrem Tisch erschien.

»Da bist du ja. Entschuldige, dass es so lange gedauert hat. Es war die Hölle los.«

Die Köchin setzte sich und erschrak, als sie Pünktchens Schnauze an ihrer Hand spürte. »Wen haben wir denn da? Du darfst aber nicht in die Küche.«

»Tut mir leid«, sagte Isving. »Ich möchte sie nicht so lange zu Hause lassen.«

»Aber allein kann der Hund schon eine Weile bleiben?«,

fragte Lieke. »Wenn ja, dann darf sie gern im Büro auf dich warten. Im Auto ist es doch bestimmt zu kalt?«

»Das wäre super, ich hole ihre Decke«, sagte sie erleichtert.

Im Büro wartete Lieke bereits mit einem Würstchen und eroberte damit Pünktchens Herz im Nu.

»Bleib schön da!«, sagte Isving und folgte der Holländerin in ihr Reich.

Sie merkten schnell, dass sie sich ergänzten, denn Lieke verstand sich besser aufs Kochen als aufs Backen, während es bei Isving andersherum war. Was nach anfänglichen Unsicherheiten ebenfalls funktionierte, war das gegenseitige Zuarbeiten. Es gab Menschen, die standen einem in der Küche ständig im Weg, ohne es zu beabsichtigen. Bei anderen folgte die Arbeit auf engem Raum einer Choreografie, in der einer im Team ganz natürlich die Führung übernahm. Das war in diesem Fall Lieke, was Isving aber nicht störte, denn zum einen war sie hier Gast, zum anderen empfand sie Lieke als eine freundliche Küchenchefin, der Harmonie ebenso am Herzen lag wie ihr selbst. Während sie gemeinsam Teige kneteten und Kekse buken, kamen sie ins Gespräch.

Lieke hatte das Interview gelesen und wusste, wie sich Thór und Isving kennengelernt hatten. Sie fand die Geschichte romantisch. »Wie im Märchen. Der Prinz findet seine Prinzessin am Ende der Welt.«

Isving lachte. »Als ganz so einsam würde ich Kópavík nicht bezeichnen. Wir haben dort alles, was wir brauchen, und der Prinz in schimmernder Rüstung kam auch nicht angeritten. Eher ein bärtiger Typ mit Sonnenbrille, der nicht viel redete.«

»Sonnenbrille?«

»Weil er keine Lust hatte, erkannt zu werden. Die Band hatte ein Sabbatical eingelegt. Um sich zu erden, nehme ich an.«

»Das ist ihnen gelungen«, sagte Lieke begeistert. »Ich mochte ihre Musik immer recht gern, aber die neuen Songs finde ich phänomenal. Und du machst auch Musik…?«

Fragend sah Isving sie an. Wie kam sie darauf?

»Áki hat so was erzählt.« Es war ihr anzusehen, dass es ihr peinlich war, sich verplappert zu haben.

»Ich singe gern, aber nur für den Hausgebrauch«, sagte Isving. »Öffentlich auftreten würde ich nie.«

Dann erforderte das Backwerk ihre gesamte Aufmerksamkeit, und sie war froh, dass Lieke das Thema fallen ließ.

Als sie später bei einer Tasse Kaffee von den mürben Butterkeksen naschten, die sie nach einem alten holländischen Rezept gebacken hatten, seufzte Lieke. »Das schmeckt so köstlich nach Weihnachten und erinnert mich immer an zu Hause. Echt schade, dass unsere Pläne, über die Feiertage nach Amsterdam zu fahren, ins Wasser gefallen sind. Meine Cousine, bei der wir wohnen wollten, ist krank geworden, und unsere besten Freunde sind bei einem Familientreffen in Hamburg. Wir werden wohl in Reykjavík bleiben. Zu Guðrúns Familie können wir nämlich auch nicht, die fliegen in diesem Jahr nach Marokko.«

»Um dort Weihnachten zu feiern?«

»Nein, um genau das nicht tun zu müssen«, sagte Lieke und lachte.

Isving überlegte kurz, ob sie ihre Idee erst mit Thór absprechen sollte, entschied sich dagegen und fragte: »Hast du vielleicht Lust, die Feiertage in den Westfjorden zu verbringen? Wir sind mit Thórs Familie dort, und es gibt noch ein freies Zimmer im Kaffi Vestfirðir. Das wäre natürlich für Guðrún und dich kostenlos«, sagte sie schnell und fügte dann hinzu: »Es wäre allerdings mit ein wenig Arbeit verbunden.«

»Jetzt machst du mich aber neugierig.« Liekes Augen funkelten.

»Ich könnte ein bisschen Hilfe in der Küche gebrauchen.« Unentschlossen sah sie auf den Keksteller und entschied sich schließlich für eine Schokowelle. »Meine Freundin Katla schmeißt den Laden im Augenblick, weil da im Winter wenig zu tun ist. Sollte ich aus irgendeinem Grund ausfallen, müsste sie allein die Küche machen, und das kann ich ihr wirklich nicht zumuten. Sie hatte überhaupt noch keinen Urlaub in diesem Jahr.« Mit der freien Hand strich sie sich über den Bauch. »Ich würde dich natürlich bezahlen, aber ansonsten wäret ihr unsere Gäste.« Isving senkte die Stimme: »Wir haben einen eigenen Hot Pot.« Sie lachte und steckte sich den Keks in den Mund. »Umpf Erde.«

»Was?« Lieke kicherte.

»Und Pferde. Es gibt einen tollen Pferdehof in der Nähe, außerdem Robben, Wale …«

»Schon gut! Das klingt nach einer super Idee. Wirklich. Ich finde, Weihnachten muss man im großen Kreis feiern, sonst macht es keinen Spaß. Guðrún ist bestimmt begeistert.« Sie trank einen Schluck Kaffee. »Natürlich helfe ich dir beim Kochen. Wenn du magst, denken wir uns ein paar

Gerichte aus, die man in den Westfjorden noch nie gesehen hat. Sobald der Plan steht, können wir alles hier einkaufen und vorausschicken oder so.«

Sie schien ehrlich begeistert zu sein, und Isving fiel ein Stein vom Herzen. Es machte ihr nichts aus, Thórs Familie zu verköstigen. Aber drei Mahlzeiten täglich, das war etwas anderes als ein Frühstücksbuffet und gelegentlich ein Abendessen. Obwohl es ihr gut ging, blieb die Furcht vor einem Schub, und außerdem war die Müdigkeit, die sie manchmal aus dem Nichts befiel, geblieben. Es wäre nicht fair, Katla die ganze Arbeit aufzubürden. Zumal geplant war, dass sie gemeinsam mit Ursi das Haus für die Gäste vorbereitete, während Isving und Thór zur Sonnenwende und die anderen am Tag vor Heiligabend eintreffen würden. Und zu guter Letzt hatte Isving auch keine Lust, die ganze Zeit in der Küche zu stehen, während die anderen feierten. Ursi und Björk waren bekennende Nicht-Köchinnen. Die fielen als Hilfe aus, und Sóley vermutlich auch.

Einige Tage darauf kam neue Post, diesmal mit einem kleinen Opal und dem Brief:

Mein geliebtes Sommermädchen,
es wird noch viel Zeit vergehen, bis Du zur Welt kommst. Vielleicht sogar auf den Tag genau pünktlich zum Sommeranfang, wenn das Licht zurückgekehrt ist in unser fabelhaftes Land aus Feuer & Magie.

Bis dahin sollst Du wissen: Jeden Abend, den ich auf der Bühne stehe, spiele ich für Dich, so wie Deine mamma mit ihrer wunderbaren Stimme für Dich singt, wenn sie mit Pünktchen spazieren geht und glaubt, es höre sie niemand

außer den Möwen und Polarfüchsen. Doch die Elfen können sie immer hören, wie wir beide auch, und sie werden Dich beschützen, wenn wir es einmal nicht tun können.
Es grüßt aus dem fernen Sydney Dein Vater Þórr

Auf ihrem Weg zur Hochschule einige Tage später bekam sie einen Anruf von Lieke. »Guðrún ist ganz aus dem Häuschen. Sie ist mit eurer Nachbarin Kristín Stefansdóttir vom Vingólf-Hof zur Schule gegangen und freut sich darauf, ihre Freundin bei der Gelegenheit zu besuchen.«

»Wirklich? Wie toll, Kristín feiert mit uns in Kópavík.«

»Wenn sie das hört, dreht sie durch.« Lieke lachte. »Wollen wir uns nächste Woche treffen, um uns zu überlegen, was wir kochen könnten? Ich habe am Montag frei und hätte Zeit.«

Isving verabredete sich mit ihr und ging beschwingt in die Uni, wo sie den ersten Troll ihres Lebens traf. Jedenfalls kam ihr der Professor so vor, denn er war missmutig und stellte ihr eine Menge Fragen, während er pausenlos Tabak schnupfte und sich schnäuzte.

Sie hatte längst alle Hoffnung aufgegeben, dass das hier was werden würde, und wollte die Sache nur noch einigermaßen gut hinter sich bringen, um ihre Professorin nicht zu blamieren, die das Treffen arrangiert hatte.

»Meinetwegen«, sagte er mitten in ihre Ausführungen hinein und drückte ihr eine Visitenkarte in die Hand. »Ellen Johansen hat nicht übertrieben, du kennst dich ganz gut aus, und wir brauchen noch jemanden, der auch mit dänischen Erzählungen vertraut ist. Das bist du doch?« Lauernd sah er sie unter enorm buschigen Augenbrauen hervor an.

»Ja«, sagte Isving und fragte sich, ob er ihr während der letzten halben Stunde überhaupt zugehört hatte.

»Melde dich bei Hildur Jacobsdóttir, sie wird das Ganze leiten.« Damit machte er eine Geste, die vermuten ließ, dass sie gehen konnte, drehte sich um und schlurfte zu seinem Schreibtisch.

So schnell hatte sie schon lange keinen Raum mehr verlassen. Draußen lehnte sie sich an die Wand und wusste nicht, ob sie lachen oder weinen sollte, entschied sich dann aber gegen beides und für eine vorläufige Flucht. Sie würde diese Hildur anrufen und danach weitersehen.

Später skypte sie mit Thór, der gerade von einem zweitägigen Ausflug ins australische Outback zurückgekehrt war und ihr eine Menge Fotos in die Cloud hochgeladen hatte.

»Es ist fantastisch«, schwärmte er, »aber dermaßen heiß, dass einem das Hirn vertrocknet, wenn man nicht pausenlos trinkt.«

»Lieben die Aussies nicht Bier besonders?«, fragte sie grinsend, weil er eine Dose mit der Aufschrift *NT-Draught* in der Hand hielt, an der das Kondenswasser in dicken Tropfen hinunterlief.

»Wenn es so eisgekühlt ist, kann niemand widerstehen.«

»Wir sind auch eisgekühlt«, sagte sie und sah aus dem Fenster. »Es schneit seit Stunden.«

»Dir kann ich in keinem Aggregatzustand widerstehen, Liebes.«

»Außer meine Füße sind kalt.«

Lachend gab Thór zu: »Das ist allerdings eine Herausforderung.«

Im Laufe des Gesprächs ließ sich Isving überreden,

ihren Bauch zu zeigen, was ihn offenbar entzückte. Wieder angemessen verpackt berichtete sie von den neuesten Ereignissen, und als er hörte, dass Lieke Köchin war, war Thór begeistert von ihrer Idee, sie und Ákis Cousine nach Kópavík einzuladen.

»Ich will doch mit meinen beiden Frauen feiern und möchte nicht, dass sie ständig am Herd stehen.«

»Die eine würde ohnehin liegen«, sagte Isving.

»Oder kopfstehen.«

»Oder das«, fiel sie in sein Lachen ein. »Du bist dir wirklich ganz sicher, dass es ein Mädchen wird, oder?«

»Ganz egal, Hauptsache kein Troll.«

»Bloß nicht!«, sagte sie und erzählte von ihrem merkwürdigen Erlebnis in der Uni, das Thór zum Lachen brachte.

»Du fehlst mir«, sagte er, plötzlich ernst geworden. »Du fehlst mir so sehr, wie ich es mir in meinen übelsten Träumen nicht hätte ausmalen können.«

Die Verbindung knisterte, und das Bild wurde schlechter. »Du fehlst mir auch«, sagte Isving, aber das hörte er schon nicht mehr.

43

Mein geliebtes Sommermädchen,
als ich Deine Mutter Isving in einem eisigen Winter in den Westfjorden kennenlernte, dachte ich, sie wäre ein klein wenig verrückt. Ja, im Ernst. Ihre Haare, die im Sonnenlicht wie ein wunderbarer isländischer Sonnenuntergang leuchten, hatte sie in festen Zöpfen und unter einer Mütze versteckt, und ihr wunderschönes, einzigartiges Gesicht unter einer dicken Schicht aus Brotteig verborgen. Lach nicht, so sah es auf den ersten Blick für mich aus. Und das alles nur, weil dumme Menschen ihr gesagt hatten, mit ihrem Aussehen wäre sie nicht liebenswert.

Aber ihr warmherziges, gastfreundliches Wesen konnte Deine Mutter nicht verbergen, und das ging mir nicht mehr aus dem Kopf. Deshalb fuhr ich im Frühjahr noch einmal nach Kópavík. Um ehrlich zu sein, wollte ich die Erinnerung einfach loswerden, aber dann stand sie vor mir, und es war um mich geschehen. Nicht nur, dass sich unter all dem Brotteig eine Schönheit verborgen gehalten hatte, auch ihre befreite Seele strahlte so warm, dass ihr mein Herz Tag für Tag mehr entgegenflog, bis sie es ganz in ihren Händen hielt. Und das Schönste war, sie schenkte mir ihres. Was so klingt, als hätten wir einfach getauscht, ist in Wirklichkeit sehr viel kompliziertet, aber das wirst Du in Deinem Leben irgendwann selbst erfahren.

Wegen dieser Herzenssache aber gibt es nun Dich. Gezeugt und empfangen aus Liebe, in freier Natur, auf dem Hausstein der Elfen und unter dem herrlichen Blau, das unsere Welt als eine ganz besondere auszeichnet.

Deshalb möchte ich Dir heute mit auf den Weg geben: Lass Dir niemals einreden, Du wärest weniger wert, weil Du anders aussiehst als andere oder weil Du ein Mädchen bist. Achte die Natur und das Leben um Dich herum und genieße das Glück, geliebt zu werden und zu lieben. Mögen die Götter, die Geister und die Elemente Dich und Deine mamma immer beschützen.

Dein Vater Þórr

Isving weinte. Schließlich las sie den Brief ein zweites Mal und weinte noch mehr, dann las sie ihn ein drittes und viertes Mal, bis ihre Augen ganz rot waren, und die Nase bestimmt auch.

»Dein Vater kam mir anfangs auch ein wenig verrückt vor«, sagte sie leise. Sie hatten sich beide vor der Welt verborgen, wenn auch aus unterschiedlichen Gründen. Vielleicht hatten sich ihre Seelen gerade deshalb erkannt. Ein tröstlicher Gedanke.

Endlich legte sie den Umschlag zu den anderen, verschloss die Schatulle und trug sie ins Kinderzimmer, wo sie einen schönen Platz am Fenster bekommen hatte, damit die Traumwünsche auch ans Licht gelangten, wenn es eines Tages so weit sein würde.

Die isländische Tradition der dreizehn Weihnachtsmänner fand Isving wissenschaftlich überaus interessant, privat aber doch ziemlich unheimlich. Daran änderte auch der kommerzielle Countdown nichts, der diese ursprünglich furchterregenden Trolle in den letzten Jahren zu freundlichen Gesellen verklärt hatte, die in ihren pelzverbrämten roten Gewändern nichts mehr mit ihren Vorfahren gemein hatten. Mit jemandem, der dir die Vorräte wegfraß und hässliche Grimassen am Fenster schnitt, ließ sich eben kein Geld verdienen.

Wesentlich sympathischer fand sie den Brauch, zu Weihnachten Bücher zu verschenken. Sie möge doch bitte, sagte Thór, vor ihrer gemeinsamen Abreise in die Westfjorde einen Besuch in Reykjavíks größtem Buchladen einplanen und passende Lektüre für die Zwillinge und die restliche Familie besorgen.

Manchmal vergaß er offenbar, dass sie nicht erst seit gestern in seinem Land lebte, und er hatte ganz offensichtlich auch keine Ahnung davon, wie ernsthaft seine Schwester Björk Isvings Integration vorantrieb, indem sie ihr regelmäßig Vorträge über die isländische Seele hielt. Isving blieb entspannt, aber manchmal gingen ihr Björks Einlassungen doch ziemlich auf die Nerven. So sehr sie sich auf ein familiäres Weihnachten in Kópavík freute, so sehr war sie auch erleichtert, die Zeit dort oben in den Westfjorden nicht nur mit seiner Familie zu verbringen.

Die Winterwochen vergingen schneller als gedacht. Sie besuchte einen Yoga-Kurs für Schwangere und einen Sprachkurs für Fortgeschrittene bei Liekes Freundin Guðrún, um das, was sie inzwischen sagen konnte, auch schreiben zu können.

Von Thór kamen regelmäßig Päckchen oder Briefe, nicht immer in der geplanten Reihenfolge, aber immer herzberührend.

Es ging auf Mittwinter zu, und sie hatte mit Liekes Hilfe für die Feiertage vorgeplant. Die Lebensmittel sollten geliefert und von Katla gut verstaut werden.

Geplant war, dass die Gäste nach Ísafjörður flögen und von dort entweder mit dem Auto oder per Schiff weiterreisten. Thór und Isving würden sich wegen Pünktchen schon vorher in der längsten Nacht des Jahres mit dem Auto auf den Weg machen, wenn es das Wetter zuließ.

Thór erwartete sie frühestens am Nachmittag des Vortags. Bei einer Zwischenlandung in Frankfurt musste die Band noch einen Termin wahrnehmen, und er hoffte, im Anschluss daran nachmittags einen Direktflug nach Reykjavík zu erwischen. Ansonsten wäre er erst um Mitternacht zu Hause.

»Du musst mich nicht abholen«, sagte er beim letzten Telefonat, und ehe sie protestieren konnte, war die Verbindung unterbrochen.

Am nächsten Tag klingelte gegen Mittag das Telefon, und die Concierge meldete sich. Hier wäre eine Sendung, für die ihre Unterschrift benötigt würde.

»Ich komme runter«, sagte sie.

Der Paketbote stand unten am Empfangstresen, trank Kaffee und machte ein Gesicht, das man mit etwas gutem Willen als freundlich interpretieren konnte. Offensichtlich hatte er heute einen seiner besseren Tage. Sie kannte den Mann überwiegend missmutig und kurz angebunden. Und dann wurde er auch noch gesprächig: Wie es ihr denn in

Island gefiele, wollte er wissen, so als Ausländerin, die doch anderes gewöhnt wäre, wenn sie aus einer Kulturhauptstadt wie Århus stamme.

»Island ist fantastisch, ganz wunderbar«, sagte sie und fragte sich, woher er das mit Århus wusste. Las er womöglich ihre Post? Ungeduldig, weil der Mann sie nun wieder stumm musterte, als wäre ihm der Text ausgegangen, fügte Isving hinzu: »Ich stamme von einer kleinen Insel und wohne nun seit zwei Jahren in den Westfjorden. Dagegen ist Reykjavík ziemlich lebhaft.«

Die Concierge löste ihren wachsamen Blick von den Monitoren, auf denen die Aufnahmen der Überwachungskameras liefen, ließ ein meckerndes Lachen hören und schob Isving den Empfangsbeleg zu, den sie unterschreiben sollte.

Ein wenig irritiert, was der Aufwand sollte, fuhr sie mit einem Päckchen von Thór unterm Arm nach oben. Aufgeregt und gleichzeitig neugierig, wie seine letzte Nachricht vor den Winterferien lauten würde.

Mein geliebtes Sommermädchen,
Du sollst immer fühlen, dass Du nicht allein bist. Ich will Dir ein guter Vater sein, Deine Hand halten und mit Dir das Licht in Deinem Inneren entdecken, damit selbst die tiefste Dunkelheit Dich niemals zu ängstigen braucht. Ich schreibe Dir eine Musik, die Dich in den Schlaf wiegt, durch Deine glücklichen Träume begleitet und die unglücklichen vertreibt. Die Elemente sollst Du kennen- und lieben lernen, weil sie der Stoff sind, aus dem unser Leben gewebt ist. Ich will Dich das Staunen lehren und Dir Sicherheit geben,

auf dass Du es nie verlernen musst. Du sollst tanzen können und singen, wenn Du Dich danach fühlst, und lieben dürfen, wer immer Deiner Liebe wert ist.

Ich denke an Dich und schicke Dir und Deiner mamma einen kleinen Beutel Sternenstaub, damit ihr mich nicht vergesst.

Dein Vater Þórr

Isving konnte nicht widerstehen und öffnete den bestickten Beutel aus Seide, in dem es glitzerte, als befände sich darin ein Schatz des Kleinen Volks. Sie ließ ihre Finger eintauchen in ein magisches Glitzerwerk, und für die Dauer eines Wimpernschlags glaubte sie sogar, die darin enthaltene Magie spüren zu können. Unwillkürlich musste sie lächeln. Was auch immer Thór mit diesem Geschenk an sein ungeborenes Kind bezweckte – es funktionierte.

Übermütig geworden und um ganz sicherzugehen, wollte sie es aber selbst ausprobieren: eine Prise Sternenstaub auf den Handrücken geben, so stand es in der Anleitung, und danach mit geschlossenen Augen an etwas besonders Schönes denken, bevor man den magischen Staub in die Welt sandte.

Isving pustete, doch nichts geschah. Nun holte sie tief Luft und pustete mit aller Kraft. Dabei kam sie sich ein bisschen seltsam vor. Ein Lufthauch berührte ihre Wange, instinktiv wollte sie sich umdrehen, wurde daran jedoch von warmen Händen gehindert, die ihre Schultern umfassten. Ein vertrauter Duft beruhigte ihre alarmbereiten Nerven sofort. Gemeinsam blickten sie übers Meer und genossen den kostbaren Augenblick vollkommener Einheit.

»Funktioniert das jedes Mal?«, fragte sie schließlich und drehte sich in seiner Umarmung um.

»Es wäre einen Versuch wert.« Thórs Küsse ließen alle weiteren Fragen unwichtig erscheinen.

Das Wetter gab sich in dieser Weihnachtswoche ungewöhnlich friedlich, und so machten sie sich am folgenden Tag wie geplant früh auf den Weg in die Westfjorde. Eine Übernachtung würde reichen, beschlossen sie gemeinsam. Thór, weil er Hotelzimmer satthatte, und Isving, weil das Sehnen nach ihrem kleinen Haus am Ende des Fjords beständig in ihr wuchs. Außerdem gab es noch so viel vorzubereiten.

Trotz des relativ milden Wetters war die Fahrt schon wegen der Lichtverhältnisse eine Herausforderung. Die Sonne stand, wenn sie überhaupt herauskam, sehr tief und blendete. Hinzu kam, dass nördlich von Brjánslækur, wohin sie mit der Baldur-Fähre übergesetzt hatten, nun ziemlich viel Schnee lag. Sie wechselten sich mit dem Fahren ab und kamen trotz allem gut voran.

Am Abend des zweiten Tags bot sich ihnen mit einem Blick vom Pass hinunter auf Kópavík der Höhepunkt Isvings wachsender Vorfreude. Lichter glitzerten am flachen Rand des Fjords, und im Wasser spiegelte sich das Mondlicht. Nur die Ruine der Fischfabrik erinnerte daran, dass der Ort nicht ganz so friedlich war, wie er aus der Ferne wirkte.

Als sie auf den Parkplatz am Kaffi Vestfirðir rollten, war es für Isving, als käme sie nach Hause. Sie fühlte sich wohl in Reykjavík, aber ihr eigenes Häuschen ein Stück weiter oben am Hang bedeutete ihr unendlich viel.

Noch immer schmerzte es Isving, dass Thór sie beim Kauf des B&B übergangen hatte, und sie war drauf und dran, etwas zu sagen. Doch der Ärger darüber war längst abgekühlt. Inzwischen besaß sie auch eine Kopie der Selbstverpflichtung, die Sóley aufgesetzt hatte. Ohne Isvings Einverständnis konnte Thór tatsächlich nichts entscheiden. Sollten sie sich also irgendwann womöglich im Streit trennen – woran sie nicht einmal denken mochte –, wären ihm die Hände gebunden, und er würde sich sogar weiterhin finanziell an allen Renovierungsmaßnahmen, die sie für richtig hielt, beteiligen müssen. Dafür besaß er das Vorkaufsrecht, was nur fair war.

Als Geschäftsführerin hatten sie Katla engagiert, und ihre Freundin erhielt ein besseres Gehalt. Während der Wintermonate wohnte die Freundin im einzigen Gästezimmer, das zu ebener Erde lag, weil es so einfacher war, falls doch mal Reisende unangemeldet vorbeikamen. Dieses großzügige Apartment hatte sie nun allerdings für Sóley und ihren Mann geräumt. Die Zwillinge bekamen ein eigenes Zimmer im ersten Stock und somit weit entfernt von den Eltern – das würde ihnen gefallen, hoffte Isving.

Als sie die Küche betraten, umhüllte sie ein unbeschreiblicher Duft nach frischem Gebäck, Gegrilltem und anderen Leckereien, die ihre Freundin zur Begrüßung vorbereitet hatte.

»Da seid ihr ja!« Katla stieß einen Schrei aus und fiel ihr um den Hals. Pünktchen bellte und sprang um sie herum, bis Thór sie mit einem Pfiff zur Ruhe brachte. Er besaß diese wunderbare und seltene Gabe, Tiere zu seinen Verbündeten zu machen.

»Ups, der Bauch!«, sagte Katla gleich darauf lachend und trat einen Schritt zurück. »Eine ganz schöne Kugel für den vierten Monat.«

»Fünfter«, entgegnete Isving lächelnd.

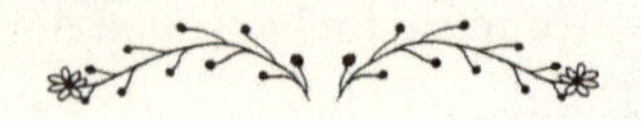

44

Thór schloss die Tür zu Isvings Haus auf und sah sich um. Katla hatte gelüftet und geheizt, frische Bettwäsche gebracht und den Kühlschrank aufgefüllt. Und doch wirkte die Küche seltsam seelenlos. Pünktchen schien es ebenfalls zu spüren, denn sie schnüffelte alles ab, ohne sich für ihr Körbchen zu interessieren, das er mitgebracht und unter den Tisch geschoben hatte. Mit Isving war die Magie aus dem Haus verschwunden, und er hoffte sehr, sie möge zurückkehren, denn auch für ihn war dieser Ort im letzten Sommer zu etwas Besonderem geworden.

Er stellte die Wäschekörbe im Gästezimmer ab. Die Kleidung so zu transportieren, mochte praktischer sein, als einen Koffer zu packen, aber es hatte dazu geführt, dass sie den halben Reykjavíker Hausstand eingepackt hatte. Seine Reisetasche jedenfalls nahm sich daneben sehr bescheiden aus. Er schloss die Haustür, ging hinunter zum Parkplatz und brachte zwei Kisten Wein und einen Karton mit Champagner in die Speisekammer des B&B. Alkoholisches war teuer in Island, aber ein ehemaliger Schulfreund importierte im großen Stil alle Arten von Lebensmitteln und Feinkost. Bei ihm bekam Thór einen guten Preis. Das war auch etwas, das er mit Isving besprechen wollte. Später, wenn er sicher sein konnte, dass sie ihm wegen seiner Einmischung in ihre geschäftlichen Angelegenheiten nicht mehr grollte.

In einer Sache hatte ihm der Freund allerdings nicht weiterhelfen können: Als Thór ihn fragte, ob er einen Weihnachtsbaum besorgen könnte, winkte der Mann ab. »Die sind seit Mai schon vorbestellt. Tut mir leid.«

Isving hatte die Nachricht erstaunlich entspannt aufgenommen und versprochen, sich etwas auszudenken. Denn ein Baum musste sein, da waren sie sich einig.

Als er alles erledigt hatte und in die Küche zurückkehrte, steckten die beiden Freundinnen die Köpfe zusammen und kicherten, während sie den Küchentisch deckten. Thór blieb in der Tür stehen, um sie nicht zu stören. Welch ein Bild sie im weichen Licht der Hängelampen boten. Mit ihrer mädchenhaften Figur wirkte Katla nicht wie die Mutter von zwei Teenagern. Der dicke blonde Zopf hing ihr lang den Rücken hinunter und gab ihr etwas geradezu Zerbrechliches. Isvings Haare hatten sich wieder einmal gegen jegliche Versuche gewehrt, sie in einer Frisur zu bändigen, und jedes Mal, wenn sie sich ungeduldig eine lange Strähne aus dem Gesicht schob, schienen sich noch mehr rote Wellen aus dem nachlässig am Hinterkopf gehaltenen Dutt zu lösen. Es war nur eine Frage der Zeit, bis sie sich zwei feste Zöpfe flechten würde, die ihr bis über die Brüste reichten. Sein Blick wanderte hinab zum Bauch, in dem ihr gemeinsames Kind heranwuchs. Es bewegte sich schon, hatte er nach seiner Rückkehr voller Erstaunen festgestellt. Danach war er hin- und hergerissen, ob er überhaupt noch mit ihr schlafen sollte, obwohl er sich all die Wochen so sehr danach verzehrt hatte. Aber Isving hatte ihm auf ihre unnachahmlich einfühlsame Art die Furcht genommen, es könnte dem Kind schaden. Vorsichtig mussten sie natürlich sein, und nicht alles ging mehr, aber es war auf eine besondere Weise erfüllend gewesen, sich sanft und behutsam zu lieben.

Als hätte sie seine Gedanken gehört, hob Isving den Kopf und lächelte ihn an. Thór stieß sich vom Türrahmen ab und ging zu ihr.

»Na, ihr beiden Schönen, was heckt ihr aus?«

Katla grinste, und Isving griff nach seiner Hand. »Wir wollen gemeinsam essen, Emil kommt auch gleich mit Ursi und Jökull. Dann können wir gleich heute so grob den Ablauf bis zur Anreise der anderen besprechen.«

»Brauchst du mich dazu?« Er war müde. All die Zeitzonen, durch die er gereist war, und die langen Nächte vorher forderten ihr Recht.

»Es wird nicht lange gehen«, sagte sie. »Nur das Wichtigste. Alles andere besprechen wir, wenn Lieke und Guðrún morgen da sind. Sie haben sich übrigens entschlossen, in Ísafjörður einen Wagen zu leihen. Du musst sie also nicht abholen.« Sie zog ihn zur Tür. »Ich will mich frisch machen, kommst du mit?« Ein verheißungsvolles Glitzern erschien in ihren Augen.

Katlas Gesichtsausdruck sprach Bände. »Wir essen pünktlich um acht Uhr!«

Unter der Dusche seiften sie sich gegenseitig ein, wobei Thór sich ihrem Bäuchlein mit besonderer Hingabe widmete. Er hatte sich nie mehr zu Hause gefühlt als in diesen Minuten voll zärtlicher Fürsorge.

Es blieb ihnen wenig Zeit. Bis sie die Haare getrocknet und frische Wäsche aus dem Korb gewühlt hatten, zeigte die Küchenuhr schon fünf vor acht. Als Isving in ihre Stiefel geschlüpft war und ein Paar Schuhe in der Hand hielt, öffnete er die Haustür, und Seite an Seite stemmten sie sich in der Dunkelheit gegen den auffrischenden Wind, der den Hund in ein plüschiges Knäuel verwandelte, bevor sie zu dritt in die Wärme der Küche eintauchten, begrüßt von Freunden und Kerzenschein.

Jökull und Ursi waren schon da. Sie löste bei Pünktchen einen Begeisterungssturm aus. Die beiden waren dicke Freundinnen, seit sich Ursi als Hundesitterin um sie gekümmert hatte … und weil sie immer ein Leckerchen bereithielt.

Er war dabei die Jacken aufzuhängen, als Isving einen Schrei ausstieß. Den Korb mit geröstetem Brot konnte er gerade noch auffangen, nur eines rutschte heraus und fiel zu Boden.

»Was ist denn los?«, fragten alle gleichzeitig.

»Da war jemand und hat von draußen hereingesehen.« Blass geworden lehnte sie sich an den Tisch. »Es war so gruselig!«

Alle sahen zum Fenster, bis Jökull zu lachen begann. »Das war bestimmt der *Gluggagægir*. Dann passt mal gut auf eure Sachen auf. Der Langfinger klaut gern alles, was einem lieb und teuer ist.« Er legte seinen Arm um Ursi. »Bleib schön in meiner Nähe, mein Schatz.«

Die Spannung löste sich, auch Thór musste lachen, und dann öffnete sich die Hintertür, und Emil spazierte herein.

»Ihr seid ja spaßig drauf, hab ich was verpasst?«

»Da hast du deinen Weihnachtstroll«, sagte Katla zu Isving und erklärte: »Sie hat dich am Fenster gesehen und geglaubt, der Gluggagægir hätte hereingeschaut.«

»Aber ich habe durch kein Fenster gesehen. Wann soll das denn gewesen sein?«

»Na, eben gerade.«

»Wirklich nicht.« Irritiert strich sich Emil über den langen Bart, um den Thór ihn immer noch ein wenig beneidete.

Er nahm Isving in den Arm. »So was passiert während der Weihnachtszeit. Zehn von dreizehn Trollen sind schon da und treiben ihr Unwesen. Wer kommt denn jetzt noch?«, fragte er in die Runde.

Jökull zog die Stirn kraus und sah aus, als zähle er in Gedanken all die sonderbaren Gesellen durch. »Gáttaþefur, Ketkrókur und am 24. Kertasníkir. Die wildesten sind schon durch, aber natürlich könnten sie immer noch in der Gegend herumlungern.« Das sagte er mit einem solchen Ernst, dass er sich nicht sicher war, ob der Mann wirklich an die Existenz von Trollen glaubte oder nur einen Spaß machen wollte.

»Als Kind hatte ich große Angst davor, von ihrer Mutter Grýla gefressen zu werden«, gab er zu.

»Damit hat meine Oma auch immer gedroht«, sagte Emil und spazierte zu den Töpfen, um zu sehen, was seine Freundin Leckeres gekocht hatte.

»Mir haben sie mit Jólakötturinn Angst gemacht«, sagte Katla und klopfte ihm spielerisch auf die Finger, als er in einen Topf hineinlangen wollte. »Die Weihnachtskatze frisst faule Leute, die nicht alle Wolle vom Herbst verarbeitet und deshalb zu Weihnachten nichts Neues zum Anziehen haben«, sagte sie an Isving gerichtet.

»Puh, wenn das so ist, bin ich aber froh, deinen Pullover fertig gestrickt zu haben.« Sie zupfte an seinem Ärmel. »Thór sagt, er kratzt. Aber ich finde ihn trotzdem wunderschön.«

»Aber ja. Das Design – zeigt Persönlichkeit«, sagte Ursi und bemühte sich vergeblich, ein Lachen zu unterdrücken.

»Na gut, es ist noch Luft nach oben. Strickerin sollte ich vielleicht nicht werden«, gab sie zu, und an ihn gewandt sagte sie: »Keine Sorge. Die Wolle ist alle. Weder droht Gefahr von der Weihnachtskatze, noch von einem weiteren Pulli.«

Nach dem Essen besprachen sie, was in den folgenden Tagen zu tun war. Die restlichen Zimmer mussten geputzt und hergerichtet werden. Damit hatte er nichts zu tun, aber die Frauen teilten ihn zum Dekorieren ein. Zuerst galt es, weitere Lichterketten rund ums Haus aufzuhängen, danach sollte Holz für den Kamin im Café gehackt werden.

Weil es in Island kaum Bäume gab, waren offene Kamine ein Luxus, den man sich selten leistete. Doch zu Weihnachten, hatte Isving entschieden, sollte eine Ausnahme gemacht werden. Dafür war Holz angeliefert worden, das es nun in handliche Scheite zu zerkleinern galt.

»Außerdem brauchen wir ein Programm«, sagte Isving und erklärte, wie sie sich den Ablauf der Weihnachtstage vorstellte: »Wir werden den Küchentisch erweitern, damit hier gefrühstückt werden kann. Um die Vorbereitungen am Morgen kümmern sich Katla, Lieke und ich im Wechsel. Wir stellen alles bereit, und jeder kann sich Eier kochen, braten oder was weiß ich«, sagte sie. »Mittags gibt es eine Suppe, ebenfalls hier in der Küche, und keine festen Essenszeiten. Wir stellen einen Topf auf den Herd, aus dem man sich bedienen kann.« Isving sah jeden in der Runde an, um sich zu vergewissern, dass es keine Einwände gab, doch alle nickten. »Gut. Abends decken wir im Café. Dort wird der Baum stehen, und man hat einen schönen Blick auf den Hafen und die Lichter von Kópavík.«

»Was gibt es denn zu essen?«, fragte Emil, und alle lachten. Seine Vorliebe für gutes Essen war legendär, und es war für alle unverständlich, warum ihm das nicht anzusehen war.

Schmunzelnd sagte Isving: »Lass dich überraschen. Lieke hat mit Sterneköchen gearbeitet, und ich kann nur sagen: Es wird fantastisch!«

Jökull erkundigte sich, wann Sóley mit ihrer Familie in Ísafjörður eintreffen würde, und Thórs Gedanken drifteten langsam ab. Isving schien alles bestens organisiert zu haben, es würde sicher ein wunderbares Weihnachtsfest werden, und doch war ihm bang ums Herz, wenn er daran dachte, was sich in seinem Gepäck befand.

* * *

Lieke und Guðrún kamen am frühen Nachmittag des zweiundzwanzigsten an. Lieke erkundete voller Begeisterung Speisekammer und Küche, Guðrún fuhr gleich weiter nach Vingólf zu ihrer Freundin Kristín Stefansdóttir.

Der folgende Vorweihnachtstag wurde arbeitsam. Gemeinsam mit Katla montierte Isving ein Gestell aus Eisen zusammen, bis es mit viel Fantasie die Grundform einer Tanne bekam. Es hätte auch ein spitzes Zelt sein können. Sie wusste aber, dass es richtig geschmückt mitten im Café großartig aussehen und ein perfekter Ersatz für jede importierte Nordmanntanne sein würde.

Katla war auf einen Hocker gestiegen, und Isving reichte ihr den glitzernden Stern, der auf der Spitze befestigt werden sollte, da schlug Pünktchen an, die bis dahin ihr Treiben eher mit Desinteresse verfolgt hatte. Mit gesträubtem Fell und böse knurrend rannte sie zur Eingangstür, drückte ihre Nase dagegen und sog geräuschvoll Luft ein.

»Was ist los?« Thór, der im Frühstücksraum auf der Leiter gestanden hatte, um Lichterketten aufzuhängen, stieg herunter.

Katla zuckte mit der Schulter, und Isving rief: »Kannst du mal nachsehen, wir haben hier gerade alle Hände voll zu tun.«

Thór eilte besorgt zum Windfang, hörte Pünktchens sonderbares Schnaufen und lachte laut auf.

»Der *Gáttaþefur*. Da ist also der Türschlitzschnüffler!« Er drückte die Klinke hinunter, um nachzusehen, ob auf der anderen Seite womöglich ein echter Troll stand oder vielmehr ein verängstigter Gast. Doch da war nichts.

»Wahrscheinlich hat sie die Katze gerochen, die sich neuerdings hier herumtreibt.« Katla sprang vom Hocker. »Ich bin gleich wieder da.« Sie ging in die Küche, und Thór assistierte Isving beim Schmücken ihres Weihnachtsbaums. Er brauchte keinen Hocker, um rund um die Spitze glänzende Anhänger und Kugeln zu befestigen.

»Bist du sicher, dass daraus nachher so was wie ein Tannenbaum wird?«, fragte er und hängte einen glitzernden Eiszapfen noch einmal um, weil Isving die Position nicht gefiel.

»Aber ja. Die Kugel nicht direkt daneben«, sagte sie und trat einen Schritt zurück. Ja, da ist es perfekt. Du wirst sehen, wenn es fertig ist, ist es viel schöner, und du wirst nie wieder einen armen Baum abhacken müssen.«

»Werden die nicht dafür gepflanzt?«

»Ja, aber schöner wären doch richtige Wälder und keine Tannenplantagen.«

Es dauerte nicht lange, bis Katla mit frisch ausgebackenem *Laufabrauð* und Schinken wiederkam. »Die Lieblingsspeise des Gáttaþefur«, sagte sie und hielt Pünktchen ein Stück hin.

»Bitte nur ganz wenig für den Hund«, sagte Isving, brach sich ein Stück heraus und biss hinein, dass es knackte.

»Wie machst du dieses …«, sie zögerte, nicht sicher, wie man das Wort richtig aussprach, *»Blattbrot? Sagt man das so?«*

»Das ist kein großes Geheimnis. Wichtig ist, den Teig so dünn auszurollen, dass du die Überschrift der Tageszeitung hindurch lesen kannst. Das macht Emil. Danach wird das *Laufabrauð* verziert und frittiert.«

»So ein filigranes Muster habe ich noch nie gesehen«, sagte Thór, der ebenfalls zugegriffen hatte.

»Danke sehr. Ich mache es mit einer Messingrolle, die schon über hundert Jahre im Familienbesitz ist.« Katla klang stolz. »Es ist nur eine Probe, weil ich den Teig etwas variiert habe. Das richtige Backen machen wir, wenn alle da sind, oder was meint ihr?«

»Natürlich. Das wird ein Spaß, besonders für die Kinder.«

Nach dem kleinen Imbiss schmückten sie den Baum fertig, und als Thór mit der Leiter unterm Arm vorbeikam, hielt ihn Isving auf. »Warte, wir machen ein Probeleuchten.«

Sie schalteten das Licht aus, und Isving zählte im Dunkeln runter: »Drei, zwei, eins. Tada!«

Nichts passierte.

»O verflixt! Wartet, ich muss an der Zeitschaltuhr …« Da flammten die Lichter auf, und vor ihnen stand ein glitzernder Weihnachtsbaum.

»Alle Achtung, das hätte ich nicht gedacht. Das Ding sieht toll aus!«

»Der Weihnachtsbaum«, sagte Isving und wischte sich die fettigen Finger an der Schürze ab. »Es ist ein Weihnachtsbaum geworden, gib es zu.«

Anstelle einer Antwort küsste er sie und strich ihr über die Wange. »Ich denke, wir haben uns eine Pause verdient. Was meinst du?«

Wie aufmerksam er war. Isving lächelte dankbar und ließ sich von ihm durch den eisigen Wind in das kleine Haus begleiten, wo sie sich so, wie sie war, aufs Bett legte und sofort einschlief.

Als sie wieder aufwachte, wusste sie weder, wo sie sich befand, noch wie spät es sein mochte. Schlaftrunken tappte Isving in die hell erleuchtete Küche, in der Thór auf der Récamiere lag und las.

Er blickte auf und klappte das Buch zu. »Geht es dir besser?«

»Danke, viel besser«, sagte sie und ging zum Herd.

Ein appetitlicher Geruch schlug ihr entgegen. »Gefüllte Pfannkuchen. Kannst du Gedanken lesen?« Sie bereitete sich einen Teller zu und stellte ihn in den Mikrowellenherd.

»Ein Mitternachtssnack ist jetzt genau das Richtige.« Mit dem Besteck in der Hand wartete sie darauf, dass sich das Gerät mit einem Ping-Laut abschaltete.

»Ein Frühmorgensnack meinst du wohl?« Thór zeigte auf die Küchenuhr, die Viertel nach fünf anzeigte.

Den heißen Teller in der Hand, setzte sie sich an den Tisch, wo Thór ebenfalls Platz nahm, nachdem er für sie beide einen Tee aufgebrüht hatte.

»Was war los?«, fragte er.

»Ich weiß nicht. Es ist anstrengend, und diese verfluchte Müdigkeit kommt einfach so über mich, von einer Minute auf die andere.« Sie hatte zwölf Stunden im Bett gelegen. »Aber so lange habe ich noch nie geschlafen.«

Voller Furcht legte sie die Hände auf ihren Bauch und lauschte in sich hinein, bis unter ihren Händen auf einmal Seifenblasen zu platzen schienen. Das Baby war definitiv wach und turnte offenbar in seinem Fruchtwasserpool. »Alles gut«, sagte sie erleichtert und widmete sich endlich den Pfannkuchen.

Thór sah ihrem Appetit mit wachsender Belustigung zu. »Mehr?«, fragte er und stand auf.

»Gern! Sind die nicht himmlisch?«

In Dänemark feierte man schon am 23. Dezember das *Kleine Weihnachtsfest* mit gutem Essen im Kreis der Familie.

Dafür war leider keine Zeit, denn gemeinsam mit Lieke und Katla wollte sie heute so viel wie möglich in der Küche vorbereiten.

Brot sollte täglich gebacken werden, und Kristín hatte versprochen, ausreichend Eier mitzubringen, um eine ganze Kompanie zu versorgen, wie sie es nannte. Doch morgen brauchten sie Gänsebraten für über zwanzig Leute, was trotz der geräumigen Küche des B&B durchaus eine Herausforderung war. Zwischendurch stärkten sie sich mit Gløgg, dem dänischen Glühwein mit Mandeln und Rosinen, den Isving in der alkoholfreien Kindervariante genoss.

Am Nachmittag, es war schon dunkel geworden, kam Thórs Familie an. Die Zwillinge waren überdreht, Björk hatte schlechte Laune, was sich dadurch erklären ließ, dass sie allein gekommen war, und Sóley litt sichtbar an Schmerzen.

»Wie schön, dass ihr da seid«, sagte Isving dennoch munter. »Fjóla, könntest du bitte den Mädchen und Björk ihr Zimmer zeigen?«

Katlas Nichte war schon mittags angekommen. Inzwischen machte sie in Reykjavik eine Ausbildung zur Kindergärtnerin. Es hatte Streit bei ihr zu Hause gegeben, und von Katla wusste Isving, dass der Vater des Mädchens trank und gewalttätig war. Daher war es für sie selbstverständlich, Fjóla zur Weihnachtsfeier im Kaffi Vestfirðir einzuladen.

»Und ihr beiden kommt mit mir«, sagte sie zu Sóley und ihrem Mann.

Das Zimmer im Erdgeschoss hatte sie im Sommer nicht vermieten können, weil es nach einem Wasserschaden dringend renovierungsbedürftig gewesen war. Aber für die barrierefreie Ausstattung fehlte ihr eigentlich das Geld, und alles andere erschien unsinnig, denn es war ansonsten in jeder Hinsicht perfekt dafür. Als jedoch entschieden war, die Weihnachtstage in den Westfjorden zu verbringen, hatte sie gemeinsam mit Katla und Emil eine Neugestaltung der Räume besprochen. Sicherlich war noch nicht alles perfekt, aber das geräumige Zimmer wirkte gemütlich und bot ausreichend Platz, um sich darin mit einem Rollstuhl zu bewegen, ebenso im neuen Bad, das nun durch eine Schiebetür vom Schlafraum getrennt war.

»Wenn ihr etwas brauchen solltet, ich bin gleich nebenan in der Küche. Wir haben das Essen für sieben Uhr geplant«, sagte sie und zog sich zurück.

Nachdem alle versorgt waren, wollte sie sich gemeinsam mit Lieke der Zubereitung des Abendessens widmen, als Sóleys Ehemann Kári den Kopf durch die Tür steckte.

»Kann ich dich kurz sprechen?«, fragte er.

»Sicher doch!« Sie lotste ihn ins Café, in dem nur eine Notbeleuchtung glomm. »Was ist?«

Er rieb sich mit Daumen und Zeigefinger über den Nasenrücken. »Thór sagt, hier gibt es einen Hot Pot?«

»Aber mit dem Rollstuhl kommt man schlecht …«

»Ich dachte …« Er blinzelte verlegen.

»Oh! Natürlich. Warte, ich ziehe mir nur etwas an, und dann zeige ich dir, wo er liegt – falls du keine Angst vor Elfen hast. Denen gehört er nämlich«, fügte sie hinzu.

»Ich werde mich sicher mit ihnen arrangieren«, sagte Kári schmunzelnd und folgte ihr hinaus in die Dunkelheit.

Nachdem sie ihren Schwager, wenn man so wollte, in

die Besonderheiten des Hauses eingewiesen hatte, kehrte Isving in die Küche zurück und entschuldigte sich, so lange fort gewesen zu sein.

»Warum? Du bist doch der Boss«, sagte Lieke, und Katla stimmte zu: »Du bist die Chefin. Da koordiniert man mehr, als dass man mitarbeitet.«

Am 24. ging Thór mit seiner Familie nach dem Frühstück zum Hafen, wo Jökull wartete, um mit ihnen zu den Seehundstränden zu fahren. Sóley war dageblieben und half in der Küche, Gemüse zu putzen, während Lieke geheimnisvolle Dinge am Herd anstellte. Dabei erzählte sie von alten Weihnachtsbräuchen ihrer Familie, Katla kam immer mal vorbei und steuerte einiges bei, bis die beiden Isländerinnen die Idee hatten, Winterlieder zu singen. Sie versuchten, Lieke und ihr die Texte beizubringen, was in fröhlichem Gelächter endete. Schließlich sangen sie die Refrains mit, und es wurde ein kurzweiliger Vormittag.

»Thór hat nicht übertrieben«, sagte Sóley. »Du hast eine einzigartige Stimme. Sie ist kraftvoll wie der isländische Wind und klingt dabei so fragil und farbig wie das Moos der Berge.«

»So was Schönes hat noch nie jemand zu mir gesagt.« Spontan umarmte Isving sie.

»Wirklich? Dann muss ich meinem Bruder wohl mal die Ohren langziehen.«

Mittags riss der Himmel auf, und die vier Frauen trugen Suppe in den hellen Frühstücksraum, wo Pünktchen lang ausgestreckt zu Sóleys Füßen in der Sonne lag.

Während Lieke und Katla im Café Tische zusammenschoben, um eine lange Weihnachtstafel daraus zu machen, blieb Isving bei Sóley.

»Darf ich dich etwas Persönliches fragen?«

Thórs Schwester legte den Kopf schräg, und plötzlich sah man die Familienähnlichkeit ganz deutlich. Isving wusste nicht, wie sie anfangen sollte, und zögerte.

»Schieß los. Wenn es zu persönlich wird, antworte ich einfach nicht.«

»In Ordnung.« Ermutigt stellte sie die Frage, die sie seit ihrer Diagnose beschäftigte: »Bestimmt war es nicht einfach zu akzeptieren, dass du nicht mehr gehen konntest.«

»Ich habe geflucht und geheult. Manchmal vor Frustration und oft wegen der Schmerzen. Wie kann ein Körperteil, das dir den Dienst verweigert, so verdammt wehtun, habe ich mich gefragt. Wochenlang wollte ich keine Freunde sehen und nicht mehr zur Schule gehen. Wofür? Mein Leben war doch ruiniert.« Sie lächelte, und es war ihr anzusehen, wie die Erinnerung sie bewegte. »Meine Mutter war furchtbar unglücklich, und vielleicht deshalb haben mir Björk und Thórarinn das Selbstmitleid irgendwann nicht mehr durchgehen lassen. Sie haben mich überallhin mitgeschleppt. Ich konnte ja nicht weglaufen«, fügte sie selbstironisch hinzu. »In der Zeit habe ich viel gelesen, Philosophisches und Geschichten von anderen Menschen, die mit einem Handicap lebten. Manche habe ich dafür gehasst, dass ihr Unglück sie noch stärker gemacht zu haben schien, während ich mich unnütz fühlte und elend. Mal ehrlich, wenn du dir die Paralympics ansiehst, dann fragst du dich doch oft, woher nehmen diese

Sportlerinnen und Sportler die Kraft und den Lebensmut?«

»Allerdings. Man kommt sich ganz verweichlicht vor, wenn man selbst schon aus geringeren Gründen mit dem Schicksal hadert. Mich nerven diese dauernden Müdigkeitsattacken, aber was ist das schon gegen den Verlust beider Beine?«

»So darfst du das nicht sehen. Für dich ist die Last, die du selbst tragen musst, immer die größte. Mach nie den Fehler, ein Bein gegen einen Arm aufzurechnen.« Sóley lachte laut auf, und Isving fiel ein. »Das klingt schräg, aber du weißt, was ich meine? Es ist einfach so: Du hast nur dieses Leben. Nutze es.«

»Ich habe Angst vor der Zukunft. Das Baby…«

»Natürlich machst du dir Sorgen, aber das tun vermutlich die meisten werdenden Mütter. Da sind wir beide keine Ausnahmen. Versuche, von einem Tag auf den anderen zu leben. Natürlich muss man hier und da ein bisschen planen, das meine ich aber nicht.«

»Ich finde das schwierig, aber ich habe mir vorgenommen, jeden Abend darüber nachzudenken, was ich im Laufe des Tages an schönen Dingen erlebt habe.«

»Wie witzig, das mache ich auch – da kommt eine ganze Menge zusammen, findest du nicht?«

In neu gewonnenem Einvernehmen sahen sie sich an, und Sóley griff nach ihrer Hand: »Ich finde es wunderbar, dass du dich für das Kind entschieden hast. Nicht dass ich es verurteilt hätte, wenn es anders gewesen wäre. So was muss jede Frau für sich selbst entscheiden«, sagte sie schnell. »Aber das ist ein anderes Thema. Du bist mutig, aber nicht tollkühn. Das gefällt mir. Und mal ganz ehrlich, einen besseren Vater als meinen Bruder wirst du kaum finden. Okay, da bin ich vielleicht ein bisschen parteiisch.« Sie grinste. »Aber sachlich gesehen: Er kann mit Kindern umgehen und Windeln wechseln – eine nicht zu verachtende Qualität. Außerdem ist er nicht gerade arm, sieht gut aus und hat obendrein eine unfassbar nette Familie …«

»Das stimmt alles – besonders der Teil mit der netten Familie«, sagte Isving ernst.

»Unfassbar nett!«

Sie sahen sich an und prusteten los, bis ihnen die Tränen kamen. Sóley griff nach hinten und zog eine Schachtel Papiertaschentücher aus einem Netz, das hinten an ihrem Rollstuhl hing.

»Guck, man hat nicht nur eine Sitzgelegenheit, sondern auch gleich noch den halben Hausstand dabei, ohne ihn rumschleppen zu müssen«, sagte sie und wurde dann aber wieder ernst. »Ich habe eine Freundin, die sich lange geweigert hat, über einen Rollstuhl nachzudenken. Sie kann laufen, aber nicht besonders gut, und muss immer genau planen, ob sie eine Strecke zurücklegen kann oder nicht. Kein Stadtbummel, kein Museumsbesuch, keine Reise ohne die Sorge, nach ein paar hundert Metern keinen Schritt mehr gehen zu können. Inzwischen besitzt sie einen und sagt, dass ihr damit eine Menge Freiheit zurückgegeben wurde. Aber davon bist du ja noch Jahrzehnte entfernt. Ich habe über Multiple Sklerose nachgelesen, es ist wirklich eine teuflische Krankheit, und ich sage nicht, dass es einfach wird, aber Isving: Du bist nicht allein!« Sie hielt ihr die Taschentuchbox hin und sprach schnell weiter: »Es wird immer Leute geben, die versuchen werden, dir ein schlechtes Gewissen zu machen. Zu mir hat meine damals beste Freundin gesagt, es wäre verantwortungslos, als Krüppel Kinder in die Welt zu setzen, und ich täte das nur, um später versorgt zu sein.«

»Nicht wirklich? Das ist…« Isving fehlten die Worte, auch weil ihr klar wurde, dass sie sich vor genau solchen Anschuldigungen fürchtete. Von anderen, aber auch später von ihrem Kind.

»Man braucht ein dickes Fell. Ich sage immer: Man ist nicht behindert, man wird behindert. Aber es ändert sich etwas in unserer Gesellschaft. Langsam, viel zu langsam, aber als hoffnungslose Optimistin sehe ich zuversichtlich in die Zukunft.«

Isving hätte sich gern noch länger mit ihr unterhalten, aber Katla sah herein und fragte: »Wie viele sind wir nun eigentlich?«

»Gute Frage, ich habe den Überblick verloren.«

»Thór und du, seine Familie, das sind neun Leute. Wir zwei macht elf«, sagte Lieke, die hinzugekommen war.

Isving zählte an den Fingern ab: »Kristín nebst Entourage sind sechs, wenn der Mann es schafft. Er ist noch auf See«, fügte sie für Lieke hinzu.

»Also gehen wir mal von siebzehn aus. Fehlen noch Jökull und Ursi, wir sind vier, und Alexander kommt mit seiner Freundin und ihrem Sohn. Sechsundzwanzig, oder irre ich mich?«, fragte Katla.

»Ich würde mal sagen, wir legen einfach noch zwei zusätzliche Gedecke auf. Eins für die Elfen und eins für einen einsamen Wanderer in der Heiligen Nacht, dann geht es auch mit der Deko schön auf.«

45

Der Schiffsausflug machte allen großen Spaß. Neben Thórs Familie waren unter anderen Kristíns jüngere Geschwister dabei, Katlas Tochter und auch Fjóla. Sie sahen Zwergwale und sogar einen Buckelwal. Die Seehundbucht machte ihrem Namen alle Ehre, und man war sich nicht sicher, wer hier wen beobachtete. Die Zwillinge waren ebenso begeistert wie Alexanders Stiefsohn, mit dem sie sich schnell anfreundeten. Jökull machte schließlich an einer längst verlassenen Mole fest, wo Kristín mit einigen Pferden wartete. Wer Lust hatte, konnte reiten oder fischen, und anschließend brieten sie an einem Strandfeuer Stockbrot und Fisch, was auch den anfangs eher blasiert aufgetretenen Teenagern gefiel. Als es dunkel wurde, steckten sie Fackeln in den Sand, und Jökull versicherte ihnen, dass er in den nächsten Tagen herfahren und alles wieder in Ordnung bringen würde.

Es war schon später Nachmittag, als sie zurückkehrten. Das Café lag in tiefer Dunkelheit, wenn man von der festlichen Außenbeleuchtung absah, die Küche war verwaist. Wer im Haus wohnte, trollte sich auf sein Zimmer. Thór spazierte den Weg hinauf zum kleinen Haus, wo ihn Pünktchen schwanzwedelnd begrüßte.

Isving ruhte sich in der Wohnküche aus und lächelte ihn verschlafen an. »Wie war es?«

»Schön«, sagte er und setzte sich zu ihr. »Ich freue mich auf heute Abend.«

»Ich auch«, sagte sie und erzählte, dass sie sich schließlich doch für ein traditionelles Menü entschieden hatten. Gänsebraten würde es geben, mit Rotkraut und Grünkohl, den sie aus Deutschland kannte.

»Es war gar nicht so einfach, den hierher zu importieren«, sagte sie und leerte ihr Wasserglas.

Dazu gab es die hierzulande beliebten glasierten Kartoffeln, die er besonders gern mochte.

»Das klingt fantastisch«, er küsste sie. »Wie geht es euch beiden?«

»Viel Vorfreude und ein wenig Erschöpfung«, gestand sie.

»Bitte übernimm dich nicht. Wenn du müde wirst oder sonst irgendwas ist, sag Bescheid.«

»Ich möchte aber niemanden beunruhigen«, sagte sie mit kleiner Stimme.

»Das verstehe ich, aber am entspanntesten kann ich sein, wenn ich weiß, dass du dich mir anvertraust. Versprochen?«

Sie drückte seine Hand. »Versprochen.«

Um sechs Uhr sollte es losgehen, und Thór setzte sich eine Viertelstunde vorher in die Küche, um auf Isving zu warten, die erfahrungsgemäß in letzter Sekunde auftauchen würde. Er wusste, dass sie seinen *Pünktlichkeitstick*, wie sie es nannte, zuweilen anstrengend fand. Umso mehr wusste er es zu schätzen, wenn sie sich bemühte, nicht zu spät zu sein. Etwas, das er von seiner Familie nicht erwarten konnte. Die Schwestern hielten ihn schlichtweg für verrückt.

Als sie schließlich kam, war er einen Augenblick lang sprachlos. Das smaragdgrüne Seidenkleid schimmerte im Licht der Küchenlampen und verbarg nicht, dass sie ihr gemeinsames Kind erwartete. Locker aufgesteckt rahmten ihre Haare das Gesicht mit den abgepuderten Sommersprossen weich ein. Doch am meisten berührte ihn ihr fragendes Lächeln, als wüsste sie immer noch nicht, wie sehr er sie verehrte und liebte.

Thór stand auf und reichte ihr die Hand. »Meine Schöne, darf ich bitten?«

Sie lachte, und es war zu sehen, dass ein Teil der Anspannung von ihr abfiel. »Frohes Fest!«

»Fröhliche Weihnachten, Liebes«, antwortete er, und gemeinsam gingen sie hinüber ins B&B, wo man im Frühstücksraum schon auf sie wartete.

Und dann wurde wie jedes Jahr das Radioprogramm unterbrochen, und die Kirchenglocken aus Reykjavík waren zu hören. Der Heiligabend wurde eingeläutet, und anschließend wünschten sich alle »*Gleðileg Jól!*, Frohe Weihnachten.« und gingen hinüber ins unbeleuchtete Café. Isving hatte Thór gebeten, einige Worte zur Begrüßung zu sagen und damit den Weihnachtsabend gewissermaßen zu eröffnen, und er kam dem gern nach.

»Liebe Familie, liebe Freunde, wir – also Isving und ich – freuen uns, dass ihr unserer Einladung gefolgt seid, am Ende der Welt mit uns Weihnachten zu feiern. Euch allen möchte ich dabei für die wunderbare Unterstützung danken, ohne die wir das Fest nicht hätten ausrichten können.

Ich will nicht lange rumreden, weil die Köchinnen Katla und Lieke mich sonst zu Wurst verarbeiten, deshalb erkläre ich das Fest hiermit für eröffnet!«

Ein Raunen ging durch den Raum, und die Gäste applaudierten, als der Weihnachtsbaum glitzernd erstrahlte. Isving und Fjóla entzündeten die Kerzenleuchter und zahllose Teelichter, bis sich die Flammen in den kristallenen Gläsern spiegelten und die üppig gedeckte Tafel in sanftem Licht erstrahlen ließen.

»Zauberhaft«, sagte Björk und legte einen Arm um seine Taille. »Du bist ein Glückspilz, Bruderherz.«

Er tastete nach der Schachtel in seiner Tasche und lächelte. »Das hoffe ich doch sehr.«

Ein schrilles Klingeln ließ Björk zusammenfahren.

Emil sah auf sein Handy und schüttelte den Kopf. »Für mich kann das eigentlich nicht sein.« Als Ersthelfer war er immer erreichbar. »Wenn was wäre, hätte man angerufen.«

Als sich keiner bewegte, stand er auf und ging zur Tür. Isving folgte ihm.

Zuerst dachte er, es wären zwei Frauen, die geläutet hatten, aber als Isving sie hereinbat und sie fröstelnd ins Licht traten, erkannte er in der einen schmalen Gestalt einen jungen Mann, der nun schüchtern grüßte.

»Was ist passiert?«, fragte Emil.

»Unser Wagen ist liegen geblieben …«, fing er an zu erklären, aber Isving unterbrach ihn.

»Ihr seid ja ganz erfroren! Eure Geschichte könnt ihr später erzählen, jetzt müssen wir euch erst mal auftauen.«

Katla war herbeigeeilt, gerade rechtzeitig, um die junge Frau aufzufangen, die plötzlich in sich zusammensackte.

»Okay«, sagte Emil. »Ich hole meine Tasche aus dem Auto. Hast du noch ein Zimmer frei?«

Isving nickte. »Kommt!«

Sie nahm einen Schlüssel vom Haken und ging voraus, während Thór und Katla die junge Frau die Treppe hinaufbegleiteten. Der Junge folgte, und sie hatten das Zimmer noch nicht erreicht, da stand auch Emil mit seinem Erste-Hilfe-Koffer bereit. Während Katla und Isving der Frau halfen, sich auszuziehen, und sie in eine Wärmedecke hüllten, nahm er den Jungen beiseite, stellte ein paar Fragen und fand im Nu heraus, was passiert war. Das junge Paar war bei seinen Schwiegereltern gewesen, und es hatte Streit gegeben. Warum, wollte er nicht sagen. Deshalb waren sie ausgerechnet Heiligabend abgereist und dann oben auf dem Pass liegen geblieben. Es war zu kalt, um die Nacht im Auto zu verbringen, und wann das nächste Mal ein Auto dort entlangfahren würde, da doch Weihnachten war, wusste niemand. Also waren sie nach Kópavík zurückgekehrt. Die Tankstelle hatte natürlich heute geschlossen, und das Kaffi Vestfirðir war das erste beleuchtete Haus, an dem sie vorbeigekommen waren. »Außerdem«, der Junge stockte, »im Ort sagen sie, ihr seid okay. Mia wollte nicht zu irgendjemandem, der sofort ihre Eltern benachrichtigt.«

»Wahrscheinlich ist sie nur unterkühlt.« Emil wollte das Mädchen untersuchen und sagte: »Katla und ich kommen schon zurecht. Sie brauchen etwas anzuziehen und warme Getränke, dann sind sie bald wieder wie neu.«

Sie gingen hinunter und informierten die Gäste, was geschehen war. »Die beiden bleiben erst mal hier«, sagte

Isving bestimmt. »Wir brauchen trockene Sachen. Wer kann aushelfen?«

Björk, die etwa so groß war wie das Mädchen, bot ihre Hilfe an, und Kristíns Bruder Bjarne folgte ihr, um aus seinem Koffer ein paar Sachen zur Verfügung zu stellen.

Fjóla, er und Maja, die auf dem Hof arbeitete, hatten sich bereit erklärt, zu servieren. Vorweg gab es gebratene Apfelscheiben mit Speck und dänischen Heringssalat an Schwarzbrot.

Während Katla und Lieke unauffällig in der Küche verschwanden, las Sóley eine Weihnachtsgeschichte vor, bis die beiden Gäste sich umgezogen hatten und der Hauptgang serviert werden konnte.

Als Dessert gab es Milchreis mit Sahne und Kirschsoße, wie es zu Weihnachten in Dänemark beliebt war. Ursi war schließlich die Glückliche, in deren Schale sich die Mandel fand, die man traditionell versteckte. Es gab ein großes Hallo, sie durfte sich im Shop des B&B ein Geschenk aussuchen und erntete entschiedenen Protest, als sie die Hand nach einer Postkarte ausstreckte.

Schließlich zog Isving einen blassblauen Islandpullover vom Bügel und hielt ihn ihr an. »Der würde perfekt zu dir passen«, sagte sie und sah sich in der Runde um. »Was meint ihr?«

Die anderen applaudierten, und sehr verlegen nahm Ursi ihr Geschenk an.

»Bescherung!«, rief Thór und klatschte in die Hände, um die Aufmerksamkeit auf etwas anderes zu lenken. Die Kinder waren ohnehin schon überdreht, und es wurde Zeit für Geschenke.

Emil setzte sich eine rote Weihnachtsmann-Mütze auf, an der eine blau-weiße Bommel hing. Die Nationalfarben Islands durften bei ihm nie fehlen. Thór öffnete einen großen Sack, der neben dem Weihnachtsbaum gestanden hatte, und gemeinsam verteilten sie zuerst die Buchgeschenke und dann noch Päckchen mit Schals, Mützen und Socken, die Isvings Lieferantin Náð Arnórsdóttir gefertigt hatte.

»Welch eine zauberhafte Idee«, sagte Sóley und bedankte sich. »Damit ist gesichert, dass niemand der heute Anwesenden in den nächsten Tagen von der Weihnachtskatze gefressen wird.«

Isving lachte. »Das war der Plan.« Zufrieden sah sie zu den jungen Leuten hinüber, für die sie vor dem Dessert hastig jeweils ein kleines Geschenk eingepackt hatte.

»Ich habe noch etwas für euch«, sagte Thór, obwohl er auf einmal nicht mehr so sicher war, wie Isving diese Überraschung aufnehmen würde. Aber jetzt war es zu spät. Er nickte Alexander zu, und im selben Augenblick erklang der erste Song, den er mit Isving aufgenommen hatte.

Das Stimmengewirr verstummte. Er hatte nur Augen für Isving, die auf dem Weg in die Küche war und mitten in der Bewegung erstarrte. Thór ging zu ihr und legte ihr einen Arm um die Schultern. »Mein Geschenk an dich«, sagte er leise. »Frohe Festtage!«

Als das Lied verklungen war, herrschte einen Augenblick lang Stille, bis Kristín applaudierte. Nach und nach fielen auch die anderen ein. Es hagelte Glückwünsche, und Björk kam zu ihnen: »Das müsst ihr unbedingt veröffentlichen.«

Alexander klopfte ihm auf die Schulter. »Deine Schwester hat recht. Danke übrigens für die Einladung. Nina fand die Vorstellung, Weihnachten am Ende der Welt zu feiern, erst nicht so prickelnd, aber ich glaube, ihr habt sie überzeugt.« Er nickte seiner Freundin zu, die sich angeregt mit Björk und Kristín unterhielt.

Später, als sie um den Baum getanzt hatten und die Kinder im Bett lagen, stellte Emil eine Flasche Landi, seinen selbst gebrannten Schnaps, auf den Tisch, und am Ende blieb ein harter Kern übrig, der sich auf den Sofas rund ums prasselnde Kaminfeuer versammelt hatte und Gløgg trank.

Isving lag in seine Arme gekuschelt und schien zu schlafen, aber ihr gelegentliches Lachen bewies, dass sie den Geschichten, die erzählt wurden, durchaus lauschte.

Den gesamten Abend hatte er auf eine passende Gelegenheit gewartet, ihr sein ganz persönliches Geschenk zu übergeben, aber der war nicht gekommen, und eingedenk ihrer Scheu vor Öffentlichkeit war das wahrscheinlich auch ganz gut so. Die Zeit lief ihm ja nicht davon, dachte Thór und küsste ihren Scheitel, während Emil und Jökull mit verteilten Rollen isländische Sagas zum Besten gaben.

Am nächsten Tag gingen sie nach einem ausgedehnten Brunch gemeinsam in die Kirche, während Emil und Jökull die Straßen im Ort mit dem Schneepflug freischoben und anschließend die beiden Überraschungsgäste zu ihrem Wagen fuhren, um nachzusehen, ob er zu reparieren war.

Über Nacht hatte es kräftig geschneit, und die Straßenlaternen, die im Winter überhaupt nicht ausgeschaltet wurden, malten mit ihrem warmen Licht große Punkte ins frische Weiß. Die kleine Holzkirche thronte festlich beleuchtet auf einem Hügel über dem Ort. Sie war bis auf den letzten Platz gefüllt, und Katlas Chor musste sich eng zusammendrängen, um überhaupt Platz zu finden. Es war kalt, und als sie sangen, schwebten ihre Worte auf kleinen Wölkchen über den Altar.

Die Kinder rodelten anschließend im Licht der Scheinwerfer auf schnell aus Katlas Schuppen herbeigeschleppten Schlitten einen Hügel hinunter, bis sie nass und müde waren. Zu Hause gab es später *Æbleskiver*, kleine Krapfen mit Marmelade und Puderzucker nach einem dänischen Rezept. Dazu Gløgg für die Erwachsenen und heiße Schokolade mit Sahne für die Kinder und Isving. Abends wurden *Julskinka*, ein schwedischer Weihnachtsschinken mit Preiselbeeren, und frisch gefangener Fisch serviert, den Lieke wunderbar zubereitet hatte.

46

Silvester waren sie zurück in Reykjavík. Thór lag auf dem Sofa und las. Isving lief in der Wohnung herum und hängte Luftschlangen auf. Mit einem Keks in der Hand lehnte sie sich schließlich an den Küchentisch, um ihr Werk zu betrachten.

»Wunderschön, aber auch nicht unanstrengend«, war ihr Fazit der Weihnachtstage. Sie dachte an das Gespräch mit Sóley und seufzte. Leichter gesagt als getan, sich mit ihrer Krankheit zu arrangieren, und ganz bestimmt würden auch Tage kommen, an deren Ende sie sich beim besten Willen nicht an ein positives Erlebnis würde erinnern können.

Thór sah auf. »Du hast das großartig gemacht. Alle haben sich wohlgefühlt, und es gab nicht mal Streit. Das soll schon was heißen in meiner Familie.«

»Du hast wenigstens eine.«

»Du doch auch!«

»Stimmt. Und eine *unfassbar nette* obendrein«, zitierte sie seine große Schwester. »Hast du eigentlich mitbekommen, warum Maria und Josef Streit mit ihren Eltern hatten?«

»Wegen Jesus, nehme ich an.« Er lachte.

»Gewissermaßen. Emil sagt, Mia wäre schwanger. Offenbar nehmen nicht alle Familien solche Neuigkeiten positiv auf.«

»Sie ist höchstens sechzehn, und dieser Jón dürfte auch mal grade zwanzig sein. Also wenn meine Tochter in dem Alter mit solchen Nachrichten ...«

»... würdest du sie rauswerfen?«

»Natürlich nicht. Aber ich würde mir schon wünschen, dass der zukünftige Vater meines Enkelkinds schlau genug ist, sein Auto vollzutanken, bevor er mitten im Winter durch die Westfjorde fährt.«

Isving musste lachen. »Enkelkinder. Das kann ich mir nun beim besten Willen nicht vorstellen. Wir sollten lieber erst mal über Babybrei und Windelwechseln nachdenken.«

»Igitt, Kinderkacke. Nichts stinkt fieser, das weiß ich noch von Sóleys Kids. Lass uns bitte von was anderem reden, sind noch Kekse übrig?«

»Was willst du mir damit sagen?« Isving strich sich über den Bauch. Sie hatte ziemlich zugenommen in den letzten Wochen, obwohl sie sich nicht wesentlich anders ernährte als sonst. Dass alle sagten, es läge an der Schwangerschaft und verschwände nach der Geburt wieder, half ihrem Selbstbewusstsein nicht auf die Sprünge. Sie hatte die Mütter gesehen, die im Yoga-Zentrum um ihre alte Figur kämpften. Normale Frauen, die weder Supermodel noch Popstars waren, hatten es offenbar nicht ganz so leicht, ihre ursprüngliche Figur wiederzuerlangen.

Davon sagte sie aber nichts, sondern holte stattdessen die Keksdose für Thór und eine Handvoll Radieschen für sich selbst. Momentan war sie auf dem Radieschen-Trip. Offenbar enthielten die irgendwelche geheimnisvollen Substanzen, nach denen ihr Körper verlangte. Sie setzte sich zu ihm und knabberte an den roten Kugeln. »Bist du sicher, Silvester hier zu feiern? Nur wir beide und der Hund? Ich habe Áki noch nicht endgültig abgesagt.«

»Ganz sicher. Erstens hat Pünktchen Angst vor der Knallerei, und zweitens möchte ich meinen letzten Abend in Reykjavík nur mit dir verbringen.«

Ihr war es recht. Nach all der Geselligkeit der vergangenen Tage freute sie sich auf ein bisschen Zeit allein mit ihm. Gutes Essen und dann das Feuerwerk über der Stadt – das klang nach einem hervorragenden Plan. Neujahr würde er nachmittags nach New York fliegen, um dort den Manager und die anderen Bandmitglieder zu treffen. Sie wollte gar nicht daran denken, wie sehr sie ihn vermissen würde.

Doch das war die Zukunft. Jetzt galt es, den Augenblick zu genießen: »Was wollen wir essen?«

»Hot Dogs?« Hoffnungsvoll sah er sie an.

Isländer, hatte Isving festgestellt, liebten Hot Dogs noch mehr als ihre Landsleute, und Thór war da keine Ausnahme. Er wusste natürlich, was sie von dieser Ansammlung leerer Kalorien hielt.

»Warum nicht?«, sagte Isving dennoch und erfreute sich an seiner Mimik. »Weniger Arbeit für mich.«

Thór setzte sich auf und stellte die Keksdose ab. »Wir können auch etwas anderes …«

»Nein, nein. Hot Dogs sind perfekt.« Es gab viele Möglichkeiten, Würstchen in einem aufgeschnittenen Brötchen zu servieren, und einige davon wollte sie zum Jahresende ausprobieren. Er würde sich wundern.

»Köstlich!« Thór leckte sich die Fingerspitzen ab.

Ihr Plan war aufgegangen. Unter anderem hatte sie Hot Dogs mit Rote Bete, Äpfeln und Krabben angerichtet, Würstchen gegrillt und neben den klassischen Zutaten eine schwedische Senf-Majo-Sauce angerührt. Schließlich konnten sie sich beide kaum noch rühren.

»Bin ich vollgefressen«, sagte Thór und ließ sich rücklings in die Kissen sinken. Das Silvesteressen hatten sie stilgerecht auf dem Sofa vor dem Fernseher eingenommen.

Auf den Brauch, um Mitternacht von einem Stuhl ins neue Jahr zu hüpfen, würde sie wohl verzichten müssen, aber Isving hatte Kransekage gemacht, einen Kuchen aus übereinandergeschichteten Ringen gebackenen Marzipans, die mit einer Puderzucker-Glasur verziert, zusammengesetzt und um Mitternacht gegessen wurden. Außerdem wollte sie sich unbedingt die Ansprache ihrer Königin ansehen. So fern von zu Hause fühlte sie sich ihrem Land verbundener als je zuvor.

Um zehn Uhr sahen sie aber erst einmal die obligatorische Silvestershow im TV. Isving hatte manchmal Mühe, den satirischen Texten zu folgen, aber Thór erklärte das Wichtigste, und es war wirklich komisch. Anschließend ging er mit Pünktchen am Solfar Gassi, wo sich schon einige Reykjavíker und zahllose feierfreudige Touristen versammelt hatten. Nach ihrer Rückkehr mussten sie die Eisbollen an ihren Füßen schmelzen und Pünktchen sanft beruhigen, denn nun starteten die ersten Raketen. Hand in Hand standen sie zum Jahreswechsel am Fenster, der Hund dicht an Isvings Beine geschmiegt, und bewunderten das beeindruckende Feuerwerk.

»Man hätte doch Raketen besorgen sollen«, sagte sie und unterdrückte ein Gähnen. Der Verkauf finanzierte die freiwilligen Retter des Nationalen Rettungsteams SAR.

»Ich habe ein bisschen was gespendet«, sagte er, zog Isving an sich und küsste sie. »Happy New Year, Liebes!«

Thór hatte das Briefeschreiben wieder aufgenommen. Es waren nicht immer so berührende Nachrichten wie die, die sie zum Weinen gebracht hatte – manchmal erzählte er einfach nur, wie sein Tag gelaufen war, oder er schickte eine Postkarte, aber die Schatulle reichte längst nicht mehr, um seine Nachrichten aufzunehmen. Isving hatte einen hübschen Karton dafür gekauft und sammelte all die kleinen Preziosen, die er mitsandte.

Von der Universität Reykjavík war eine Absage gekommen. Man hätte jemanden mit einer größeren Expertise gefunden. Was nichts anderes hieß, dass sie sich auskennen mochte, aber keinen Abschluss hatte. Sie war nicht böse drum. Je mehr sie ihre kreative Seite entdeckte, desto sicherer wurde sie, dass ihre Zukunft dort zu finden war.

Wenn das Wetter es erlaubte, ging sie viel spazieren und schrieb hochmotiviert am nächsten Buch, für das sie bereits einen Vertrag erhalten hatte, obwohl das erste noch nicht einmal erschienen war. Es sollte im Juni herauskommen.

Ihre Agentur war entzückt, und Peter, Thórs Manager, äußerte sich wohlwollend. »Sobald du einen Hit gelandet hast, verkaufen sich deine Bücher wie geschnitten Brot. Ich mach das schon«, hatte er beim letzten Telefonat gesagt. »Für Talente habe ich ein Näschen. Nur schade, dass…« Er hatte nicht weitergesprochen, aber sie war sicher, dass er das Baby meinte. Doch Thór hatte ihm unmissverständlich klargemacht, wo seine Prioritäten lagen – nämlich bei der Familie – und offenbar wollte Peter ihn nicht verärgern.

Isving wusste das zu schätzen. Darüber hinaus war Peter ein wichtiger Verbündeter der Band in einem unberechenbaren Markt. Deshalb verschwieg sie ihren Wunsch, als Schriftstellerin Erfolg zu haben, die ein bisschen singen kann, nicht umgekehrt. Die zugewandte und wertschätzende Art ihrer Verlagslektorin hatte viel dazu beigetragen, dass sie sich beim Schreiben sicherer fühlte. Außerdem lernte sie während des Lektorats täglich Neues und hatte erkannt, wie wichtig es nicht nur beim Singen war, sein Handwerk zu beherrschen. Was das betraf, lag noch ein langer Weg vor ihr, aber sie freute sich darauf, ihn zu gehen.

Als sie Thor davon erzählte, versuchte er allerdings, ihre Euphorie behutsam zu dämpfen. »Genieß es. Im Literaturbetrieb wird es nicht anders sein als in der Musikindustrie: Solange sie daran glauben, Geld mit dir zu verdienen, sind alle nett. Erst wenn es mal nicht so gut läuft, merkst du, wer deine wahren Verbündeten sind.«

Er wusste, worüber er sprach. Isving nahm sich vor, die Rosa Brille zwischendurch bewusst abzusetzen, um Enttäuschungen vorzubeugen. Sie kannte sich – sobald jemand gemein zu ihr war, oder sie einfach nur unfair behandelte, konnte sie oft keinen klaren Gedanken mehr fassen, geschweige denn aufschreiben. Beim Singen war es anders. Die Melodien zu reiten und mit den Noten davonzuschweben, schützte ihre Seele auch in schweren Lebensphasen vor allzu großen Verletzungen.

Die Fatigue blieb ihre Begleiterin, sodass sie häufig weniger als geplant erledigen konnte. Die Wochen flogen nur so dahin, und die Tage wurden endlich länger. Alle sehnten sich nach Licht, und kaum gab es ein paar wärmende Sonnenstrahlen, genoss ganz Reykjavík die zurückkehrende Helligkeit.

In der Nacht zum ersten März war das Wetter aber wieder umgeschlagen. Nun lag eine saubere Schicht Puderzuckerschnee auf den gefrorenen Pfützen, und man musste vorsichtig sein, um nicht auszurutschen. In der Zeitung stand, dass die Wartezeiten in den Gesundheitszentren ungewöhnlich lang waren und die freiwilligen Retter häufiger als sonst ausrücken mussten, weil besonders Touristen häufig nicht auf die Tücken der isländischen Witterung vorbereitet waren.

Isving war mit Björk hinausgefahren, um die Luft zu genießen und Pünktchen laufen zu lassen, was dem Hund hier in Reykjavík fehlte. Die Landschaft lag heute ganz still da, jeder Ton vom leise fallenden Schnee gedämpft. Nicht mal von den Möwen hörte man viel, alles wirkte so friedlich, dass Isving eine große Sehnsucht nach Kópavík überfiel. Sie freute sich auf die Sommermonate in den Westfjorden, aber das war noch lange hin.

»Was ist eigentlich aus der Klage gegen Óskar Ragnarsson geworden? In der Presse liest man gar nichts mehr über seine Walfangaktion«, fragte sie und blieb kurzatmig stehen. Das Gehen fiel ihr inzwischen schwer, und sie sehnte sich dem Ende der Schwangerschaft entgegen.

»Sie wurde abgelehnt, und der Idiot hat schon verkündet, dass er sein Schiff nächsten Sommer wieder losschicken will.«

»Unglaublich. Hoffentlich reißt er wenigstens die Ruine der Fischfabrik ab und kommt nie wieder zurück nach Kópavík.«

»Apropos Kópavík: Dein Video, das ihr dort am Fjord gedreht habt, finde ich total schön«, sagte Björk. »Witzig, man sieht gar nicht, wie schwanger du bist.«

Thór hatte sie zu dem Dreh überredet, und nach anfänglicher Unsicherheit hatte es ihr sogar Spaß gemacht, vor der Kamera zu agieren. Natürlich standen eine Menge Leute herum, während man sich bemühte, so natürlich wie möglich zu wirken. Doch während der Aufnahmen entstand so etwas wie ein Dialog zwischen ihr und der Kamerafrau. Am Ende war sie zwar erschöpft, aber auch ein bisschen stolz auf sich gewesen, diese Herausforderung gemeistert zu haben. Was das Team dann allerdings Beeindruckendes aus diesem einen Drehtag gezaubert hatte, mochte sie kaum glauben.

»Peter meint, eine sichtbare Schwangerschaft würde sich nicht gut machen. Jedenfalls bei einer vollkommen unbekannten Künstlerin. Das Publikum hätte womöglich kein Problem damit, aber die Marketing-Leute würden strategisch denken. Du weißt schon, Mutter sein und einen ernsthaften Job haben, das können sich viele nicht vorstellen.«

»In Island schon«, sagte Björk. »Aber ansonsten ist Europa da ziemlich rückständig. Da gibt es noch eine Menge zu tun.«

»Was ich so höre, ist dort vieles sogar rückläufig. Wir müssen um unsere Rechte kämpfen, leider gibt es in den eigenen Reihen genügend Frauen, die tun, als wäre schon heute alles in Ordnung.«

Björk lachte. »Das habe ich früher auch gedacht. Aber selbst hier gibt es genügend gläserne Decken, die man erst bemerkt, wenn man sich den Kopf dran stößt.« Sie gingen weiter, und Björk reichte ihr die Hand, damit sie über einen besonders rutschigen Hügel steigen konnte.

Auf dem Rückweg nach Reykjavík kehrten sie zum Mittagessen in einem gut besuchten Restaurant ein, in dem sie schon einmal mit Thór gewesen war. Wie er ihr fehlte!

Das Essen war gut, und sie machte sich anschließend Notizen, was sie an Gewürzen und Zutaten herausgeschmeckt hatte. Reykjavíks Restaurants waren kulinarisch ausgesprochen inspirierend, und Isving hatte es sich angewöhnt, immer ein Heft mitzunehmen, in dem sie bemerkenswerte Dinge notierte.

»Wieso schreibst du das mit der Hand auf?«, fragte Björk, die sich erkundigt hatte, was sie da aufschrieb.

»Alte Gewohnheit. Manchmal mache ich aber auch Fotos, wenn mir eine Dekoration besonders gut gefällt.« Doch eigentlich fand sie, ein Handy hatte auf dem Tisch nichts zu suchen. Jedenfalls, wenn man in Gesellschaft essen ging.

»Sehr *old school*.«

»So sind wir Europäerinnen«, sagte Isving und lachte, als Pünktchen sie anstupste. »Findest du mich etwa auch altmodisch?«

»Ich glaube eher, sie muss mal«, sagte Björk und winkte

der Kellnerin. »Geh doch schon vor mit ihr, ich bezahle schnell und komme gleich nach.«

Der Hund erleichterte sich, und Isving wartete am Straßenrand auf eine Gelegenheit, hinüber zum Parkplatz zu gelangen.

»Wahnsinnsverkehr«, sagte eine Frau neben ihr und lächelte Isving an. Eingehakt bei einem gut aussehenden Mann stupste sie ihn an. »Guck mal, ist der Hund nicht süß? Wie heißt er denn?«, wandte sie sich wieder an Isving.

»Das ist Pünktchen.« Ihr Hund wedelte sofort mit dem Schwanz, als sie ihren Namen hörte, und sah sie erwartungsvoll an.

»Bleib schön sitzen!« Das Überqueren von Straßen hatten sie geübt, bis Pünktchen sich zuverlässig an jedem Bordstein setzte und auf Anweisungen wartete.

Der Mann schmunzelte. »Einen passenderen Namen hätte man kaum finden können.« Er hatte noch etwas anderes sagen wollen, aber stattdessen veränderte sich sein Gesichtsausdruck dramatisch. Er stieß seine Frau beiseite, was sie hinter einen großen Felsbrocken stolpern ließ, und riss Isving von den Füßen. Erschrocken schrie sie auf und erkannte im selben Moment den Grund für sein Handeln: Ein Wagen kam auf sie zugerutscht und hätte alle drei garantiert erwischt, wenn er nicht so geistesgegenwärtig reagiert hätte.

Pünktchen allerdings hatte er nicht retten können. Nach einem schrecklichen Geräusch flog sie im Bogen durch die Luft, landete in einem Gestrüpp aus Heide und Gräsern und blieb regungslos liegen.

»Nein!« Isving riss sich los und stürzte neben ihr auf

die Knie. Die Brust wurde ihr eng vor Furcht, jemand rief ihren Namen, aber sie war ganz auf Pünktchen konzentriert. Tiefe Schnittwunden an der Flanke und am Hinterlauf, die vom Aufprall stammen mussten, bluteten stark. Mit fliegenden Fingern tastete sie den auf einmal so klein wirkenden Körper ab.

Der Fremde kniete sich neben sie. Er versuchte, den Puls zu fühlen, und sagte schließlich: »Sie lebt. Wir müssen ihr einen Druckverband anlegen.«

Eine Welle der Dankbarkeit überflutete ihr Herz.

»Ich hole den Wagen und Verbandszeug«, hörte sie Björk rufen.

Inzwischen hatte sich die Frau ihres Retters hinter dem Felsen wieder aufgerappelt. »Es gibt einen Tierarzt nicht weit von hier in der Jónsgeisli 95. Das liegt in so einer parallel laufenden Straße, die hinter dem Kreisel rechts abgeht«, erklärte sie, als Björk vorgefahren kam und aus ihrem Auto sprang. Der Mann half Isving auf die Beine. Sie schwankte und hielt sich an der Autotür fest.

Andere Leute waren hinzugekommen und kümmerten sich um den Fahrer des Unfallwagens, der wild gestikulierte, aber offenbar nichts von dem verstand, was man ihm sagte.

Gemeinsam hoben die beiden Frauen Pünktchen mithilfe einer ausgebreiteten Decke behutsam auf den Rücksitz. Das verängstigte Tier winselte und schrie vor Schmerzen.

Der Verband färbte sich bereits wieder blutrot, als sie eine Notfalldecke über ihr ausbreiteten.

»Wie geht es dir?«, fragte Isvings Retter mit einem Blick

auf den gewölbten Bauch, als er ihr auf der anderen Seite ins Auto half.

»Alles okay. Danke, das war knapp.« Sie rieb sich über die Hand, in der sich ein pochender Schmerz ausbreitete. »Nur ein bisschen wackelig von dem Schreck.«

»Geh zum Arzt, so ein Sturz …«

»Ja, klar, mache ich.«

Er drückte ihr eine Visitenkarte in die Hand. »Bitte ruf uns an, wenn du mehr weißt. Vielleicht musst du auch eine Aussage machen. Wir kümmern uns um das Chaos hier«, sagte er und schloss die Tür.

Björk war schon ins Auto gestiegen, und gleich darauf raste sie wie von Furien gehetzt los. Pünktchen schrie bei jeder Bodenwelle vor Schmerzen, und Björk reduzierte das Tempo.

Vor der Tierklinik wartete man bereits mit einer Trage auf sie. »Merit hat uns Bescheid gegeben«, sagte eine Assistentin. »Wir kümmern uns jetzt um Ihr Tier. Das kann ein bisschen dauern. Möchten Sie warten?«

»Natürlich!«

Gemeinsam mit Björk ging sie in einen Warteraum, und erst als das Zittern allmählich nachließ, wurde ihr bewusst, welch großes Glück sie gehabt hatte. Wäre der Mann nicht so reaktionsschnell gewesen, hätte das Auto sie erfasst und damit auch das Baby. Schützend legte sie eine Hand auf ihren Bauch und hätte beinahe aufgeschrien.

»Was hast du?« Alarmiert sah Björk sie an.

»Ich muss mir das Gelenk verstaucht haben. Es tut scheußlich weh.«

»Du musst auch zum Arzt.«

Störrisch schüttelte sie den Kopf. »Erst will ich wissen, was mit Pünktchen ist.«

Schließlich lenkte Björk ein. »Wenn du sicher bist, dass das Baby nichts abbekommen hat.«

Furchtsam lauschte sie in sich hinein. Elín war ganz ruhig. Um diese Zeit machte sie sich selten bemerkbar, und Isving hoffte, dass die Kleine alles verschlafen hatte.

Schließlich kam der Tierarzt. »Wir müssen sie hier behalten, aber es sind keine inneren Organe verletzt und nur eine Rippe angeknackst, aber nichts gebrochen. Den Druckverband anzulegen, war übrigens eine gute Idee!«

»Wird sie wieder gesund?«

»Da bin ich sicher. Jetzt muss ich mich wieder um die Patientin kümmern. Lassen Sie bitte Ihre Kontaktdaten da und melden Sie sich morgen früh, dann können wir mehr sagen.«

Isving blieb sitzen, während Björk die erforderlichen Angaben machte und eine Anzahlung leistete. Sie fühlte sich zittrig, und es brauchte drei Anläufe, die Nummer ihrer Frauenärztin zu wählen.

»Macht euch keine Gedanken, der Doc ist super«, sagte die Assistentin zum Abschied. »Es wird die ganze Nacht jemand nach dem Hund sehen.«

In der gynäkologischen Praxis kam sie sofort dran. Björk blieb im Wartezimmer zurück. Sie wirkte besorgt, hatte sich aber wenigstens auf der Fahrt überreden lassen, Thór nicht anzurufen.

»Er kann sowieso nichts tun«, sagte Isving bestimmt. »Ihn jetzt zu beunruhigen, wäre nicht fair.« Dabei hätte sie sich in diesem Augenblick nichts mehr gewünscht, als ihn an ihrer Seite zu haben.

Eine Sprechstundenhilfe reichte ihr die Hand, damit sie auf den Untersuchungsstuhl klettern konnte, und ließ sie während der Untersuchung nicht los.

Ach, Elín, liebe Elín, dachte sie. Sei stark und bleib bei mir.

Mehr konnte sie nicht denken, das Herz schlug ihr bis zum Hals, und sie begriff, dass sie sich in einem Schockzustand befunden haben musste, der sie zuerst an Pünktchen und nicht an sich selbst hatte denken lassen. Aber wie sollte man auch anders reagieren, wenn ein geliebtes Wesen so schrecklich leidet? Und sie war ja jetzt hier und in guten Händen. Wenn bloß die Untersuchung endlich vorbei wäre. Ach, Elín, liebe Elín!

»Alles in Ordnung. Du kannst dich wieder anziehen.«

In der Umkleidekabine seufzte sie erleichtert und wischte schnell eine Träne aus dem Augenwinkel, bevor sie ins Sprechzimmer ging.

»Die größte Gefahr ist immer, dass sich die Plazenta löst und das Kind nicht mehr ausreichend versorgt wird«, erklärte die Ärztin. »Im Augenblick sieht alles gut aus, aber wir sollten weitere Termine machen, um das engmaschig zu kontrollieren. Sobald etwas seltsam erscheint, musst du unbedingt sofort zu uns kommen oder direkt ins Krankenhaus.«

Es war ihr gar nicht bewusst gewesen, wie gefährlich ein Sturz sein konnte. Nun wurde ihr schwindelig, und als sie sich setzte, flatterte ihr Herz so wild wie die Schwingen eines verängstigen kleinen Vogels.

»Das sind die Folgen des Schocks«, sagte die nette Assistentin und brachte ihr ein Glas Wasser, das sie durstig leerte.

»Sie sollte jetzt nicht allein bleiben«, fuhr sie an Björk gewandt fort.

»Natürlich. Ich passe gut auf die beiden auf.«

Fünf Tage musste sie um Pünktchen bangen. Der Arzt hatte bei einer späteren Untersuchung einen Milzriss festgestellt, und sie blieb unter Beobachtung, bis sicher war, dass nicht operiert werden musste.

Nun wackelte sie unglücklich durch die Wohnung, wusste nicht, wie sie liegen sollte, und stieß ständig mit dem Plastikkragen gegen die Möbel, der sie eigentlich nur davon abhalten sollte, an den Narben zu lecken oder gar daran zu knabberte.

Das Schwierigste war, Thór zu beruhigen. Sie hatte wegen eines Arzttermins ihre Skype-Verabredung verpasst, und als sie dann miteinander sprachen, war Pünktchen mit ihrer Halskrause durchs Bild gelaufen. Schließlich hatte sie ihm alles erzählt, und Thór wollte sofort das Konzert in Singapur absagen und nach Hause fliegen.

»Das musst du nicht.«

»Natürlich! Dir geht es schlecht, der Hund ist krank, und das Baby …«

»Deshalb bin ich ja ständig beim Arzt«, sagte sie schnell. »Elín geht es gut. Sie tritt mich dauernd. Guck …« Isving tat, was sie sonst nicht so gern machte: hob ihr Kleid hoch, um den Bauch zu entblößen. »Siehst du!« Das Baby war dermaßen aktiv, dass man bei genauem Hinsehen Beulen erkennen konnte, die seine kleinen Füße oder Hände fabrizierten.

»Meine Güte, wie hältst du das aus?«, fragte er erschüttert.

»Alles gut. Wir bekommen eben eine besonders wilde Tochter.«

»Weißt du eigentlich, wie gern ich bei euch wäre?«, sagte er betrübt. »Ich verpasse ja die wunderbarsten Momente …«

»Ach was«, sagte Isving, obwohl das nicht ganz falsch war. »Bald bist du zurück, und dann warten große Aufgaben auf dich.« Sie lachte. »Du wirst dir noch wünschen, am anderen Ende der Welt zu sein, glaube mir.«

Ihre Fürsorgepflichten hielten Isving ziemlich auf Trab, und sie war froh, Unterstützung zu haben. Björk war zwar zu einer seit langer Zeit geplanten Expedition an den Nordpol aufgebrochen, und Sóley hatte mit ihrem Job und den Kindern alle Hände voll zu tun, aber sie hatte sich mit der Frau ihres Retters angefreundet und traf sie regelmäßig. Die Deutsche war eine außergewöhnliche Künstlerin, die Isving zufällig im Frisiersalon von Anna wiedergetroffen hatte. Ihr Mann – oder Freund –, da war sie sich nicht ganz sicher, hatte Isving das Leben gerettet, und sie würde ihm ewig dankbar sein.

»Dein Kristján muss die Gene eines Engels haben«, sagte sie. »Anders kann ich mir seine blitzschnelle Reaktion nicht erklären.«

»Es ist erstaunlich, nicht wahr? Ich tippe allerdings eher auf Elf.« Merit senkte ihre Stimme zu einem verschwörerischen Flüstern. »Von einem sanften Engel hat er nämlich nichts, wenn du weißt, was ich meine …«

»Oh, okay. Keine Einzelheiten bitte«, sagte Isving und kicherte.

»Ich fürchte, für sein Reaktionsvermögen sind allerdings keine magischen Fähigkeiten zuständig, sondern Kristjáns Vergangenheit als Soldat.«

Isving hätte gern mehr erfahren, aber Merit schüttelte den Kopf: »Kein schönes Kapitel in seiner Lebensgeschichte. Er redet nicht gern darüber, und ich sollte das auch nicht tun.«

Heute war sie hier, um beim Streichen zu helfen. Isving hatte sich lange nicht entscheiden können, in welchem Stil sie ihr Zimmer einrichten wollte, und hatte nun zufällig Farben und eine Tapete entdeckt, in die sie absolut verschossen war.

Da ihre neue Freundin das Kaffi Berlin so meisterhaft gestaltet hatte, hatte sie sie um Rat gebeten, und Merit bot ihre Unterstützung an. Genau genommen übernahm sie die Hauptarbeit, denn Isving fiel es zunehmend schwerer, lange zu stehen oder sich zu bücken.

Danach aßen sie zusammen.

»Das ist so lecker!« Merit nahm sich ein Stück Brot und butterte es großzügig. »Ich kann ja überhaupt nicht kochen oder backen. So was macht alles Kristján bei uns. Dafür muss ich putzen«, hier senkte sie die Stimme, »was ich eigentlich auch nicht kann.«

Sie lachten, und Isving dachte, wie schön es war, sich zwischendurch auf Dänisch unterhalten zu können. Merit hatte zwar einen lustigen Akzent, aber sie sprach ihre

Sprache recht gut, was daher kam, dass sie mit ihren Eltern fünf Jahre lang in Kopenhagen gelebt hatte, bevor sie nach London und anschließend nach Spanien gezogen waren.

Als Diplomatentochter sicherlich ein großzügiges Zuhause gewohnt, fand sie Thórs Apartment offensichtlich vollkommen angemessen, während Isving immer noch darüber nachdachte, was diese privilegierte Situation mit ihr und später auch mit ihrem Kind machen würde.

Merit und Kristján wohnten nicht schlecht in ihrem traditionellen Haus im angesagten Stadtteil 101. Sogar einen kleinen Garten besaßen sie, der zu dieser Jahreszeit allerdings kahl und grau gewirkt hatte, als Isving dort zu Besuch gewesen war.

Wenn der schreckliche Unfall etwas Gutes gehabt hatte, dann, dass sie die beiden kennengelernt hatte. Sie verstanden sich wirklich, und sie freute sich schon darauf, ihnen Thór vorzustellen.

Anders als mit ihnen verhielt es sich leider mit Lieke und Guðrún, Isving hatte das Gefühl, sie gingen ihr aus dem Weg.

»Sag mal, entschuldige, wenn ich so direkt frage, aber haben die beiden ein Problem mit mir?«

»Wie kommst du darauf?«

»Lieke war unglaublich hilfsbereit, als ich sie gebeten habe, mich über Weihnachten zu unterstützen.« Sie erzählte, wie es dazu gekommen war, und fuhr fort: »Aber jetzt habe ich den Eindruck, sie gehen mir aus dem Weg.«

Merit rieb sich mit Daumen und Zeigefinger über den Nasenrücken. »Kann sein«, sagte sie, und es war ihr anzusehen, dass sie mit sich rang, ob sie mehr dazu sagen sollte.

»Sie waren mal hier, stimmt's? Also, es ist so: Beide stammen aus eher einfachen Verhältnissen, und eine Wohnung wie diese ist für normale Isländer unbezahlbar.«

»Ich weiß. Deshalb wohnen auch fast nur Ausländer im Haus, oder die Wohnungen werden übers Internet an Touristen vermietet.«

»Genau. Das nervt viele Einheimische inzwischen ebenso wie die Veränderungen, die der Tourismusboom mit sich gebracht hat.«

»Verstehe ich gut. Aber es ist nicht meine, das ist Thórs Wohnung, und der kann seine Ahnenreihe bis zu Ingólfur Arnarson zurückverfolgen.«

»Wirklich?«

»Keine Ahnung, ich müsste ihn fragen«, sagte Isving lachend. »Aber die Familie pflegt schon einen gewaltigen Stolz auf ihre Heimat und die Vorfahren.« Sie wurde ernst. »Du meinst also, die beiden denken, ich würde mich für was Besseres halten?«

Merit wiegte den Kopf. »Könnte sein. Sie arbeiten beide Vollzeit und haben eine kleine Zweizimmerwohnung am Stadtrand. Hast du noch mehr von diesem köstlichen Avocado-Dip?«

»Im Kühlschrank, würdest du …?«

Merit sprang auf. »Sicher, soll ich dir etwas mitbringen?«

»Wie wäre es mit Schokoladentorte?«

»Du bist verrückt!«

Eher verfressen, dachte Isving. Das würde ein Spaß werden, die Pfunde wieder abzutrainieren!

»Wann kommt eigentlich dein Mann wieder? Er will doch bei der Geburt dabei sein?«

»Das will er unbedingt. Die Chancen stehen gut, er kommt nächste Woche direkt aus Auckland. Wir sind aber nicht verheiratet.«

»Sind wir auch nicht, aber *Freund* klingt irgendwie so unverbindlich in unserem Alter, findest du nicht?«

»Stimmt. Und Lebensgefährte hört sich gefährlich nach Altersheim an.«

Sie machten sich gemeinsam über die Schokoladentorte her, und anschließend drehte Merit noch eine Abendrunde mit Pünktchen.

Längere Spaziergänge fielen Isving schwer. Manchmal kam sie sich vor wie ein gestrandeter Wal, oder mindestens eine Robbe, obwohl die auch am Strand erstaunlich schnell sein konnten, wenn sie es darauf anlegten. Stattdessen ging sie nun regelmäßig schwimmen. Ihr Lieblingsbad war das Sundhöllin nahe der Hallgrimskirkja, die vom gleichen Architekten in den 1930er-Jahren gebaut worden war. Der Weg dorthin war nicht weit, und manchmal verband sie den Besuch mit einem Bummel über die Laugavengur, eine von Reykjavíks beliebtesten Einkaufsstraßen.

Und dann war es so weit. Sie stand in der Arrival-Halle des Flughafens und hielt nach ihm Ausschau. Als sie ihn endlich entdeckte, hielt sie den Atem an. Thór sah blendend aus. Hoch aufgerichtet und selbstbewusst wie ein Mann, der sich seiner Ausstrahlung bewusst war, wechselte er ein paar Worte mit einer attraktiven Mitreisenden, bevor er sich suchend umsah.

Isving, die eigentlich gut gelaunt und voller Freude nach Keflavík gekommen war, fühlte sich plötzlich wie ein hässliches Entchen und hasste sich gleichzeitig für die Selbstzweifel und die aufkeimende Eifersucht.

Das ist sein Leben, sagte sie sich und dachte an seine zauberhaften Briefe. Wer würde so etwas schreiben, wenn er es nicht ernst damit meinte?

47

»Komm, Pünktchen. Da ist er«, hörte Thór sie sagen und drehte sich um.

»Liebes!«

Isving watschelte auf eine so entzückende Weise auf ihn zu, dass er nicht anders konnte als zu lachen. Natürlich hatte er den Verlauf ihrer Schwangerschaft per Skype verfolgt, aber sie hier nun so wirklich hochschwanger vor sich zu sehen, war eine grandiose Erfahrung.

Ihren fragenden Blick kannte er, und es tat ihm weh, wie sie seine Zuneigung immer wieder infrage stellte.

»Meine Schöne«, sagte er. »Meine zauberhafte Geliebte, was siehst du mich so an?« Thór umarmte sie, unsicher, wie er mit diesem enormen Bauch umgehen sollte, Pünktchen bellte aufgeregt und verlangte nach Aufmerksamkeit. In diesem Augenblick war er mit sich und dem Universum im Reinen: zu Hause. Er war zu Hause, wo ihn seine Lieben zärtlich und stürmisch in Empfang nahmen.

Bis zum errechneten Geburtstermin, dem isländischen Sommerbeginn, dauerte es noch drei Wochen, aber natürlich konnte man nie wissen, wann so ein Kind sich entschloss, dass es Zeit war, das warme Dunkel zu verlassen, und ins Licht drängte.

Thór hatte sich zu einem Geburtsvorbereitungskurs angemeldet, und Isving, die ihren bereits absolviert hatte, kam noch einmal mit. All diese schwangeren Frauen um ihn herum flößten ihm gehörigen Respekt ein, und er war erleichtert, sie an seiner Seite zu wissen. Es gab allerdings auch Fragen, die er der recht forschen Hebamme nicht stellen mochte. Seine Freunde hatten ihm einige Gruselgeschichten aufgetischt, von Frauen, die nach der Geburt lange Zeit keine Lust mehr auf Sex verspürten, was er eigentlich ganz gut verstehen konnte, wenn er darüber nachdachte.

Der Schlagzeuger beispielsweise hatte ihm anvertraut, dass seine Frau ganz in ihrer Mutterrolle aufging und erotisch seither nichts mehr zwischen ihnen lief. »Wir sind immer noch gute Freunde, das schon, aber ich hätte nie gedacht, dass ein Kind so viel verändern würde. Sie wünscht sich noch ein zweites, aber wie es aussieht, wird das wohl der Storch bringen müssen.«

Zu Thórs Erleichterung sollte am zweiten Abend ein Sozialpädagoge hinzukommen. Der mehrfache Vater stand für Gespräche zur Verfügung, während die werdenden Mütter sich mit anderen Dingen befassten.

»Was ist, wenn mir im Kreißsaal schlecht wird?«, fragte einer der Männer.

»Dann sagen Sie Bescheid und gehen erst mal hinaus. Was Ihre Frau oder Freundin überhaupt nicht gebrauchen kann, ist ein Mann, um den sie sich ausgerechnet in diesen Stunden Sorgen machen muss. Und das tun die Mädels, obwohl sie wirklich mit anderen Dingen zu kämpfen haben, glauben Sie mir.«

Allmählich tauten die Männer auf. »Was, wenn irgendwas reißt oder so?«, fragte ein bärtiger Typ.

»Dann wird es wieder genäht, Schleimhaut heilt gut. Warte einfach ab, was deine Freundin dazu sagt, und wenn sie nichts sagt, frag sie.«

Ein schüchterner Mann fragte: »Wenn so ein Baby sich da durchgepresst hat, fühlt eine Frau später überhaupt noch was? Und ich?«, schob er leise nach.

»Ja, klar. Was glaubst du, warum Familien zwei, drei oder mehr Kinder haben?« Alle lachten. »Die Frage ist aber berechtigt, denn natürlich gibt es da einen Prozess der Rückbildung. Das dauert eine Weile, auch wenn entsprechende Gymnastik hilft.«

Vollkommen geflasht kehrte er nach Hause zurück. Am Ende des Kurses fühlte sich Thór aber tatsächlich gut vorbereitet.

Er wisse nun, was ihn im Kreißsaal erwarte, erklärte er Sóley und Kári, die vorbeigekommen waren, um Babysachen zu bringen, die sie von ihren eigenen Kindern aufbewahrt hatten. Ihr Lachen verstimmte Thór. Sein Schwager legte ihm eine Hand auf die Schulter: »Du hast nicht die leiseste Ahnung, aber glaube mir: Das ist auch gut so!«

Er hatte diese Andeutungen allmählich satt. Seine Freunde taten so, als gehörten sie einem geheimen Club der Väter an und Thór stünde kurz vor seinem Initialisierungsritual, von dem längst nicht gewiss war, ob er es mit Haltung überstehen würde. Es wurde Zeit, dass das Baby kam. Isving konnte es auch kaum noch erwarten. Für ihn war der Anblick, wie sie unter der Last und den körperlichen Begleiterscheinungen litt, schwer zu ertragen. Ihr Bauch war inzwischen so rund, dass er nicht sicher war, ob sich nicht noch ein zweites Kind darin verbarg. Das wäre dann auch seine Schuld, denn in seiner Familie hatte es häufig Zwillinge gegeben.

Doch manchmal, wenn er anbot, ihr einen Gang abzunehmen, fauchte sie ihn an, sie sei schwanger und nicht krank. Das mochte ja sein, aber im Ergebnis lief es doch aufs Gleiche hinaus, oder etwa nicht?

»Worüber redet ihr?«

Isving kam herein, sie trug ein schwarzweiß geblümtes Kleid und hatte sich die Haare hochgesteckt. Er fand sie zum Anbeißen, aber Sóley runzelte die Stirn.

»Du siehst müde aus.«

Isving rieb sich mit der Hand über die Stirn. »Ich schlafe nicht besonders gut.«

»Rückenschmerzen?«, fragte seine Schwester mitfühlend.

»Auch. Irgendwie ist inzwischen alles schwierig: Egal, wie ich mich hinlege, der Kleinen scheint es nicht zu passen. Ich glaube, Elín will genauso gern, dass es bald vorbei ist, wie ich«, sagte sie mit einem Lächeln, das ihre Worte milder klingen ließ.

Sie setzte sich auf den Sessel neben ihm, und Thór steckte ihr ein Kissen in den Rücken, damit sie bequemer sitzen konnte, bevor er aufstand. »Möchte jemand noch Kaffee?«

»Ja, ich.« Kári folgte ihm in die Küche, wo der Apfelkuchen stand, von dem er sich von seiner Frau ungesehen ein großes Stück abschnitt. »Unglaublich lecker!« Kauend fügte er leiser hinzu: »Das mit der Schlaflosigkeit wird so schnell nicht besser.«

»Das höre ich nicht zum ersten Mal, und ich erinnere mich lebhaft an eure Zwillinge. Wenn die eine gewickelt war, ging es bei der anderen gleich weiter.« Thór brühte einen Tee für Isving auf und stellte die Tassen auf ein Tablett. »Du hast da Krümel am Kinn«, sagte er.

»Lach du nur!« Kári nahm eine Serviette und wischte sich den Mund ab, dann lächelte er selbst. »Es ist eine einzigartige Erfahrung. Die Geburt sowieso, aber auch die Zeit danach. Du wirst todmüde sein – eigentlich die ganze Zeit – und dankbar auf die Knie fallen für die Gnade, nur ein paar Tage rauszukommen und ganz entspannt auf einem deiner Festivals spielen zu dürfen. Aber du wirst dich auch wie verrückt nach deinen beiden Frauen sehnen – noch bevor du in Keflavík im Flieger sitzt. Ich kenne dich gut genug.«

Thór ahnte, dass sein Schwager recht behalten würde. Noch am gleichen Abend las er ein weiteres Mal die Unterlagen aus dem Geburtsvorbereitungskurs und blätterte durch einen Stapel einschlägiger Ratgeber, die Isving angehäuft hatte, ohne darin viel Neues zu entdecken. Er fühlte sich – nein, er war gut vorbereitet.

Doch als wenige Tage später die Wehen einsetzten, hatte er alles vergessen.

Es war schließlich Isving, die ihn beruhigte und daran erinnerte, dass ihnen noch Stunden Zeit blieben, bevor sie ins Krankenhaus aufbrechen mussten. Thór füllte, wie es besprochen war, eine Tasche mit Proviant, und sie vergewisserte sich, alles fürs Baby und zwei, drei Nächte im Krankenhaus eingepackt zu haben, während er mit Merit telefonierte. Isvings neue Freundin hatte versprochen, sich während ihrer Abwesenheit um Pünktchen zu kümmern.

Isving hatte ihm die sympathische Künstlerin und ihren Freund nach seiner Rückkehr während eines gemeinsamen Abendessens im Kaffi Berlin vorgestellt. Seit geraumer Zeit träumte er davon, einen Pilotenschein zu machen, und da traf es sich natürlich gut, dass dieser Kristján Hubschrauberpilot war. Zufällig sogar der, der im vergangenen Jahr ihren Videodreh begleitet hatte.

Merit würde den Hund tagsüber in ihrem Atelier in Grandi beaufsichtigen und hier übernachten. »Nach Hause kann ich Pünktchen leider nicht mitnehmen«, sagte sie. »Unser Kater macht ganz sicher Hackfleisch aus ihr.«

»Dabei kam mir der Köttur eigentlich sehr freundlich vor. Allerdings ist er schon ziemlich groß«, sagte Isving, die blass auf dem Sofa saß.

Er musste lachen. »Ihr habt ihn *Kater* genannt?«

»Das hat die eigentliche Besitzerin getan, aber das ist eine lange Geschichte«, sagte Merit und lächelte dabei so verträumt, dass er nicht nachfragen wollte.

Ohnehin fehlte ihm im Augenblick die Geduld für lange Geschichten, denn Isvings Wehen waren heftiger geworden und kamen nun schon fast im zehnminütigen Rhythmus.

»Wir müssen los, Liebes!«, sagte er zum wahrscheinlich hundertsten Mal, und diesmal stand sie endlich auf, um sich von Pünktchen zu verabschieden.

Trotz seiner Anspannung fühlte sich Thór wie in einem

merkwürdig intensiven Traum gefangen. Im Licht der Straßenlaternen tanzten hauchzarte Schneeflocken, und der Asphalt trug einen eisigen Flaum, den die wenigen Autos aufwirbelten, wie eine Wolke aus Eiderdaunen. Die Nacht war sternenklar und ganz still. Außer dem Surren des Motors war nichts zu hören.

In der Entbindungsstation herrschte eine heitere und friedliche Atmosphäre, die ihm ein wenig von der Nervosität nahm. Sie wurden freundlich empfangen, und Thór wurde gebeten, ihr Gepäck in einem Elternzimmer abzustellen.

»Packen Sie ruhig aus, und wenn Sie eigene Bettwäsche mitgebracht haben, dann ziehen Sie die am besten gleich auf.«

Er tat, was man von ihm verlangte, froh, eine Aufgabe zu haben. Als nichts mehr zu tun war, warf er einen Blick zurück, um sich zu vergewissern, dass alles ausgepackt und vorbereitet war, und ging zu Isving.

»Es ist noch jemand vor mir im Untersuchungsraum«, sagte sie, öffnete kurz die Augen und drückte ihm die Hand, als müsse sie ihn beruhigen und nicht umgekehrt. »Keine Sorge, alles wird gut!« Behutsam lehnte sie sich zurück, die Hände auf den Bauch gelegt, scheinbar die Ruhe selbst.

Bis zur nächsten Wehe, dachte Thór.

Die kam unweigerlich, und Isvings Hand wurde für kurze Zeit zum Schraubstock. Als es vorüber war, seufzte sie und fuhr fort mit ihrem *meditativen Atmen*, wie es die Hebamme genannt hatte.

Nachdem er alle Lampen der Deckenbeleuchtung mehrfach gezählt und eine weitere Wehe Isvings Körper hatte erbeben lassen, schickte er eine Nachricht an Daniel: *Es geht los, ich wäre jetzt gern auf Fidji.*

Sofort kam eine Antwort: *Da wärst du jetzt auch besser aufgehoben. Halte durch, Kumpel. Es lohnt sich.*

Nach der Untersuchung verkündete eine Ärztin fröhlich, dass es nun Zeit für den Kreißsaal wäre. Der Raum wirkte wie ein kleines, allerdings merkwürdig ausgestattetes Apartment. In einer Ecke stand sogar eine riesige Wanne für diejenigen Frauen, die in warmem Wasser entbinden wollten.

Und dann begannen die quälend langen Stunden, die ihn bereuen ließen, überhaupt jemals das Risiko eingegangen zu sein, ein Kind zu zeugen. Er informierte die Familie, und Isving schrieb ihren Freundinnen, sie sahen sich Tiervideos auf Instagram an und eine Dokumentation über die Wanderung der Heringe, danach wollte sie vorgelesen bekommen, Kekse essen und anschließend ein Käsebrot.

Die Wärme machte ihn müde, und zwischendurch schlief er sogar auf dem Stuhl ein, der eigentlich für die Schwangeren gedacht war. Eine Schwester weckte ihn, und als er sich entschuldigte, sagte sie: »Ach, schlafen Sie ruhig. Das ist das letzte Mal für lange Zeit.«

Die Hebamme war resoluter. Sie schaute gelegentlich herein und gab ihm knappe Anweisungen. Er musste das Haar unter einem albernen Häubchen verbergen und sich die Hände desinfizieren. Offenbar hielt sie Männer für Idioten, aber so fühlte er sich auch. Hilflos musste er zusehen, wie Isving furchtbare Schmerzen litt, und dabei war sie so unglaublich tapfer! Warum ließ sich dieses Kind bloß so viel Zeit?

Unruhig tigerte er durch den Raum.

»Kannst du das bitte lassen?«, sagte Isving und versuchte dabei, eine bequemere Position auf ihrer Liege einzunehmen. Sie stöhnte.

»Was?«

»Du läufst dauernd auf und ab. Das macht mich total nervös.«

»Entschuldige.« Er ging zum Fenster und sah hinaus auf die Lichter des leeren Krankenhaus-Parkplatzes. Es hatte aufgehört zu schneien, und der weiße Flaum war vom Wind davongeweht worden. Vielleicht würde mit dem Licht nun doch bald der Sommer zurückkehren, den sie alle so sehr herbeisehnten. Irgendwo stand ihr Auto auf dem sogenannten Storchenstellplatz, von dem sie bei ihrem ersten Besuch in der Klinik vertrieben worden waren. Zu Recht, wie er jetzt wusste. Manchmal hatten es die Babys sehr eilig, auf die Welt zu kommen. Elín gehörte allerdings nicht dazu.

Er zog die Schultern hoch und vergrub die Hände in den Hosentaschen, seine Finger ertasteten etwas Metallenes. Der Ring! Thór nahm ihn in die Hand und tat, was er schon Weihnachten hatte tun wollen. Mit wenigen Schritten war er bei Isving und fiel vor ihr auf die Knie. »Willst du mich heiraten?«

Sie reagierte überhaupt nicht, wie er es sich beim Proben einer passenden Ansprache ausgemalt hatte. Seine Angebetete starrte ihn an, als hätte er nicht alle Tassen im Schrank, schüttelte den Kopf und stöhnte erbärmlich. Als die Wehe vorüber war, fragte sie matt: »Wie bitte?«

Natürlich hatte sie recht. Ort und Zeitpunkt waren nicht

gerade ideal, und er hätte sich schon etwas mehr Mühe geben müssen, aber vor Aufregung hatte er seine sorgsam zurechtgelegte Rede vergessen.

»Geliebte«, sagte er noch mal, »ich liebe und verehre dich wie keinen anderen Menschen auf dieser Welt, und du würdest mich zum glücklichsten Mann des Universums machen, wenn du meine Frau werden wolltest.«

Zu seiner Überraschung gab sie kleine, glucksende Laute von sich, die schnell zu einem leicht hysterischen Lachen wurden und dann zu einem Schluckauf. »Bist du verrückt geworden?«, fragte sie zwischen zwei Hicksen und hielt sich den Bauch. »Ja!«, sagte sie. »Du unmöglicher Mensch, ja! Ich will natürlich deine Frau sein, und dafür würde ich dich auch heiraten.« Hicks. »Du musst mir jetzt den Ring anstecken und mich …« Hicks. »Küssen. Und steh bloß wieder auf!«

Die nächste Erschütterung durch den Schluckauf endete mit einem gellenden Schrei, der sofort eine Krankenschwester auf den Plan rief. »Was ist denn hier los?« Als sie den Ring in seiner Hand entdeckte, schüttelte sie den Kopf. »Einen Heiratsantrag im Kreißsaal? Das habe ich auch noch nie erlebt.«

Endlich schien es so weit zu sein. Die Schwester kehrte zurück, und wenig später erschien die Hebamme und nahm noch mal Untersuchungen vor. Thór hielt Isvings Hand, die nun ein Verlobungsring zierte, obwohl die Frauen davor gewarnt hatten, ihn aufzusetzen, weil ihr die Finger anschwellen könnten. Lautlos flehte er, dass alles gut gehen möge, und bitte, bitte auch schnell!

Aber das tat es nicht, und irgendwann schickte man ihn raus, damit er einen Kaffee trinken und sich beruhigen konnte.

Ein Blick in den Spiegel erklärte, warum die Krankenschwester seine Hand getätschelt hatte. »Ihre Frau macht das sehr gut, keine Sorge!«, hatte sie gesagt.

Er sah furchtbar aus. Unrasiert, mit rot umrandeten Augen sah man ihm jedes Lebensjahr doppelt an. Rasch wusch sich Thór das Gesicht mit kaltem Wasser. Froh, ans Rasierzeug gedacht zu haben, machte er davon Gebrauch und stellte sich dann doch für wenige Minuten unter die Dusche. Jetzt noch einen Kaffee, und er wäre ausreichend gestärkt, um Isving Hilfe und keine Last zu sein.

Auf dem Smartphone stapelten sich die Anrufe. Seine Mutter und die Schwestern verlangten, sofort informiert zu werden, sobald das Kind da wäre. Er schickte allen Nachrichten, dass es noch dauern könne.

Am Kaffeeautomaten traf er auf einen anderen Mann, der ebenso bleich aussah wie er selbst und mit vor Schreck geweiteten Augen herumfuhr, als ein gellender Schrei aus dem zweiten Kreißsaal ertönte.

»Auch das erste Kind?«, fragte Thór teilnahmsvoll.

»Nein, das dritte. Aber ich drehe jedes Mal fast durch, wenn sie so schreit. Meine Birta ist sonst das sanfteste Wesen der Welt.« Mit zitternden Fingern rührte er den Kaffee um.

Thór und Isving waren gestern Abend angekommen, jetzt schien die Sonne herein, und ein Pfleger schob einen Wagen mit leer gegessenen Frühstückstabletts durch den Gang. Er hatte wahrlich Erfahrung mit durchwachten Nächten, aber in diesem Augenblick hätte er sich gern unter die Plastikpflanze gelegt, die in einer dunklen Ecke des Wartebereichs stand, und den Rest einfach verschlafen. Essen jedenfalls mochte er nichts. »Warum dauert das bloß so lange?«

»Beim ersten Mal ist es meistens so. Das zweite kommt schon schneller.«

Thór glaubte nicht, dass es ein zweites Mal geben würde, so sehr, wie Isving sich quälte, und sagte das auch.

Der Mann lachte. »Das sagst du jetzt, aber irgendwann ist alles vergessen. Glaub mir.« Er verabschiedete sich und kehrte zu seiner Frau zurück.

Als Thór zurückkam, schrie Isving ihn an: »Ich mach das nicht mehr mit. Dein Kind will nicht raus. Ich will sterben.« Leise weinend fügte sie hinzu: »Lass mich bitte, bitte sterben!«

Die Frauen nahmen ihren Ausbruch mit einer so heiteren Gelassenheit hin, dass Thór beinahe durchdrehte: »Zur Hölle, tun Sie doch irgendwas!«

»Junger Mann, wenn hier jemand laut werden darf und soll, dann ist das Ihre Frau. Reißen Sie sich zusammen!«, herrschte ihn die Hebamme an.

Doch dann war es auf einmal ganz schnell gegangen, und jetzt lag er im Elternzimmer neben Isving, die erschöpft eingeschlafen war, nachdem sie mit Argusaugen darüber gewacht hatte, wie er Elín wickelte. Es war nicht das erste Mal, dass er so was tat. Bei Sóleys Zwillingen hatte er einige Erfahrungen im Umgang mit Babys gesammelt, und das brachte ihm nun den Respekt der Hebamme ein.

Er wiegte das Kind in den Armen und erinnerte sich daran, wie er die Nabelschnur durchschnitten und seine Tochter das erste Mal gehalten hatte, nachdem sie eine Weile auf Isvings Bauch liegend dem vertrauten Herzschlag lauschen durfte. Als Elín zum ersten Mal trank und sich dabei das winzige Näschen kräuselte, war es um ihn geschehen. Seine Tochter mochte ein bisschen zerknittert aussehen, aber sie war das hinreißendste Geschöpf auf dieser Erde – neben ihrer wunderbaren Mutter.

Nachgedanken

Meine Recherchereise führte mich dieses Mal in die Westfjorde, wo man die einsamsten Küstenabschnitte Islands findet. Vulkanische Aktivitäten gibt es wenige, dafür aber reichlich Eis und Schnee, Seehunde, zutrauliche Polarfüchse und Papageienvögel und tatsächlich auch ein paar Menschen, die bleiben, obwohl die Lebensbedingungen nicht einfach und ihre Fischfabriken längst geschlossen sind.

Manchmal werden AutorInnen gefragt, was zuerst da war, die Figuren oder eine Geschichte. In diesem Fall waren es kurioserweise der Titel und die Begegnung mit einer außergewöhnlichen Frau, die mich fragte: Was geschieht eigentlich nach dem Happy End?

Eine Frage, die uns immer wieder beschäftigt. Im Märchen heißt es deshalb: Und wenn sie nicht gestorben sind, dann leben sie noch heute glücklich und zufrieden. Wir wissen aber, dass auf die Traumhochzeit viele Regentage folgen können. Das Leben geht weiter, und es ist nicht immer in rosa Watte gepackt. So erlebte es auch eben jene Freundin, die vor einigen Jahren an Multipler Sklerose erkrankte und von sich selbst sagt, ein erfülltes und glückliches Leben zu führen.

Ihr Schicksal hat mich zu »Das Haus am Ende des Fjords« inspiriert, und der in dieser Geschichte gezeichnete Krankheitsverlauf ist wesentlich von ihren Erfahrungen geprägt. MS wird nicht ohne Grund die Krankheit mit den vielen Gesichtern genannt, die Verläufe können sich dramatisch voneinander unterscheiden.

Isving war am Ziel ihrer Träume angelangt. Sie hatte sich nach langer Zeit emotionaler Abhängigkeit den Traum erfüllt, neu anzufangen und etwas Eigenes aufzubauen, das Kaffi Vestfirðir genießt einen guten Ruf, und alles sieht danach aus, dass es sich demnächst auch wirtschaftlich rechnet. Und dann grätscht ihr das Leben brutal rein, und sie muss nicht nur alles neu überdenken, sondern muss sich auch erlauben, Hilfe anzunehmen. Wie das ausgeht, wissen Sie ja jetzt.

Während des Schreibens wachsen mir meine Figuren, selbst die Schurken, sehr ans Herz. Kein Wunder, denn ich verbringe vorübergehend mehr Zeit mit ihnen als mit meiner Familie. Deshalb konnte ich nicht widerstehen, kurz bei Merit und Kristján aus »Islandsommer« vorbeizusehen, um zu hören, wie es ihnen im letzten Jahr ergangen ist.

Am liebsten würde ich Isving und Thór weiter durch ihr Leben begleiten, dabei zusehen, wie ihre Tochter Elín aufwächst und erfahren, ob vielleicht noch Geschwister hinzukommen, dabei ihre Musik hören und erleben, dass auch Isving trotz aller Einschränkungen, die diese schreckliche Krankheit mit sich bringt, ihr Leben genießt. Als Autorin habe ich die Macht, ihnen allen eine glückliche Zukunft zu erfinden – Sie können das übrigens auch ...

Diese Seite zu schreiben, ist eine große Freude, denn es bedeutet, dass der Roman fertig lektoriert vor mir liegt. Auf dem Weg bis hierher haben mich viele wunderbare Menschen begleitet, bei denen ich mich ganz herzlich bedanken möchte: meinem Agenten Lars Schultze-Kossack und seiner Frau Nadja, die auch in schwierigen Zeiten an mich geglaubt haben, Catherine Beck, die mir seit vielen Jahren hilft, meinen Blick zu schärfen und Geschichten besser zu erzählen, sowie den netten Menschen im Heyne Verlag, ohne die Sie dieses Buch so gar nicht in den Händen halten würden.

Danken möchte ich auch Kristina und Johanna für ihre Unterstützung in allen Lebenslagen und buchstäblich zu jeder Zeit, Jens Müller und Frank für ihre Beratung in musikalischen Angelegenheiten, Irmi Keis von ehrlich & anders für die tolle Unterstützung im letzten Jahr, und nicht zuletzt Runokarl, dessen handgefertigtes Vegvísir mich zusammen mit einer Prise Elfenstaub auch auf dieser Reise wohlwollend begleitet hat.